Hermann
Hesse

황야의 늑대

황야의 늑대

Der Steppenwolf

헤르만 헤세 지음 | 안장혁 옮김

현대문학

차례

편집자의 서언

이 책은 '황야의 늑대'라 불렸던 한 남자가 남긴 수기를 담고 있습니다. '황야의 늑대'라는 말은, 그 자신이 스스로에 대해 여러 차례 사용했던 표현이기도 합니다.

그의 수기에 이와 같은 소개의 말이 필요한지는 모르겠으나, 나는 황야의 늑대가 남긴 수기에 그에 대한 기억들을 담은 내 글을 덧붙이고 싶습니다. 사실 나는 그에 대해 아는 바가 거의 없습니다. 무엇보다 그가 살아온 과거의 행적과 태생에 대해서는 전혀 아는 바가 없습니다. 그럼에도 불구하고 그의 개성은 내게 강렬하면서도 호감 가는 인상을 남겼습니다.

쉰 살에 가까워 보였던 황야의 늑대는 몇 해 전 어느 날 가구 딸린 방을 구하러 내 아주머니의 집을 찾아왔습니다. 그는 꼭대기 층에 있는 다락방과 그 옆의 작은 침실을 얻었습니다. 그리고 며칠 후 큰 가방 두 개와 커다란 책 상자를 가지고 와서는 9개월 혹은 10개월 정도를 우리와 함께 살았습니다. 그는 혼자서 매우 조용히 생활했습니다. 우리 두 사람의 방이 가까이 붙어 있었기에 가끔 우연하게라도 계단과 복도에서 마주칠 수 있었지, 그렇지 않았더라면 서로 전혀 알지 못했을 것입니다. 그 사내는 사교적인 사람이 아니었습니다. 그렇게 극단적으로 비사교적인 사람은 처음이었습니다. 스스로 가끔 그렇게 불렀듯, 그야말로 한 마리 황야의 늑대였습니다. 낯설고 야성적인가 하면 경계심도 많았습니다. 나와는 전혀 다른 세상에서 온 듯한 사람이었습니다. 그가 얼마나 깊은 고독감 속에서 자신의 성향과 운명에 적응하며 살아왔는지, 나아가 그 고독감을 얼마나 자신의 숙명으로 인식하며 살아왔는지는 나도 그가 남긴 수기를 보고야 알게 되었습니다. 하지만 나는 그와의 가벼운 만남과 대화를 통해 그에 대해 어느 정도는 파악하고 있었습니다. 그가 남긴 수기에 나타난 그의 이미지도, 그와의 개인적인 교분에서 내가 얻은 이미지 — 물론 불명확하고 불완전한 부분이 많긴 하지만 — 와 기본적으로는 일치하고 있었습니다.

황야의 늑대가 방을 얻으러 찾아왔던 시간에, 우연히 나도 집에 있었습니다. 그가 온 것은 점심때로 식탁에는 미처 치우지 못한 접시들이 놓여 있었습니다. 내가 사무실로 돌아가야 할 시간까지 30분의 여유가 있었습니다. 그 첫 만남에서 느낀 그의 기이하고도 이중적인 인상을 나는 아직도 잊을 수가 없습니다. 그는 벨을 울리고는 유리로 된 현관문으로 들어왔습니다. 아주머니가 어스름한 현관에서 그에게 무슨 일로 오셨느냐고 물었습니다. 황야의 늑대는 그 질문에 대답하거나 자신의 이름을 밝히기에 앞서, 짧게 깎은 머리를 쭉 뻗고는 예민해 보이는 코로 주변의 냄새를 맡으며 말했습니다. "아, 이곳 냄새가 참 좋은데요." 그러면서 그가 빙그레 미소를 짓자 아주머니도 덩달아 미소를 지었습니다. 하지만 나에게는 그 인사말이 뜬금없이 느껴져 반감이 일었습니다.

"저, 그러니까," 그가 말했습니다. "방을 하나 빌리고 싶어서 왔습니다."

우리 세 사람이 함께 꼭대기 층으로 올라갈 때야 비로소 그 사내를 제대로 관찰할 수 있었습니다. 그는 썩 큰 키는 아니었지만 걸음걸이와 태도만큼은 장신인 사람처럼 보였습니다. 그는 편안해 보이는 현대식 겨울 외투를 걸치고 있었습니다. 옷매무새는 조금 흐트러져 있었지만 얼굴은 깨끗하게 면도되어 있었고 듬성듬성 새치가 섞인 회색빛 머리도 짧게 깎여 있어 대체로 단정해 보였습니다. 처음에는 그의 걸음걸이가 영 마음에 들지 않았습니다. 어딘가 모르게 힘겹고 자신감 없어 보이는 그 걸음걸이는 예리하고 강렬한 그의 옆모습뿐 아니라, 그의 목소리 톤이나 활력과도 전혀 어울리지 않았습니다. 그가 병든 몸이라 보행이 버거웠다는 건 나중에야 알게 되었습니다. 그는 불쾌감을 불러일으키는 기묘한 미소를 지으며 계단, 벽, 창문, 그리고 계단실에 있는 키 큰 낡은 장롱까지 훑어보았습니다. 그 모든 것이 마음에 들면서도 한편으로는 우스워 보인다는 눈치였습니다. 그 사내는 마치 낯선 세상, 바다 건너의 어느 나라로부터 온 사람처럼 이곳의 모든 것들을 마음에 들어 하면서도 동시에 약간은 우스꽝스럽게 여기고 있는 것 같았습니다. 그럼에도 불구하고 그는 공손하고 상냥한 사람이었습니다. 그는 집과 방, 그리고 아침 식사를 포함한 월세에 하등의 이의를 제기하지 않고 그 자리에서 동의했습니다. 하지만 나만의 주관적인 판단으로는 그에게서 다소 부정적이고 적대적인 분위기가 느껴졌습니다. 그는 다락방과 침실까지 계약하겠다고 한 뒤, 히터와 수돗물 사용에 관한 사항, 그리고 임차인으로서 지켜야 할 사항들에 대해 들었습니다. 그는 그 모든 것을 주의 깊게 호의적으로 경청했습니다. 모든 조건에 동의한 그는 즉시 방세를 선불로 지불했습니다. 하지만 편안해 보이지는 않았고, 스스로의 행동을 우습게 여기는 듯 보였습니다. 사실은 전혀 다른 일을 하고 싶은데, 이렇게 방을 세내러 와서 다른 사람들과 대화를 하게 된 것이 낯설고 새롭다는 듯 별로 진지해 보이지 않는 태도를 보였습니다. 그에 대한 나의 첫인상은 대략 이 정도였습니다. 몇몇 다른 특징들이 그의 이미지를 개선시키지 않았더라면, 나는 그의 인상을 별로 좋지 않게 생각했을 것입니다. 처음부터 마음에 들었던 건 그 남자의 얼굴이었습니다. 낯선 인상에도 불구하고 호감 가는 얼굴이었습니다. 어딘가 모르게 기이

했고 우수에 젖은 듯했으며 한편으로는 냉철하고 사려 깊고 이지적인 얼굴이었습니다. 그리고 그가 애써 유지하고 있는 정중하고 상냥한 매너가, 교만함이라고는 느껴지지 않는 그 매너가 마음에 들었습니다. 그의 행동에는 무언가 사람의 마음을 움직이는 간절함 같은 것이 깃들어 있었는데, 그 이유는 나중에야 알게 되었지만 바로 그 때문에 그에게 마음이 끌렸습니다.

그가 방 계약과 관련된 추가적인 논의를 마치기 전에 점심시간이 끝나, 나는 사무실로 돌아가야 했습니다. 나는 아주머니와 더 얘기를 나누라며 그에게 작별 인사를 건넸습니다. 저녁에 귀가하니 아주머니가 그가 방을 계약했으니 곧 이사를 올 거라고 말했습니다. 그런데 아주머니는 이런 말도 했습니다. 그가 자신의 전입 사실을 경찰에게는 알리지 말아 달라고 부탁했다고, 병이 들어 그런 형식상의 절차로 경찰서 민원실에 서 있기가 힘들기 때문이라고 하더라고. 내가 깜짝 놀라 그런 부탁은 절대 들어주지 말라고 했던 것을 아직도 생생히 기억하고 있습니다. 경찰 앞에 나서기를 꺼리는 그의 태도는 그의 수상쩍고 낯선 행동과 딱 맞아떨어지는 듯했습니다. 그래서 나는 생면부지의 사내가 하는 그런 석연치 않은 부탁을 들어줬다가 나중에 큰 낭패를 볼 수 있으니 절대 그러지 말라고 했습니다. 하지만 아주머니는 이미 그가 바라는 대로 하겠다고 확답한 상태였으며, 심지어는 그에게 매료되어 있는 게 분명했습니다. 그럴 만한 것이 아주머니는 세입자를 들일 때면 늘 인간적이고 친절했으며, 이웃집 아주머니

나 엄마 같은 따뜻한 태도를 보였기 때문입니다. 처음 몇 주 동안 나는 그 새로운 세입자의 일거수일투족을 비난했고 그럴 때마다 아주머니는 그를 감싸고돌았습니다. 나는 경찰서에 전입신고를 하지 않은 것이 신경이 쓰여, 아주머니가 적어도 그 낯선 사내의 고향과 투숙 목적 정도는 알아야 한다고 생각했습니다. 그런데 아주머니는 벌써 그에 대한 이런저런 정보를 알고 있었습니다. 내가 사무실로 돌아간 후 그 사내가 이 집에 더 머물렀던 그 짧은 동안에, 그에 대한 여러 가지를 들었던 것입니다. 아주머니가 그에게 들은 바에 따르면, 그는 몇 달 동안 이 도시에 머물면서 도서관에 다니거나 유물들을 관람할 계획이라고 했습니다. 그 사내가 원하는 그렇게 짧은 기간의 임대는, 사실 아주머니가 선호하는 방식은 아니었습니다. 하지만 아주머니는 그 사내가 — 그렇게 다소 기이하게 등장했음에도 불구하고 — 마음에 든 것이 분명했습니다. 쉽게 말해 방은 이미 임대되었고, 나의 이의 제기는 한발 늦은 것이었습니다.

"왜 그가 이곳 냄새가 좋다는 말을 했을까요?" 내가 물었습니다.

그러자 종종 뛰어난 예지력을 보이는 아주머니가 대답했습니다. "나는 그 말뜻을 정확히 알고 있단다. 이곳에서는 청결하고 질서 있고 정감 있고 단정한 삶의 향기가 난다는 뜻이야. 그래서 이곳이 마음에 든다는 거지. 그 사람은 이런 삶에는 익숙하지 않아 보였고 나아가 이런 삶은 포기한 듯 보였어."

나 역시 그럴 수도 있겠다 싶었습니다. "그런데 그가 이런 질서

잡힌 단정한 삶에 익숙지 못하다면 문제가 생기지 않을까요? 더러운 몰골로 지낸다거나, 매일 밤 고주망태가 되어 집으로 돌아오면 어쩌려고 그러세요?"

"그렇게 될지 안 될지 한번 지켜보자꾸나." 아주머니는 그렇게 말씀하시고는 웃으셨습니다. 나도 더 이상 토를 달지 않았습니다.

사실 나의 염려는 근거 없는 것이었습니다. 그 세입자는 행실 바르고 이성적인 생활과는 담을 쌓은 듯 보였지만, 우리를 성가시게 하거나 피해를 주지는 않았습니다. 지금은 외려 호감을 가지고 그를 기억하고 있습니다. 그러나 내면, 즉 영혼의 면으로 보자면 그는 아주머니와 내게 상처와 고통을 안겨 준 게 사실입니다. 솔직히 말하자면 나는 아직도 그에 대한 생각으로부터 놓여나지 못하고 있습니다. 여전히 밤이면 종종 그의 꿈을 꾸고, 그라는 인간이 존재한다는 사실만으로도 내 영혼은 방해를 받고 불안해집니다. 이제는 그가 아주 좋아졌음에도 불구하고.

이틀 후 우편배달부가 하리 할러라는 이름이 쓰인 가방을 가져왔습니다. 매우 멋진 가죽 가방이었습니다. 그 크고 넓적한 여행 가방은, 그가 일찍이 긴 여행길에 오른 사람임을 암시하고 있었습니다. 그 가방에는 누렇게 바랜 호텔 상호가 쓰인 라벨과 다양한 운송 회사의 수하물 표가 붙어 있었습니다. 그중에는 외국 회사의 것도 있었습니다.

그렇게 그는 존재를 드러내게 되었고, 나도 그 기이한 남자와 차츰 인연을 맺기 시작했습니다. 내가 먼저 취한 행동은 전혀 없었습니다. 할러 씨를 본 순간부터 그에게 관심이 갔지만, 처음 몇 주 동안은 그와의 만남이나 대화를 위한 어떠한 시도도 하지 않았습니다. 그럼에도 불구하고 처음부터 나는 그 사내를 관찰하고 있었습니다. 심지어는 그가 없는 틈을 타 그의 방에 들어가 보기도 하고 그를 몰래 엿보기도 했습니다.

황야의 늑대의 외모에 대해서는 앞에서도 이미 어느 정도 언급했습니다. 나는 첫 만남에서 즉시 그가 의미심장하고 기이하며 예사롭지 않은 재능을 가진 인간이라는 인상을 받았습니다. 그의 얼굴에는 재기가 번득였고, 표정에서 읽혀지는 빼어난 감수성과 생동감은, 그가 흥미롭고도 파란만장하며 극도로 섬세하고 감성적인 영혼의 삶을 살아왔음을 보여 주었습니다. 누군가와 대화를 할 때면 사정이 여의치 않을 경우 관습적인 한계를 뛰어넘으려 했기에 다분히 개인적이고 고유한 단어들을 사용했고, 그럼나 같은 사람들은 즉시 그의 어법에 순응할 수밖에 없었습니다. 그는 다른 사람들에 비해 깊이 생각하는 편이었고, 냉철한 객관성과 확실한 기억력 그리고 신뢰할 만한 지식도 갖추고 있었습니다. 그는 어떠한 공명심에도 휘둘리지 않았습니다. 결코 남의 시선을 끌려 하지 않았고 남을 설득하려 하지도 않았으며 자신이 옳음을 증명하려 하지도 않는, 진정으로 지적인 인간들만 갖춘 덕목을 갖고 있었습니다.

나는 그의 의견 하나를 — 사실은 말이 아니라 눈빛으로 표현한 것이었지만 ─ 기억하고 있습니다. 당시 유럽식 이름을 가진 한 유명한 역사철학자이자 문화비평가의 강연이 있었습니다. 나는 그 강연에 전혀 관심이 없던 황야의 늑대를 겨우 설득해 강연장에 데려가는 데 성공했습니다. 우리는 청중석에 나란히 앉았습니다. 그 강사가 연단에 올라 강연을 시작하자 몇몇 청중들은 그에게 실망감을 보였습니다. 소위 예언자일 줄 알았던 그가, 기생오라비같이 차려입고 우쭐대는 행색을 보였기 때문이었습니다. 그가 먼저 많이들 참석해 주셔서 감사하다는 등 청중들에게 몇 가지 감언이설을 하고 강연을 시작하자, 황야의 늑대가 나를 흘끗 쳐다보았습니다. 강연의 내용과 함께 강사의 인간성을 비판하는 그 눈빛이란, 아! 그 의미를 설명하자면 책 한 권은 족히 쓸 수 있을 정도로, 잊을 수 없는 섬뜩한 눈초리였습니다. 단순히 비판에 그치지 않고 완곡하지만 반박의 여지가 없는 아이러니를 통해 그 유명한 인물을 일거에 무력화시키는 눈빛이었습니다. 이것도 그나마 최소화시켜 표현한 것입니다. 그러나 그 눈빛은 빈정거림보다는 오히려 슬픔을 띠고 있었습니다. 그 무엇과도 비교할 수 없는 절망적인 슬픔을 띠고 있었습니다. 어느 정도는 확고하고 어느 정도는 습관이나 삶의 패턴이 되어 버린 고요한 절망감이 그 눈빛 속에 배어 있었습니다. 그는 그 절망에 찬 눈빛으로 잘난 체하는 강사의 인격을 세세히 들여다보았을 뿐 아니라 그 순간의 상황, 즉 청중들의 기대감과 기분 그리고 사전 공지된 강연문의 오만한 제목까지 반어적으로 조롱하고 있었습니다. 아니,

그때의 그 황야의 늑대의 눈빛은 우리 시대 전체를, 바쁘게 돌아가는 모든 부질없는 짓거리와 온갖 출세 지향적 야심과 오만불손함과 주제넘고 천박한 사고력에서 기인하는 깊이 없는 유희 등등을 꿰뚫고 있었습니다. 아아! 유감스럽게도 그 눈빛은 좀 더 깊은 곳까지 파고들었습니다. 우리 시대, 우리의 지적 영역과 문화 등에 만연해 있는 결핍과 절망을 넘어 전 인류의 심장 속까지 파고들어, 그 짧은 순간에 한 사람의 사상가, 지식인으로서 인간의 품위에 대한, 나아가 삶의 가치에 대한 회의를 웅변하고 있었습니다. 그 시선은 말하고 있었습니다. '보아라, 우리 모두는 다 그렇고 그런 원숭이들이다! 그것이 인간의 본질이다!' 즉 명성, 분별력, 지적 성취, 숭고함을 향한 시도 등 인간이 소위 위대하고 영속적이라고 말했던 모든 것들이 무너져 내렸으니, 이제 그것들은 일종의 원숭이 놀이에 지나지 않는다고 말하고 있었습니다.

이렇게까지 말하다니, 내 애초의 계획과는 달리 할러 씨의 본질에 대한 많은 부분을 미리 밝힌 셈이 되고 말았습니다. 그를 알게 된 과정을 단계별로 얘기하며 그의 영상을 서서히 드러내려는 것이 원래의 의도였는데.

이왕 이렇게 되었으니 할러 씨가 세상에 대해 느끼는 그 수수께끼 같은 '낯섦'을, 그러니까 그의 지독하고도 섬뜩한 고독감의 원인과 의미를, 내가 어떻게 차츰 알게 되고 이해하게 되었는지는 상세히 밝힐 필요가 없을 것 같습니다. 그 편이 더 좋습니다. 이 이야기를 하면서 나 자신을 내세우고 싶지는 않으니까요. 나는 고백을 하려는 것도 아니고 그에 대한 소설을 쓰려는 것도 아니고 그에 대한 심리 분석을 하려는 것도 아닙니다. 그저 자신의 수기를 남긴, 황야의 늑대라는 한 특이한 사내의 영상을 복원하는 데 도움을 주고 싶을 뿐입니다.

그가 유리 현관문을 통해 아주머니 집으로 들어와 머리를 새처럼 쭉 뽑아 올리고는 이곳 냄새가 좋다고 말했을 때부터, 이미 나는 그에게서 예사롭지 않은 기운을 감지했습니다. 그리고 그에 대한 내 첫 번째 반응은 말 그대로 혐오감이었습니다. 나, 그리고 나와는 달리 결코 지적이라고 할 수는 없는 아주머니가 공통적으로 느낀 점은, 그가 정서 불안이든 성격장애든 아무튼 정신병을 앓는 환자처럼 보인다는 것이었습니다. 그래서 나는 건강한 사람의 본능으로 거부감을 느꼈던 것입니다. 그러한 거부감은 시간이 지나면서 공감의 감정으로 바뀌었습니다. 그것은 깊고 만성적인 고통에 시달리는 그 사내에 대한 큰 연민에서 비롯된 것이었습니다. 나는 그의 곁에서 그의 고독을, 또한 그의 내면의 죽음을 지켜보았습니다. 그러면서 그의 병이 태생적인 결핍에서 기인한 것이 아니라, 오히려 그의 타고난 풍부한 재능과 능력들이 서로 조화를 이루지 못한 데서 생겨난 것임을 분명히 알 수 있었습니다. 할러 씨는 고통의 천재였습니다. 다시 말해 니체적 의미에서 볼 때, 한계를 초월한 가공할 만한 고통 극복의 능력을 갖추고 있었습니다. 동시에 나는 그의 염세주의의 뿌리가 세상 경멸이 아니라 자기 경멸임도 알게 되었습니다. 그는 제도나 인간들을 가차 없고 경멸적으로 비판할 때마다 결코 자신도 예외로 두지 않았습니다. 아니 그가 화살을 겨냥한 첫 번째 인물은 항상 그 자신이었으며, 그가 증오하고 부정했던 첫 번째 존재도 바로 그 자신이었습니다.

여기서 심리학적 소견 하나를 덧붙이고 싶습니다. 비록 나는 황야의 늑대의 삶에 대해 아는 바는 적지만, 그가 사랑이 넘치면서도 엄격하고 매우 신앙심 깊은 부모님과 선생님들로부터 교육받았을 것이고, 그 교육의 토대는 '의지의 억제'였을 것임을 어렵잖게 추측할 수 있습니다. 하지만 개성을 절멸하고 의지를 억압하는 그런 교육이 이 학생에게는 성공적이지 못했습니다. 그러기에는 그는 너무 강하고 지독했으며, 지나치게 자존심도 강했고 이지적이었습니다. 따라서 그 교육은 그의 개성을 죽이지는 못했고 그가 스스로를 증오하게 만드는 쪽으로만 성공을 거두었습니다. 그는 평생 천재적인 상상력과 강한 사고력으로 스스로를, 그 순진하고 고결한 존재를 증오해 왔습니다. 온갖 신랄함과 비판, 악의, 증오심을 무엇보다 자기 자신에게 퍼부었다는 점에서 그는 철두철미한 예수이자 순교자였습니다. 그는 주변 사람들은 항상 사랑했고 정당하게 평가하려 했으며 그들에게 아픔을 주지 않으려고 매우 용감하고 진지한 시도를 하기도 했습니다. '네 이웃을 사랑하라'는 말이 그에게는 자기 증오만큼이나 깊게 각인되어 있었기 때문입니다. 나아가 그의 삶 전체는 자신을 사랑하지 않고는 이웃을 사랑하는 것도 불가능할 뿐 아니라, 자기 증오도 결국에는 강한 이기주의만큼이나 지독한 고립감과 절망감만 낳게 된다는 사실을 보여 주는 본보기가 되었습니다.

그러나 이제는 나의 상념들은 제쳐 두고, 있는 그대로의 사실을 말할 때가 된 것 같습니다. 한편으로는 나의 염탐질을 통해 다른 한편으로는 아주머니의 말씀을 통해, 나는 우선 할러 씨의 생활 방식을 알게 되었습니다. 즉 그가 생각하기 좋아하고 책을 좋아하며, 어떠한 직업도 갖지 않았다는 사실을 알게 됐습니다. 그는 늘 늦은 시간에 잠자리에 들었고, 정오가 다 되어서야 자리에서 일어나 잠옷 차림으로 침실에서 거실로 건너가곤 했습니다. 두 개의 창문이 나 있는 크고 아늑한 다락방인 거실은, 며칠 후에 보니 예전에 다른 세입자가 살던 때와는 사뭇 다른 분위기였습니다. 시간이 지날수록 그 거실은 점점 더 물건들로 가득 차게 되었습니다. 벽마다 사진과 그림들이 걸렸고, 잡지에서 오려 낸 사진들이 자주 교체되며 나붙기도 했습니다. 사진들 중에는 남쪽 지방의 풍경 사진과, 할러 씨의 고향임이 분명한 독일의 작은 지방 도시 사진들도 있었습니다. 다양한 색깔의 화려한 수채화들도 걸려 있었는데, 나중에야 알게 된 사실이지만 그 그림들은 그가 직접 그린 것들이었습니다. 아름다운 젊은 여인과 어린 소녀의 사진도 있었습니다. 한동안은 시암 종파의 부처 그림도 벽에 걸려 있다가 얼마 후 그 자리에 미켈란젤로의 〈밤〉 복사본이 걸리더니 다시 마하트마 간디의 사진으로 바뀌었습니다. 책은 커다란 책장뿐 아니라 책상 위에도, 예쁘장하고 낡은 책꽂이 겸 책상 위에도, 낮은 안락의자 위에도, 다른 의자들 위에도, 심지어 바닥에까지 여기저기에 놓여 있었습니다. 책갈피가 꽂혀 있는 책들은 수시로 바뀌었습니다. 그는 도서관에서 책을 한 꾸러미씩 빌려올 뿐 아니라 빈번히 책 소포도 받았기에 책은 지속적으로 늘어났습니다. 그 방에 살고 있는 남자는 학자일 가능성이 높아 보였습니다. 게다가 사방에 자욱한 담배 연기, 도처에 널브러져 있는 담배꽁초와 재떨이도 그 방을 학자의 방처럼 보이게 했습니다. 하지만 널려 있는 책 대부분은 학술 서적은 아니었습니다. 다양한 시대와 나라 출신의 문인들의 작품이 많았습니다. 그가 종종 하루 종일 시간을 보내는 안락의자 위에는, 18세기 말에 출간된 『소피의 여행, 메멜에서 작센까지』라는 책이 한동안 놓여 있었습니다. 괴테와 장 파울의 전집을 비롯해 노발리스, 레싱, 야코비, 리히텐베르크의 책들도 많이 펼쳐 본 흔적이 역력했습니다. 도스토예프스키의 몇몇 책들에는 메모지가 덕지덕지 끼워져 있었습니다. 많은 책들과 잡지들 사이에 놓여 있는 덩치 큰 책상 위에는 종종 꽃다발이 놓여 있었고, 먼지를 잔뜩 뒤집어쓴 수채화 용품들도 널브러져 있었습니다. 그리고 그 곁에는 재떨이와, 굳이 숨김없이 말하자면 온갖 술병들도 나뒹굴고 있었습니다. 그중 짚을 두른 병에는 대체로 근처 작은 가게에서 사 온 이탈리아산 적포도주가 채워져 있었고, 가끔은 부르고뉴산 포도주와 말라가산 백포도주도 보였습니다. 버찌 브랜디가 든 두꺼운 술병이 짧은 기간 안에 거의 다 비워져 바닥에만 조금 남은 상태로 방 한쪽 구석에서 먼지를 뒤집어쓴 신세가 되는 것도 목격했습니다. 나는 내가 저지른 염탐질을 정당화할 생각은 추호도 없지만, 이 점만은 솔직히 고백하고 싶습니다. 지적 흥미로 가득 차 있긴 했으나 방탕하고 문란한 생활의 징후들이 보였던 그 방이 초창기에는 내게 혐오감과 불신을 불러일으켰다는 것을. 나는 일과 정확한 시간 계획에 익숙한, 규칙적으로 살아가는 시민일 뿐 아니라 술도 안 마시고 담배도 안 피웁니다. 때문에 할러 씨의 방에 널려 있던 술병들이 그 밖의 그의 예술가적 무질서보다 훨씬 마음에 들지 않았습니다.

그 낯선 사내는 잠자는 시간도 활동하는 시간도 불규칙적이었을 뿐만 아니라 식사와 음주 패턴도 불규칙적이고 제멋대로였습니다. 한동안은 일절 집 밖으로 나가지 않고 모닝커피를 제외하곤 거의 아무것도 먹지 않는가 하면 — 당시 아주머니는 그의 식사 흔적으로 바나나 껍질밖에 볼 수 없다고 했습니다 — 한동안은 레스토랑에서 식사를 하기도 했습니다. 때로는 고급스럽고 우아한 식당에서, 때로는 조그만 변두리 음식점에서. 그의 건강 상태는 썩 좋지 않아 보였습니다. 다리에 문제가 있어서 종종 계단을 오를 때 힘겨워했고 다른 문제들로 인한 고통도 있는 듯했습니다. 한번은 자신이 몇 년 전부터 소화도 잘 안 되고 숙면도 취할 수 없다고 했습니다. 나는 그것이 무엇보다 음주 탓이라고 생각했습니다. 나중에 그의 단골 음식점에 몇 번 같이 갔을 때, 그가 기분에 따라 급하게 포도주를 마셔 대는 광경을 목격할 수 있었습니다. 하지만 나를 포함해 그 누구도 그가 만취 상태에 이른 모습은 본 적이 없습니다.

나는 우리가 인간적으로 친밀해진 첫 만남을 잊을 수가 없습니다. 그때까지 우리는 그저 인사 정도만 나누는, 한지붕 아래 사는 이웃에 불과했습니다. 어느 날 저녁, 퇴근해서 집에 들어오니 놀랍게도 할러 씨가 1층과 2층 사이의 계단참에 앉아 있었습니다. 그는 내가 지나갈 수 있도록 한쪽으로 비켜 앉았습니다. 나는 그에게 몸이 불편하냐며 위층까지 부축해 주겠다고 했습니다. 할러 씨가 나를 쳐다보았고, 그 순간 나는 그가 일종의 환각 상태에서 깨어났음을 알아챘습니다. 그는 천천히 미소 짓기 시작했습니다. 그 매력적이지만 고통이 묻어나는 미소가, 그 후로도 나를 슬프게 하곤 했습니다. 그는 나에게 곁에 앉으라고 권했습니다. 나는 감사의 표현을 한 뒤, 다른 사람이 사는 방의 문이 내려다보이는 계단에 앉는 것이 좀 불편하다고 말했습니다.

"아, 그래요?" 그가 그렇게 말하며 근사한 미소를 지어 보였습니다. "당신 말이 맞습니다. 하지만 조금만 있어 보세요. 내가 왜 이곳에 잠깐이나마 앉아 있어야 했는지 이유를 말해야 할 것 같아서요."

그러고는 그는 한 과부가 살고 있는 방이 있고, 이 집의 현관이 있는 1층을 가리켰습니다. 계단과 창문 그리고 유리 현관문 사이에 있는, 쪽매널마루가 깔린 그 작은 공간의 벽에는 키 큰 마호가니 장롱이 세워져 있었습니다. 그 위에는 오래된 주석 제

22

품이 놓여 있었고, 장롱 앞 바닥에는 두 개의 작고 나지막한 스탠드 위에 각각 큰 화분이 놓여 있었습니다. 하나는 철쭉이었고 다른 하나는 아라우카리아였습니다. 그 식물들은 예쁠 뿐만 아니라 항상 깔끔하고 흠잡을 데 없이 관리되고 있었기에 볼 때마다 기분이 좋았습니다.

"한번 냄새를 맡아 보세요." 할러 씨가 계속 말을 이었습니다. "아라우카리아가 있는 저 작은 현관에서는 기가 막힌 향기가 납니다. 그래서 잠시 멈추지 않을 수가 없어요. 물론 당신 아주머니 방에서도 좋은 향기가 나지요. 정리도 정갈하게 잘되어 있고요. 하지만 저곳이 더 눈부시게 청결합니다. 먼지 하나 없을 정도로 닦고 또 닦아 손을 댈 수 없을 정도로 깨끗해서 정말 말 그대로 빛이 날 정도입니다. 그래서 나는 늘 이곳에 앉아 코안 가득 숨을 들이마십니다. 당신도 향기가 느껴지지 않나요? 바닥의 왁스 냄새와, 송진의 은은한 잔향과, 마호가니 냄새와, 깨끗이 손질된 식물 잎사귀 향이 어우러져 만들어 내는 이 향기가요. 시민적인 청결함과 세심함과 정확성, 소소한 일에도 최선을 다하는 충실함이 완벽하게 조화를 이루어 빚어낸 향기죠. 저 1층 방문 뒤편에 누가 살고 있는지는 모르겠지만, 틀림없이 먼지 한 톨 묻어 있지 않은 정결한 시민성의 낙원이 펼쳐져 있을 거라는 생각이 듭니다. 소소한 습관과 의무가 일구어 낸 질서의 낙원이요."

내가 침묵하고 있자 그가 말을 이었습니다. "신사 양반, 부디 내가 반어적으로 말하고 있다고 생각하지는 마십시오! 나는 시민성과 질서 의식을 비웃는 행위를 가장 경계하는 사람입니다. 물론 나 자신은 그와는 전혀 다른 세상에 살고 있습니다. 온종일 집 안에 틀어박혀 이런 아라우카리아와 씨름하면서 지낼 수는 없을 겁니다. 그러나 내가 비록 늙고 초라한 한 마리 황야의 늑대 일지언정, 나 또한 한 어머니의 아들입니다. 내 어머니 역시 꽃을 가꾸고 방과 계단, 가구와 커튼 등을 손질하며 사는 시민이었지요. 집은 물론 삶까지도 가능한 한 깨끗하고 정결하며 질서 정연하게 가꾸려고 애쓰셨죠. 송진 향이 그 시절을 떠올리게 합니다. 아라우카리아도 마찬가지고요. 내가 가끔 이곳에 우두커니 앉아 저 작은 질서의 정원을 내려다보는 이유도 그 때문입니다. 그 시절의 풍경이 지금 이곳에 여전히 존재하는 것이 기뻐서요."

그는 자리에서 일어나려 했지만 힘겨운 눈치였습니다. 내가 도와주자 굳이 마다하지 않았습니다. 나는 침묵을 지키고 있었지만 나 역시 아주머니와 마찬가지로 그 독특한 인간이 자아내는 묘한 매력에 끌리고 있었습니다. 우리는 천천히 계단을 올라갔습니다. 어느덧 그의 방문 앞에 도착하자 그는 열쇠를 손에 쥔 채 다시 한 번 다정한 눈초리로 내 얼굴을 쳐다보면서 말했습니다. "퇴근해서 돌아오신 거죠? 난 그런 일상은 잘 모릅니다. 나는 다소 비껴 난 삶, 변방의 삶을 살고 있습니다. 하지만 당신도 책이나 독서에 관심이 있을 거라는 생각이 들어요. 일전에 아주머니께서, 당신이 고등학교를 졸업했고 그리스어에 유창하다는 말을 해주신 적이 있습니다. 오늘 아침 노발리스를 읽다가 괜찮은 구절 하나를 발견했습니다. 보여 드릴까요? 당신도 아마 기뻐하실 겁니다."

그는 나를 담배 냄새가 코를 찌르는 자신의 방으로 안내하더니 책 더미에서 책을 한 권 뽑아 들고는 책장을 넘겨 가며 어떤 문장을 찾았습니다. 그러다가 말했습니다. "이 부분도 좋아요, 정말 훌륭해요. 한번 들어 보세요. '사람은 고통에 자부심을 가져야 할 것이다. 모든 고통은 우리들의 고결한 품격에 대한 하나의 기억이다.' 예리합니다! 니체보다 80년을 앞서서 이런 말을 하다니. 하지만 이 부분은 제가 말했던 구절은 아닙니다. 잠깐만 기다려 보세요. 아, 이제 찾았습니다. 이 구절입니다. '대부분의 인간들은 수영을 할 수 있을 때까지는 수영을 하려 들지 않는다.' 재치 있지 않나요? 당연히 인간은 수영하기를 원치 않지요! 그들은 땅 위에서 살기 위해 태어났지, 물에서 살기 위해 태어난 것은 아니니까요. 또한 그들은 도통 생각을 하려 하지 않아요. 삶을 위해 만들어진 존재지 결코 사고를 위해 만들어진 존재가 아니니까요! 생각하려는 사람, 생각을 중요하게 여기는 사람은 그렇게 함으로써 많은 것을 성취할 수 있겠지만, 결국 그는 땅을 포기하고 물을 택하게 되어 언젠가 익사하게 되겠지요."

그렇게 그는 나를 매료시키고 나의 흥미를 유발시켰기에 나는 잠시 더 그의 방에 머물렀습니다. 그 후로 우리는 계단에서든 길거리에서든 마주치면 조금이나마 얘기를 주고받았습니다. 처음에는 그가 아라우카리아를 예찬할 때와 마찬가지로 나를 좀 놀리고 있다는 느낌이 들었습니다. 하지만 그게 아니었습니다. 그는 아라우카리아와 마찬가지로 나도 매우 존중해 주었습니다. 그는 스스로 땅을 버리고 물을 택했다고 생각했기에, 자신의 고독이 자처한 고독이라고 믿고 있었기에, 타인에 대해서는 어떠한 경멸감도 없었습니다. 오히려 시민의 일상적 행동들에, 예컨대 내가 출퇴근 시간을 정확하게 엄수하는 것이나 심부름꾼이나 전철 기관사가 크게 소리 지르며 일하는 것에 감격할 정도였습니다. 처음에는 그런 그의 태도가 생뚱맞고 과장되어 보였습니다. 이를테면 한량이나 백수건달 기질에서 나오는 진지하지 않은 감상주의처럼 느껴졌습니다. 하지만 시간이 지날수록 그가 세상에 대해 느끼는 낯섦과 황야의 늑대적 기질로 인해 마치 진공 상태 같은 공간에 살고 있기에, 진정으로 시민 세계를 찬미하고 사랑한다는 것을 알게 되었습니다. 우리가 사는 견고하고 안전한 시민 세계는, 그로서는 너무 먼 곳이자 다가갈 수 없는 곳, 그에게는 접근이 차단되어 있는 고향이자 평화가 숨 쉬고 있는 곳이기 때문입니다. 그는 우리 집에 드나드는 한 상냥한 여성과 마주칠 때면 매번 마음에서 우러나는 경외심으로 모자를 벗곤 했습니다. 또한 아주머니가 그에게 옷을 수선해야 되겠다거나 외투 단추가 떨어졌다고 지적해 주면, 그는 온 주의를 집중해 사뭇 진지하게 귀를 기울였습니다. 마치 그 짧은 동안에라도 아담하고 평화로운 세상으로 들어가기 위해, 그곳에서 편안함을 느끼기 위해, 이루 형언할 수 없는 절망적인 노력을 하고 있는 듯 보였습니다.

아라우카리아를 보면서 나누었던 첫 대화 때부터 이미 그는 자신을 황야의 늑대라 불렀는데, 내겐 그 칭호가 다소 이상하고 거슬렸습니다. 무슨 그런 표현이 다 있나 싶었습니다. 그러나 나는 어느새 그 표현에 익숙해졌고 나 스스로도, 즉 나의 생각 속에서도 그 사내를 황야의 늑대가 아닌 다른 말로는 부를 수 없게 되었습니다. 지금도 그보다 더 적절한 말은 없다고 생각합니다. 우리들이 사는 도시로 와서 사람들 속에서 길을 잃은 그의 모습을, 황야의 늑대라는 말보다 더 설득력 있게 표현해 줄 말은 없을 것입니다. 그 말에는 경계심으로 가득한 그의 고독감, 그의 야성, 그의 불안, 그리고 그의 고향 상실감까지 다 담겨 있으니까요.

한번은 한 교향곡 연주회에서 저녁 내내 그를 지켜본 적이 있었습니다. 놀랍게도 그가 내 곁에 앉아 있었던 겁니다. 하지만 그는 내가 옆에 있다는 사실을 눈치채지 못했습니다. 이내 헨델의 고상하고 아름다운 음악이 연주되기 시작했지만, 황야의 늑대는 자기 세계 안에 몰입한 채 음악과 주변을 외면하고 있었습니다. 그 무엇과도 관계를 끊은 채 외롭고 낯설게 앉아 있었습니다. 냉정하면서도 수심 가득한 얼굴로 시선을 내리깔고 있었습니다. 다른 곡이 흘러나왔습니다. 프리데만 바흐의 작은 교향곡이었습니다. 몇 소절이 지나자 나의 이방인이 미소 짓기 시작했습니다. 그가 음악에 몰입하는 모습을 보게 되자 나는 깜짝 놀랐습니다. 그는 10분 남짓 음악에 심취한 채 행복에 겨워 달콤한 꿈속을 헤매는 듯 보였습니다. 그래서 나는 음악보다 그의 태도에 더 주의를 기울일 수밖에 없었습니다. 곡이 끝나자 그는 정신을 차리고 자세를 가다듬었습니다. 표정을 보니 자리에서 일어나 밖으로 나가고 싶은 듯했습니다. 하지만 그는 자리를 지키고 앉아 마지막 곡까지 감상했습니다. 그 곡은 레거*의 변주곡이었습니다. 많은 사람들에게 다소 길고 지루하게 느껴질 음악이었습니다. 처음에는 마음이 동해서 주의 깊게 듣던 황야의 늑대도 지루해진 듯, 두 손을 주머니에 꽂고는 재차 자신만의 세계로 빠져들었습니다. 하지만 이번에는 행복한 환상에 젖는 게 아니라 슬프고 화가 난 모습이었습니다. 절망감과 피로로 파리해진 그의 얼굴은, 늙고 병들고 불만 가득하게 보였습니다.

연주회가 끝난 후 거리에서 그를 다시 발견했습니다. 나는 그를 뒤따라갔습니다. 그는 자신의 외투 속에 파묻힌 채 내키지 않는 피곤한 발걸음으로 우리가 사는 지역을 향해 걸어갔습니다. 그러다가 고풍스러운 한 작은 음식점 앞에 멈춰 섰습니다. 망설이듯 시계를 쳐다보고는 안으로 들어갔습니다. 나는 순간적인 욕구에 못 이겨 그를 따라 들어갔습니다. 그는 소박한 탁자에 앉아 있었습니다. 여주인과 여종업원이 그를 단골손님처럼 맞았습니다. 나도 인사를 하고는 그에게로 가서 앉았습니다. 우리는 그곳에 한 시간 동안 앉아 있었습니다. 내가 물 두 잔을 마시는 동안 그는 적포도주 반 리터를 마신 후 4분의 1리터를 더 마셨습니다

---

* Max Reger(1873-1916). 독일의 작곡가이자 피아니스트.

28

다. 나도 연주회에 있었다고 말했지만 그는 별 반응을 보이지 않았습니다. 그는 내가 마시는 물병의 상표를 훑어보더니 자신이 한잔 살 테니 포도주를 마시겠냐고 물었습니다. 술은 마시지 않는다는 내 대답을 듣더니 다시 의기소침해진 얼굴로 말했습니다. "예, 당신이 옳습니다. 저 역시도 몇 년 동안은 술을 마시지 않았고 오랫동안 단식을 한 적도 있습니다. 하지만 지금은 다시, 음울하고 술 좋아하는 물병자리 기질로 돌아갔지요."

내가 농담조로 다른 사람도 아닌 당신이 점성술을 믿을 리가 없다고 말하자, 그는 나를 종종 당황스럽게 했던 정중한 어투로 말했습니다. "맞게 봤습니다. 유감스럽게도 나는 점성술도 믿을 수가 없습니다."

나는 자리에서 먼저 일어났습니다. 그는 한밤중이 되어서야 집으로 돌아왔습니다. 그의 발소리에 익숙했기에 바로 그라는 걸 알 수 있었습니다. 그는 평소와는 달리 곧장 침실로 가지 않고 ― 내 방은 바로 그의 옆방이었기에 모든 소리를 정확하게 들을 수 있었습니다 ― 한 시간가량 불 켜진 거실에 우두커니 앉아 있었습니다.

또 다른 밤의 기억도 잊을 수가 없습니다. 그날은 아주머니가 외출 중이라 나 혼자 집에 있었습니다. 현관 벨이 울리기에 문을 열어 봤더니 젊고 매우 아름다운 여성이 서 있었습니다. 그녀가 할러 씨가 집에 계시냐고 물었고, 나는 그녀를 알아볼 수 있었습니다. 그의 방에 걸려 있는 사진 속의 여성이었기 때문입니다.

나는 그의 방문 쪽을 가리키고는 내 방으로 들어갔습니다. 그녀는 한동안 그의 방에 머물렀습니다. 얼마 후 그들 두 사람이 활기차고 유쾌한 농담을 주고받으며 계단을 내려가 밖으로 나가는 소리가 들렸습니다. 나는 그 은자에게 연인이 있다는 사실에 적잖이 놀랐습니다. 그것도 그토록 젊고 아름다우며 우아한 여성이라니. 그와 그의 삶에 대한 나의 모든 추측이 다시 혼란스러워졌습니다. 하지만 한 시간도 못 되어 그는 혼자 집으로 돌아왔습니다. 무겁고 처량한 걸음으로 힘겹게 계단을 올라가서는 자신의 거실에서 조용한 발걸음으로 이리저리 서성거렸습니다. 말 그대로 우리 안에 갇힌 한 마리 늑대와도 같았습니다. 거의 아침이 다 될 때까지 그의 거실에는 불이 켜져 있었습니다.

　나는 그들의 관계에 대해서 전혀 아는 것이 없습니다. 단지 한 가지 덧붙이고 싶은 것은, 그 후로 거리에서 그가 그녀와 함께 있는 모습을 한 번 더 본 적이 있다는 사실입니다. 그는 그녀와 팔짱을 끼고 걷고 있었고, 행복해 보였습니다. 그의 수심 가득하고 고독한 얼굴도 경우에 따라서는 기품 있고 천진난만한 표정을 지을 수 있구나, 라는 생각이 들면서 그를 대하는 그 여성의 태도는 물론 아주머니가 그에게 보이는 연민의 감정까지 이해할 수 있게 되었습니다. 그러나 그날 밤 그는 처량하고 비참한 모습으로 돌아왔습니다. 나는 그와 현관에서 마주쳤습니다. 그는 종종 그랬듯이 외투 안에 이탈리아산 포도주를 감추고 들어와, 밤늦게까지 거실에 앉아 있었습니다. 그의 삶은 왜 저토록 절망적이고 상실감 가득하며 무기력한 것일까, 하는 생각에 가슴이 짠했습니다.

이 정도면 충분히 수다를 떤 셈입니다. 황야의 늑대가 자살자의 삶을 살았다는 사실을 알려 주기 위한 더 이상의 보고나 설명은 필요치 않을 것입니다. 그렇지만 나는 그가 떠난 후에도 — 그는 밀린 방세를 다 지불하고 나서 어느 날 갑자기 작별 인사도 없이 이 도시를 떠나 어디론가 사라져 버렸습니다 — 그가 스스로 목숨을 끊었다고는 생각지 않습니다. 우리는 더 이상 그의 소식을 듣지 못했으며 다만 그 앞으로 온 몇 통의 편지만 보관하고 있을 뿐입니다. 그가 남겨 둔 것이라고는 이곳에 머무르며 썼던 수기 외에는 아무것도 없습니다. 거기에는, 내가 그것을 마음대로 처리해도 된다는 언급과 함께 나를 위한 몇 줄의 헌사가 쓰여 있었습니다.

할러 씨의 수기에 담겨 있는 체험들이 사실인지 아닌지는 나로서는 검증할 수 없습니다. 대부분은 소설 같은 내용들인데, 그렇다고 완전히 지어낸 것이라는 뜻은 아닙니다. 내가 그의 수기를 소설 같다고 한 건, 그가 자신의 심오한 영혼의 여정을 가시적인 사건으로 표현했다는 뜻입니다. 그 수기에서 부분적으로 드러나는 환상적인 사건들은, 추측건대 이곳에서 체류했던 막바지에 쓴 것일 텐데, 나는 그 바탕에도 사실적이고 객관적인 경험이 깔려 있을 것이라고 믿습니다. 그 시기 동안 우리의 손님은 사뭇 변화된 태도와 모습을 보였습니다. 이를테면 집 밖에서 보내는 시간이 많았으며 이따금은 밤을 새고 들어오기도 했습니다. 게다가 책을 읽지 않는 날도 많았습니다. 그 당시 그와 마주쳤을 때 그는 눈에 띄게 활기차고 젊어 보였고, 또 몇 번은 매우 들떠 보였습니다. 물론 그러고 나서 얼마 지나지 않아 그에게 또다시 무거운 우울증이 엄습했습니다. 그는 식사도 거르며 하루 종일 침대에 누워 있었습니다. 그리고 그 시기에, 다시 나타난 애인과 온 집 안을 발칵 뒤집어 놓을 만큼 격렬하고 무자비한 싸움을 벌이기도 했습니다. 다음 날 할러 씨는 그 불미스러운 사건에 대해 아주머니께 정중히 사과를 했었습니다.

확신하건대 그는 결코 자살한 것이 아닙니다. 그는 어딘가에서 여전히 살고 있을 것입니다. 불편한 다리로 집 계단을 오르내릴 것이며, 반짝반짝 윤이 날 정도로 닦여 있는 쪽매널마루와 깔끔하게 가꾸어진 아라우카리아를 응시하기도 할 것입니다. 낮에는 도서관에, 밤에는 주점에 갈 것입니다. 셋방의 안락의자에 앉아 창문 너머의 세상과 인간들의 소리를 들으며, 자신을 소외된 인간이라고 생각하기도 할 것입니다. 하지만 결코 스스로 목숨을 버리지는 않을 것입니다. 왜냐하면 그에게 남아 있는 일말의 신념은, 마음속의 지독한 고통을 마지막까지 경험하고 나서야 생을 마감해야 한다고 말해 줄 것이기 때문입니다. 나는 종종 그를 생각합니다. 그는 내 삶을 편안하게 만들어 주지도 않았고, 내 안의 활력과 기쁨을 고무시켜 주는 재능도 없었습니다. 아니, 그 반대였습니다! 하지만 나는 그가 아니기에 그의 방식대로 살지는 않을 것입니다. 소시민적이면서도 안정적이고 의무에 충실한 나만의 삶의 방식을 추구할 것입니다. 오히려 그렇기 때문에 나와 아주머니는 차분하고 우호적으로 그를 생각할 수 있는 것입니다. 아주머니는 그에 대해 나보다 더 많이 알고 있을 테지만, 그 모든 것을 어진 마음속에 묻어 둘 것입니다.

앞으로 나올 할러 씨의 수기는 놀랍도록 병적이며 한편으로는 아름답고 심오한 사유로 가득한 상상의 산물입니다. 만일 그것이 우연히 내 손에 들어왔고 저자가 생면부지의 사람이었다면, 나는 분명히 격분해서 내던져 버렸을 것입니다. 그러나 조금이나마 그를 알고 있었기에 그 내용을 이해할 수 있었고 공감되는 부분도 있었습니다. 만일 내가 이 수기에서 단순히 한 개인의, 한 가련한 정신질환자의 병리학적 환상만 볼 수 있었다면 이것을 다른 사람들에게 공개해도 될까 많이 고민했을 것입니다. 하지만 나는 이 속에서 그 이상의 무엇을 보았습니다. 이것은 말하자면 한 시대의 기록입니다. 할러 씨가 앓았던 영혼의 병은, 한 개인의 기벽이 아니라 시대 자체의 병이었습니다. 할러 씨가 속한 세대 전체의 노이로제였습니다. 나약하고 열등한 사람들뿐 아니라 강인하고 지적이고 재능이 탁월한 사람들도 피해 갈 수 없는 병이었습니다.

이 수기는 — 그 밑바탕에 얼마만큼의 실제적 체험이 깔려 있는지와는 별개로 — 거대한 시대적 병을 우회하지도 미화하지도 않고 있는 그대로 묘사함으로써 병을 극복하려는 시도입니다. 이 수기에는 말 그대로 지옥의 순례가 담겨 있습니다. 그는 때로는 두려움에 차서, 때로는 용기 있게, 암울한 영혼의 세계가 빚어낸 카오스에 저항하고 악의 극단까지 견디며 지옥을 가로질렀습니다.

할러 씨가 예전에 내게 했던 말이 이 모든 것을 이해하는 결정적인 단서가 되었습니다. 그는 언젠가 중세 시대의 잔혹성에 대해 이야기하면서 이렇게 말했습니다. "그런 잔혹성은 실제는 잔혹한 게 아닙니다. 오히려 중세 때의 인간들이 오늘날 우리의 삶의 방식을 보게 된다면, 잔혹하고 경악스러우며 야만적이라고 할 겁니다! 모든 시대, 모든 문화, 모든 풍습, 모든 전통은 저마다의 양식을 가지고 있습니다. 각각 스스로에게 어울리는 부드러움과 엄격함, 아름다움과 잔혹성을 가지고 있어서, 어떤 고통은 자명한 것으로 여기고 어떤 해악은 감수한다는 뜻이지요. 인간의 삶이 정말로 고통이고 지옥이 되는 때는 두 개의 시대, 두 개의 문화, 두 개의 종교가 충돌을 일으킬 때예요. 고대의 한 인간이 중세 때 살아야 했다면, 그는 그 문명의 한복판에서 고통스럽게 질식하고 말았을 겁니다. 그런데 현대인들은 두 개의 시대, 두 개의 삶의 양식에 끼어 살고 있지요. 그래서 자명한 윤리도 안정감도 순수성도 잃어버린 겁니다. 물론 모든 현대인들이 그런 현실을 동일한 강도로 느끼는 건 아닙니다만. 사실 니체 같은 사람은 지금 우리가 겪고 있는 불행을 한 세대 전에 미리 견뎌야 했습니다.

그가 오해를 받으면서 홀로 외롭게 견뎌야 했던 것을, 오늘날에는 수많은 사람들이 경험하고 있지요."

나는 그의 수기를 읽는 와중에 종종 저 말이 떠올랐습니다. 할러 씨는 두 시대 사이에 낀 사람들 중 하나였습니다. 안정감과 순수성을 잃어버린 채 의문투성이의 삶 속에서 혹독한 고통과 지옥의 운명을 견뎌 내야 했던 사람이었습니다.

바로 그래서 나는 그의 수기가 의미 있다고 생각해 공개하기로 결심했습니다. 그렇지만 나는 그의 수기를 변호할 생각도 없고 그렇다고 폄하할 마음도 없습니다. 독자들이 자신의 양심에 따라 판단하기를 바랍니다!

하리 할러의 수기
- 오로지 미친 자들만을 위하여

그날도 평소처럼 지나갔다. 하루를 하릴없이 보내 버렸다. 나의 원시적이고 소극적인 삶의 방식대로 하루를 조용히 살해해 버렸다. 나는 몇 시간을 일하고 나서, 고전들을 뒤적였다. 나이든 사람들이 그렇듯 두 시간가량 온갖 통증에 시달리다 가루약을 먹었다. 통증을 기만한 것 같아 기분이 좋았다. 뜨거운 욕조에 들어가 은근한 온기를 즐겼다. 세 번에 걸쳐 우편물을 받았다. 그 쓸데없는 편지들과 자질구레한 인쇄물들을 훑어보았다. 몇 차례 심호흡 운동을 했다. 하지만 그날은 명상 훈련은 귀찮아서 하지 않았다. 한 시간가량 산책을 하다가 하늘을 올려다보니 평소에는 보기 힘든 예쁘고 은은한 새털구름이 떠 있었다. 그것을 보니 고전을 읽을 때나 따뜻한 욕조에 몸을 담그고 있을 때처럼 마음이 흡족해졌다. 하지만 전반적으로 보자면 그날은 특별히 매력적인 날도, 행복감이나 즐거움이 느껴지는 날도 아니었다. 오래전부터 익숙해진 평범하고 일상적인 날들 중 하루에 불과했다. 말하자면 나이 들어 불평만 늘어난 나 같은 사내가 그럭저럭 견딜 만한 날이었다. 특별한 고통이나 근심도 없고 딱히 절망적인 기분도 아닌 날, 그래서 아달베르트 슈티프터*처럼 면도를 하다가 사고를 치지나 않을까 하는 생뚱맞은 생각에 흥분하거나 불안해하지 않아도 되는, 객관적이고 차분한 마음 상태의 날이었다.

이와는 다른 날들을 경험해 본 사람이라면, 그러니까 통풍 발작에 시달리거나 눈알 뒤에 깊이 뿌리 내린 지독한 두통이 기쁨을 고통으로 바꾸어 놓는 날을 겪어 본 사람이라면, 혹은 공허감과 절망감으로 영혼이 죽어 가는 날들을, 주식회사들에 의해 다 털려 버려 폐허가 된 지상의 한가운데에서 인간세계와 소위 문화라고 하는 것이 퇴폐적이고 비열한 방식으로 가는 곳마다 따라다니며 역겹게 비웃어 대는 날들을 경험해 본 사람이라면, 자신의 병든 자아 속에서 인내의 한계 상황에까지 내몰려 본 사람이라면, 그런 지옥 같은 날들을 맛본 사람이라면, 그날처럼 평범하고 어중간한 날에 만족할 것이다. 그리고 감사의 마음으로 따

* Adalbert Stifter(1805~1868). 오스트리아의 소설가. 말년에 면도칼로 스스로 목숨을 끊었다고 알려져 있다.

뜻한 난롯가에 앉아 조간신문을 읽으며, 오늘은 전쟁이 다시 발발하지 않았고 새로운 독재자가 옹립된 것도 아니며 정치면과 경제면에도 특별히 추악한 일이 실리지 않은 것을 확인하고는 감사해할 것이다. 그러고는 자신의 녹슨 칠현금의 현을 조율해 중용의 가치가 녹아 있고 적당한 기쁨과 즐거움을 선사해 주는 감사의 시편을 연주하면서, 자기 안에 머물고 있는 조용하고 부드럽고 브롬 약 기운에 취해 현실에 만족해하는 평범한 신을 무료하게 만들 것이다. 그런 만족스러운 무료함 속에서는, 그런 고통 없는 고마운 상태 속에서는, 지루하게 고개를 끄덕이는 평범한 신과 수수한 시편을 연주하는 머리가 희끗한 평범한 인간이 마치 쌍둥이처럼 닮은꼴로 보인다.

만족감을 느끼며 고통 없이 지낼 수 있는 것은 좋은 일이다. 쾌와 불쾌 그 어느 것도 언성을 높이지 않고 모든 것이 소곤대며 발끝으로 살금살금 걷는, 고통과 타협을 본 날들은 괜찮은 날들이다. 그럼에도 불구하고 나는 바로 그런 만족감을 참아 낼 수가 없다. 만족감은 조금 시간이 지나면 견딜 수 없을 정도로 증오스럽고 역겹게 느껴진다. 그래서 나는 다른 기분으로 도피할 수밖에 없게 된다. 대부분은 쾌감의 길을 선택하지만 부득이한 경우에는 고통의 길로도 도피하곤 한다. 어떠한 쾌감이나 고통도 없는, 소위 '좋은 날들'의 미적지근함을 계속 참고 들이마시다 보면, 나의 미숙한 영혼 속으로 통증과 비참함의 강풍이 불어닥친다. 그러면 나는 태만하게 만족을 즐기고 있는 신의 얼굴에 녹슨 칠현금을 집어던지고 싶고, 몸에 좋은 방 안의 온도보다 차라리 내 안에서 불을 뿜는 악마적 고통을 택하고 싶어진다. 격렬한 감정과 센세이션을 좇고자 하는 욕망이, 아무런 색깔도 없이 밋밋하고 일률적이며 안전하게 살균 처리된 삶에 대한 분노이자 무언가를 때려 부수고 싶은 격렬한 감정이 타오르는 것이다. 이를테면 백화점이나 대성당 혹은 나 자신까지도 박살 내버리고 싶고, 대담하고 무식한 행동을 일삼고 싶고, 찬양받는 몇몇 신들의 가발을 벗겨 버리고 싶고, 몇몇 반항적인 어린 남학생들에게 비싼 함부르크행 차표를 사 주고 싶고, 어린 소녀를 유혹하고 싶고, 시민적 세계 질서의 대표자들을 파멸시키고 싶은 욕망에 사로잡히는 것이다. 왜냐하면 나는 만족감, 건강, 안락함, 시민들의 세련된 낙관주의, 알차고 유용한 중용, 평범, 평균의 교육 등을 뼛속 깊이 증오하고 혐오하며 저주해 왔기 때문이다.

나는 그 평범한 날의 해질 무렵에 마침내 그런 미지근한 만족감에서 벗어나기로 마음먹었다. 그렇지만 만성적인 병에 시달리는 남자에게 어울리는, 보온 주머니를 넣은 잘 정리된 침대 속으로 들어가는 방법을 택한 것은 아니었다. 오히려 나의 소소한 일상에 불만과 구역질을 느끼며 언짢은 기분으로 신발 끈을 묶고 외투를 걸친 후, 술꾼들이 오래전부터 '딱 한 잔'이라고 부르는 술을 마시기 위해 어둡고 안개 낀 도시로 나가 슈탈헬름 주점으로 가기로 했다.

나는 다락방을 나와 계단을 내려갔다. 오르내리기 쉽지 않은 가파른 계단을. 내가 은둔하는 이곳은 총 세 가구가 살고 있는 번듯한 임대주택으로, 전형적인 시민적 분위기가 풍기는 깨끗하고 잘 손질된 곳이다. 나는 고향을 잃은 황야의 늑대이자 소시민적 삶을 증오하는 고독한 자이지만, 지금까지 줄곧 궁궐도 아니고 가난한 노동자의 집도 아닌 번듯하고 더없이 무료하며 흠잡을 데 없이 잘 관리된 이런 소시민의 둥지에서 살아왔다. 송진 향과 비누 향이 나며, 누군가 현관문을 요란하게 닫거나 더러운 신발로 들어오면 사람들이 깜짝깜짝 놀라는 그런 곳에. 나는 어린 시절부터 이런 분위기를 좋아했고, 때문에 향수에 젖어 희망이라고는 찾아볼 수 없는 이런 곳에만 찾아 깃든 것이다. 외로움과 애정 결핍과 초조함에 시달리는 철저하게 무질서한 내 삶과, 이런 가정적이고 시민적인 분위기의 대조를 맛보고 싶었기 때문이다. 나는 계단에 멈춰 서서 그 조용함과 질서, 깨끗함과 단정함, 그리고 길들여짐의 향기를 호흡했다. 내가 그렇게나 증오하면서도 동시에 감흥에 젖는 시민성의 향기를 들이마셨다. 그런 향기는 책 더미 사이로 담배꽁초들과 포도주 병들이 널브러져 있는, 모든 것이 무질서하고 낯설게 방치되어 있는 내 방 문턱에서 끝이 난다. 내 방 안에 쌓여 있는 책과 원고와 생각 안에는, 비참한 고독감과 인간 존재의 문제와 무의미한 인간 삶에 새로운 의미를 부여하고자 하는 욕망이 자리 잡고 있다.

나는 계단을 다 내려와 아라우카리아가 있는 현관에 이르렀다. 그곳은 그 어느 곳보다 청결하게 관리되어 있어 초인간적인 쾌적함을 풍기는 곳이었다. 과히 질서의 작은 성전과도 같았다. 차마 발을 들이기가 꺼려지는 쪽매널마루 위에는 우아한 두 개의 스탠드가 놓여 있고, 그 위에 각각 철쭉과 위엄 있는 아라우카리아 화분이 놓여 있었다. 특히 건강하고 옹골찬 아라우카리아가 더없이 싱싱하고 청결한 빛을 발하고 있었다. 아무도 없을 때면 나는 그 장소를 일종의 사원으로 사용하기도 한다. 계단에 앉아 아라우카리아를 쳐다보며, 두 손을 모으고 경건한 마음으로 그 작은 질서의 정원을 바라보는 것이다. 고독하고도 감동적인 그 공간은 나의 영혼을 흔들어 놓는다. 그 작은 마루청에 있는 아라우카리아의 성스러운 그림자 속에서, 광택 나는 마호가니 가구들이 들어찬 방을 떠올려 보기도 한다. 또한 일찍 일어나고, 맡은 바 임무에 충실하며, 지나치지 않을 정도의 유쾌한 가족 파티를 즐기고, 주일마다 교회에 가며, 일찍 잠자리에 드는, 격조 있고 건강미 넘치는 삶을 상상하기도 한다.

나는 짐짓 쾌활한 체하며 축축한 아스팔트 골목길을 정처 없이 떠돌아 다녔다. 가로등도 감상에 젖은 듯 흐린 우울함을 자아내고 있었고, 그 불빛은 축축한 바닥에도 비치고 있었다. 잊고 있던 유년 시절이 떠올랐다. 그때 나는 늦가을과 겨울의 음산하고 흐린 밤들을 얼마나 좋아했던가. 그래서 폭풍이 몰아치는 날에도 외투로 몸을 감싼 채 자정이 될 때까지 고독과 우울에 취해, 배타적이고 헐벗은 자연 속을 얼마나 헤매고 돌아다녔던가. 당시에 이미 나는 고독을 즐길 줄 알았고, 작은 내 방 안에 촛불을 밝혀 두고 침대 모서리에 앉아 수많은 시구들을 끼적였다! 하지만 다 지나간 일이었다. 청춘의 잔은 이미 오래전에 비워져 버렸고 다시는 채워지지 않았다. 그것이 애석했나? 그렇지 않았다. 이미 지나가 버린 것들은 애석하지 않았다. 애석한 것은 지금 현재였다. 어떠한 기쁨이나 충격도 느끼지 못하고 흘러가고 있는 이 숱한 나날들과 시간들이었다. 하지만 감사하게도, 드물긴 하지만 이따금 내게 선물이 주어져 균열된 내 안의 벽이 메워지기도 했다. 그래서 방황하던 내가 다시 생동감 넘치는 세상의 심장으로 돌아간 때도 있었다. 슬프지만 내심 고무된 채, 나는 그런 체험들을 기억해 내려 애썼다.

나는 장엄한 클래식 음악이 연주되고 있는 한 콘서트홀에서 그런 체험을 했었다. 한 목관 악기 연주자가 두 소절을 부는 사이 갑자기 피안의 세계로 향하는 문이 열렸고, 나는 하늘로 날아올라 한창 일에 몰두해 있는 신을 목격하게 되었다. 그 순간 성스러운 고통을 경험하게 되면서 세상 모든 것이 적대적으로 보이지 않게 되었고 그 어떤 것도 두렵지 않게 되었다. 모든 것을 긍정적으로 볼 수 있었고 모든 것에 마음을 열 수 있었다. 하지만 그런 시간은 오래 지속되지 못했다. 기껏해야 15분가량이었다. 그러나 그날 밤 꿈속에서도 다시 그런 체험을 하게 되었고, 그 이후에도 황량한 날이면 가끔 그런 체험을 하게 되었다. 짧은 동안이나마 신의 황금빛 발자취가 나의 삶을 관통하는 것을 목격하는 것이다. 그 빛은 처음에는 진흙과 먼지 속에 깊이 파묻혀 있다가 곧 황금빛 섬광을 발한다. 하지만 결코 흐려지지 않을 것 같던 그 빛은 결국에는 깊은 나락으로 사라져 버리곤 한다. 한번은 밤에 잠에서 깨어 갑자기 시를 읊게 된 적이 있었다. 너무도 아름답고 너무도 훌륭한 시들이었기에 나는 그 시들을 적어 놓아야겠다고 생각했지만, 다음 날 아침이 되니 더 이상 기억이 나지 않았다. 하지만 그 시들은 오래되어 썩은 껍데기에 싸여 있는 단단한 호두처럼, 내 마음 한구석에 지금도 자리 잡고 있다. 한번은 어느 시인의 작품을 읽다가, 한번은 데카르트와 파스칼의 사상에 대해 숙고하고 있다가, 한번은 연인과 함께 있다가 황금빛 잔상과 함께 하늘로 올라가는 경험을 했다. 하지만 신의 발자취는 우리가 살고 있는 이 속세 한가운데서는 찾기 어려운 법이다. 정신을 죽이고 현실에 만족하는 이 시민적 시대의 한복판에서, 이따위 건축물들과 사업들과 회사들 사이에서, 이따위 정치와 인간들 속에서는 그것을 발견하기 어렵다. 이렇듯 추구하는 목적과 기쁨이 나와는 전혀 다른 이 세상의 한복판에서 어찌 내가 한 마리 황야의 늑대가, 거친 은둔자가 되지 않을 수 있었겠는가! 나는 극장에서든 영화관에서든 오래 있지 못하며, 신문이나 신간도 거의 읽지 않는다. 만원 열차나 호텔, 자극적이고 부담스러운 음악이 흐르는 사람 많은 카페, 우아하고 호화로운 바, 버라이어티쇼 극장, 만국박람회, 축제 행렬, 교양에 목말라 있는 자들을 위한 강연장, 거대한 스포츠 경기장 등도 잘 견디지 못하고 거기서 사람들이 추구하는 쾌락과 기쁨을 이해할 수도 없다. 나는 그 모든 기쁨을, 다른 사람들은 야단법석을 떠는 그 기쁨들을 이해할 수도 공감할 수도 없다. 그와 반대로 내게 기쁨을 주는 것들, 내게 희열과 황홀감과 정신적 고양을 제공해 주는 소수의 것들은, 세상 사람들은 기껏해야 문학작품 속에서나 알고, 찾고, 좋아한다. 그들은 실제 삶 속에서는 그런 것들을 정신 나간 짓이라 여길 것이다. 세상 사람들이 옳다면, 그따위 카페 음악이나 집단 유희나 미국적 문화 같은 사소한 것들에 만족하는 인간들이 옳다면, 당연히 내가 틀린 것이고 내가 미친 것이리라. 나 스스로가 나를 한 마리 황야의 늑대라고 일컬어 왔듯, 실제로 그런 존재인 셈이리라. 고향도 공기도 먹이도 찾지 못하는, 세상 속에서 길을 잃은 짐승인 셈이리라.

여느 때처럼 나는 그런 생각에 잠겨 이 도시에서 가장 조용하고 오래된 지역의 젖은 거리를 걷고 있었다. 길 건너편 어두침침한 곳에는 내가 즐겨 찾는 잿빛 돌담길이 있었다. 그 오래된 돌담은 누구의 손길도 받지 못한 채 방치되어 있었다. 나는 낮이면 작은 교회와 오래된 병원 사이에 있는 그 거친 돌담에 올라 앉아 눈의 피로를 풀곤 했다. 반 평방미터마다 변호사와 발명가와 의사와 이발사와 티눈 치료사들의 이름이 걸린 사무실과 가게들이 서로 소리를 질러 대는 이 도시 안에서, 그곳처럼 조용하고 호젓한 곳은 없었다. 다시 그 옛 돌담의 적막한 평화를 보고 있자니, 어딘가 모르게 약간 달라 보였다. 돌담 한가운데에 고딕식 아치가 달린 작고 예쁜 문이 보였던 것이다. 그 문이 예전부터 있었는지 새로 만들어진 것인지 몰라 어리둥절했다. 겉으로는 아주 오래전에 만들어진 것처럼 보였다. 짙은 색 나무가 달린 그 작은 문은 수백 년 전에는 조용한 수도원 농장으로 통했을 것 같았고, 그 수도원이 사라진 오늘날도 여전히 문 역할을 하는 듯 보였다. 그 문을 수백 번 보았으나 주의 깊게 보지 않아 의식하지 못했는지도 모른다. 그러다가 새로 칠을 해서 그제야 내 눈에 띄었는지도 모른다. 나는 여전히 길 건너편에서 돌담을 바라만 볼 뿐, 그쪽으로 건너가지는 않았다. 그 사이의 길이 너무 질척했기 때문이었다. 벌써 주위는 칠흑처럼 어두워져 있었다. 그 문에 화환이나 무슨 화려한 것이 달려 있는 것 같았다. 더 자세하게 보자, 문에 달려 있는 것이 무슨 글자가 쓰인 번쩍이는 간판임을 알 수 있었다. 그 글자를 아무리 읽어 보려 해도 잘 보이지 않아서 마침내 나는 더러운 물이 고인 웅덩이를 건너 반대편으로 갔다. 문위쪽에 글자들이 번쩍 나타났다 사라졌다 하고 있었다. 사람들이 이제 이 고색창연한 돌담까지 전광 간판으로 흉하게 만들고있구나 하는 생각이 들었다. 나는 재빨리 나타났다 사라져 버리는 몇 글자를 겨우 읽어 냈다. 절반 정도는 추측에 의존할 수밖에 없었다. 글자들이 불규칙한 간격으로 흐릿하게 나타났다가 금방 사라져 버렸기 때문이었다. 이런 것을 사업으로 삼은 사람은 수완 좋은 사람은 아닌 듯했다. 그 역시 한 마리 황야의 늑대인 듯했다. 왜 이런 아무도 지나가지 않는 구시가지의 작은 골목길 돌담에서 글자 놀이를 하고 있을까? 금방 사라져 버리는 그 글자들은 이런 빗속에선 더욱 읽기 힘들었다. 그러나 나는 드디어 그 글자들을 낚아채는 데 성공했다. 내용은 다음과 같았다.

마술 극장
누구나 다 입장 가능한 것은 아님
평범한 사람은 입장 불가

나는 문을 열려고 시도했지만 낡고 육중한 문손잡이는 아무리 힘을 줘도 꿈쩍도 하지 않았다. 글자들의 움직임이 멈추자 슬픈 생각이 들었고, 그것들의 덧없는 운명을 느낄 수 있었다. 나는 몇 발자국 뒤로 물러나다가 흙탕물을 밟았다. 글자들은 더 이상 나타나지 않았지만 나는 오랫동안 진창에 서서 기다렸다. 하지만 헛수고였다.

내가 단념하고 보도로 막 되돌아왔을 때 거울처럼 반들거리는 아스팔트 위로 색색의 전광 글자 몇 개가 뚝뚝 떨어져 내렸다.

나는 그것을 읽어 보았다.

미친…… 사람…… 만…… 입장 가능!

두 발이 축축하게 젖어 시려 왔지만 나는 한참 동안 더 그곳에 서서 다른 글자들이 나타나기를 기다렸다. 그러면서 도깨비불처럼 묘한 매력을 지닌 글자들이 축축이 젖은 돌담과 검은 아스팔트 위로 유령처럼 어른거리던 모습을 떠올리자, 갑자기 미완성으로 남아 있던 나의 오랜 착상 하나가 뇌리를 스쳤다. 그것은 갑자기 나타났다가 황금빛 잔상만 남기고 사라져 버린 글자들의 의미를 암시하는 듯했다.

더 이상의 글자들은 나타나지 않았고, 나는 냉기를 느끼며 발걸음을 옮겼다. 글자들의 잔상을 꿈꾸듯 떠올리면서, 미친 사람에게만 열려 있다는 마술 극장의 문을 그리워하면서. 그러는 사이에 나는 밤의 향락이 넘치고 두서너 걸음마다 플래카드가 붙어 있는 시장터로 들어서게 되었다. 그 플래카드들은 여성 악단, 버라이어티쇼, 영화관, 무도회의 밤 등을 안내하고 있었지만 그중 나를 위한 것은 아무것도 없었다. 출입문으로 몰려 들어가고 있는 '평범한 사람들', 정상적인 사람들을 위한 것들뿐이었다. 그럼에도 불구하고 내 슬픔은 조금 누그러져 있었다. 다른 세상으로부터의 인사가, 그 색색 글자들의 춤이 내 영혼의 악기를 연주하여 잠재되어 있던 화음을 되살려 내었기 때문이었다. 그러자 황금빛 잔상이 다시 아련한 빛을 던졌다.

나는 어느 고풍스러운 작은 술집으로 들어갔다. 그곳은 내가 맨 처음 이 도시에 도착했던 25년 전과 아무것도 달라진 것이 없었다. 여주인도 그대로고, 손님들 다수도 같은 자리에, 같은 잔을 앞에 두고 앉아 있었다. 그 소박한 술집도 아라우카리아가 있는 현관처럼 나의 도피처였고, 그곳에서도 나는 고향을 잃어버리고 어울릴 사람도 없는 외톨이였다. 다만 낯선 사람들이 낯선 연극을 펼치는 무대 앞 객석 하나를 차지하고 있을 뿐이었다. 그럼에도 그 조용한 장소는 나름의 가치가 있었다. 그곳에는 군중의 아우성도 없고 음악도 없었다. 단지 몇몇 점잖은 시민들이 대리석도 에나멜 함석판도 우단도 황동도 아닌 그저 나무로 만들어진 탁자에 앉아 포도주 한 병을 앞에 두고 있었다. 나와 안면이 있는 단골손님들은 진정한 속물들이었다. 아마도 자신들의 속물스러운 집안에 만족하며 자기 집 거실에 태만한 신들을 기리는 볼품없는 제단을 하나씩 차려 두고 있을 것이다. 허나 그들 또한 나처럼 고독한 일탈자들인지도 모른다. 좌절된 이상에 대해 생각하며 조용히 술을 마시고 있는 그들도, 황야의 늑대 혹은 가련한 악마일 수 있다. 그들을 그곳으로 끌어들인 것은 향수였고 환멸감이었으며 일종의 보상 심리였다. 기혼자라면 그곳에서 자신의 젊은 시절을 느껴 보려 할 것이고, 나이 든 공무원이라면 학창 시절의 추억을 더듬어 보려 할 것이다. 그들 모두 상당히 과묵했다. 또한 나처럼 술꾼이었기에 여성 악단보다는 반 리터의 알사스산 포도주 앞에 앉아 있기를 좋아했다. 나는 그곳에 머무르기로 했다. 그곳에서라면 한 시간, 아니 두 시간도 거뜬히 견딜수 있을 것 같았다. 알사스산 포도주를 한 모금 마시자, 문득 아침에 먹은 빵 한 조각 외에는 아무것도 먹지 않았다는 사실이 떠올랐다.

나는 10분 정도 신문을 읽으면서, 인간이 모든 것을 삼킬 수 있고, 책임감이라고는 눈곱만큼도 없다는 사실에 새삼 놀랐다. 그들은 다른 사람들의 말들을 삼켜 배 속 가득 저장해 두었다가 소화가 안 된 채로 다시 내뱉어 버리는 족속이었다. 나는 그들이 뱉어 낸 기사 전체를 핥아 먹었다. 그런 다음 도살된 송아지의 간 한 조각을 먹어 치웠다. 놀라운 맛이었다. 하지만 단연 최고는 알사스산 포도주였다. 나는 거칠고 강렬한 포도주는 좋아하지 않는다. 독하고 자극성 있는 포도주나 특별한 맛을 내는 이름난 포도주는 꺼리는 편이다. 순수하고 독하지 않은 평범한 지방산 포도주를 선호한다. 그것은 마셔도 속이 편하고 맛도 좋으며 하늘과 땅과 수목들 등 신토불이의 맛을 느낄 수 있다. 한 잔의 알사스산 포도주와 질 좋은 빵 한 조각이면 한 끼로 충분했지만, 나는 1인분의 간을 먹어 치웠다. 육식을 즐기지 않는 나로서는 대단한 식사를 한 셈이었다. 그리고 두 번째 잔을 채웠다. 어느 푸른 골짜기에서 건강하고 용감한 인간들이 포도를 재배해 그것을 눌러 짜냈다는 사실이 놀라웠다. 그 결과 환멸감에 젖은 시민들과 의지할 곳 없는 황야의 늑대들이 그 술을 마시며 다소나마 용기를 얻고 기분 전환도 할 수 있는 것이다.

그 술의 효과는 놀라워 기분이 좋아졌다. 조금 전에 읽었던 잡탕 같은 신문 기사도 한결 가벼워진 마음으로 웃어넘길 수 있었다. 그리고 갑자기 그간 잊고 있었던 멜로디가 머릿속에 떠올랐다. 그 멜로디는 작은 비눗방울처럼 솟구쳐 올라 환한 빛을 내며 온 세상을 비추더니 다시 소리 없이 꺼져 버렸다. 그 천국 같은 작은 멜로디가 나의 영혼 속에 뿌리를 내리고 있다가 어느 날 온갖 사랑스러운 색채를 띤 앙증맞은 꽃으로 피어올랐으니, 나의 삶이 죄다 무가치한 것만은 아니었다. 내가 내 주변 세계를 이해하지 못하는 한 마리의 길 잃은 짐승일지라도 내 삶에도 나름의 의미가 있었고, 내 안에 존재하는 무언가는 멀고도 높은 신들의 부름에 응답할 것이다. 게다가 내 머릿속에는 수많은 영상들이 운집해 있었다.

조토*가 파도바 성당의 작고 푸른 천장에 그린 천사들이 있었고, 그 옆에는 모든 슬픔과 오해의 아름다운 상징인 햄릿과 화환을 쓴 오필리아가 걷고 있었다. 비행선 조종사인 지아노조는 열기구 안에 서서 호른을 불고 있었고, 아틸라 슈멜츨레**는 새 모자를 손에 들고 있었다. 또한 보로부두르***는 스스로 허공에 높은 조각상을 세우고 있었다. 그 모든 아름다운 형상들은 다른 사람들의 가슴속에도 살아 숨 쉬고 있을 것이다. 하지만 그 외의 고향 없는 수천, 수만 가지 이름 모를 이미지와 소리들을 보고 듣는 눈과 귀는, 오직 내 마음속에만 있었다. 온갖 균열과 풍화의 흔적으로 인해 프레스코화를 떠올리게 하는 낡고 얼룩진 고색창연한 회녹색 병원 돌담의 물음에 답한 자는, 그 돌담을 자신의 영혼 속으로 초대한 자는 누구인가? 그것에 애착을 갖고, 소

---

* Giotto di Bondone(1266~1337). 이탈리아의 화가이자 건축가.
** 독일의 소설가 장 파울의 소설 속에 나오는 인물.
*** 인도네시아 자바 섬에 있는 불교 유적.

리 없이 바래 가는 그 색채의 매력을 음미한 자는 누구인가? 은은한 빛을 발하는 세밀화가 그려진 승려들의 고서들과 일이백 년 전에 국민들로부터 잊힌 독일 작가들이 쓴 닳고 곰팡이가 얼룩진 책들에 주목한 자는 누구인가? 옛 음악가들의 누렇게 빛바랜 뻣뻣한 악보들 속에서 심오하고 재치 넘치며 동경심 가득한 음색을 듣고, 그 음악가들과 다른 시대에 살면서도 그들의 사상과 매력을 가슴 깊이 간직한 자는 누구인가? 낙석에 의해 꺾이고 갈라져도 끝까지 생명을 부지하며 새 가지를 내뻗는, 저 구비오 언덕의 작고 강인한 실측백나무를 생각하는 자는 누구인가? 1층의 부지런한 과부와 그녀의 광택 나는 아라우카리아의 진가를 정당하게 평가해 준 자는 누구인가? 짙은 안개가 라인 강 위를 흐르는 밤에 구름의 언어를 읽어 낸 자는 누구인가? 그는 바로 황야의 늑대였다. 또한 광기에 젖어 삶의 폐허 너머로 사라져 가는 의미를 찾으려는 자는 누구인가? 마지막 착란상태에서도 남몰래 신의 계시와 신의 재림을 희망하는 자는 누구인가?

술집 여주인이 내 술잔에 술을 더 따르려 하자 나는 술잔을 꽉 붙들고는 자리에서 일어났다. 더 이상의 술은 필요 없었다. 그 순간 저 황금빛 잔상이 다시 나타났다. 나는 영원을, 모차르트를, 별을 기억하고자 했다. 대략 한 시간 정도는 호흡하며 살 수 있을 것 같았다. 다시 말해 존재해도 될 것 같았다. 그 한 시간 동안에는 고통도 두려움도 수치심도 느끼지 않을 것 같았다. 적막이 감도는 거리로 나오자 가로등 아래 가는 보슬비가 차가운 바람에 흩날리며 희미한 빛을 뿜고 있었다. 이제 어디로 가야 하나? 이 순간 소원을 이룰 수 있는 마법을 부릴 수 있다면 루이 16세 스타일의 아담하고 예쁜 콘서트홀 하나를 마련하리라. 그곳에서 몇몇 훌륭한 음악가들이 나를 위해 헨델과 모차르트의 곡 두세 편을 연주해 주리라. 그러면 신들이 신주神酒를 마시듯 그 시원하고 고귀한 음악을 마시리라. 내게도 어느 다락방에서 바이올린을 곁에 두고 촛불을 켜둔 채 사색을 즐기는 친구가 있다면 얼마나 좋을까! 그럼 정적이 흐르는 이 밤에 조용한 걸음으로 계단을 올라가 그를 놀라게 해줄 텐데! 음악을 듣고 대화를 나누며 몇 시간 동안 천국과 같은 밤을 즐길 텐데! 오래전 몇 년간 나는 그 같은 행복을 맛본 적이 있었다. 하지만 세월과 함께 그런 행복은 멀어져 갔고, 생기 잃은 시간들만 그 빈자리를 채우고 있었다.

망설임 끝에 나는 귀갓길에 올랐다. 외투 깃을 바짝 세우고 축축이 젖어 있는 보도를 지팡이에 의지해 걸었다. 그렇게 천천히 걷다 보면 곧 나의 다락방에 앉아 있게 될 것이었다. 내가 그리 좋아하지는 않지만 없어서는 안 될 나의 작은 가상의 고향 안에. 하지만 갑자기 바로 집으로 돌아가고 싶지 않다는 생각이 들었다. 겨울비를 맞으며 밤을 쏘다닐 수 있었던 시절은 이미 지나갔지만, 그날 밤만큼은 비나 관절염을 핑계로 혹은 아라우카리아를 보고 싶다는 핑계로 바로 귀가하고 싶지 않았다. 실내악 오케스트라가, 바이올린을 연주하는 고독한 친구가 없어도, 우아한 멜로디는 내 안에서 계속 울려 퍼지고 있었다. 나는 그 멜로디를 리드미컬하고 나지막하게 흥얼거리면서 이런저런 생각에 잠겨 계속 걸었다. 그랬다. 실내악과 친구가 없어도 문제 될 게 없었다. 인간적인 따뜻함을 향한 무기력한 갈망으로 자신을 병들게 하는 것이야말로 어리석은 일이었다. 고독은 아무것에도 예속되지 않음을 의미한다. 나는 오래전부터 그것을 바랐고 이미 그것을 손에 넣었다. 고독은 차가웠다. 고요하기도 했다. 또한 별이 공전하고 있는 저 우주만큼이나 놀랍고 위대했다.

어느 댄스홀을 지나갈 때 마치 익지 않은 고기에서 나는 김처럼 뜨겁고 거칠며 격렬한 재즈 음악이 들려왔다. 나는 잠시 그곳에 멈춰 섰다. 비록 나는 그런 음악을 혐오해 왔지만 그날만큼은 은근한 매력이 느껴졌다. 재즈는 오늘날의 아카데믹한 음악보다는 몇 배나 나았다. 재즈는 그 경쾌하고 거친 야성을 통해 내 안의 깊은 본능을 자극해 순수하고 솔직한 감성을 발산하게 했다.

나는 잠시 그곳에 서서 그 야만적이고 시끄러운 음악의 냄새를 맡았고, 그리 탐탁지는 않았지만 호기심을 가지고 그 댄스홀의 분위기도 파악하려 했다. 서정적인 그 음악의 전반부는 다분히 센티멘털했고, 후반부는 거칠고 자유분방하며 활력이 넘쳤다. 그 두 부분은 소박하고 원만하게 조화를 이루며 하나로 통일되었다. 재즈는 몰락의 음악이다. 로마 최후의 황제 시대에도 이와 유사한 음악이 존재했으리라. 재즈는 바흐나 모차르트 등의 진정한 음악과 비교해 볼 때 쓰레기에 가까운 음악이다. 하지만 오늘날의 모든 예술과 사상이, 진정한 문화와 비교하면 다 그렇다. 또한 재즈는 매우 정직하고 사랑스러우며 흑인의 진정성이 담긴 쾌활하고 천진난만한 음악이다. 그런 장점으로 인해 재즈는 우리 유럽인들에게는 다른 미국 문화와 마찬가지로 소년처럼 생기발랄하고 순진하게 보인다. 유럽도 그런 식으로 변화될까? 아니 이미 그런 변화의 길에 들어섰는지도 모른다. 우리는 지난날의 유럽, 지난날의 진정한 음악, 지난날의 진정한 문학만 알고 숭배하는 구세대에 지나지 않은 것은 아닐까? 우리는 내일이면 잊히거나 비웃음거리가 될, 마지막으로 남은 소수의 까칠한 노이로제 환자가 아닐까? 문화, 정신, 영혼, 아름다움, 성스러움이라고 부르는 것들은 오래전에 죽었는데, 우리 몇몇 멍청이들만 그것이 실재한다고 믿고 있는 유령이 아닐까? 우리 같은 바보들이 잡으려고 애쓰는 것은, 어쩌면 하나의 환영에 불과한 게 아닐까?

구시가지가 나를 맞아 주었다. 회색빛의 작은 교회 하나가 희미하고 초현실적인 분위기를 자아내며 서 있었다. 그러자 갑자기 몇 시간 전의 일이 떠올랐다. 수수께끼 같은 아치형의 문, 그 위에 걸려 있던 불가사의한 간판, 그리고 그 위에서 조롱하듯 춤추던 전광 글자들. '평범한 사람은 입장 불가', '미친 사람들만 입장 가능.' 나는 그 마술이 다시 시작되어 그 글자들이 광인인 나를 초대하기를, 그 작은 문이 열려 그 안으로 들어갈 수 있기를 은근히 바라면서, 그 고색창연한 돌담 쪽을 찬찬히 건너다보았다. 그곳에는 어쩌면 내가 갈망하는 것이 있을지도 모른다. 그곳에선 어쩌면 나를 위한 음악이 연주되지 않을까?

거무스레한 돌담은 짙은 어둠 속에서 태연히 나를 쳐다보고 있었다. 그 어디에도 문과 아치는 없었다. 구멍이라고는 찾아볼 수 없는 어둡고 적막한 돌담만이 덩그러니 서 있었다. 나는 미소를 지으며 발걸음을 옮기면서, 돌담을 향해 다정하게 고개를 끄덕였다. "잘 자게, 돌담 친구. 자네를 깨울 생각은 없네. 때가 되면 사람들이 자네를 허물어 버리거나 자네를 탐욕스러운 회사 간판들로 도배할 걸세. 하지만 아직 자네는 건재하네. 자네는 여전히 아름답고 조용하며 사랑스러운 존재일세."

그 어두운 골목 어귀에서 갑자기 한 사내가 바로 내 앞에서 토하는 바람에 나는 깜짝 놀랐다. 그는 지친 발걸음으로 홀로 집으로 돌아가는 중이었다. 머리에는 모자를 눌러쓰고 있었고, 푸른색 셔츠를 입었으며, 어깨에는 플래카드가 달린 막대기를 메고, 배 앞쪽에는 상인들이 쓰는 덮개 없는 작은 상자를 걸고 있었다. 그는 피곤에 지친 듯 내 쪽은 보지도 않고 앞서서 걸어갔다. 만일 그가 돌아보았다면 나는 그에게 인사를 했을 것이고 담배라도 권했을 것이다. 다음 가로등에서 나는 그가 들고 있는 막대기에 달린 붉은 플래카드의 글자를 읽어 보려 했지만, 플래카드가 바람에 나부껴 글자를 읽을 수가 없었다. 나는 그에게 플래카드를 좀 보여 달라고 외쳤다. 그러자 그는 그 자리에 멈춰 서더니 막대기를 똑바로 세워 주었다. 그제야 나는 그 춤추듯 흔들리는 글자들을 읽을 수 있었다.

무정부주의적 밤의 향연!
마술 극장!
평범한 사람은 입장 불가

"이게 바로 내가 찾던 겁니다." 나는 기뻐서 소리쳤다. "밤의 향연이라니 이게 무슨 뜻입니까? 그리고 언제 어디서 열립니까?"

그는 벌써 발걸음을 옮기며 졸린 듯한 목소리로 무덤덤하게 말했다. "평범한 사람은 입장 불가입니다." 그로서는 그것이 충분한 대답이라 생각했을 것이고 빨리 집에 돌아가고 싶었을 것이다.

"잠깐만요." 나는 소리치며 그를 뒤쫓았다. "당신의 그 상자 속에는 무엇이 들어 있습니까? 내가 사고 싶은 게 있어서 그럽니다."

그 사내는 걸음을 멈추지 않은 채 기계적으로 상자 안으로 손을 넣더니 작은 책자 하나를 꺼내 내게 내밀었다. 나는 재빨리 그것을 건네받아 주머니에 넣었다. 내가 외투 단추를 풀어 돈을 꺼내는 사이 그는 옆쪽에 있는 한 집의 대문으로 들어가서는 문을 닫고 사라져 버렸다. 그 집 안뜰에서 그의 무거운 발걸음 소리가 들려왔다. 처음에는 포석 위를 걷는 듯하더니 나중에는 나무 계단을 걷는 소리가 났고, 그 후 아무 소리도 들리지 않았다. 갑자기 피로감이 몰려왔다. 시간도 너무 늦었고 이만하면 충분하다는 생각이 들어 집으로 돌아가고 싶었다. 나는 빠른 발걸음으로 모두가 잠들어 있는 변두리 골목길을 지나 성벽 사이에 있는 내가 사는 지역에 다다랐다. 그 지역에는 잔디와 담쟁이덩굴로 둘러싸인 작고 깨끗한 임대주택에 공무원과 소액의 연금 생활자들이 살고 있었다. 담쟁이덩굴과 잔디와 키 작은 전나무를 지나 내가 살고 있는 집 앞에 도착했다. 열쇠 구멍과 전등 스위치를 찾은 다음 유리 현관문을 열고 들어가 윤이 나는 장롱과 화분을 지나 마침내 나의 아담한 제2의 고향의 방문을 열었다. 안락의자, 난로, 잉크병, 물감 상자, 그리고 노발리스와 도스토예프스키가 나를 기다리고 있었다. 마치 엄마나 아내나 자식이나 가정부나 개나 고양이처럼.

축축이 젖은 외투를 벗으려 하는데 아까 받은 작은 책자가 손에 만져졌다. 나는 그것을 꺼내 들었다. 그것은 '1월에 태어난 사람의 운수'라든지 '일주일 안에 20년 젊어지는 법' 등과 같은 내용이 실려 있는 길가에서 파는 팸플릿처럼, 질 나쁜 종이에 아무렇게나 인쇄된 얇은 책자였다.

안락의자에 둥지를 틀고 앉아 안경을 끼고 겉표지에서 '황야의 늑대에 관한 소논문. 미친 사람들만을 위해'라는 제목을 읽은 순간, 나는 놀라움과 함께 운명과도 같은 감정이 솟구치는 것을 경험했다.

점점 더 고조되는 긴장감 속에서 단숨에 읽어 내렸던 그 책자의 내용은 다음과 같다.

황야의 늑대에 관한 소논문

― 미친 사람들만을 위해

황야의 늑대라 불리는 하리라는 사내가 있다. 그는 두 발로 걷고 옷을 입는 '인간'이지만, 본래는 한 마리의 황야의 늑대였다. 그는 명석한 인간들이 배우는 것들은 대체로 다 배운, 매우 총명한 사내다. 하지만 그도 배우지 못한 것이 있었는데, 바로 자기 자신과 자신의 삶에 만족하는 법이다. 이것만은 그의 능력 밖이었다. 다시 말해 그는 항상 불만에 가득 찬 인간이다. 마음속으로는 늘 자신이 본래 인간이 아니라 황야에서 온 늑대라고 믿고 있기 때문이리라. 그가 정말로 늑대인지, 늑대로 태어났지만 마법에 의해 인간으로 변신했는지, 아니면 인간으로 태어났지만 황야의 늑대의 영혼이 깃들게 된 것인지, 그도 아니면 상상이나 병에 의해 자신이 본래 늑대일 거라는 믿음을 가지게 된 것인지를 두고 현명한 사람들은 서로 논쟁을 벌일 수도 있을 것이다. 예를 들어 다음과 같은 추론이 가능할 것이다. 이 인간은 어린 시절 거칠고 난폭했으며 무질서한 아이였기에 이를 보다 못한 선생님이 그의 내면의 야수성을 제압하려고 교육과 인간됨이라고 하는 얄팍한 외피를 덧씌우려다가, 오히려 그에게 자신은 본래 야수였다는 환상과 믿음을 심어 주게 되었다고. 어쨌거나 이 문제를 제대로 밝히려면 오랜 시간의 대화가 필요할 것이며 따라서 그에 대해 족히 몇 권의 책도 쓸 수 있을 것이다. 하지만 그렇게 한다고 해서 황야의 늑대에게 도움이 되는 것은 아니다. 그로서는 자기 안에 있는 늑대가 마술에 의해 들어온 것이든 강제에 의해 들어온 것이든, 아니면 단지 환상에 지나지 않든 별 관심 사항이 아니다. 다른 사람들이, 또 그 자신이 그것에 대해 어떻게 생각하든, 그런 생각이 그의 안에서 늑대를 끄집어내 줄 수 있는 게 아니기 때문이다.

어쨌거나 황야의 늑대는 인간과 늑대라는 두 개의 본성을 갖고 있다. 그런 그의 운명은 어쩌면 매우 특별하고 드문 것이 아닐지도 모른다. 그러한 운명은 이미 많은 사람들에게서 목격되고 있다. 개나 여우, 물고기나 뱀 등의 속성을 지닌 사람들이 있는 것이다. 그들은 대체로 그런 점으로 인해 별다른 어려움은 겪지 않는다. 그들 안에 인간과 여우, 인간과 물고기가 공존해도 그 각자가 서로에게 아픔을 주지 않고, 외려 도움을 주기도 한다. 또한 성공해서 부러움을 사는 사람들에게 행복을 가져다준 것은 인간이 아니라 여우나 원숭이인 경우가 많다. 이것은 누구나 다 아는 사실이다. 하지만 하리의 경우는 달랐다. 그의 안에서 인간과 늑대는 사이좋게 나란히 걷지 않고 서로 돕기는커녕 항상 철천지원수처럼 지낸다. 서로는 서로에게 고통만 안겨 준다. 하나의 몸, 하나의 영혼 속에 사는 두 존재가 서로 원수처럼 지낸다면 그보다 나쁜 삶이 있겠는가. 게다가 두 존재는 각각 자신의 운명을 갖고 있는데 그 어느 쪽도 호락호락하지 않다.

우리의 황야의 늑대의 경우 모든 잡종 존재들이 그러하듯 때로는 늑대로 때로는 인간으로 살아왔지만, 일단 늑대가 되면 내면에 잠복해 있는 인간은 그 늑대를 끊임없이 관찰하고 판단하고 비판한다. 인간으로 살아갈 때는 반대로 늑대가 그런 역할을 한다. 예를 들어 하리가 인간으로서 아름다운 사고를 하고 섬세하고 고결한 감성을 유지하고 소위 선행을 행할 때면, 내면의 늑대는 으르렁거리며 이빨을 드러내 보인다. 심지어 그 모든 건 고상한 척하는 연극이라고, 홀로 황야를 누비며 다른 짐승들의 피나 빨아 먹고 암컷 꽁무니나 쫓아다니는 늑대가 그런 일을 하는 건 우스꽝스럽다고 비웃기까지 한다. 늑대의 입장에서 보자면 모든 인간적인 행동은 지독히 코믹하고 황당하며 멍청하고 덧없는 것처럼 보이리라. 그러나 하리가 자신을 늑대로 느끼며 다른 사람에게 이빨을 드러낼 때에도, 그가 모든 사람들과 그들의 가식적이고 타락한 행동 방식과 윤리에 증오심과 적대감을 품을 때에도 사정은 마찬가지다. 즉 내면에 잠복해 있는 늑대를 감시하는 인간이 그를 짐승, 야수라고 부르며 단순하고 건강하며 야성적인 늑대 기질이 느낄 수 있는 모든 기쁨을 망쳐 놓고 훼방을 놓는 것이다.

황야의 늑대는 그런 인물이다. 그러므로 우리는 하리가 평안하고 행복한 삶을 영위하지 못한다고 상상할 수 있다. 하지만 그렇다고 그가 철저히 불행한 존재라고는 할 수 없다. (물론 하리 자신은 그렇다고 생각할 것이다. 누구나 다 자신의 고통이 최악의 고통이라고 여기는 법이니까.) 우리는 다른 사람의 불행에 대해 가타부타 얘기할 수 없을지도 모른다. 자신 안에 늑대가 살고 있지 않은 사람이라고 해서 다 행복하다는 법은 없다. 또한 아무리 지독히 불행한 삶을 사는 사람이라 해도 나름의 행복이 있는 법이다. 모래와 자갈 사이에서도 작은 행복의 꽃이 필 수 있다는 말이다. 황야의 늑대도 마찬가지다. 그가 대체로 불행하다는 건 부인할 수 없는 사실이다. 그는 다른 사람들, 말하자면 그가 사랑하는 사람들이나 그를 사랑하는 사람들까지 불행하게 만들기도 했다. 그들 모두가 그의 한쪽 면만 보았기 때문이다. 그를 좋아하게 된 사람들 대부분은 그를 섬세하고 현명하며 독특한 사람이라고 여겨 좋아하게 되었다가, 갑자기 그 안에 살고 있는 늑대를 발견하면 놀라서 실망하게 되었다. 그럴 수밖에 없었던 것이, 누구나 그러하듯 하리도 자신의 전부를 사랑받고 싶었고, 따라서 자신이 매우 중요하게 여기는 사람들 앞에서 자기 안의 늑대를 숨기거나 늑대가 아닌 것처럼 둘러댈 수는 없었기 때문이다. 물론 그의 안에 살고 있는 늑대를 사랑하는 사람들도 있었다. 그 자유로움, 야성, 길들여지지 않음, 위험함 그리고 강인함 등을. 하지만 그들은 그 거칠고 사나운 늑대 역시 인간일 뿐이라는 것, 친절과 다정함을 동경하고 모차르트의 음악을 들으며 시를 읽고 인류의 이상을 추구하고자 한다는 사실을 알게 되면 극도로 실망하며 고통스러워했다. 대체로 이런 부류의 사람들이 더 많이 실망하고 분노하는 편이었다. 이렇게 황야의 늑대는 자기 고유의 이중성과 분열성을 자신이 접촉한 모든 사람들의 운명 속에 주입시켰다.

그렇지만 위의 내용으로 황야의 늑대를 다 파악했다고, 그의 비참하고 염세적인 삶을 상상할 수 있다고 감히 말하는 사람이 있다면 유감스럽게도 그는 착각하고 있는 것이다. 하리의 모든 것을 알기에는 아직 갈 길이 멀다. 예외 없는 법칙이 없듯이, 또 경우에 따라서는 하느님이 아흔아홉 명의 죄 없는 사람보다 한 사람의 죄인을 더 사랑해 주듯이, 하리에게도 예외적으로 행복한 때가 있었다. 때로는 늑대로, 또 때로는 인간으로 독립적으로 호흡하고 생각하며 삶을 누릴 수 있는 때가 있었다. 매우 드물긴 하지만 두 존재가 평화를 유지하면서 서로에게 애정을 갖고 살아가는, 한 존재가 깨어 있는 동안 다른 존재는 잠자고 있는 것이 아니라 서로 기운을 북돋워 주고 역량을 배가시켜 주는 때가 있었다. 그 사내의 삶 속에도 익숙한 것과 일상적인 것, 누구나 다 아는 규칙성 같은 것들이 가끔 특이한 것, 기적, 은총 등에 자리를 양보하는 때가 있었던 것이다. 이처럼 짧고 드문 행복의 시간들이 황야의 늑대의 고약한 운명을 상쇄시켜 주고 진정시켜 줌으로써 행복과 불행이 결국에는 균형을 이루게 될지, 혹은 그 짧지만 강렬한 행복감이 모든 불행을 흡수하는 결과를 낳을지는 한가한 사람들이나 곰곰이 생각해 볼 문제이다. 황야의 늑대도 가끔 그 문제를 생각한다. 아무것도 손에 잡히지 않는 한가한 날에만.

여기에 한 가지 더 덧붙여야 할 것이 있다. 하리와 유사한 방식으로 살아가는 사람들이 제법 많다는 사실이다. 이를테면 대다수의 예술가들이 그렇다. 이러한 유형의 인간들은 모두가 두 개의 영혼, 두 개의 존재를 자기 안에 가지고 있다. 그들 속에는 신성한 것과 악마적인 것, 어머니적인 피와 아버지적인 피가 흐르고 있다. 행복의 능력과 불행의 능력이 하리 속의 늑대와 인간처럼 적대적으로 대치해 있거나 혼란스레 뒤섞여 있기도 하다. 그리고 그런 불안한 삶을 사는 인간들은 그들에게 주어진 드문 행복의 순간에 강렬하고 형언할 수 없는 아름다움을 경험하게 된다. 때로는 그런 행복한 순간의 물거품이 매혹적인 자태로 고뇌의 바다 위로 높이 솟구쳐 오르기도 하는데, 그럴 때면 그 짧은 행복의 빛은 다른 사람들까지도 매혹시키며 감동을 준다. 그렇게 덧없이 스쳐 가는 소중한 행복의 포말이 고통의 바다를 건너게 될 때, 비로소 예술 작품들이 탄생하게 되는 것이다. 그런 예술 작품 안에 등장하는 고통받는 인간들은 잠시나마 자신의 타고난 운명을 극복할 수 있고, 그렇게 되면 별처럼 빛나는 그들의 행복은 그것을 창작한 예술가들의 눈에 영원하고도 이상적인 행복으로 비치게 된다. 그런 예술가들은 자신들의 행위와 작품을 스스로 어떻게 부르든 상관없이, 자신의 고유한 삶은 누리지 못하는 사람들이다. 다시 말해 그들의 삶은 실체가 없으며 어떠한 형상도 갖지 못한다. 다른 사람들은 판사나 의사나 구두 수선공이나 교사의 삶을 가지지만, 그들은 영웅이나 사상가나 예술가의 삶을 가질 수 없는 것이다. 그들의 삶은 그저 고뇌에 차 있는 영원한 동요動搖이자 부서지는 파도이다. 그래서 다른 사람들이 삶의 카오스를 비춰 주는 그들의 흔치 않은 경험과 행위와 사고와 작품에서 의미를 찾을 준비가 되어 있지 않다면, 그들의 삶은 불행하고 고통스러우며 찢겨진, 아무 의미 없는 몸짓에 불과하다. 모든 인간의 삶은 지독한 오류일 뿐이며, 인류 최초의 어머니가 유산시킨 다혈질의 실패작이자, 거칠고 소름 끼치는 자연의 헛된 실험에 불과하다는 위험천만하고 무시무시한 생각도 이러한 유형의 인간들 속에서 생겨났다. 하지만 인간은 어느 정도 이성적인 동물일 뿐만 아니라 신의 아들이자 불멸의 특성도 부여받았다는 사상 역시 그들 중 누군가가 제시했다.

인간은 누구나가 고유한 특징과 서명을 가지고 있으며, 저마다의 미덕과 악덕 그리고 대죄大罪가 있다. 황야의 늑대의 특징 중하나는 그가 야행성 인간이라는 점이다. 아침은 그에게는 고약한 시간이다. 그가 두려워하는 그 아침 시간에는 단 한 번도 기분 좋은 일을 경험해 본 적이, 제대로 된 기쁨을 누려 본 적이 없었다. 또한 선한 행위를 하거나 좋은 착상을 떠올려 본 적도 없었고, 자신뿐 아니라 남에게도 기쁨을 준 적도 없었다. 오후가 되어야 비로소 그는 서서히 활기를 띠며 생기를 되찾는다. 그리고 최적의 시간인 저녁 무렵이 되면 드디어 생산적이 되어서, 이따금 열정적으로 일하며 행복을 느끼기도 한다. 고독과 자유에 대한 그의 욕망 또한 이러한 야행성 기질과 무관하지 않다. 그보다 더 고독과 자유를 열망한 사람은 없으리라. 끼니조차 해결하기 어려웠던 젊은 시절에도 그는 한 줌의 자유를 지키려고 굶기를 마다하지 않았고, 고독을 자처하고자 헤진 옷을 입고 방랑했다. 그는 돈과 부귀영화를 좇느라 여자나 권력자들에게 매수당한 적이 한 번도 없었으며, 오로지 자신의 자유를 유지하기 위해 세상 사람들의 눈에는 이득과 행복으로 보이는 것을 몇 번이고 내던져 버리고 거절했다. 그에게는 하루 일과와 연간 업무 일정을 지키며 다른 사람들에게 복종해야 하는 삶만큼 증오스럽고 혐오스러운 것이 없었다. 회사와 관청의 사무실만큼 싫은 곳이 없었다. 그에게 가장 경악스러웠던 건 꿈속에서 경험한 감옥 같은 병영 생활이었다. 그는 큰 희생을 감수하면서까지 그런 상황에서 벗어나는 나름의 방법을 터득하고 있었다. 바로 그것이 그의 장점이자 미덕이었다. 말하자면 그는 소신 있고 청렴결백하며 강직하고 올곧았다. 그의 고뇌와 운명은 바로 이러한 덕목과 밀접하게 연관되어 있었다. 누구나가 경험할 수 있는 일이긴 하지만, 그는 자신의 내적 욕망에 따라 소신 있게 행동함으로써 늘 일정한 성과를, 더욱이 인간의 차원을 넘어서는 긍정적인 효과를 얻었다. 하지만 처음에는 그의 이상이자 행복이었던 그런 면모가 나중에는 그에게 쓰라린 운명을 가져다주었다. 권력을 가진 자는 권력 때문에, 재력가는 돈 때문에, 비굴한 자는 아부 때문에, 향락을 추구하는 자는 향락 때문에 망하듯이, 황야의 늑대도 자신의 자립심 때문에 무너지게 된 것이다. 그는 자신의 목적을 달성하며 점점 더 자립적인 성향을 키워 갔다. 아무의 명령도 받지 않았고 그 누구도 본보기로 삼지 않았으며 자유롭고 독단적으로 자신의 행동을 결정했다. 강한 인간이라면 누구나 내면의 진정한 욕망을 실수 없이 성취하려 하기 때문이다. 하지만 쟁취한 자유를 만끽하던 중에 하리는 갑작스레 다음과 같은 사실들을 깨닫게 되었다. 자유는 죽음이라는 사실, 자신은 혼자라는 사실, 세상이 자신을 섬뜩하게 방치하고 있다는 사실, 사람들이 더 이상 자신과 아무런 관계도 맺지 않으려 한다는 사실을. 그는 자신이 점점 소외의 공기 속에서 질식해 가고 있다는 것을 모르고 있다가, 고독과 자유가 더 이상 소원이 아니라 그의 운명이자 형벌이 되었다는 걸 깨달은 것이다. 게다가 그 소원은 한번 이루어지자 취소되지도 않았다. 그래서 그가 가난한 사람들에게 손을 내밀어 그들과 유대감과 연대감을 느끼고자 했을 때 그 바람은 이루어지지 않았다. 그들이 그를 자신들 속에 끼워 주지 않았던 것이다.

그렇다고 그가 사람들로부터 미움이나 반감을 샀다는 말은 아니다. 오히려 그는 매우 많은 친구를 가지게 되었다. 많은 친구들이 그에게 호의를 보였다. 하지만 그때마다 그가 느낀 것은 동정과 친절, 그 이상도 그 이하도 아니었다. 사람들은 그를 초대하고, 그에게 선물을 주고 다정한 편지도 써주었지만, 아무도 그에게 가까이 다가오려 하지는 않았다. 그러니 어디에서든 유대감이 생겨날 리 없었다. 그 누구도 그의 삶을 공유하려 하지 않았고 그렇게 할 용기도 없었다. 지금 그를 둘러싸고 있는 것은 고독과 적막, 주변 세계로부터 버려졌다는 느낌뿐이었다. 그는 대인 관계에서의 무능을 실감했는데, 그 문제는 의지와 동경으로도 해결할 수 없었다. 바로 그것이 그의 삶의 중요한 특징 중 하나였다.

또 다른 특징 중 하나는 그가 자살자들 중 한 사람이라는 사실이다. 이 대목에서 반드시 짚고 넘어가야 할 사실은, 실제로 자신의 목숨을 끊은 자들만을 자살자라고 부르는 것은 잘못이라는 점이다. 자살한 사람 중에는 우연에 의해 자살한 사람, 자살이 그들의 필연적인 본질이 아닌 사람들이 적지 않다. 자살로 생을 마감한 사람들 중에는 이렇다 할 개성도 특징도 없고 예사롭지 않은 운명을 타고난 것도 아닌, 모든 특성과 특징을 고려해볼 때 자살자의 유형이 아닌 사람들도 많다는 뜻이다. 반면 본질상 자살자에 속해야 마땅한 자들 중의 다수는, 아니 거의 대부분은 사실상 스스로 목숨을 끊지는 않는다. 자살자— 하리도 그중 한 사람이다 — 라고 해서 특별히 죽음과 밀접한 관계를 맺으며 살아가는 것은 아니다. 또한 자살자가 아니어도 얼마든지 죽음과 밀접한 관계 속에 살아갈 수 있다. 다만 진정한 자살자들에게는 다음과 같은 특성이 있다. 자신의 자아를 위험천만하고 미심쩍으며 불량한 자연의 싹으로 여기며 스스로가 늘 무방비 상태에 처해 있다고 여긴다는 점이다(그 판단이 옳든 그르든 상관없이 그들은 자살자에 속한다). 그들은 자신이 좁디좁은 바위 꼭대기 위에 서 있다고 생각하기에 누군가가 슬쩍 밀기만 해도, 혹은 스스로의 작은 나약함에 의해서도 자신이 쉽게 나락으로 떨어질 수 있다고 여긴다. 이러한 유형의 인간들의 눈에는, 자살이 가장 진정성 있는 죽음의 방식으로 보인다. 그들이 어린 시절부터 평생 그런 관점을 유지하는 이유는, 그들이 유난히 생명력이 약해서가 아니다. 오히려 자살자 유형 중에는 매우 강인하고 정열적이며 대담한 기질의 소유자들이 꽤 많다. 그러나 아주 가벼운 질병에도 쉽게 고열이 치솟는 체질이 있듯이, 우리가 '자살자'라고 부르는 감수성이 예민하고 민감한 사람들은 아주 사소한 충격에도 강력한 자살 충동을 일으키는 기질을 가지고 있다. 단순한 생명 현상의 메커니즘을 다루는 학문이 아니라 인간 그 자체를 용기 있고 책임감 있게 다루는 학문은, 다시 말해 인류학이나 심리학 같은 학문은 이와 같은 사실을 잘 알고 있다.

물론 우리는 이 책에서 자살자에 대한 피상적인 면만 다루었다. 물리학의 한 조각일 뿐인 심리학적인 면만 다루었다. 형이상학적인 시각에서 자살자를 관찰하면 문제는 전혀 다르게 보일 뿐만 아니라 보다 명확해진다. 그러한 시각에서 볼 때 자살자는 자신의 개성을 죄로 파악한다. 다시 말해 자신의 완성과 발전을 삶의 목적으로 삼는 자들이 아니라 자신의 해체를 통해 어머니에게로, 신에게로, 우주에게로 돌아가는 것을 삶의 목적으로 삼는 자들이다. 이러한 기질을 가진 자들 중 실제로 자살을 감행할 용기를 가진 자는 매우 드물다. 왜냐하면 그들은 자신의 개성뿐 아니라 자살도 죄로 인식하고 있기 때문이다. 그럼에도 불구하고 우리의 시각으로는 그들 모두는 자살자이다. 그들은 삶이 아니라 죽음 속에서 구원을 찾으려 하기 때문이다. 자신을 내던지고 희생하며 소멸시켜 태초로 돌아가려 하는 자들이기 때문이다.

모든 강점이 약점으로 바뀔 수 있듯이 ― 그리고 경우에 따라서는 바뀌어야 한다 ― 전형적인 자살자들은 반대로 일견 나약해 보이는 자신의 약점을 오히려 자신의 강점으로 삼는 경우가 많다. 하리 즉 황야의 늑대 역시 그러했다. 자신과 비슷한 처지의 수많은 사람들처럼 그는 자신에게는 항시 죽음으로의 길이 열려 있다고 상상하면서 젊은이들처럼 우울한 유희를 즐기는가 하면, 바로 그러한 생각으로부터 위안거리와 버팀목을 만들어 내었다. 그와 유사한 모든 인간들과 마찬가지로 그는 온갖 충격과 고통과 비참한 생활 상태 등을 죽음을 통해 벗어나고자 하는 충동을 가지고 있었지만, 차츰 그런 성향으로부터 벗어나 그것을 삶에 유용한 철학으로 변화시킨 것이다. 즉 죽음이라는 비상구는 항상 열려 있다는 생각에 익숙해지자 오히려 고통을 만끽하게 되었고, 처참한 상황에도 호기심을 가지고 대처하게 된 것이다. 그리고 그런 고통과 처참한 상황이 정말로 불행을 가져다준 경우에도 그는 혹독한 기쁨, 일종의 악의적인 즐거움을 느끼곤 했다. '인간이 대체 어느 정도까지 견뎌 낼 수 있을까? 나는 그것을 지켜볼 것이다. 인내의 한계에 도달하면 그저 죽음의 문을 열면 된다. 그렇게 위험에서 벗어나면 되는 것이다.' 그는 이런 생각으로 버텼다. 이와 같은 생각으로 놀랄 만한 힘을 발휘하는 자살자들은 그 말고도 매우 많다.

다른 한편 자살자들은 자살 유혹에 대한 투쟁에도 익숙하다. 자살자들은 자살이 하나의 탈출구이기는 하지만 다소 천박하고 비합리적인 비상구라는 사실을 알고 있다. 자신의 손이 아니라 삶의 손에 의해 제압당하고 굴복당하는 것이 더 고결하고 아름답다는 것을 잘 알고 있다. 이러한 지식, 정확히 말하자면 쾌락주의자의 불편한 양심과 근원이 같은 자살자들의 양심의 가책이, 그들로 하여금 자살의 유혹에 대항해 끊임없이 투쟁하게 한다. 도벽이 있는 사람이 자신의 악습에 대항해 싸우듯 자살자들도 그렇게 투쟁하는 것이다. 황야의 늑대 역시 이러한 투쟁 방식을 잘 알고 있어서 무기를 바꿔 가며 자살의 유혹과 맞서 싸웠다. 마침내 마흔일곱 살이 되자 그에게 행복하고 유머러스한 묘안이 떠올랐고, 그로 인해 그는 종종 기쁨을 느끼곤 했다. 쉰 살 생일날 자살을 감행하기로 결정한 것이다. 그날 비상구를 이용할지 안 할지는 전적으로 자신에게 달려 있었지만 아무튼 그때까지는 무슨 일이 일어나든, 말하자면 병에 걸리든 갑자기 빈털터리가 되든 괴로움과 번뇌에 시달리든 상관없었다. 기한이 정해져 있기 때문이었다. 기껏해야 몇 년만 버티면 되고 기한은 하루하루 줄어들 테니! 그리하여 그는 예전 같았으면 자신의 뿌리까지 흔들어 놓았을 불행을 훨씬 수월하게 견뎌 내게 되었다. 이런저런 이유로 상황이 아주 열악해질 때면, 황폐하고 고독하고 거친 자신의 삶에 특별한 고통이 더해질 때면, 그는 그 고통에게 이렇게 말했다. "2년만 더 기다려라. 그땐 내가 너의 주인이 될 테니!" 그러고 나면 다음과 같은 상상에 빠져들었다. 자신의 쉰 번째 생일날 아침에 축하 편지와 인사를 받으면 그 즉시 면도칼을 움켜쥐고 모든 고통과 작별하는 장면을, 인생의 문을 닫아 버리는 장면을, 관절염과 우울증과 두통과 위통도 함께 불귀의 객이 되는 장면을.

  이제 황야의 늑대라는 개별자의 현상, 특히 그와 시민적인 것
의 독특한 관계를 설명하는 일이 남았다. 그를 위해 이 현상의
기원으로 거슬러 올라가게 될 것이다. 그 출발점이 '그와 시민적
인 것'과의 관계를 저절로 드러나게 할 것이다.

  황야의 늑대는, 그 자신의 말에 따르자면 가족적인 삶이나 사
회적 명예에는 관심이 없었기에 완전히 시민적 세계의 바깥에 머
물러 있었다. 그는 전적으로 스스로를 단독자로 생각했다. 때로
는 스스로를 기인이자 병든 은자로, 때로는 평균적인 삶의 작은
규범들을 초월하는 비범한 천재로 여겼다. 그는 의식적으로 부르
주아들을 경멸했으며 자신이 그들 중 한 사람이 아니라는 사실
에 자부심을 느꼈다. 그럼에도 불구하고 그는 많은 점에 있어서
철저히 시민적인 생활을 했다. 그는 은행에 돈을 저축해 두었고
가난한 친척을 도와주기도 했다. 옷차림에 별로 신경을 쓰는 편
은 아니었지만 그래도 가급적이면 단정하게 차려입고 다녔다. 또
한 그는 경찰과 세무 공무원, 기타 권력 기관에 종사하는 이들
과 원만한 관계를 형성하려고 노력했다. 나아가 강렬하면서도 은
밀한 동경이 그를 늘 시민적인 작은 세계, 즉 조용하고 단아한 다
세대 주택으로 이끌었다. 그곳에는 깨끗하고 아담한 정원이 딸려
있었고, 윤이 나는 계단이 있었으며, 질서와 품격이 어우러져 절
제된 분위기를 자아내고 있었다. 그 속에서 그는 작은 일탈과 뒤

는 행동을 하며 스스로를 비시민적인 기인이나 천재로 여기는 것을 좋아했다. 이런 표현이 어떨지 모르겠지만 그는 시민성이 사라진 곳에서는 살려고도 머무르려고도 하지 않았다. 권력자나 특권 계층이 사는 곳, 반대로 범죄자나 공권이 박탈된 자들이 사는 곳에도 살지 않았다. 오로지 시민들의 영역 안에서만 편히 거주할 수 있었으며 그들의 관습과 규칙과 분위기 등과 관계를 맺고자 했다. 비록 그것이 대립과 혁명의 관계일지라도. 게다가 그는 시민적 교육을 받으며 자랐기에 시민적인 개념과 관습을 체득하고 있었다. 즉 그는 이론적으로는 매춘 행위에 반대하지 않았지만 개인적으로는 창녀를 진지하게 상대할 수 없었고 자기와 같은 부류의 인간으로 여기지도 못했다. 국가와 사회로부터 추방당한 정치범이나 혁명가나 사상적 선동자 등은 자신의 형제로 받아들일 수 있었지만, 도둑이나 강도나 강간 살인범들과는 아무런 공감대도 형성할 수 없었고 다만 그들을 시민적인 방식으로 안타까워할 뿐이었다.

그는 늘 이런 방식으로 살아왔다. 즉 자신의 본성과 행동의 절반이 인정하고 수긍하는 것을, 다른 절반을 통해서는 퇴치하고 부정하려 해왔다. 교양 있는 시민 가정에서 철저한 격식과 윤리를 익히며 자라난 그의 영혼은 부분적으로는 늘 시민적 질서에 속박되어 있었다. 오래전에 시민적인 삶의 척도를 초월할 정도의 개성을 스스로에게 부여해 시민적 이상과 믿음의 내용들로부터 자유로워진 후에도 마찬가지였다.

'시민적인 것'은 인간적인 요소들과의 타협의 시도, 다시 말해 인간 행위의 수많은 극단과 대립 쌍 사이에서 균형점을 찾으려는 노력에 다름 아니다. 그러한 대립 쌍들의 한 예로 성자와 탕자를 들어 쉽게 설명해 보겠다. 인간은 정신적이고 신성한 것, 성자의 이상에 헌신할 가능성을 가지고 있다. 그런가 하면 반대로 본능적이고 관능적인 욕망에, 순간적인 쾌락에 투신할 가능성도 가지고 있다. 한쪽 길은 성자, 정신에의 순교자, 신을 향한 귀의의 길이고, 또 다른 길은 탕자, 본능에의 순교자, 자발적 타락에의 길이다. 시민은 이 두 갈래의 길 사이에서 중용의 삶을 살아가고자 한다. 그는 결코 그 두 갈래 길 중 한쪽에 빠지거나 의지하려 들지 않는다. 시민의 이상은 자아 희생이 아니라 자아 보존이기 때문이다. 시민은 신성함도 그 반대도 지향하지 않는다. '절대성'이라는 것을 견딜 수 없기 때문이다. 시민은 신에게 귀의하기를 원하면서도 한편으로는 타락하고 싶어 한다. 덕성을 갖추고자 하면서도 동시에 세상의 부귀영화를 누리고 싶어 한다. 요컨대 시민은 양극단 사이의 중간, 다시 말해 격렬한 폭풍우로부터 비껴나 있는 안전한 회색 지대에 안주하려 한다. 물론 그런 노력은 성공을 거두지만, 그 성공은 절대성과 극단을 지향하는 과정에서만 얻어지는 강렬한 삶은 포기하고 얻은 것이다. 강렬한 삶을 살려면 자아를 희생해야만 하는데, 시민은 자아를 가장 높이 평가한다. 물론 발육 부진의 자아이긴 하지만. 때문에 시민은 강렬한 삶은 포기하고 자아 보존과 안전성을 확보한다. 신에 매료되는 것 대신 마음의 평정을, 쾌락 대신 쾌적함을, 자유 대신 편안함을, 극단적인 열정 대신 적당한 온도를 택하는 것이다. 따라서 시민은 본질상 삶의 추진력이 약하며, 자아 희생을 두려워하고 불안해하는, 다루기 쉬운 존재인 셈이다. 그가 권력 대신 다수결의 원칙을, 폭력 대신 법규를, 책임 대신 투표를 선택하는 것도 바로 그 때문이다.

이 나약하고 공포심 많은 존재는 비록 그 수가 많긴 하나 자기 주장을 제대로 펼치지 못할 뿐만 아니라, 속성상 자유롭게 이 세상을 헤집고 다니는 늑대들 사이에 낀 새끼 양의 역할밖에 할 수 없다. 그럼에도 불구하고 시민은(강자가 지배하는 시대에는 궁지로 내몰리기도 하지만) 결코 몰락하지 않으며, 심지어 때로는 세상을 지배하고 있다는 인상을 주기도 한다. 이것이 어떻게 가능할까? 시민의 수적 우월, 미덕, 상식, 조직체 등은 시민의 몰락을 막을 만큼 강력한 것은 아니다. 또한 태생적으로 강렬한 삶이라는 항체를 갖추지 못한 자는 세상의 어떤 약으로도 살려 낼 수 없는 법이다. 그럼에도 불구하고 시민은 살아 있으며, 건강하게 번창하고 있기까지 하다. 왜일까?

답은, 바로 황야의 늑대들 덕분이다. 사실 시민사회의 활력은 정상적인 시민들의 속성으로부터 생겨나는 것이 아니라, 시민사회의 모호하고 막연한 이상에 에워싸인 수많은 아웃사이더들의 속성에서 나온다. 시민사회 안에는 강렬하고 거친 본성을 가진 많은 자들이 늘 존재하고 있다. 우리의 황야의 늑대, 하리가 그

대표적인 예라 할 수 있다. 그는 시민의 척도를 초월해 있는 개성의 소유자이자, 증오와 자기 증오가 교차될 때 생기는 몽롱한 기쁨과 명상의 희열을 아는 자이며, 법규와 덕목과 상식을 경멸하는 존재이다. 그렇지만 그도 시민사회를 벗어날 수 없는, 그 안에 수감되어 있는 자다. 이처럼 시민사회의 핵심 구성원들 주변을, 다양한 형태의 삶과 지식을 가진 인간들이 둘러싸고 있다. 그들은 모두 시민사회가 버거워할 만큼 성장했고 자유로운 삶을 추구할 역량도 갖추었지만 여전히 어린 시절 경험했던 시민사회에 연연하고, 강렬한 삶을 피하고자 하는 시민들의 습성에도 얼마간 전염되어 있다. 그래서 어떻게든 시민성을 고수하려 하고 그것에 예속되어 그것이 요구하는 의무를 다하면서 복종하고 있는 것이다. 왜냐하면 시민사회에는 '우리 편이 아니면 적이다'라는 위인들의 원칙과 반대되는, '적이 아니면 우리 편이다'라는 원칙이 적용되기 때문이다.

이러한 맥락에서 황야의 늑대의 영혼을 검토해 보면, 그는 자신이 고도로 개성화되어 있기에 결국에는 비시민이 될 수밖에 없는 인간이라고 스스로를 규정하고 있다. 왜냐하면 고도로 개성화된 자들은 자아에 등을 돌리고 급기야 그것을 파괴하려는 경향이 있기 때문이다. 때문에 그는 성자 쪽으로도 탕자 쪽으로도 나아갈 가능성을 충분히 가지고 있다. 하지만 그는 왠지 모를 나약함과 게으름으로 인해 자유롭고 야성적인 우주를 향해 도약할 수 없었고, 그래서 시민사회라고 하는 무겁고 버거우면서도 한편으로는 어머니 품처럼 포근한 별에 사로잡히게 되었다. 이것이 우주에서의 그의 위치로, 한마디로 그는 속박 상태이다. 대다수의 지식인들과 예술가들이 이러한 타입에 속하고, 그들 중 가장 강한 몇몇 자들만이 시민들이 살고 있는 별의 대기권을 뚫고 나가 우주에 다다를 수 있다. 그 외 사람들은 체념하거나 타협을 보게 된다. 시민사회를 경멸하면서도 결국에는 살아남기 위해 자발적으로 그 구성원이 되어 시민사회를 더욱 공고히 하고 찬미하게 되는 것이다. 그러한 상황은 그들에게 비극까지는 아니더라도 상당한 불행과 불운으로 작용하게 된다. 하지만 그런 지옥과 같은 상황에서 그들이 가진 재능들이 충분히 담금질되어 더욱 풍성해지기도 한다. 또한 그러한 상황을 뿌리치고 나가 어떤 절대적인 곳에 이르러 경탄할 만한 방식으로 파멸하는 소수의 비극적인 존재들도 있다. 하지만 다른 부류의 사람들, 즉 시민사회에 속박되어 있긴 하지만 자신의 재능으로 인해 시민들로부터 큰 존경을 받는 사람들도 있다. 그들에게는 제3의 세계가 열린다. 상상에 기반한 독자적인 세계, 유머의 세계가 열린다. 늘 무시무시한 불행 속에 살아가며 평화를 잃어버린 황야의 늑대들에게는 비극을 감수하며 우주로 진입할 힘도 없고, 절대성의 세계를 추구해야 한다는 소명을 자각하고는 있지만 그를 실천할 능력도 없다. 하지만 만일 그들의 정신이 번뇌를 통해 한층 더 강해지고 융통성을 갖게 된다면, 그들에게 유머라는 희망적인 해결책이 생겨나게 된다. 유머에는 늘 어느 정도 시민적인 구석이 있다. 물론 진정한 의미에서의 시민은 유머라는 것을 제대로 이해하지 못하지만, 황야의 늑대들은 유머라는 상상계 안에서 자신들의 복잡하고 다양한 이상을 실현할 수 있다. 말하자면 그곳에서는 성자와 탕자를 모두 긍정할 수 있고 그 양극단을 구부려 한곳에서 만나게 할 수도 있으며, 시민 자체를 긍정의 대상으로 삼는 것도 가능해진다. 신에게 귀의한 성인이 죄인을 긍정하는 것은 그리 어려운 일이 아니며, 그 역도 마찬가지다. 그러나 성인과 죄인을 비롯해 모든 절대성을 추구하는 자들이 중립적이고 미온적인 중도, 즉 시민적인 것을 긍정하기란 불가능에 가깝다. 위대한 것을 행하라는 소명과 재능을 받았으나 그를 이루지 못한 비극적인 인물들의 훌륭한 발명품이라 할 수 있는 유머, 인류의 가장 독특하고 탁월한 업적인 유머만이 그것을 가능하게 한다. 유머의 프리즘을 통과한 빛이라야 인간의 모든 영역을 하나로 통합시킬 수 있는 것이다. 세상 속에 살면서도 마치 세상 밖에 있는 듯 사는 것, 법규를 준수하면서도 법을 초월하는 것, 소유하면서도 소유하지 않는 듯 사는 것, 포기하면서도 마치 포기하지 않은 듯 사는 것 등, 고차원적인 삶의 지혜를 실현시켜 주는 것은 오로지 유머뿐이다.

유머에 재능과 소질이 있는 황야의 늑대는, 뜨거운 지옥의 아수라장 속에서도 유머라는 마법의 물약을 마시고 땀을 내면 구원받을 수 있다. 아직 부족한 점이 많지만, 그럼에도 불구하고 구원의 가능성과 희망만큼은 존재한다. 그를 사랑하고 그의 처지를 동정하는 사람들도 그가 구원받기를 바란다. 그러면 그는 영원히 시민적 삶 속에 머물더라도 고통을 견뎌 내 보다 풍성한 삶을 영위하게 될 테니까. 시민 세계에 대한 그의 애증 관계는 감상성을 상실하게 되어 더 이상 그 세계에 얽매어 있다는 이유로 치욕을 느끼지는 않을 테니까.

그러한 상태에 도달하려면, 아니 결국에는 우주로 도약하려면, 황야의 늑대는 언젠가 한 번은 자신과 맞서야 할 것이다. 자기 영혼 깊숙한 곳의 카오스를 들여다보며 자신에 대한 완전한 인식에 도달해야 할 것이다. 그렇게 수상쩍고 불변하는 자신의 존재를 완전히 드러나게 해야 욕망의 지옥으로부터 감상적이고 철학적인 위안으로의 도피도, 늑대 같은 본능이 살아 있는 맹목적인 도취 상태로의 도피도 불가능해질 것이다. 그렇게 되면 인간과 늑대는 가식적인 가면을 벗어 버리고 진솔한 눈으로 서로를 바라볼 수밖에 없는 상태에서 결국 감정이 폭발하여 영원히 갈라서게 될 것이다. 즉 황야의 늑대는 더 이상 존재하지 않게 될 것이다. 아니면 타오르는 유머의 불빛 속에서 계약 결혼을 하게 될 것이다.

언젠가 하리는 이 마지막 가능성에 도달하게 될지도 모른다. 우리들의 작은 거울 하나를 손에 넣게 되든가, 불멸의 존재를 만나게 되든가, 우리의 마술 극장에서 타락한 자신의 영혼을 해방시키기 위해 필요한 것을 발견하게 되든가 하여, 언젠가는 자신의 존재를 인식하게 될지도 모른다. 이와 같은 수많은 가능성들이 그를 기다리고 있고, 그의 운명은 그 뿌리칠 수 없을 만큼 매력적인 가능성들을 끌어당기고 있다. 시민사회 안에서 사는 이 방인들에게는 누구나 다 그런 마술적 가능성이 열려 있다. 가진 것이 없어도 괜찮다. 번득이는 사고만 있으면 된다.

하리는 한 번도 자기 내면에 기록되어 있는 삶의 단편들을 들 여다보지 않았음에도 불구하고 이 모든 것을 잘 알고 있다. 그는 우주 안에서의 자신의 위치를 예감하고 있다. 불멸의 존재들을 예감할 수 있을 뿐만 아니라 잘 알고 있기도 하다. 자기 대면의 가능성을 예감하고 그것을 두려워하기도 한다. 또한 반드시 들여 다보아야 할, 하지만 들여다보기가 죽음만큼 두려운 거울이 존재 한다는 사실도 알고 있다.

이 소논문을 마무리하려면 마지막으로 픽션, 즉 근본적인 착 각에 대한 해명이 필요하다. 모든 '해석', 모든 심리학, 이해를 만 들어 내기 위한 모든 시도들은 이론, 신화, 허구 등 보조 수단을 필요로 한다. 분별 있는 저자라면 마지막 부분에서는 가능한 한 해석을 위해 동원된 허구에 대해 해명해야 할 것이다. 가령 내가 '위' 혹은 '아래'라고 말할 때, 그건 이미 설명을 필요로 하는 하 나의 주장이다. 왜냐하면 '위'나 '아래'는 단지 생각 속에서만, 즉 추상 속에서만 존재하는 개념이기 때문이다. 세상 자체에는 '위' 나 '아래'라는 것이 없다.

그와 마찬가지로, 간단히 말해서 '황야의 늑대' 역시 하나의 픽션일 뿐이다. 하리가 자신을 늑대 인간으로 느낀다면, 즉 자신이 적대적이고 대립적인 두 개의 존재로 이루어져 있다고 여긴다면, 그것은 다만 사실을 단순화시키기 위한 신화일 뿐이다. 하리는 결코 늑대 인간이 아니다. 우리가 '황야의 늑대'라는 그가 만들어 낸 허구를 무비판적으로 수용한 것은, 즉 그를 정말로 이중 존재인 것처럼 간주하여 그를 해석한 것은, 그에 대한 이해를 돕기 위해 착각을 활용했기 때문이다. 그러므로 우리는 지금 그 착각을 바로잡으려 한다.

하리가 자신의 운명을 스스로 납득하기 위해 자기 내면을 늑대와 인간으로, 본능과 정신으로 나눈 것은 매우 조잡한 단순화이며, 자신이 겪고 있는 크나큰 고뇌의 원천으로 보이는 모순을 그럴듯하게 설명하기 위해서 쓴 그릇된 방식이다. 그로 인해 사실이 왜곡되었다. 하리는 자신 안에서 한 명의 '인간'을 발견한다. 다시 말해 사상과 감정과 문화의 세계이자, 길들여지고 순화된 천성의 세계를 발견한다. 또한 그는 자신 안에서 한 마리의 '늑대'를 발견한다. 즉, 본능과 야성과 잔혹성과 순화되지 않은 야만적 천성 등의 어두운 세계를 발견한다. 이처럼 자신의 존재를 서로 적대적인 두 개의 영역으로 명확히 구분했음에도 불구하고, 그는 간혹 늑대와 인간이 서로 화합하는 행복한 순간을 경험하기도 했다. 하리가 자신의 모든 행위와 감정과 삶의 순간들을 인간적인 것과 늑대적인 것으로 명확히 나누려 한다면, 그는 즉시 곤란한 처지에 놓이게 될 것이며 동시에 매우 매력적인 그의 늑대론도 실패로 드러날 것이다. 왜냐하면 어떠한 인간도, 하물며 원시적인 흑인과 바보까지도 자신의 존재가 단지 두세 개의 요소가 합쳐진 것일 뿐이라는 설명에 흔쾌히 동의할 만큼 단순하지는 않기 때문이다. 하물며 하리처럼 매우 복잡한 인간을 늑대와 인간이라는 소박한 구분을 통해 설명하려는 것은 대단히 순진한 시도라고 할 수 있다. 하리는 두 개가 아니라 백 개의 영혼, 천 개의 영혼으로 이루어져 있기 때문이다. 다른 인간들의 삶과 마찬가지로 그의 삶도 단지 두 개의 극, 말하자면 본능과 정신, 성자와 탕자 사이만을 오가는 것이 아니라 수천의 무수한 양극 사이를 오가고 있는 것이다.

하리처럼 교양 있고 총명한 인간이 스스로를 '황야의 늑대'로 여긴다는 것에, 자신의 풍부하고 복잡한 삶의 영상을 그토록 단순하고 조야하며 원시적인 표현 속에 가두는 것에 놀라서는 안 된다. 인간은 원래 사유 능력에 한계가 있으며, 아무리 지적이고 교양 있는 인간일지라도 세상과 자기 자신을 매우 소박하고 단순하며 신빙성 없는 '공식'이라는 안경을 쓰고 바라보기 때문이다. 특히 자기 자신을 바라볼 때 그렇다! 왜냐하면 인간은 누구나 선천적이고도 필연적으로, 자신의 자아를 하나의 통일체로 상상하고 싶어 하기 때문이다. 이러한 망상이 심해져 문제가 될 때도 있지만 대부분은 다시 치유된다. 살인자를 마주한 재판관은 한순간 살인자 안에서 자신의 목소리를 듣고, 자기 내면 안에서 살인자의 움직임과 능력과 가능성을 발견하기도 한다. 하지만 바로 다음 순간 그는 다시 제자리로, 즉 자신의 자아가 하나의 통일체라는 망상의 껍질 속으로 재빨리 되돌아가 자신의 임무대로 살인자에게 사형을 선고한다. 특별한 재능과 여린 영혼을 가진 인간들은 자기 분열의 기미를 예감할 수 있다. 즉 여느 천재들처럼 통일된 인격이라는 망상을 파괴해 자신이 수많은 자아들로 구성된 복합체임을 느끼게 된다. 그들이 그 사실을 털어놓으면, 대다수의 사람들은 그들을 감금하고는 과학의 이름하에 그들을 정신분열증이라고 단정 지을 것이다. 그러고는 인류가 그 불행한 이들의 입에서 흘러나오는 진실의 외침을 듣지 못하게 하려할 것이다. 사고하는 모든 이들에게는 자명한 것으로 보이는 그런 진실을 말로 표현하는 것이 왜 비윤리적이라는 것일까? 누군가가 소위 자아라는 하나의 통일체 안에서 두 개의 존재를 발견한다면 그는 이미 천재인 셈이며, 드물고 흥미로운 예외적 존재임이 분명하다. 사실 자아는, 아주 단순한 존재의 자아라 해도 하나의 통일체가 아니다. 자아는 외려 고도로 다양화된 세계이자별이 총총한 작은 하늘이라 할 수 있으며, 형식과 단계와 상황과 유산과 가능성 등이 어우러진 하나의 카오스라 할 수 있다. 개개인이 이 카오스를 하나의 통일체로 간주하는 것은, 자신의 자아를 정형화되어 있고 명확한 윤곽을 가진 것으로 생각하는 것은 착각임에도 불구하고, 인간은 누구나 그런 착각을 한다. 그런 착각이 호흡이나 음식처럼 어쩔 수 없는 삶의 필수 요건이기 때문이다.

이 같은 착각은 유추의 오류에서 비롯된 것이다. 모든 인간은 몸은 동일한 차원에 머물러 있지만 영혼은 그렇지 않다. 그러나 문학작품은 전통적으로, 특히나 예술적 세련미가 뛰어난 작품일수록 총체적이고 통일적인 인물들을 중심으로 서사가 구성되어 있다. 전문가와 식자층들은 문학 장르들 중에서 희곡을 최고의 형식으로 평가하는데, 그것은 타당한 견해이다. 왜냐하면 희곡이 자아를 다양한 방식으로 표현할 가능성이 가장 크기 때문이다. 하지만 희곡에 등장하는 인물들 하나하나는 부득이하게 하나의 육체 속에 갇혀 있어 통일적인 존재로 오인되기 쉽다. 소박한 수준의 미학은 각각의 인물들이 두드러질 정도로 독립적인 통일체로 등장하는 이른바 성격극을 최고로 평가하기도 한다. 하지만 몇몇 사람들은 점점 다음과 같은 사실을 예감하기 시작했다. 그러한 평가를 내리는 미학은 유치하고 피상적이라는 사실과, 훌륭하기는 하지만 부자연스럽고 본래 우리의 것이 아닌 수입된 고대의 미美 개념을 우리의 위대한 극작가들에게 적용해서는 안 된다는 사실을. 눈에 보이는 육체에서 출발한 고대의 미 개념은, 단일한 자아나 통일된 인격이라는 허구를 만들어 냈다. 고대 인도의 문학작품에는 그런 것이 없다. 인도 서사시에 등장하는 주인공들은 단수의 개인이 아니라 다수의 개인이 합쳐진 집합체, 혹은 다수의 신들이 의인화된 것이었다. 현대 서구 사회에도 인물극과 성격극의 베일 뒤에 숨어, 작가조차 완전히 의식하지 못한 상태에서 한 인물 속에 담긴 다양한 영혼들이 묘사된 작품들이 존재한다. 그러한 사실을 인식하려면 그러한 문학작품에 등장하는 인물들을 개인이 아니라 보다 고차원적인 통일체(예를 들어 시인의 영혼)의 다양한 부분과 측면으로 간주할 줄 알아야 한다. 이를테면 『파우스트』를 이런 방식으로 바라보면, 파우스트와 메피스토와 바그너와 기타 다른 인물들이 합쳐져 하나의 통일체, 즉하나의 초인격이 만들어졌음을 알게 된다. 개별적 인간이 아니라보다 고차원적인 통일체 안에서 비로소 영혼의 진정한 본질이드러난다. 파우스트가 교사들이 잘 알고 있고 속인들이 전율을느끼며 찬미하는 구절인 '아, 나의 가슴속에는 두 개의 영혼이 살고 있도다!'라는 말을 하는 순간, 그는 메피스토를 비롯해 자신의 가슴속에 있는 다른 수많은 영혼들은 잊고 있는 것이다. 우리의 황야의 늑대 역시 자신의 가슴속에는 늑대와 인간이라는 두개의 영혼만 담겨 있다고 믿고 있고, 그 두 개의 영혼만으로도자신의 가슴은 이미 몹시 비좁은 상태라고 느낀다. 하지만 가슴, 즉 육신은 언제나 하나이지만 그 속에 거주하고 있는 영혼은 두개나 다섯 개 정도가 아니라 셀 수 없을 만큼 많다. 인간은 수백겹의 껍질로 이루어진 양파이자 수많은 실로 엮여진 직물인 셈이다. 고대 아시아인들은 이러한 사실을 매우 정확하게 인식하고있었고, 인도 불교에서는 개성 즉 통일된 인격이라는 망상을 벗겨내기 위해 요가라는 기술을 고안해 냈다. 인간이라는 존재는많은 변화를 보여 주는 회전목마와도 같기 때문이다. 그런데 인도인들이 수천 년 동안 그 본질을 폭로하려고 애써 온 통일된 인격이라는 망상을, 서구인들은 온갖 노력을 기울여 지키려고 노력해 왔다.

　이러한 관점에서 황야의 늑대를 관찰해 보면, 왜 그가 어처구니없게도 이중성으로 인해 고뇌하고 있는지가 명확해질 것이다. 파우스트처럼 그는 하나의 가슴에 두 개의 영혼이 들어 있어 가슴이 터져 버릴 것이라 믿고 있다. 그러나 자신의 가슴속에 두 개의 영혼밖에 없다고 여기는 것은 너무 원시적인 생각이며, 그의 가련한 영혼에 폭력을 가하는 행위이기도 하다. 하리는 교양이 높은 사람임에도 불구하고 둘 이상의 숫자는 못 세는 미개인처럼 처신한다. 그는 자신의 한 부분은 인간이고 또 다른 부분은 늑대이며 그런 상태를 견디는 것만으로도 이미 지쳤다고 믿는다. 그는 '인간' 쪽에는 모든 정신적인 것과 숭고한 것과 문화적인 것을 집어넣고, '늑대' 쪽에는 모든 본능적인 것과 야성적인 것과 무질서적인 것을 집어넣는다. 하지만 삶은 생각만큼 그리 간단하지 않고, 우리의 가련한 바보 같은 언어로 대충 얼버무려지는 것도 아니다. 하리가 이런 야만적인 방법을 사용하는 것은 이중으로 자신을 기만하는 짓이다. 우리는 하리가 아직까지 인간적이라 할 수 없는 영혼의 부분들을 억지로 '인간'에 포함시키고, 이미 오래전에 늑대의 수준을 넘어선 영혼의 부분들을 억지로 '늑대'에 귀속시키려 할까 봐 두렵다.

　모든 인간들처럼 하리 또한 인간이 무엇인지 스스로 알고 있다고 믿고 있지만 실은 그렇지 않다. 꿈속이나 그 밖에 통제하기 어려운 의식 상태에서는 인간의 본질에 대해 예감하기도 하지만,

그가 부디 그 예감을 잊지 않고 가급적이면 그것을 자기 것으로 만들기를! 인간은 확고부동하고 항구적인 형상을 지닌 존재(고대의 현인들 사이에는 많은 이견이 존재했지만, 이런 인간관만큼은 이견이 없었다)가 결코 아니다. 오히려 하나의 시도이고 통과 지점일 뿐이다. 즉 인간은 자연과 정신 사이에 놓인 좁고도 위험천만한 다리에 불과하다. 가슴속 깊은 곳의 운명은 그를 정령과 신에게로 이끌며, 진실 어린 동경은 그를 자연과 어머니에게로 소환한다. 그의 삶은 공포에 떨며 그 두 힘들 사이를 오간다. 사람들이 말하는 '인간'이라는 개념은, 하나의 덧없는 시민적 합의에 불과한 경우가 많다. 그런 인습에 의해 가장 자연스러운 본능들이 거부되고 금지되며, 허용되는 것은 한 줌의 의식과 품위뿐이다. 다시 말해 약간의 정신만 허용되고 요구될 뿐이다. 이러한 인습에 바탕을 둔 '인간'이라는 개념은, 다른 시민적 이상처럼 불길한 태초의 어머니인 자연과 까다로운 태초의 아버지인 정신을 속이고 그들의 강렬한 요구를 무시하는, 그들 사이의 미적지근한 중간에 거주하고자 하는 하나의 타협이자 소심하고 어리석고 교활한 시도라고 할 수 있다. 바로 그래서 시민은 자신이 '개성'이라고 부르는 것을 허용하고 참아 내면서도 동시에 그 개성을 몰로흐*인 '국가'에 넘겨주면서, 지속적으로 그 둘 사이를 반목시켜 어부지리를 얻고 있는 것이다. 그런 까닭에 시민은, 모레쯤에는

✦ 페니키아인들이 아이를 태워 제물로 바친 신.

기념비를 세워 줄 자들을 오늘은 마녀라고 불태우고 범죄자라고 교수형에 처하는 것이다.

'인간'이란 이미 창조되어 있는 것이 아니라 정신의 요구라는 점, 그리우면서도 두려운 먼 미래의 가능성이라는 점, 그곳에 이르는 길은 지적이지만 엄청난 고통과 엑스터시를 감수해야 한다는 점, 그리고 그 길을 가는 흔치 않은 사람들에게는 오늘은 단두대가 내일은 기념비가 준비되어 있다는 점을 황야의 늑대는 이미 예감하고 있다. 그가 자기 안의 '늑대'적인 요소의 대척점으로 '인간'적인 요소라고 부르는 것은 대부분 시민적 인습을 따르는 중립적인 인간이 가진 요소에 불과하지만, 그럼에도 그는 진정한 인간과 불멸에 이르는 길을 예감하고 있다. 그래서 때로는 천천히 그 길을 걸으며 무거운 번뇌와 고통스러운 고독감을 대가로 지불하기도 하지만 불멸에 이르는 그 유일한 좁은 길을 끝까지 걸어가라는, 참다운 인간됨을 긍정하고 그것을 위해 노력하라는 정신의 고결한 요구 앞에서 그는 영혼 깊이 두려움을 느끼고 있다. 그 길이 더 큰 고뇌와 박탈감과 어쩌면 단두대로까지 이어지리라는 사실을 알고 있기 때문이다. 그래서 설사 그 길의 끝에 불멸의 삶이 그를 기다리고 있다 해도 그 모든 고뇌와 혹시 있을지 모르는 죽음까지 감수하고 싶지는 않다. 그래서 그는 인간 실현이라는 목표를 시민들보다 더 잘 알고 있음에도 불구하고, 절망적이리만치 자아에 집착하고 죽지 않으려고 매달리는 것이 오히려 영원한 죽음에 이르는 길이며 반면 죽을 각오로 껍질을 벗어 버리고 변화에 자아를 바치는 것이야말로 불멸의 길로 이어짐을 잘 알고 있음에도 불구하고, 그것을 애써 외면하고 있는 것이다. 그는 불멸의 위인들 중 모차르트를 좋아하고 숭배한다. 하지만 결국 모차르트를 시민의 눈으로, 교사의 눈으로 바라보며 모차르트의 성취를 단순히 그의 특별한 재능으로만 설명하려 할 것이다. 고통을 감수한 그의 위대한 헌신과 시민적 이상에 대한 그의 무관심은, 고뇌에 빠진 자들과 인간됨의 길을 추구하는 자들을 둘러싼 시민적 공기를 얼음처럼 차가운 에테르로 희석시키는 그의 고독은, 가히 겟세마네 동산의 고독과도 맞먹는 그의 극단적인 고독은 설명하려 하지 않을 것이다.

그래도 아무튼 우리의 황야의 늑대는 적어도 파우스트적인 이중성은 자신 안에서 발견했다. 자신이 하나의 육체 속에 하나의 영혼이 깃든 통일체가 아니라, 기껏해야 그러한 조화로운 이상을 향해 나아가는 기나긴 순례길에 오른 존재임은 깨달은 것이다. 그는 자기 안의 늑대를 극복해서 완전한 인간이 되기를, 아니면 아예 인간적 삶을 포기하고 늑대로서의 통일적이고 낙천적인 삶을 누리기를 원한다. 추측건대 그는 실제로는 늑대를 한 번도 정확하게 관찰해 본 적이 없을 것이다. 그랬더라면 그 짐승 또한 통일적인 영혼을 지니고 있지 않음을, 그들의 멋지고 빈틈없는 육체 안에도 다양한 성향과 상태들이 숨어 있음을, 늑대 역시 자신 안에 심연을 가지고 있어 고뇌를 느낀다는 사실을 인식했을 것이다. 그렇다, '자연으로 돌아가자!'라는 구호로 인해 인간은 끊임없이 고통스럽고 절망적인 미로 속을 헤매고 있다. 하리는 결코 완전한 늑대가 될 수 없으며 설사 그렇게 된다 하더라도 단순하고 원시적인 늑대가 아니라 복잡하고 까다로운 늑대가 될 것이다. 늑대도 두 개 이상의 영혼을 가지고 있는데, 늑대가 되고 싶어 하는 자들은 그 사실을 모르거나 잊고 있다. 마치 어린 시절을 그리워하는 건망증 환자처럼. 그런 자들은 자연으로 순수로 처음으로 돌아가고 싶어 "아, 아직 어린아이라면 얼마나 행복할까!"라고 노래한다. 호감은 가지만 다분히 감상적인 그들은 어린 시절이 결코 행복하지만은 않았다는 사실을, 어린아이들도 온갖 갈등과 내적 불화와 고뇌를 겪는다는 것을 망각하고 있다.

사실 되돌아가는 길은 없다. 늑대나 어린아이로 되돌아가는 길은 존재하지 않는다. 모든 존재의 시작 단계가 순수하고 단순한 것도 아니다. 모든 창조물들은 하물며 아주 단순해 보이는 것들조차 시작부터 모순투성이고, 게다가 생성이라는 더러운 물결에 내던져져 있어 결코 그 물결을 거스를 수 없다. 창조되기 이전의 순수 상태로 향하는 길은, 신으로 향하는 길은, 뒤가 아니라 앞으로 나 있다. 다시 말해 늑대나 어린아이의 방향으로 나 있는 것이 아니라 점점 더 넓어지고 깊어지는 죄와 인간됨의 방향으로 펼쳐져 있다. 그러니 그대, 불쌍한 황야의 늑대인 그대는 자살에서도 도움을 얻지 못할 것이다. 그대는 '인간됨'이라는 멀고도 힘들며 험한 길을 가야 할 것이다. 그대는 그대 안의 이원성을 다원성으로 확장시키고, 그대의 복합성을 보다 발달시켜야 할 것이다. 언젠가 궁극의 평온 상태에 도달하려면 그대의 세계를 좁히고 그대의 영혼을 단순화시키기보다는, 고통을 감수하면서 그대의 세계를 보다 넓혀 더 많은 영혼을, 결국에는 온 세상의 영혼을 그대 안에 받아들여야 할 것이다. 부처는 물론이요 위대한 인간은 누구나가 그러한 길을 걸어갔다. 어떤 이는 자각하면서, 또 어떤 이는 의식하지 못한 채 그런 모험을 감행했다. 탄생이란 모든 것으로부터, 신으로부터도 격리되어 고통 속에서 새롭게 생성됨을 의미한다. 만물이 조화를 이룬 우주로 돌아가려면, 고통스러운 개별적 존재에서 벗어나 신과 다시 재회하려면, 우주 전체를 감싸 안을 수 있을 만큼 영혼을 확대시켜야 한다는 말이다.

지금 우리는 학교, 국민경제, 통계학 등에서 다루는 인간을 화제로 삼는 것이 아니다. 하릴없이 거리를 거닐고 있는, 바닷가의 모래알이나 부서지는 파도의 물방울 같은 수백만의 인간들을 논하려는 것도 아니다. 여기서 수백만이라는 숫자는 별로 중요하지 않다. 숫자는 증빙 자료일 뿐, 그 외에는 아무런 의미가 없다. 여기서 우리는 보다 높은 의미에서의 인간, 인간됨의 머나먼 길을 떠나려는 목적을 가진 존엄한 인간, 그리고 불멸의 위인들에 대해 말하고 있는 것이다. 천재는 생각처럼 그렇게 드물지도 않고, 그렇다고 문학사나 세계사나 신문에서처럼 빈번히 등장하는 것도 아니다. 우리가 보건대 하리는 어려운 상황에 봉착할 경우 엄살을 떨면서 그 모든 것이 멍청한 '황야의 늑대' 때문이라고 평계를 대기보다는, '인간됨'의 모험을 감행할 천재가 될 가능성이 있다.

그러한 가능성을 가진 인간들이 '황야의 늑대'라는 말이나 '아, 두 개의 영혼이라니!'라는 탄식에 기대는 현상은, 그들이 시민사회에 아직도 한심한 애정을 갖고 있는 사실만큼이나 놀랍고 유감스럽게 느껴진다. 부처를 이해할 수 있고 인류의 천국과 지옥에 대해 알고 있는 사람이라면, 상식과 민주주의와 시민적 교양이 지배하는 세계 안에 머물러서는 안 된다. 그런 비겁한 삶에 머무르는 사람은 자신의 삶의 차원이 확장되어 시민의 방이 비좁게 느껴지면 그것을 '늑대' 탓으로 돌리고, 그런 늑대적인 면모가 때로는 자신의 최고 부분이 될 수 있음을 굳이 알려 하지 않는다. 다만 자기 안에 있는 모든 야성적인 것을 늑대라 부르며 그것을 사악하고 위험한 공공의 적으로 여긴다. 자신을 예술가이자 부드러운 감성을 가진 자라고 믿고 있는 그는 자기 안에 늑대 외에도 여우와 용과 호랑이와 원숭이와 극락조가 살고 있음을 알지 못하며, 문다고 다 늑대가 아니라는 사실도 알지 못한다. 또한 자기 안의 진정한 인간이 사이비 인간과 시민에 의해 쭈그러져 갇혀 있는 것과 마찬가지로 귀여운 것과 두려운 것, 큰 것과 작은 것, 강한 것과 부드러운 것 등 다양한 형상이 어우러진 온 세상이, 그 지상낙원이 고작 한 편의 늑대 동화에 의해 갇혀 있는 상황도 이해하지 못한다.

수백 그루의 나무와 수천 송이의 꽃, 그리고 수백 가지의 과일과 채소로 가득 차 있는 정원을 상상해 보자. 만일 이 정원을 가꾸는 정원사가 '식용'과 '잡초' 외에는 다른 식물학적 구분법을 알지 못한다면, 정원의 10분의 9는 어떻게 가꾸어야 할지 엄두를 못 낼 것이다. 그러다가 그는 매혹적인 꽃들과 좋은 품종의 나무들을 뽑고 베어 버리거나, 아니면 그것들을 싫어하고 괄시할 것이다. 황야의 늑대도 자신의 영혼 속에 피어 있는 수천 송이의 꽃들을 그런 식으로 대하고 있다. '인간' 또는 '늑대'라는 범주에 속하지 않는 것은 전혀 알지 못하고 있는 것이다. 그는 겁쟁이다운 것, 원숭이다운 것, 어리석은 것, 보잘것없는 것 등 늑대답지 못한 것은 무엇이든 '인간'의 범주로 간주한다. 마찬가지로 자신이 아직 제대로 제압할 수 없는 강한 것이나 고귀한 것은 무엇이든 '늑대'라는 범주에 편입시킨다.

이제 우리는 하리와 작별할 때가 되었다. 우리는 그가 홀로 자신의 길을 걸어가도록 내버려 둘 것이다. 그가 불멸의 길에 다다르게 된다면, 그리하여 마침내 고난의 길의 끝에 서게 된다면, 그는 자신이 걸어온 길이 거칠고도 우유부단한 지그재그형 행보였다는 놀라운 사실을 알게 될 것이다. 아울러 그는 황야의 늑대에게 격려와 책망, 연민과 고소함이 교차하는 미소를 지어 보일 것이다!

이 소논문을 끝까지 다 읽고 나니, 몇 주 전 어느 날 밤에 썼던 다소 생뚱맞은 시가 떠올랐다. 그 시 또한 황야의 늑대에 관한 것이었다. 나는 난장판처럼 어질러져 있는 책상 위의 종이 더

미를 뒤져 그 시를 찾아냈다. 그리고 읽어 보았다.

나는 거침없이 달리는 황야의 늑대.

세상은 온통 눈 속에 묻혀 있고

자작나무에선 까마귀 나는데,

토끼와 노루는 보이지 않는구나!

나는 노루에 반해 있기에

한 마리라도 보고 싶구나!

그 녀석을 이빨로 물어뜯고 두 손으로 움켜쥘 수만 있다면

얼마나 좋을까.

그러면 그 귀여운 녀석의 부드러운 허벅다리를 먹어 치우고

연붉은 피를 배불리 마신 후

외로움에 울부짖으며 온밤을 지샐 텐데.

토끼라도 괜찮을 텐데.

밤에 따끈한 토끼 고기를 먹으면 그 얼마나 달콤했던가.

아, 그 녀석들은 나만 두고 떠나 버렸네.

내 삶을 조금이나마 기쁘게 해주던 그 녀석들은.

내 꼬리털은 어느덧 하얗게 세고 말았고

시력 또한 예전 같지 않네.

사랑하던 아내도 이미 몇 해 전에 세상을 떠났네.

이제 나는 거침없이 내달리며 노루를 꿈꾸고

토끼를 꿈꾼다네.

겨울밤의 바람 소리를 들으며

타는 목을 눈雪으로 달래며

불쌍한 내 영혼을 악마에게 넘겨 버리고 마네.

　나는 두 장의 초상화를 손에 들고 있었다. 한 장은 서투른 시로 쓰인 자화상으로, 우수에 젖고 두려움에 찬 얼굴이었다. 다른 한 장의 초상화는 외부의 높은 곳에 위치한 누군가가, 나보다 나 자신을 더 많이 알고 있는 제삼자가 냉정하고도 객관적으로 나를 묘사한 것이었다. 그 두 초상화, 즉 우울하면서도 어쭙잖은 시와 내가 알지 못하는 누군가가 쓴 총기 넘치는 소논문은 모두 나를 슬프게 하면서도 나름대로의 타당성을 갖고 있었다. 그 둘은 나의 절망적인 실존 상태를 있는 그대로 묘사하여 더 이상 견딜 수 없을 정도로 쇠약해진 나의 처지를 선명히 드러내 주었다. 황야의 늑대는 죽을 수밖에 없었다. 자신의 손으로 저주스러운 현존의 막을 내려야만 했다. 그러지 않으려면 자기 통찰이라는 새로운 지옥불 속에 용해되어 변화해야 했기에. 가면을 벗어 버리고 새로운 자아 생성의 길을 가야 했기에. 아아, 그런 과정은 내게 새로운 것도 아니고 미지의 사건도 아니었다. 나는 극도의 절망 상태에 빠져 있던 시절에 그런 과정을 늘 경험했다. 그렇게 뼈저린 경험을 할 때마다 나의 자아는 산산조각이 났다. 심연의 힘들이 나의 자아를 뒤흔들어 파괴했다. 그럴 때면 각별한 애정을 가지고 돌보아 왔던 나의 삶의 부분이 나를 배반하고 사라져 갔다. 어떤 때는 재산과 더불어 나의 시민적 명성이 사라져 내 앞에서 모자를 벗으며 존경을 표하던 사람들이 떠나갔고, 또 어떤 때는 나의 가정생활이 하룻밤 새에 무너져 버렸다. 정신병에 걸린 내 아내가 나를 집으로부터, 그 안락함으로부터 내쫓아 버렸다. 사랑과 신뢰가 갑자기 증오와 죽음을 불사하는 전쟁으로 변했고, 이웃들은 내게 측은함과 경멸감의 눈빛을 보냈다. 그 무렵부터 나의 고독이 시작되었다. 그 뒤 몇 년간 힘들고 쓰라린 고독에 시달리며 금욕적이고 정신적인 새 삶과 이상을 도모하고 추상적인 사고 훈련과 엄격하고 규칙적인 명상에 몰입한 끝에 어느 정도 삶의 평온과 활력을 되찾을 수 있었다. 하지만 그러한 생활도 한순간에 엉망이 되어 그 품위 있고 고결한 의미를 상실하고 말았다. 세상을 헤집고 다니는 고되고 거친 여행 중에 내 몸은 다시 만신창이가 되었고, 그러는 가운데 새로운 고뇌와 죄악이 탑처럼 높이 쌓여 갔다. 그리고 가면이 벗겨지고 이상이 무너져 내리기에 앞서, 지금도 여전히 씨름하고 있는 소름 끼치는 공허감과 적막감, 죽음처럼 옥죄어 오는 고독감과 고립감, 그리고 무자비하고 절망적인 황량한 지옥이 항상 찾아오곤 했다.

　내 삶이 그처럼 한바탕 소동을 겪을 때마다 분명히 무엇인가 얻는 것이 있었다. 이를테면 자유, 정신, 내면의 깊이를 얻을 수 있었고 고독, 몰이해, 냉담함 등을 통해서도 무언가를 획득할 수 있었다. 하지만 시민의 눈으로 본다면 그러한 동요들을 하나하나 겪어 온 나의 삶은 하나의 지속적인 퇴락의 과정이자, 정상적인 것과 허용된 것과 건강한 것으로부터 점점 더 멀어지는 삶이었다. 해가 지나면서 나는 실업자가 되었고 가정과 고향을 잃게 되었다. 모든 사회조직의 이방인이 되어 홀로, 그 누구의 사랑도 받지 못한 채 의심만 받으며, 상식적인 견해 및 도덕과의 쓰라린 갈등 속에 살게 되었다. 여전히 시민적인 환경 속에서 살긴 했지만, 적어도 느낌과 생각에 있어서는 나는 이 세상 한복판에 내던져져 있는 한 명의 이방인이었다. 종교, 조국, 가족, 국가 등은 무가치하게 느껴졌고 더 이상 나의 관심 사항이 아니었다. 과학이나 종파나 예술 등이 잘난 체하는 꼴도 역겨웠다. 한때 재능 있고 인기 있었던, 다른 사람의 선망의 대상이었던 나의 세계관과 취향과 사고방식도 지금은 퇴색되어 황폐해졌고, 사람들로부터 수상쩍은 눈초리를 받게 되었다. 내가 그처럼 고통스러운 방황의 세월 동안 눈에 보이지 않고 무게를 가늠할 수 없는 무언가를 얻었다 하더라도 그것을 위해 나는 비싼 대가를 치러야 했다. 말하자면 나의 삶은 점차 가혹해지고 고단해졌으며 고독해지고 위태로워졌다. 그러니 니체의 시 「가을」 속의 안개처럼 점점 뿌예지는 그 길을, 나로서는 더 이상 걷고 싶지 않았다.

아아, 나는 운명이 자신의 애물단지 자식에게, 가장 다루기 어려운 자식에게 안기는 변화의 단계들을 익히 알고 있었다. 야심차지만 늘 실패하고 마는 사냥꾼이 사냥의 단계를 잘 알고 있듯이, 노회한 주식 투기꾼이 투기와 이윤과 불안정과 동요와 폭락의 단계를 잘 알고 있듯이, 나는 그 변화의 과정을 너무나도 잘 알고 있었다. 그런데도 그 모든 것을 다시 한 번 경험해야 한단 말인가? 그 고통, 그 엄청난 역경, 자아의 저급함과 무가치함에 대한 그 모든 자각, 패배와 죽음에 대한 그 모든 공포를 다시 한 번? 차라리 그 모든 것이 반복되지 않도록 미리 예방하는 차원에서 슬그머니 도망쳐 버리는 것이, 더 현명하고 손쉬운 방법일 것이다.

'황야의 늑대'에 관한 소책자에 '자살자'에 대한 내용이 어떻게 쓰여 있든, 내가 석탄가스나 면도칼이나 권총으로, 지금까지 지겹도록 경험해 온 그 쓰디쓴 고통의 과정을 중단하는 기쁨을 누구도 방해할 수는 없을 것이다. 그렇다, 어떠한 경우라도 방해하지 못할 것이다. 죽음의 공포를 동반하는, 재편성된 새로운 자아와의 대면을 한 번 더 겪어 보라고 내게 요구할 수 있는 권력은 이 세상에 존재하지 않는다. 그 모든 과정의 끝에 있는 것은 평화와 휴식이 아니라, 항상 새로운 자아 형성을 위한 자기 파멸이었다. 자살이 어리석고 비겁하며 천박한 짓일지라도, 수치스럽고 치욕스러운 비상구일지라도, 그런 고통의 물레방아로부터 벗어나려면 바랄 수 있는 것이다. 그 문제에 있어서는 숭고하고 영웅적인 마음이 끼어들 틈이 없다. 다만 작고 일시적인 고통과, 상상할 수 없을 만큼 한없이 쓰라린 고뇌 사이에서 한쪽을 선택해야 한다. 그토록 힘겹고 제정신이 아니었던 삶 속에서 나는 안락함보다는 명예를, 이성보다는 영웅주의를 선호하는, 고매한 돈키호테와 같은 행동을 많이 했었다. 그것으로 충분하다. 더 이상은 아니다!

　내가 마침내 잠자리에 들려고 했을 때는 이미 창틈으로 아침이 하품을 하고 있었다. 겨울비 내리는 납빛의 지긋지긋한 아침이었다. 내 결심은 나의 잠자리까지 쫓아왔다. 막 잠들려는 순간, 그 의식과 무의식의 경계선상에서, 「황야의 늑대에 관한 소논문」에서 '불멸의 위인들'을 다룬 인상 깊은 대목이 불현듯 떠올랐다. 그와 동시에 내가 얼마 전까지만 해도 고전음악의 리듬에 맞춰 불멸의 위인들의 냉정하고도 밝고 준엄한 지혜의 미소를 맛보며 그들에게 친근감을 느꼈었다는 사실이 떠올랐다. 그런 기억이 잠시 빛을 발하는가 싶더니 이내 사라져 버렸다. 그러고는 눈꺼풀이 납덩이처럼 무거워졌다.

　정오 무렵 잠에서 깨었고, 그 작은 책자는 나의 시와 함께 여전히 침대 옆 협탁 위에 놓여 있었다. 또한 하룻밤 사이에 확고해진 나의 결심이 다정하면서도 이성적인 눈으로 나를 쳐다보고 있었다. 서두를 필요는 없었다. 죽기로 한 나의 결심은 한순간의 기분에 의한 것이 아니었다. 그 결심은 천천히 자라나 잘 여문 과일과 같아서, 한 번만 더 운명의 바람이 불면 이내 떨어질 참이었다. 나의 여행용 약상자 안에는 통증을 멎게 하는 데 탁월한 효과가 있는 진통제가 들어 있었다. 아주 드물게 사용하는 아편제로 몇 달이고 사용하지 않는 경우가 많았다. 육체적 통증이 한계에 다다를 때만 나는 그 강력한 마취제를 복용했다. 유감스럽게도 그 약은 자살용으로는 적합하지 않았다. 몇 년 전에 한 번 시도해 본 적이 있는데, 당시 절망감에 빠져 있던 나는 동시에 여섯 명이 죽을 수 있을 만큼의 양을 복용했지만 결국 죽지 못했다. 잠에 취해 몇 시간을 완전한 마취 상태로 누워 있었으나 실망스럽게도 격렬한 위경련이 일어나 의식이 반쯤 돌아오게 되었고, 비몽사몽간에 그 독성 물질을 모두 토해 버리고는 다시 잠이 들었었다. 이튿날 정오 무렵 기분 나쁠 정도로 말짱한 의식을 되찾았을 때에는 머릿속이 멍한 것이 아무것도 기억할 수가 없었다. 얼마간 지속된 불면증과 성가신 복통 외에는 독성으로 인한 별다른 부작용은 나타나지 않았다.

그러므로 그 아편제는 고려의 대상이 될 수 없었다. 나는 나의 결심에 하나의 형식을 부여했다. 다시 아편제를 사용할 수밖에 없다면 그에서 얻을 수 있는 작은 구원이 아니라 커다란 구원인 죽음을 선택할 것이라고, 그것도 권총이나 면도칼로 확실히 마무리하는 죽음을 선택할 것이라고. 그것으로 상황이 정리되었다. 「황야의 늑대에 관한 소논문」이 제시한 기지 넘치는 처방대로 쉰 번째 생일까지 기다리는 것은 너무 길게 느껴졌다. 그때까지는 무려 2년이나 더 남아 있기 때문이었다. 나는 죽음의 문을 1년 후에나 한 달 후, 아니면 당장 내일이라도 열리라 결심했다.

그렇다고 그 결심으로 인해 내 삶이 당장 달라지지는 않았다. 단지 나의 고통이 다소 담담하게 느껴졌고, 다소나마 태연하게 아편제나 포도주를 즐길 수 있었으며, 어디까지가 내 인내심의 한계인지 다소 궁금해졌을 뿐이었다. 그것이 전부였다. 내게 더욱 강력한 영향을 미친 것은 얼마 후에 겪게 될 그날 밤의 또다른 경험이었다. 나는 「황야의 늑대에 관한 소논문」을 몇 차례 더 읽었다. 때로는 그 책자에 담겨 있는 눈에 보이지 않는 마법이 나의 운명을 현명하게 인도해 줄 거라는 감사의 마음으로, 때로는 남다른 내 삶의 분위기와 긴장감을 전혀 이해하지 못하는 그 소논문의 무미건조함을 비웃고 경멸하는 마음으로. 황야의 늑대와 자살자를 다룬 소논문은 물론 훌륭하고 총기 넘쳤지만, 어디까지나 종種과 유형의 차원에서만 설득력이 있는 재기발랄한 추상일 뿐 나의 개성, 나의 고유한 영혼, 나만의 유일무이한 운명을 그렇게 성긴 그물로 포획할 수는 없을 것 같았다.

하지만 교회 담벼락에서 경험한 그 환각 혹은 환상, 그 환히 춤추던 약속 같던 글자들, 나의 호기심을 자극하던 그 낯선 세상의 목소리도 그 소논문이 암시하는 바와 일치하지 않았던가. 나는 그에 대해 몇 시간을 숙고했고, 그럴수록 '평범한 사람은 입장 불가', '미친 사람만 입장 가능!'이라는 경고가, 더욱 명료하게 들려왔다. 그 세계가 그런 식으로 내게 말을 걸어오다니, 나는 '평범한 사람'으로부터 한참 떨어져 있는 미친 사람임에 분명했다. 맙소사, 나는 이미 오래전부터 평범한 사람, 정상적인 사람의 삶과 사고로부터 멀리 떨어져 살아온 건 아닐까? 이미 오래전부터 철저히 격리되어 살아온 미치광이가 아닐까? 그럼에도 불구하고 그 부름의 의미는 잘 이해할 수 있었다. 그것은 이성과 심리적 압박감과 시민성을 내던져 버리라는 요구, 영혼과 환상이 범람하는 무법천지에 귀의하라는 요구였다.

나는 플래카드 막대를 들고 있던 남자를 찾으려고 온 거리와 광장을 헤집고 다녔다. 이제는 사라져 버린 문이 나 있던 돌담 주변도 몇 번이고 애타게 돌아다녔지만 소용이 없었다. 그러다가 나는 마르틴스포어슈타트 거리에서 한 장례 행렬과 마주쳤다. 운구차 뒤를 따라 걷는 유족들의 얼굴을 바라보고 있자니 이 도시, 이 세상 어딘가에 나에게 상실감을 느끼게 해줄 죽음이 있을까, 또한 내가 죽었을 때 상실감을 겪게 될 사람이 있을까, 하는 생각이 문득 들었다. 물론 내게도 에리카라는 연인이 있기는 하다. 하지만 우리 두 사람은 이미 오래전부터 매우 소원한 관계였고 만나더라도 다투지 않은 적이 거의 없었으며 지금은 심지어 그녀의 주소조차 모른다. 다만 그녀가 가끔 내게로 오거나 내가 그녀가 있는 곳으로 찾아간다. 우리 두 사람 모두 외롭고 까다로운 성격이기에 영혼과 영혼의 병에 있어서 어딘가 모르게 통하는 구석이 있었고, 따라서 우리 사이에는 일종의 연대감이 있었다. 하지만 혹시 그녀는 내가 죽으면 안도의 숨을 쉬며 쾌재를 부르지는 않을까? 나로서는 정확히 알 수 없었고, 또 그러한 나의 예감이 신뢰할 만한지도 알 수 없었다. 그에 대해 조금이라도 알려면 정상적이고 상식적인 생활을 해야 할 것이다.

그러는 사이 나는 기분 내키는 대로 장례 행렬에 끼어들어 유족들을 따라 공원묘지까지 쫓아갔다. 화장터와 온갖 편의 시설을 갖춘, 시멘트로 만들어진 근사한 현대식 공원묘지였다. 그러나 내가 따라온 시신은 화장되지 않았다. 관은 깔끔하게 정리된 구덩이 앞에 내려졌다. 나는 목사를 비롯해 운상꾼들과 상조회사 직원들의 동태를 살펴보았다. 그들은 엄숙하게 애도하는 척 무던히 애를 썼지만, 가식을 감추려는 그런 호들갑스러운 연극이 우스꽝스러운 상황을 만들어 냈다. 그들은 검은 예복을 물결처럼 펄럭이며 모든 조문객들을 엄숙한 분위기로 몰아넣어 죽음의 장엄함 앞에 무릎 꿇게 하려 했다. 하지만 헛수고였다. 아무도 울지 않았으며, 죽은 자에 대해 누구 하나 아쉬워하는 눈치가 아니었다. 또한 아무도 경건한 분위기를 연출하지 않으려 했다. 목사가 여러 차례에 걸쳐 조문객들에게 "존경하는 기독교인 형제 여러분"이라 칭하자, 묘한 표정을 짓고 있던 장사꾼과 빵 장수와 그들의 부인들은 고개를 숙이며 마지못해 엄숙한 척했지만, 그들 모두는 이 불편한 의식이 빨리 끝났으면 하는 바람 외에는 다른 것에는 아무런 관심이 없어 보였다. 이렇게 해서 장례식은 끝이 났다. '기독교인 형제'들 중 가장 앞쪽에 서 있던 두 사람이 목사에게 악수를 하고는 근처 잔디밭 가장자리로 가서 하관할 때 구두에 묻었던 흙을 털어 냈다. 그 즉시 그들의 얼굴은 다시 일상적이고 인간적인 표정으로 돌아왔다. 갑자기 그들 중 한 사람이 구면인 듯 느껴졌다. 플래카드가 달린 막대를 들고 가면서 내게 소책자를 건네준 바로 그 사내 같았다. 바로 그 순간, 그는 뒤돌아서서 몸을 숙여 구두 위로 걷어 올렸던 검은 바지 자락을 내려 만지작거리더니 우산을 옆구리에 끼고 황급히 그곳을 빠져나갔다. 나는 그를 뒤쫓아 따라잡고는 인사를 건넸다. 하지만 그는 나를 알아보지 못하는 눈치였다.

"오늘은 밤의 향연이 열리지 않습니까?" 나는 그렇게 물으며 비밀을 알고 있는 한통속이 주고받는 눈짓을 보내려 했다. 하지만 그러한 표정 연기를 능숙하게 하던 때는 너무도 오래전이었고, 지금 나의 삶의 방식으로는 그러한 대화법을 온전히 되살려 낼 수 없었다. 그래서 나도 모르게 바보처럼 얼굴을 찡그리게 된 듯하다.

"밤의 향연이라고요?" 그 사내는 퉁명스레 말을 내뱉고는 의아한 눈빛으로 나를 쳐다보았다. "그걸 원한다면 '검은 독수리' 주점으로 가보시죠."

그 말을 듣자 나는 이 사내가 어제 만난 그 사내인지 확신할 수가 없었다. 나는 실망감에 젖어 발걸음을 옮겼다. 하지만 어디로 가야 할지 알 수가 없었다. 목적도 계획도 의무도 없었기 때문이었다. 그저 지독히 쓴 삶만 있었다. 오래전부터 내 안에서 자라온 메스꺼움이 최대치에 다다랐다는 생각, 삶이 나를 몰아내어 헌신짝처럼 버렸다는 생각이 들었다. 나는 광분하면서 그 회색빛 도시를 가로질러 걸어갔다. 모든 것에서 눅눅한 흙냄새와 장례식장 냄새가 나는 것 같았다. 내 무덤에는 그럴듯한 의복을 걸친 채 감상적이고 기독교적인 시답잖은 소리를 해대는 죽음의 사도는 누구 하나 얼씬거려서는 안 될 것이다! 아아, 어디로 눈길을 돌려도, 생각을 바꾸어 봐도, 나를 기다리고 있는 기쁨은 없었다. 나를 불러 주는 곳, 오라고 손짓하는 곳은 아무 데도 없었다. 모든 것에서 썩어 문드러진 악취와 나태한 사이비 만족감의 냄새가 풍겼다. 모든 것이 낡고, 시들고, 음울하고, 피로에 지쳐 있고, 피폐하게만 보였다. 맙소사, 내가 대체 왜 이렇게 된 것일까? 날개 달린 젊은이였던, 시인이자 뮤즈의 친구였던, 세계를 누비는 여행자이자 열정적인 이상주의자였던 내가, 어떻게 해서 이 지경이 된 것일까? 왜 나 자신을 포함한 세상 모든 것에 무기력함과 증오만 느끼는 것일까? 이 모든 감정의 정체停滯, 뿌리 깊은 불쾌감, 공허와 절망감이 언제부터 나를 슬금슬금 잠식한 것일까?

도서관 근처를 지나가다가 예전부터 알고 있던 한 젊은 교수와 마주쳤다. 몇 년 전 이 도시를 떠날 무렵에 그의 집에서 자주 동양 신화에 대해 이야기를 나눴었다. 그 학자는 내 맞은편에서 걸어오고 있었지만 약간 근시였기에, 내가 그의 곁을 스쳐 지나가려 할 참에야 비로소 나를 알아보았다. 그는 매우 다정하게 나를 반겼다. 기분이 최악이었던 나는 그에게 다소나마 고마움을 느꼈다. 그는 활기에 차서 지난날 우리가 나누었던 대화를 상기시켜 주며, 당시 내가 했던 제안으로 덕을 많이 보았기에 종종 날 생각했다고 말했다. 그 이후로는 자신의 동료들과도 그토록 활발하고 생산적인 토론을 해본 적이 드물었다면서. 그러고는 언제 다시 이 도시에 왔냐고(나는 며칠밖에 안 됐다고 거짓말을 했다), 왜 자기 집에 오지 않았느냐고 물었다. 나는 지성과 선함이 느껴지는 그 점잖은 얼굴을 쳐다보면서 하필이면 이럴 때에 그와 마주친 상황이 우습다는 생각이 들었지만, 내 속의 황야의 늑대는 마치 굶주린 개처럼 한 조각의 친절과 한 모금의 애정과 한 입의 인정認定을 즐겼다. 감동을 받은 듯 입을 비죽이며 웃었고, 마른 목구멍에는 군침이 돌았다. 내 의지와는 반대로 감상성에 굴복한 것이다. 나는 연구차 이곳에 한시적으로 들렀고 그간 건강이 좋지 못했다며, 그렇지 않았다면 당연히 한 번 방문했을 거라는 거짓말을 했다. 오늘 저녁 자신의 집에 오라는 그의 정중한 초대를 나는 감사히 받아들이며, 부인에게도 인사를 전해 달라고 말했다. 오랜만에 열심히 떠들고 웃어서인지 두 뺨에 통증이 느껴졌다. 황야의 늑대 하리가 거리에서 불시의 기습을 당해, 정중하고 열성적이며 다정하고 선량한 그 사내로부터 기분 좋은 소리를 듣고는 미소를 지어 보이는 동안, 또 다른 하리는 히죽히죽 웃으며 이런 생각을 하고 있었다. '나는 얼마나 기이하고 괴팍하며 거짓말을 잘하는 놈인가. 방금 전까지만 해도 이 저주스러운 세상을 향해 분노의 이빨을 드러냈건만, 존경할 만하고 정직한 한 사람이 나를 불러 주고 진솔한 인사를 건네자, 이내 감동하여 들뜬 나머지 그의 모든 것에 동의하고 있구나. 한 줌의 호의와 존경과 우정이라는 먹이 속에서 돼지 새끼처럼 이리저리 나뒹굴면서.' 이렇게 두 명의 하리, 즉 극도로 혐오스러운 두 존재가 점잖은 교수와 마주 서서 서로 깔보고 감시하며 침을 뱉고 있었다. 나는 이러한 상황이 닥치면 늘 그랬듯 다음과 같이 자문해 보았다. 이 감상적인 이기주의, 이 지조 없는 행동, 이 불순하고 분열된 감정은 그저 인간적인 어리석음이자 약점, 다시 말해 보편적인 인간의 운명일까? 아니면 황야의 늑대만의 특성일까? 이런 추잡한 요소가 인간의 보편적 특성이라면, 나는 다시 힘을 비축해 인간을 경멸하리라. 그리고 만일 그것이 나만의 개인적인 약점이라면, 자기 경멸이라는 광란의 축제에 불을 댕기리라.

두 명의 하리가 벌이는 싸움에 열중하느라 교수의 존재는 거의 잊고 있다가 불현듯 그가 부담스럽게 느껴져 그와의 대화를 서둘러 끝냈다. 앙상한 가로수 길 아래로 이상주의자이자 신앙인답게, 차분하면서도 다소 익살스러운 걸음걸이로 멀어져 가는 그의 뒷모습을 나는 목송目送했다. 마음속에서는 격렬한 전투가 광란의 소용돌이를 일으키고 있었다. 나는 뻣뻣해진 손가락을 기계적으로 구부렸다 폈다 하면서, 소리 없이 나의 몸을 갉아먹고 있는 관절염과 사투를 벌였다. 그러면서 7시 30분 저녁 식사에 초대받게 된 것을 귀찮게 여기고 있다는 사실을 스스로에게 고백해야 했다. 정중한 행동을 해야 하는 의무감, 학문적인 수다를 떨어야 하는 의무감, 그리고 남의 가정의 행복을 바라봐 주어야 하는 의무감이 부담스러웠기 때문이었다. 나는 화가 나서 집으로 돌아왔다. 코냑을 섞은 물로 관절염 약을 삼키고, 낮은 안락의자에 누워 책을 읽었다. 18세기에 발간된 매력적인 오락 서적 『소피의 여행, 메멜에서 작센까지』를 얼마간 읽다가 초대를 받았다는 사실이 문득 떠올랐다. 아직 면도도 하지 않은 상태였고 옷도 차려입어야 했다. 왜 내가 그런 약속을 했는지는 신만이 알겠지! 그러니 신은 이렇게 말하겠지. 하리야, 책은 치우고 어서 자리에서 일어나 얼굴에 비누칠을 하여라, 그리고 턱에서 피가 배어날 정도로 말끔하게 면도를 하고 옷을 차려입고는 밖으로 나가 인간들의 삶에 호감을 가져 보아라, 라고. 얼굴에 비누칠을 하는 동안, 오늘 누군가의 시신이 밧줄에 의해 내려졌던 공원묘지의 구덩이와 지루해하던 기독교인들의 찡그린 얼굴이 떠올랐다. 차마 웃어넘길 수는 없었다. 목사의 달갑잖은 설교 속에서, 추모객들의 어색한 표정 속에서, 금속 십자가와 대리석 묘비와 철사와 유리로 엮어 맏든 조화 앞에서, 미지의 한 사내가 들어간 그 흙구덩이 속에 내일이나 모레쯤이면 내가 들어갈지도 모르기 때문이었다. 추모객의 당황과 위선에 둘러싸인 채 흙 속에 묻히게 될지도 모르기 때문이었다. 세상 모든 것이 다 그렇게 끝나 버릴 것이다. 우리의 모든 노력, 문화, 신앙, 삶의 기쁨, 즐거움 등이 병들어 곧 그곳에 묻히게 될 것이다. 우리의 문화는 이미 하나의 공원묘지이다. 예수, 소크라테스, 모차르트, 하이든, 단테, 괴테 등은 대리석에 새겨진 흐릿한 이름으로만 남아 있다. 그 앞에서 슬픈 체하는 추모객들이 예전에는 성스러운 것으로 여겼던 대리석에 새겨진 이름들을 지금도 성스럽게 여긴다면, 그것에 더 많은 배려를 기울였을 것이다. 또한 사라져 간 저 세계에 대해 최소한 솔직하고 진심 어린 애도의 말 한마디를 남기기 위해 노력했을 것이다. 하지만 지금 그들은 단지 당황한 듯 입가에 묘한 웃음을 흘리며, 무덤 주변에서 빈둥거리며 서 있기만 할 뿐이다. 나는 그런 생각을 하며 면도를 하다가 지나치게 흥분한 나머지 턱에 깊숙한 상처를 냈고, 그래서 상처 부위에 소독약을 발라야 했다. 또한 방금 새로 끼운 칼라도 다시 새 칼라로 갈아야 했다. 도대체 왜 내가 이 짓을 해야 하는지 알 수가 없었다. 나는 그 저녁 초대가 전혀 기쁘지 않았기 때문이다. 하지만 나의 다른 부분이 또다시 연극을 시작했다. 그는 교수를 인간미 넘치는 양반이라 불렀고, 인간 냄새와 수다와 친교를 그리워했고, 매력적인 교수 부인을 떠올렸고, 친절한 초대자의 집에서 밤을 보내는 것을 몹시 유쾌하게 생각했다. 그러면서 그 반쪽의 하리는 내 턱에 반창고를 붙여 주고 내게 옷을 입혀 주고 넥타이를 매주면서, 집에 그냥 있고 싶어 하는 내 본래의 희망을 부드럽게 꺾어 놓았다. 동시에 나는 이런 생각을 했다. 내가 내 뜻과는 반대로 어쩔 수 없이 옷을 차려입고 교수 집을 방문해 함께 다소 가식적인 덕담을 주고받아야 하는 것처럼, 대부분의 사람들도 매일 매시간마다 자신의 의지와는 상관없이 행동하고 살아갈 것이라고. 그들 역시 억지로 누군가를 방문하여 대화를 나누고 억지로 근무시간을 채워야 한다. 모든 것을 강제에 의해 기계적으로, 마지못해 하고 있는 것이다. 그런 일들은 인간이 아니라 기계한테 맡겨도 잘 굴러갈 것이며 심지어 그만둬도 별 문제 없을 것이다. 그들이 나와 달리 자신의 삶을, 자신의 어리석음과 언행을 비판하지 못하는 것은, 불투명한 삶에 쓴웃음 짓지 못하는 것은, 자신의 절망적인 슬픔과 공허함을 인식하지 못하는 것은, 바로 그런 기계적인 운동 때문이었다. 아아, 하지만 그들이 옳다. 저 기계적인 운동에서 탈선하여 절망적으로 허공을 응시하고 있는 나와는 달리, 그 속에서 소꿉놀이를 하면서 중요한 일들을 추구하고 있는 절대 다수의 그들이 옳게 살고 있는 것이다. 내가 이 수기에서 때때로 그런 인간들을 경멸하고 조롱하더라도, 내 개인적인 불행까지 그들 탓으로 돌린다고 생각하지는 말았으면 한다. 하지만 내 상황은 그들과 다르다. 이미 막장 인생을 살아와 바다 모를 암흑 속으로 추락하기 직전의 내가, 저 기계적인 운동의 지배를 받을 수는 없다. 나 또한 저 앙증맞고 천진난만한 소꿉장난의 세상에 살고 있다는 식의 인상을 스스로와 남에게 심어 주려 한다면, 그것은 옳지 않은 일이며 그 자체로 기만이다.

그날 저녁의 경험도 예사롭지 않았다. 나는 교수의 집 앞에서 잠시 걸음을 멈추고 창문 쪽을 쳐다보았다. 저곳이 그가 사는 곳이었지, 생각하며. 저곳에서 그는 몇 년 동안이나 텍스트를 읽고 주석을 달며, 고대 아시아의 신화와 인도 신화 간의 상관관계를 밝히는 연구를 하면서 자족하고 있었다. 자신이 하고 있는 연구의 가치와, 자신이 섬기고 있는 학문을 신뢰하기 때문이었다. 그는 진보와 발전을 믿기에 지식과 그것을 축적하는 일을 가치 있는 것으로 여기고 있었다. 그는 전쟁에 참전하지도 않았고, 아인슈타인에 의해 기존의 사고 기반이 흔들리게 되었다는 사실에도 별 관심이 없었다. 그는 아인슈타인의 상대성원리는 수학자의 몫이라고 생각했다. 자신의 일상에도 영향을 미칠 다음 전쟁에 대해서도 알지 못했거니와, 유대인과 공산주의자들을 증오의 대상으로 여기고 있었다. 한마디로 그는 선량하지만 객관적으로 사고하지 않는, 자신의 세계만을 중시하는 자족적인 사람이었다. 그렇게 어린아이 같은 그가 부러웠다. 나는 마음을 가다듬고 집 안으로 들어갔다. 하얀 앞치마를 걸친 하녀가 몸에 밴 태도로 나를 맞아 주면서 모자와 외투를 걸어 둘 장소를 알려 주었다. 그녀는 나를 밝고 따뜻한 방으로 안내하더니 그곳에서 잠시 기다려 달라고 청했다. 나는 무료함을 달래려고 기도문을 외우거나 잠시 눈을 붙이는 대신, 내 앞에 놓여 있는 물건을 집어 들었다. 둥근 테이블 위에 놓여 있는, 빳빳한 마분지 지지대에 비스듬히 세워져 있는 작은 액자였다. 그 액자에는 잘 다듬어진 얼굴에 독특한 머리 스타일을 한 개성 만점의 노인, 시인 괴테의 동판화가 담겨 있었다. 그 얼굴에는 그 유명한 불타는 눈동자뿐만 아니라 궁정풍의 다소 가식적인 고독과 비극적인 표정도 드러나 있었다. 그 초상화를 그린 화가는 그 마성적인 노인의 심오함을 훼손하지 않는 범위 내에서, 학자나 배우 같은 그의 침착함과 충직성을 최대한 표현하려고 애쓴 듯했다. 즉 괴테의 얼굴을 시민층 가정의 장식용으로 손색이 없을 정도로 바꾸어 놓은 것이다. 그 초상화가 근면한 공예가에 의해 제작된 구세주나 사도나 영웅이나 사상가나 정치가들의 초상화에 비해 비약이 심한 편은 아니었다. 또한 화가의 숙련성도 돋보였다. 하지만 잘난 체하고 자만심에 가득 차 있는 듯 보이는 늙은 괴테의 초상화는, 그렇잖아도 불만 가득했던 나를 난처한 기분에 빠지게 했다. 앞으로 발생할 불협화음에 대한 일종의 사전 경고 같았고, 동시에 이곳은 내가 있을 곳이 못 된다는, 아름답게 표현된 거장들이나 국민적 영웅들이 머무는 곳이지 황야의 늑대들이 있을 곳은 아니라는 자각을 일깨웠다.

그 순간 집주인이 내가 있는 방으로 들어왔더라면 아마도 나는 그럴듯한 핑계를 대고 그 집에서 나왔을 것이다. 하지만 그의 부인이 들어왔기에 나는 불길한 예감을 감수하고 운명에 따르기로 했다. 부인과 서로 인사를 나누는 과정에서 아니나 다를까 불협화음이 발생했다. 부인은 내 모습이 예전 그대로라고 치켜세워 주었지만, 그녀와의 마지막 만남 이후 몇 년 동안 내가 얼마나 늙었는지 나는 너무도 잘 알고 있었다. 그녀와 악수를 할 때 관절염을 앓는 내 손가락에서 느껴지는 통증도 그 사실을 상기시켜 주었다. 그랬기에 그녀의 말이 진실성 없게 들렸다. 또한 그녀가 내 아내의 안부를 물어서, 나는 아내가 떠나는 바람에 결혼 생활이 끝났다고 말할 수밖에 없었다. 교수가 들어오자 우리는 고마운 생각마저 들었다. 그는 다시 한 번 나를 진심으로 반겼다. 하지만 그러고 나서 상황이 더 불편해졌다. 그는 손에 신문을 들고 있었는데, 군국주의와 전쟁 선동을 표방하는 당에서 발행하는 신문이었다. 그는 내게 악수를 청하고는, 지면을 가리키며 말했다. 여기에 당신과 동명이인인 할러라는 사람에 관한 기사가 실려 있는데 그는 악독한 매국노다, 황제를 농락했을 뿐만 아니라 전쟁 발발의 책임이 적대국 못지않게 우리 조국에도 있다고 한 형편없는 놈이다, 그 해충 같은 놈을 멋지게 제거하는 차원에서 이런 기사가 실렸다라고. 하지만 내가 그 주제에 별 관심을 보이지 않자 그는 화제를 바꾸었다. 그 부부는 그 형편없는 놈이 자신들 앞에 앉아 있을 가능성은 전혀 생각하지 못했다. 하지만 사실이 그랬다. 내가 바로 그놈이었다. 하지만 내가 굳이 그 사실을 밝혀 그들을 놀라게 할 필요가 있겠는가! 나는 속으로 웃었지만, 그들의 집에서 즐거운 일을 경험할지도 모른다는 희망은 완전히 접어야 했다. 나는 그때 그 순간을 아직도 또렷이 기억하고 있다. 교수가 할러를 매국노라고 칭했던 순간을, 장례식을 본 이후 내 안에 쌓여 있던 우울감과 절망감이 오금이 저리고 구토가 날 만큼의 공포로 바뀌었던 그 순간을. 누군가가 나를 공격하기 위해 잠복해 있다는, 내 등 뒤에서 나를 덮칠 순간을 노리고 있다는 느낌이 들었다. 그때 다행히도 음식이 준비되었다는 전갈이 와서, 우리는 식당으로 들어갔다. 나는 결례가 되지 않을 가벼운 얘깃거리를 꺼냈고 간간히 질문도 하며 평소보다 많은 양을 먹었다. 그러면서도 매 순간 나 자신이 점점 더 비참해지고 있다는 느낌이 들었다. 왜 이토록 긴장하며 살아야 할까? 부부도 기분이 썩 좋아 보이지는 않았지만 애써 쾌활한 분위기를 만들려는 기색이 역력했다. 집안에 우환이 있는 것이 아니라면 내가 그들의 활력을 빼앗았기 때문임이 분명했다. 그들은 내가 솔직하게 대답할 수 없는 것들을 물어 왔다. 그럴 때마다 나는 대범하게 거짓말로 응수했지만, 역겨운 기분과 씨름해야 했다. 마침내 나는 분위기를 바꾸기 위해 그날 구경하고 온 장례식에 대해 이야기를 하기 시작했다. 하지만 내 어조는 부자연스러웠고, 농담도 번번이 어긋나기만 했다. 그렇게 해서 분위기는 점점 더 서먹해졌다. 내 안의 황야의 늑대가 이빨을 드러내며 웃고 있었다. 디저트를 들면서 우리 모두는 아무 말도 하지 않았다.

우리는 커피와 슈납스를 마시기 위해 처음 만났던 방으로 돌아갔다. 장소를 바꾸면 분위기가 전환되리라 기대했지만, 괴테의 초상화가 다시 눈에 들어오자 그럴 가능성은 사라졌다. 그것은 서랍장 위로 옮겨져 있었지만 나는 그것에서 눈을 뗄 수 없었다. 마음속에서 들려오는 경고의 목소리에도 불구하고, 나는 다시 그것을 집어 들고는 노려봤다. 나는 그 상황을 도저히 견딜 수 없을 것만 같았다. 내 어조를 조절하여 그 부부를 즐겁게 해주거나 아니면 완전히 폭발해 버리는 수밖에 없을 듯했다. 아무튼 뭔가를 해야만 할 것 같았다.

"괴테가 실제로는 이런 모습이 아니었기를 바랍니다." 내가 입을 뗐다. "이 허영과 고상한 포즈, 곁에 있는 사람들에게 추파를 던지는 듯한 거짓 기품, 이 남자다운 겉모습에서 풍기는 감상주의라니요! 물론 그는 충분히 반감을 살 만한 인물입니다. 나 또한 종종 이 잘난 체하는 노인을 마뜩잖게 여겼고요. 하지만 그를 이런 식으로 묘사한 것은 도가 지나쳤다는 생각이 듭니다."

부인은 매우 괴로운 얼굴로 커피를 가득 따라 놓고는 서둘러

방을 나가 버렸다. 그러자 남편이 당황한 듯 비난 섞인 어조로, 이 괴테 초상화는 아내의 것이며 그녀가 특별히 애지중지하는 것이라고 털어놓았다. "나는 당신 견해에 동의하지 않지만 설사 당신 말이 맞다 해도, 그렇게 노골적으로 말씀하실 필요까지는 없지 않았을까요?"

나는 "타당한 말씀입니다"라고 말하며 덧붙였다. "유감스럽게도 늘 단도직입적으로 표현하는 것이 내 습관, 아니 못된 버릇입니다. 괴테 역시도 한창때는 이런 어법을 사용했을 것입니다. 물론 느끼한 속물근성에 젖은 후 살롱에선 그런 솔직하고 직접적인 표현을 사용하지 않았겠죠. 당신과 당신 부인에게 진심으로 용서를 구하고 싶습니다. 부디 부인에게 제가 정신분열증 환자라고 전해 주십시오. 그리고 실례가 안 된다면 저는 이만 가볼까 합니다."

교수는 당황한 듯 몇 마디 만류의 말을 꺼냈다. 예전에 우리가 나누었던 대화는 유익하고 활기찼다는 둥, 미트라와 크리슈나에 대한 당신의 추측이 너무나도 인상적이었다는 둥, 오늘도 그런 식의 대화가 이어지기를 바랐다는 둥. 나는 그렇게 우호적으로 말해 줘서 감사하지만, 유감스럽게도 이제는 크리슈나에 대한 관심과 학문적 대화에 대한 흥미가 완전히 사라졌다고 말했다. 그런 후 오늘 몇 차례 거짓말을 했다고 털어놓았다. 이 도시에 다시 온 지는 며칠 전이 아니라 몇 달 전이며 그동안 죽 홀로 생활해 왔다고, 기분이 늘 좋지 않은 상태인 데다 관절염까지 앓고 있고

술에 취해 있는 때가 많아 상류층 가정과 교류할 형편이 아니었다고. 또한 당신이 오늘 나의 기분을 매우 언짢게 했다는 사실도 털어놓았다. 할러에 대한 저 어리석고 목청만 큰 보수적인 신문의 입장은 실직한 장교나 옹호할 논리이지, 당신 같은 학자에게는 어울리지 않는다고 지적했다. 그러면서 그 '형편없는 놈', 매국노 할러가 바로 나 자신이라는 사실을 밝혔다. 아울러 새로운 전쟁 준비에 모두가 맹목적으로 달려들지 않는다면, 사고력이 있는 몇 사람이라도 이성과 평화에 대한 애착을 가진다면, 우리의 조국과 세상은 더 나아질 것이라는 견해를 덧붙였다. 그런 다음 "그럼 안녕히 계십시오"라고 말했다.

나는 자리에서 일어나 괴테와 교수에게 작별 인사를 하고는 현관 옷걸이에서 모자와 외투를 챙겨 들고 밖으로 나왔다. 그러자 나의 영혼 속에서 심술궂은 늑대가 큰 소리로 울부짖었고, 두 하리 사이에 한바탕 이전투구가 벌어졌다. 그제서야 깨달았다. 방금 벌어진 일이 저 분노한 교수보다 내게 더 중요한 의미가 있다는 사실을. 그는 실망감과 작은 불쾌감 정도만 느꼈겠지만 나는 그날 저녁 최후의 실패를, 시민적이고 도덕적이며 학문적인 세계와의 완전한 결별을 경험한 것이었다. 황야의 늑대의 완승이었다. 나는 추방자이자 패배자가 되어 어떠한 위안도 우월감도 느끼지 못한 채 그 세계와 작별해야 했고, 그것은 나 자신에 대한 파산 선고였다. 그렇게 나는 나의 고향과 시민과 도덕과 학문의 세계에 작별을 고한 것이었다. 마치 위궤양을 앓는 사내가 갑작스럽게 구운 돼지고기를 끊듯이. 울화가 치밀어 나는 가로등 밑을 내달렸다. 분노와 함께 감당할 수 없는 슬픔이 밀려왔다. 아침부터 저녁까지, 공원묘지에서부터 교수 집에 이르기까지, 얼마나 절망적이고 모욕적이며 정나미 떨어지는 하루였던가! 무엇 때문에, 왜 이런 일이 생겼나? 이런 날을 더 경험하는 것이, 이런 수프를 더 먹어 보는 것이 무슨 의미가 있을까? 그래, 오늘 밤 이 코미디의 막을 내리자. 죽어 버려라, 하리. 너의 목숨을 끊어 버려라! 이만하면 너는 충분히 오래 기다린 셈이다.

이런 암담한 생각을 하며 거리를 이리저리 배회했다. 선량한 사람들의 집 장식에 침을 뱉는 행위는 바보 같은 짓이다. 어리석고 무례한 행동이다. 하지만 나는 그렇게 했다. 아니, 그렇게 할 수밖에 없었다. 온순하고 가식적이며 점잔을 떠는 삶을 더 이상 참을 수가 없었기 때문이었다. 그리고 이제 고독 또한, 그 나만의 세계 또한 더없이 혐오스럽고 역겹게 느껴져, 그 지옥과 같은 진공 상태 안에서 질식한 채 사투를 벌였다. 탈출구가 있을까? 전혀 없었다. 오오, 아버지, 어머니, 오오, 내 젊은 시절의 아득한 신성의 불꽃이여, 오오, 내 삶의 수많았던 기쁨과 일들과 목적들이여! 이제 내게 남은 것은 아무것도 없었다. 후회조차 남아 있지 않았다. 다만 역겨움과 고통만 남아 있을 뿐이었다. 그저 연명해야 한다는 것이, 그때처럼 고통스럽게 느껴진 적은 없었다. 나는 삭막한 변두리 술집에서 잠시 휴식을 취하면서 물과 코냑을 마셨다. 그러고는 곧 다시 밖으로 나가 마치 악마에게 쫓기듯 구시가지의 가파르고 구불구불한 골목을 내달리다가, 가로수 길을 지나 기차역 광장에 다다랐다. 여행을 떠나자, 라고 생각하고는 기차역으로 가서 벽에 붙어 있는 열차 시간표를 확인했다. 그러고는 포도주로 목을 축이면서 마음을 가다듬으려 했다. 하지만 내가 두려워하던 유령이 점점 더 가까이, 선명하게 보이기 시작했다. 그 유령의 정체는 귀가하라는, 나의 방으로 돌아가라는 명령이자 절망을 회피하지 말라는 경고였다. 더 많은 시간을 이리저리 돌아다닌다 해도 그 유령에서 벗어날 수는 없을 것 같았다. 결국 나의 방문을 열고 책이 놓여 있는 책상으로 다가가, 애인의 사진 아래쪽에 놓여 있는 안락의자에 걸터앉아 면도칼을 꺼내 들고 내 목을 벨 수밖에 없을 것 같았다. 그 영상이 눈앞에 점점 더 또렷하게 떠오르자 내 심장은 미칠 듯이 고동쳤고, 죽음의 공포가 엄습해 왔다. 그랬다, 나는 죽음을 몸서리치게 두려워하고 있었다. 다른 탈출구가 없다 해도, 역겨움과 고통과 절망감이 내 주위에 탑처럼 솟아 있다 해도, 더 이상 내게 기쁨과 희망을 주는 것이 아무것도 없다 해도, 처형을 생각하면, 나의 목을 벨 최후의 순간을 생각하면, 형용할 수 없는 두려움이 느껴졌다!

그 두려운 상황으로부터 벗어날 길은 보이지 않았다. 절망과 비겁함의 싸움에서 오늘은 비겁함이 승리를 거둔다 할지라도 내일은, 또 그다음 날은 자기 경멸에 의해 더욱더 고양된 새로운 절망감이 내 앞에 서 있게 될 것이다. 그리고 나는 결행의 마지막 순간까지 면도칼을 수도 없이 잡았다 놓았다 할 것이다. 그럴 바에는 차라리 오늘 결행해야 해! 나는 겁에 질린 아이 같은 나를 그렇게 설득해 보았다. 하지만 아이는 말을 들으려 하지 않았다. 아이는 죽음으로부터 달아나 살기를 원했다. 나는 전율을 느끼면서 거리를 내달렸고, 넓은 곡선을 그리며 집 주위를 맴돌았다. 집으로 돌아가고 싶은 마음은 굴뚝같았지만 한편으로는 망설여졌기 때문이었다. 그래서 나는 여기저기 선술집에 들러 술을 마셔 가며 미적거리다가 다시 무언가에 내쫓겨 밖으로 나와 목적지 주변을, 면도칼 주위를, 죽음의 언저리를 맴돌았다. 지칠 대로 지친 나는 때때로 벤치나 분수대 가장자리나 연석 위에 걸터앉아 심장박동 소리를 들었고, 이마의 땀을 닦아 낸 다음 또다시 거리를 서성였다. 공포스러운 죽음에의 동경과 타오르는 생의 동경이 교차했다.

그러다가 늦은 밤 외진 곳에 있는 어느 낯선 술집에 이르렀다. 창문 너머로 격렬한 댄스음악이 흘러나오고 있었다. 안으로 들어가며 문 위쪽에 붙어 있는 낡은 간판을 읽었다. '검은 독수리'였다. 술집 안은 사람들과 매캐한 담배 연기와 술 냄새와 아우성으로 어우러진 광란의 도가니였다. 뒤쪽 홀에서는 요란한 댄스음악과 함께 춤의 향연이 펼쳐지고 있었다. 나는 상대적으로 초라한 옷차림을 한 사람들이 모여 있는 앞쪽 홀에 머물기로 했다. 춤판이 벌어지고 있는 뒤편 홀에는 세련된 멋쟁이들이 많았다. 나는 인파에 떠밀려 손님들이 술을 주문하는 카운터 옆의 테이블까지 밀려났다. 아름답고 창백한 얼굴의 한 아가씨가 벽 쪽에 붙은

긴 의자에 앉아 있었다. 가슴이 깊이 파인 얇은 야회복을 걸치고 머리에는 시든 꽃 한 송이를 꽂고 있었다. 그 아가씨는 내가 다가가자 나를 다정한 눈빛으로 관심 있게 쳐다보더니, 미소를 띤 채 옆으로 살짝 옮겨 앉으며 내게 자리를 만들어 주었다.

"앉아도 되겠습니까?" 나는 그렇게 물으며 그녀 옆에 앉았다.

"물론이에요, 어서 앉으세요." 그녀는 그렇게 대답하고는 물었다. "그런데 당신은 누구세요?"

"고맙습니다. 나는 집으로 돌아갈 처지가 아닙니다. 그럴 수가 없습니다. 당신만 허락한다면 이곳, 당신 곁에 머물고 싶습니다. 정말 나는 집으로 돌아갈 수가 없습니다."

그녀는 나의 처지를 이해한 듯 고개를 끄덕였다. 나는 그녀의 이마로부터 귓가로 흘러내린 곱슬머리를 쳐다보았다. 머리에 꽂힌 시든 꽃은 동백꽃이었다. 건너편에서는 음악이 크게 울려 나오고 있었다. 카운터에서는 여종업원들이 바삐 주문을 받고 있었다.

"그렇다면 이곳에 있도록 하세요." 그녀는 그렇게 말하고는 내 기분을 달래 주는 듯한 목소리로 물었다. "그런데 대체 왜 집으로 돌아갈 수 없다는 거죠?"

"집에서 무언가가 나를 기다리고 있습니다. 그래서 도저히 집으로 돌아갈 수가 없습니다. 너무 무서워서요."

"그렇다면 그게 뭔진 모르겠지만 그건 기다리게 놔두고 당신은 그냥 여기 계세요. 그리고 안경을 닦으세요. 아무것도 안 보이겠어요. 손수건 좀 꺼내 보세요. 어떤 술을 마실까요? 부르고뉴 산 포도주가 어때요?"

그녀가 내 안경을 닦아 주었다. 그제야 그녀의 얼굴이 똑똑히 보였다. 창백하지만 당차 보이는 얼굴이었다. 새빨갛게 칠한 입술, 엷은 회색 눈동자, 매끄럽고 시원스러운 이마, 귀까지 내려온 짧고 탄력 있는 곱슬머리. 그녀는 상냥하지만 조금은 조소 섞인 태도로 내게 호의를 보이면서 포도주를 주문했다. 건배를 하고 나자 그녀는 나의 신발을 내려다보았다.

"맙소사, 대체 어디서 오신 거예요? 파리에서부터 걸어온 사람 같네요. 이런 신을 신고 술집에 들어오다니."

나는 대충 대답하고는 어설픈 미소를 지어 보였다. 그녀는 말을 계속했고, 나는 그런 그녀가 매우 마음에 들었으며 그런 내 마음에 놀랐다. 지금까지는 그런 젊은 아가씨는 피해 왔고 게다가 불신하기까지 했기 때문이다. 하지만 지금 이 순간 그녀는 마치 나만을 위한 존재처럼, 늘 내 곁에 있어야 하는 존재처럼 느껴졌다. 그녀는 내가 필요로 하는 만큼 나를 배려해 주었고, 내가 필요로 하는 만큼 나를 조롱했다. 그녀는 샌드위치를 시켜서는 내게 먹으라고 명령했고, 포도주를 한 잔 따라 주고는 한 모금 마시라고, 그러나 너무 급히 마시지는 말라고 했다. 내가 그녀의 말을 고분고분 따르자 그녀는 나를 칭찬해 주었다.

"얌전한 분이시네요. 당신은 남을 피곤하게 하는 스타일은 아닌 것 같네요. 어디 한번 맞혀 볼까요? 당신은 누군가로부터 명령 같은 걸 받아 본 지가 꽤 오래된 것 같아요. 그렇지 않나요?"

"예, 그렇습니다. 제대로 맞히셨습니다. 그런데 어떻게 아셨습니까?"

"쉽게 짐작할 수 있는 일이죠. 복종이라는 것은 먹고 마시는 행위와 다를 바 없어요. 그래서 오랫동안 복종하지 못한 사람은 복종이 가장 소중하게 느껴지는 법이죠. 그래서 당신이 지금 기꺼이 내게 복종하고 있는 거고요. 내 말이 맞죠?"

"맞습니다. 아주 기꺼이 그러고 있습니다. 당신은 정말 모든 걸 다 알고 계시군요."

"당신은 남을 편하게 해주는 사람이네요. 집에서 당신을 기다리고 있는 것이 무엇인지, 당신이 그토록 두려워하는 것이 무엇인지 저도 알 수 있을 것 같네요. 하지만 당신 자신도 잘 알고 있을 테니, 그에 대해서는 말할 필요가 없을 거 같네요. 누군가 스스로 목을 매려 한다면, 그럴 만한 이유가 있겠죠. 그리고 살고자 한다면 단지 살아갈 궁리만 하면 돼요. 이보다 더 간단한 건 없어요."

"오오!" 나는 소리를 질렀다. "정말 그렇게 간단하면 얼마나 좋겠습니까! 저는 정말이지 진저리 나게 삶에 집착해 왔지만 아무런 소용이 없었습니다. 잘은 모르겠지만, 스스로 목을 매다는 행위도 어렵겠지만 산다는 것이 훨씬 더 어려운 일일 겁니다! 그게 얼마나 어려운 일인지 신은 알고 있을 겁니다!"

"이제 당신은 산다는 것이 식은 죽 먹기처럼 쉬운 일이라는 걸 알게 될 거예요. 우린 이미 그 첫발을 내디딘 셈이에요. 당신은 안경을 닦고 무언가를 먹고 마셨어요. 이제 같이 밖으로 나가요. 당신 바지와 신발에 묻은 것을 솔로 털고 와요. 그런 다음 우리 함께 시미 춤⁺을 춰요."

"바로 지금도," 나는 격앙되어 소리쳤다. "내 말이 틀리지 않았음이 증명되는군요. 저한테 지금 당신의 명령에 따르지 못하는 것보다 더 유감스러운 일은 없습니다. 그런데도 저는 그 명령에는 따를 수가 없습니다. 저는 시미 춤은 물론이고 왈츠와 폴카 등, 평생 그 어떠한 춤도 배운 적이 없는 사람입니다. 이제 산다는 것이 그렇게 간단한 게 아니라는 제 말뜻을 아시겠습니까?"

그 아름다운 아가씨는 연분홍빛 입가에 미소를 띠며 사내처럼 거칠게 머리를 흔들어 댔다. 그녀의 그런 모습을 쳐다보고 있자니, 소년 시절 내 첫사랑이었던 로자 크라이슬러가 떠올랐다. 로자는 연갈색 피부에 검은색 머리였지만. 아니, 이 처음 보는 아가씨가 누구를 생각나게 하는지는 명확하지 않았다. 다만 오래전 소년 시절에 만났던 누군가를 연상시키는 것만은 분명했다.

"천천히, 서두르지 말고 추면 돼요!" 그녀가 말했다. "그래도 못 춘다고요? 춤은 전혀 못 춘다고요? 원스텝조차? 그러면서도 힘 겨운 삶을 살아왔다고 주장하는군요. 그건 엄살이에요. 당신 나이에는 그런 엄살은 어울리지 않아요. 춤 하나 배울 의지도 없었

⁺ 상반신을 흔들며 추는 선정적인 재즈 댄스.

으면서 어떻게 치열하게 살아왔다고 말할 수 있어요?"

"춤을 못 추니 못 춘다고 하는 겁니다! 나는 춤을 배우지 못했습니다."

그녀가 웃으며 말했다.

"하지만 읽고 쓰는 것은 배웠겠죠. 그리고 산수나 라틴어나 프랑스어 등도요. 장담하건대 당신은 10년 혹은 20년에 걸쳐 학교에 다녔을 테고 지금도 공부하고 있을 거예요. 어쩌면 박사 학위도 따고 중국어나 스페인어까지 잘하는지도 모르죠. 하지만 춤을 배우기 위해서는 눈곱만큼의 시간과 돈도 투자하지 않은 거예요! 나 원 참!"

"부모님 때문입니다." 나는 나 자신을 합리화시키려고 했다. "부모님이 내게 라틴어와 그리스어, 그리고 그 밖에 잡다한 것들을 배우게 하셨지만, 춤을 배우라고 하진 않으셨습니다. 춤은 그 당시에는 유행도 아니었고요. 부모님들도 춤은 못 추십니다."

그녀는 매우 차갑고 경멸적인 시선으로 나를 쳐다보았다. 그러자 또다시 그녀의 얼굴에서 어린 시절의 누군가가 떠올랐다.

"그러니까, 당신 부모님이 잘못하신 거군요! 오늘 밤 이 술집에 가도 되냐고도 물어봤겠네요? 참 나! 당신이 어린 시절 부모에게 복종하느라 춤을 배우지 못한 것은 중요하지 않아요! 당신이 그렇게 모범생이었다고 생각하지도 않지만. 하지만 그 후에는, 그다음에는 도대체 뭘 하느라 그 오랜 세월을 보낸 거죠?"

"아아!" 나는 고백하지 않을 수 없었다. "저도 모릅니다. 저는 공부를 했고 음악을 배웠으며 책을 읽고 책을 쓰기도 했습니다. 물론 여행도 했고요."

"아주 놀랄 만한 인생관이군요! 당신은 그렇게 늘 어렵고 복잡한 것들을 배우느라 단순한 것은 전혀 배우지 못했군요. 시간이 없었나요? 아니면 흥미를 못 느꼈나요? 아, 나야 아무 상관 없지만, 한 가지 다행인 건 내가 당신의 어머니가 아니라는 거예요. 하지만 당신이 마치 산전수전 다 겪고도 아무런 삶의 해답도 발견하지 못한 듯 행동하는 건 잘못된 일이에요!"

"너무 나무라지 마십시오!" 나는 그녀에게 호소했다. "저도 제가 제정신이 아니라는 건 잘 알고 있으니까요."

"뭐라고요? 농담하지 마세요! 당신은 절대로 미치지 않았어요. 이봐요 학자 선생님, 당신은 전혀 미치광이처럼 보이지 않아요. 내가 보기에는 오히려 불쾌할 만큼 이성적이고 정확해요. 마치 교수들처럼. 그러니 이제 이야기는 그만하시고 브뢰첸 빵이나 하나 더 먹어요."

그녀는 빵에 소금을 약간 얹고 겨자를 발라 내게 주었다. 그러고는 자신의 것도 한 부분 잘라 주며 더 먹으라고 했다. 나는 그것을 먹었다. 춤을 제외하고는 그녀가 시키는 것은 뭐든 할 용의가 있었다. 꼬치꼬치 캐묻고 명령을 내리며 나무라는 누군가에게 복종하면서 그 곁에 앉아 있는 것은 대단한 행복이었다. 몇시간 전에 교수나 그의 부인도 이렇게 해주었더라면, 나는 모든 것을 감수하고 그 자리에 머물러 있었을 것이다. 아니, 그곳을 떠난 게 오히려 잘한 일이었다. 그러지 않았다면 더 큰 것을 놓쳤을 테니까!

"이름이 뭐예요?" 갑자기 그녀가 물었다.

"하리라고 합니다."

"하리라고요? 어린아이 이름 같아요! 그리고 하리, 당신은 정말 어린아이이기도 해요. 머리가 희끗하긴 해도 여전히 소년 같아요. 그래서 당신을 보살펴 줄 누군가가 필요해요. 춤에 대해서는 더 이상 얘기 안 할게요. 하지만 당신의 그 헤어스타일은 이해가 안 가요! 부인이 안 계신가요? 애인도요?"

"아내는 없습니다. 헤어졌거든요. 애인은 있지만 이곳에 살지 않아요. 매우 드물게 만나긴 합니다만 사이가 매우 좋지 않습니다."

그녀는 들릴 듯 말 듯 휘파람 소리를 냈다.

"아무도 당신 곁에 없는 걸로 보아 당신은 꽤나 까다로운 남자인 듯하네요. 말해 봐요, 당신을 오늘 밤 유령처럼 배회하게 만든 게 무엇이었죠? 누구와 싸우기라도 했나요? 도박에 져서 돈을 잃었나요?"

대답하기 어려웠다.

"들어 보세요." 나는 얘기하기 시작했다. "사소한 일이었지요. 어느 교수 양반 집에 초대를 받았습니다. 물론 저는 교수가 아닙니다. 원래는 가고 싶지 않았어요. 그런 사람들과 앉아 수다를 떨고 하는 일에 익숙지 않기 때문이죠. 그런 격식들이라면 잊고

126

산 지 오래입니다. 그 집에 들어설 때 저는 이미 분위기가 썩 좋지 않을 거라는 느낌을 받았습니다. 모자를 벗어 걸고 나니, 곧 다시 그것을 집어 들고 나오게 될 거라는 생각이 들더군요. 교수 집 탁자 위에 초상화 하나가 놓여 있었습니다. 달갑지 않은 초상화, 바로 그것이 저를 화나게 했습니다."

"무슨 초상화였는데요? 그리고 왜 그 때문에 화가 난 거죠?" 그녀가 내 말을 가로챘다.

"괴테의 초상화였습니다. 당신도 시인 괴테를 아시죠? 하지만 그것은 실제 괴테의 모습과는 너무도 달랐습니다. 물론 저도 그의 본모습을 정확히 아는 것은 아닙니다. 그는 이미 백 년 전에 죽었으니까요. 그런데 한 현대 화가가 자신의 머릿속에 떠오르는 대로 괴테를 그저 근사하게만 치장해 놓았더군요. 그래서 화가 났고 반감까지 느껴지더군요. 제 말을 이해하시는지 모르겠네요."

"물론 아주 잘 이해할 수 있어요. 염려 말고 계속 얘기해 봐요!"

"이미 예전부터 저와 그 교수는 의견 충돌이 많았습니다. 대부분의 교수들처럼 그도 철저한 애국자였고, 전쟁 중에는 국민을 기만하는 일에 성실하게 동참해 왔습니다. 철저한 신념을 가지고요. 하지만 저는 반전주의자입니다. 아무튼 그건 그렇고 아까 얘기를 계속하자면, 차라리 그 초상화를 안 보았더라면……"

"그 편이 나았겠군요."

"우선 괴테가 안됐다는 생각이 들었습니다. 그 양반을 정말 좋아하기 때문입니다. 그리고 이런 생각이, 이런 느낌이 들었습니다.

나는 나와 같은 부류라고 여기는 사람들의 집에 앉아 있다, 그들도 나처럼 괴테를 사랑하며 괴테 하면 나와 유사한 이미지를 떠올릴 것이다, 그런데 이렇게 미적 감각이 떨어지고 느끼하게 날조된 초상화를 세워 두고는 훌륭한 것이라 여기고 있다, 이 초상화의 정신은 괴테의 정신과 정반대라는 사실을 알아채지 못한 채. 그들은 그 초상화를 그야말로 찬미하고 있었습니다. 물론 그들의 입장에서는 그럴 수도 있다는 생각이 듭니다만, 저로서는 그들에 대한 모든 신뢰와 우정과 동질감과 연대감이 한순간에 사라졌던 겁니다. 그와의 우정이 그리 깊은 편은 아니었지만, 그래도 저는 화가 났고 우울할 수밖에 없었습니다. 게다가 제가 철저히 혼자이며 그 누구도 저를 이해할 수 없음을 깨달았습니다. 이해하시겠습니까?"

"쉽게 이해가 돼요, 하리. 그런 다음에는 어떻게 되었나요? 그들이 보는 앞에서 초상화를 부수기라도 했나요?"

"아닙니다. 그저 모욕적인 말만 몇 마디 하고는 빠져나왔습니다. 저는 집으로 돌아가려 했지만……"

"하지만 집에는 철부지 아들을 위로해 주거나 꾸짖어 줄 엄마가 안 계시겠죠. 이제 알겠어요, 하리. 불쌍한 사람, 당신은 천생 어린아이예요."

내가 생각하기에도 그런 것 같았다. 그녀는 내게 포도주 한 잔을 따라 주었다. 그녀가 지금 내 엄마 노릇을 해주고 있었다. 그러는 와중에도 그녀가 예쁘고 젊다는 생각이 들었다.

"그러니까," 그녀는 다시 말을 이었다. "백 년 전 사망한 괴테를 하리는 매우 좋아하고 자신이 원하는 방식대로 괴테의 이미지를 멋지게 상상했으며 그건 하리의 정당한 권리다, 하지만 마찬가지로 괴테에 열광하는 화가에게는 그럴 권리가 없다, 또한 그 교수 양반이나 다른 사람에게도 그럴 권리가 없다는 말이군요. 그들에게 그럴 권리가 있다고 인정하는 것은 하리로서는 불편할 테고, 그러니 욕을 하고 나올 수밖에 없었겠죠! 그가 영리한 사람이었다면 화가와 교수에게 그저 웃음으로 응수했겠죠. 그가 미친 사람이었다면 그들의 면전에서 괴테 초상화를 내동댕이쳤을 테고요. 하지만 그는 아직 어린아이라 집으로 달려가 목을 매달려 한 거예요. 하리, 이 정도면 당신의 이야기를 잘 이해한 셈이죠? 너무 재밌어서 웃음이 나와요. 그만, 그렇게 급히 마시면 안 돼요! 부르고뉴산 포도주는 천천히 마셔야 해요. 안 그러면 금방 취기가 오르거든요. 이렇게 모든 걸 하나하나 알려 줘야 하다니, 당신 정말 어린애군요."

그녀의 눈빛은 60대 가정교사처럼 매섭고도 위압적이었다.

"인정합니다." 나는 흡족한 마음으로 그녀에게 부탁했다. "무엇이든지 제게 말씀해 주십시오."

"뭘 말하라는 거예요?"

"무엇이든 당신이 하시고 싶은 말씀을요."

"좋아요, 말할게요. 지금까지 약 한 시간 동안 나는 당신에게 평칭을 사용했지만, 당신은 내게 줄곧 존칭을 사용했어요. 라틴어와 그리스어처럼 복잡한 화법을 쓰고 있어요! 젊은 여자가 평칭을 쓰고 그게 딱히 기분 나쁘지 않다면 당신도 말을 놓는 것이 맞아요. 자, 한 가지 배웠죠? 그리고 두 번째, 30분 전부터 난 당신의 이름이 하리라는 것을 알고 있었어요. 이미 물어봤으니까요. 그런데 당신은 내 이름이 무언지 알고 싶지 않은가 보군요."

"아, 그렇군요. 알려 주시면 정말 고맙겠습니다."

"너무 늦었어요, 애송이 양반아! 언젠가 다시 만나게 되면 그때 물어봐요. 오늘은 말해 주지 않을 거예요. 자 그럼, 난 춤추러 갈 거예요."

그녀가 자리에서 일어날 기색을 보이자, 갑자기 내 기분이 축 가라앉았다. 그녀가 나만 남겨 두고 가버리면, 모든 것이 이전의 상황으로 되돌아갈 것 같은 두려움이 엄습했다. 잠깐 스쳐 지나 갔던 치통이 갑자기 다시 화끈거리며 달아오르는 것처럼, 다시 두려움과 전율이 몰아쳤다. 아아, 그녀가 없다면 나를 기다리고 있는 것이 무엇인지를 어떻게 잊을 수 있겠는가? 어떻게 사정이 나아지겠는가?

"잠깐만요." 나는 애원하듯 소리쳤다. "가지 말아요, 아니 가지 마! 물론 당신이 원하는 만큼 춤을 춰도 좋아. 하지만 너무 오래 떠나 있지는 마. 곧 다시 돌아와 줘!"

그녀는 웃으면서 자리에서 일어났다. 나는 그녀가 키가 좀 더 클 거라고 생각했었다. 하지만 그녀는 날씬하긴 했지만 키는 큰 편이 아니었다. 그녀는 다시 내게 누군가를 떠올리게 했다. 누굴까? 여전히 생각나지 않았다.

"돌아올 거지?"

"돌아올 거예요. 하지만 시간이 좀 걸릴 거예요. 30분이나 어쩌면 한 시간쯤. 눈을 감아요. 잠깐이나마 잠을 청해요. 당신에겐 휴식이 필요해요."

그녀는 춤추러 나가려고 일어섰고 나는 그녀가 지나갈 수 있도록 자리를 비켜 주었다. 그녀의 스커트가 나의 무릎을 스쳤다. 걸어가면서 그녀는 작고 깜찍한 둥근 손거울을 보면서 눈썹을 말아 올리고 작은 분첩으로 턱 위쪽을 두드렸다. 그러고는 댄스홀로 사라져 버렸다. 나는 주변을 둘러보았다. 낯선 얼굴들, 담배를 피워 대는 사내들, 맥주가 쏟아져 있는 대리석 테이블, 도처에서 들려오는 아우성, 그리고 바로 옆에서 들려오는 댄스음악. 나는 자야 한다, 그녀가 그렇게 지시했기 때문이다. 아, 마음씨 착한 꼬마 아가씨! 그대는 나의 잠이 족제비보다 더 경계심이 많다는 걸 예감하고 있을 텐데 이 난장판 속에서 테이블에 앉아, 달그락거리는 맥주잔들 사이에서 잠을 청하라니! 나는 포도주를 홀짝홀짝 마셨다. 그러고는 주머니에서 담배 한 개비를 꺼내 물고는 성냥을 찾으려 두리번거렸다. 하지만 원래 담배는 내 체질에 잘 맞지 않았다. 그래서 다시 담배를 테이블 위에 내려놓았다. '눈을 감아요'라고 그녀는 명령했었다. 대체 그 아가씨는 어디서 그런 목소리를 얻게 된 것일까? 그런 그윽하고 낭랑하고 엄마같이 다정한 목소리를. 그 목소리에 순종하는 것이 싫지 않았다. 그래서 아까도 따르지 않았던가. 나는 명령대로 눈을 감고 머리를 벽에 기댔다. 하지만 참기 힘들 정도의 온갖 소음 속에서 잠을 청한다는 것 자체가 우스워 보였다. 그래서 댄스홀 문가로 가서 안을 들여다보기로 했다. 나의 아름다운 아가씨가 춤추는 모습을 봐야 했다. 의자 밑으로 다리를 움직여 보았다. 몇 시간을 쏘다니느라 다리가 지칠 대로 지쳤다는 게 그제야 느껴졌다. 그래서 그냥 자리에 앉아 있기로 했다. 엄마가 하라는 대로 나는 잠이 들었다. 감사하는 마음으로 탐욕스럽게 잠을 잤다. 그리고 꿈을 꾸었다. 지금까지 꾸었던 그 어떤 꿈보다도 선명하고 근사한 꿈이었다. 꿈의 내용은 이렇다.

나는 고풍스러운 응접실에 앉아서 누군가를 기다리고 있었다. 처음에는 내가 어떤 고위 관리의 집에 와 있다는 사실만 알고 있었다. 그러다가 잠시 후 나를 초대한 사람이 바로 괴테 어르신이라는 것을 알게 되었다. 유감스럽게도 나는 그곳에 개인 자격이 아니라 한 잡지사의 편집부원으로 오게 된 것이었다. 그 사실이 나를 불쾌하게 만들었다. 나는 어떤 악마가 나를 이러한 상황으로 몰아넣었는지 이해할 수가 없었다. 게다가 전갈 한 마리가 나를 불안하게 만들었다. 조금 전에 눈에 띈 그놈은 어느새 내 다리를 타고 기어오르려 했다. 나는 몸을 세차게 흔들어 그 작고 검은 놈을 떼어 냈지만, 녀석이 다시 어디에 숨었는지는 알 수 없었다. 사실 녀석을 잡으려고 손을 내밀 엄두도 나지 않았다.

또한 내가 실수로 괴테의 집이 아니라 마티손*의 집에 와 있

132

는 건 아닌가 생각하기도 했다. 하지만 나는 꿈속에서 마티손을 뷔르거++와 혼동하고 있었다. 『몰리를 위한 헌시』를 마티손의 작품으로 착각한 것이다. 몰리를 만날 수만 있다면 얼마나 좋을까. 나에게는 그녀가 놀랍도록 부드럽고, 음악적 감수성이 풍부하며, 밤의 정취를 느끼게 해주는 여자처럼 여겨졌기 때문이다. 어쨌거나 빌어먹을 잡지 일로 여기 온 게 아니라면 얼마나 좋을까! 그로 인한 불만이 점점 커져 급기야 괴테에게까지 옮겨 갔다. 그래서 속으로 괴테에게 온갖 의심과 비난의 화살을 쏘아 댔다. 이런 상황에서 분위기 좋은 알현이 이루어질 수 있을까! 내 가까이 어딘가 숨어 있을 위험한 전갈도 지금의 나만큼 고약하지는 않을 것 같았다. 아니, 그 전갈은 어떤 친근한 무언가를 상징하는 게 아닐까? 몰리와 모종의 관계가 있을 가능성이 매우 높았다. 그녀의 전령이자 그녀의 문장紋章일지도 몰랐다. 다시 말해 여성성과 죄를 상징하는 아름답고도 위험한 문장일 수 있었다. 아니, 그 전갈의 이름은 혹시 불피우스+++가 아닐까? 그 순간 하인이 문을 열었다. 나는 자리에서 일어나 안으로 들어갔다. 나이 든 괴테가 서 있었다. 자그마한 체구에 꼬장꼬장해 보였다. 그 대가의 가슴에는 무거운 별 모양의 훈장이 달려 있었다. 여전히 자신의 바이마르 박물관에서 통치자의 풍모로 방문객을 맞고, 세계를 관리

✦ Friedrich von Matthison(1761~1831). 독일의 시인.
✦✦ Gottfried August Bürger(1747~1794). 독일의 시인.
✦✦✦ 괴테와 동거하다가 나중에 아내가 된 크리스티아네 불피우스를 이른다.

하는 듯 보였다. 그는 나를 보자마자 늙은 까마귀처럼 머리를 끄덕거리면서 점잖은 목소리로 말했다. "젊은이, 자네 같은 젊은이들은 우리들에 대해, 아니 우리들이 애써 벌이고 있는 일들에 대해 별로 공감하지 못하겠지?"

"예, 그렇습니다." 나는 그 재상의 눈빛에 기가 눌린 채 말했다. "우리 젊은이들은 사실상 당신에게 공감하기 어렵습니다. 우리가 보기에 당신은 너무 격식을 중시 여깁니다. 게다가 지나치게 허영에 차 있고 현학적이어서 솔직함은 결여되어 있는 듯 보입니다. 솔직함의 결여, 이것이 가장 본질적인 부분입니다."

몸집 작은 노인은 꼿꼿한 머리를 끄덕였다. 그러나 진지하고 굳게 다물어져 있던 입이 빙그레 미소를 지으며 매력적인 활기를 발산하자, 내 가슴은 갑자기 두근거리기 시작했다. 그 순간 「하늘로부터 어둠이 내려앉으면」이라는 시가 떠올랐고, 그 시를 지은 사람이 바로 이 노인이라는 사실에 순간적으로 압도되어 그의 앞에서 무릎이라도 꿇고 싶었다. 그러나 나는 자세를 흩뜨리지 않고 그대로 선 채 미소 짓는 그의 입에서 흘러나오는 말을 들었다. "허허, 그러니까 자네는 지금 나의 부정직함을 질책하려는 건가? 잘 납득이 안 가는군! 좀 더 구체적으로 설명해 주지 않겠나?"

나로서는 기꺼이 그렇게 하고 싶었다. 아주 기꺼이.

"괴테 어르신, 당신께서는 다른 모든 위대한 사상가들처럼 인간 삶의 문제점과 절망적인 상황을 분명히 인식하고 계셨습니다.

일순간의 영화와 그 비참한 퇴락, 아름다운 감정을 고양시키기 위해 감수할 수밖에 없는 감옥 같은 일상, 잃어버린 자연의 순수함을 향한 강렬하고 성스러운 사랑과 저 정신의 제국을 향한 불타는 동경심이 벌이는 영원한 죽음 같은 전쟁, 공허감과 불확실성 속을 헤매는 몸서리쳐지는 방황, 삶이 덧없다는 선고, 그저 무한한 시행착오의 반복일 뿐 결코 완전한 가치를 찾을 수 없다는 삶의 무능에 대한 선고, 요컨대 인간에게 희망은 없으며 오만과 깊은 절망만 있다는 사실, 그 모든 것을 당신은 잘 알고 계셨고, 때때로 그것을 고백하기도 하셨습니다. 그럼에도 불구하고 당신은 당신의 전 생애를 걸고 그와 정반대되는 일들을 전도하고 다니셨습니다. 자기 자신과 타인에게 믿음과 낙관주의를 퍼뜨리셨습니다. 인간의 모든 정신적인 노력들은 의의가 있으니 영속되어야 한다고 직접 시연해 보이셨습니다. 당신은 심연의 고백자와 절망적인 진리의 목소리를 회피하고 억압해 왔습니다. 당신 자신 안에서 들려오는 목소리뿐만 아니라 클라이스트*와 베토벤의 목소리마저도 말입니다. 당신은 지식과 소장품을 축적하고 편지를 쓰고 모으는 일, 다시 말해 노년에 이르러 수십 년 동안 바이마르에서 한 일이 순간을 영원으로 만드는 길인 것처럼 처신하셨지만, 사실은 순간을 미라로 만드신 것에 불과합니다. 또한 그렇

---

* Bernd Heinrich Wilhelm von Kleist(1777~1811). 사실주의적인 작품을 쓴 독일의 극작가이자 소설가.

게 하는 것이 자연을 정신화하는 방법인 양 행동하셨지만, 실은 자연에 가면을 씌워 양식화한 것일 뿐입니다. 그래서 우리는 당신이 부정직하다고 비난하는 것입니다."

그 노재상은 생각에 잠긴 듯한 표정으로 나의 눈을 쳐다보았다. 입가에는 여전히 미소를 띠고 있었다. 그는 놀랍게도 내게 다음과 같은 질문을 던졌다. "그렇다면 모차르트의 〈마술피리〉도 자네에겐 역겹게 느껴지겠군."

내가 미처 이의를 제기하기도 전에 그가 계속 말을 이었다. "〈마술피리〉는 삶을 유쾌한 노래로 묘사하고 있네. 덧없는 우리의 감정을 마치 영원하고 신적인 것인 양 찬양하고 있지. 그러니까 〈마술피리〉는 클라이스트나 베토벤에게 공감하는 것이 아니라, 낙천주의와 신앙을 전도하는 셈이지."

"알고 있습니다, 잘 알고 있습니다!" 나는 다소 격앙된 어조로 말했다. "당신이 제가 세상에서 가장 좋아하는 〈마술피리〉에 생각이 미치게 된 경위를 알 것 같습니다! 하지만 모차르트는 여든두 살까지 살지 못했을 뿐만 아니라 개인적인 삶에 있어서 당신처럼 영속성이나 질서, 형식적인 품위 등을 갈망한 것도 아니었습니다! 그는 잘난 척하며 자신을 드러내려 하지 않았습니다! 그는 자신의 신적인 멜로디를 부르면서 가난한 삶을 살았습니다. 그리고 일찍 세상을 떠났습니다. 세상으로부터 인정받지 못한 불우한 삶을 남기고……."

나는 힘이 쭉 빠졌다. 수천 가지의 일들을 몇 마디의 말로 압축해서 얘기해야 했기 때문이다. 이마에서 땀이 나기 시작했다.

하지만 괴테는 다정하게 말을 꺼냈다. "내가 여든두 살까지 살았다는 것은 어쩌면 용서받기 어려운 일이겠지. 그렇게 장수한 것에 크게 만족감을 느끼지도 못했네. 내 내면이 영속성에 대한 거대한 갈망으로 채워져 있었던 건 맞네. 나는 늘 죽음을 두려워했기에 부단히 그것과 싸울 수밖에 없었네. 나는 죽음과의 전쟁, 즉 삶에 대한 절대적이고 완고한 의지야말로 모든 탁월한 인간들의 행동과 삶에 원동력이 된다고 믿네. 하지만 젊은 친구, 그럼에도 불구하고 나는 누구나 죽어야 한다는 사실을 내 여든두 해의 생애로 설득력 있게 증명한 셈이네. 내가 어린 학생 나이에 죽었다 해도 마찬가지였겠지. 나 자신을 정당화시키기 위해 한마디만 더 하지. 나는 타고난 기질상 아이 같은 구석이 많았다네. 호기심이 많고 놀이 충동이 강했으며 쓸데없는 일로 시간을 낭비하기도 했지. 노는 것에도 한계가 있다는 사실을 인식하기까지 오랜 세월이 필요했다네."

그렇게 말하면서 그는 교활하고도 개구쟁이 같은 미소를 지어 보였다. 그의 몸집은 좀 커진 듯했고, 꼬장꼬장해 보이던 태도와 부자연스러운 위엄을 띠었던 표정도 사라지고 없었다. 주변이 온통 멜로디와 괴테의 시구로 가득 찼다. 그중에서 모차르트의 〈제비꽃〉과 슈베르트의 〈달에게〉를 뚜렷이 알아들을 수 있었다. 괴테는 장밋빛으로 발그레해진, 젊은이의 모습으로 돌아간 얼굴에 웃음을 지어 보였다. 그런 그의 모습은 때로는 모차르트를, 때로는 슈베르트를 닮아 보였다. 그의 가슴에 달려 있는 별 모양의 훈장은 초원의 꽃으로 만들어진 것 같았고, 그 한가운데에 통통하고 노란 앵초꽃이 행복한 웃음을 지으며 피어 있는 듯했다.

그가 나의 질문과 책망을 그런 농담조로 회피하려는 태도가 마음에 들지 않았기에, 나는 그를 비난에 찬 눈빛으로 쏘아보았다. 그러자 그는 몸을 굽히고는, 완전히 어린애 같은 입모양을 하며 나의 귀에 나지막이 속삭였다. "젊은이, 자네는 괴테라는 노인을 너무 진지하게 생각하고 있네. 이미 세상을 떠난 늙은이들을 그렇게 진지하게 생각할 필요는 없다네. 그건 그들에게 몹쓸 짓을 하는 거라네. 우리처럼 불멸의 위인들은 그런 진지한 태도를 좋아하지 않네. 우리는 농담을 좋아하는 편이네. 그리고 젊은이, 자네에게 한 가지 비밀을 알려 주지. 진지함은 시간에서 발생하는 문제라네. 시간을 너무 과대평가해서 생기는 문제라네. 나도 예전에는 시간의 가치를 과대평가했었지. 내가 백 살까지 살고 싶었던 것도 바로 그 때문이었지. 하지만 자네도 알다시피 영원 속에는 시간이라는 개념은 존재하지 않는다네. 영원도 순간일 뿐이라네. 딱 농담을 즐기며 살아가기에 충분한 시간일 뿐이라네."

이 양반과는 더 이상 한마디도 진지한 대화를 나눌 수 없을 것 같았다. 그는 즐거운 기분으로 춤추듯 유연하게 몸을 이리저리 움직였다. 또한 별 모양의 훈장에서 앵초를 마치 로켓처럼 쏘아 올리는가 하면, 앵초를 점차 축소시켜 사라지게 만들기도 했다. 그가 댄스 스텝과 댄스 동작을 선보이며 기량을 과시하는 것을 보면서, 이 양반은 최소한 춤을 배우는 일만큼은 소홀히 하지 않았구나 하는 생각이 들었다. 그의 춤 솜씨는 놀라웠다. 그 순간 다시 전갈이 떠올랐다. 혹은 몰리가 떠올랐을 수도 있다. 나는 괴테에게 소리쳤다. "지금 이곳에 몰리는 없나요?"

괴테는 크게 웃더니 책상으로 가서 서랍을 열고는, 고급 가죽이나 벨벳 천으로 만든 것처럼 보이는 작은 상자를 꺼냈다. 그 상자의 뚜껑을 열고는 내 눈앞으로 내밀었다. 검은색 벨벳 천 위에 작고 멋진 여자의 다리가 희미한 빛을 띤 채 놓여 있었다. 무릎은 약간 구부리고 발은 아래로 쭉 뻗은 상태여서 더없이 귀여운 발가락 끝까지 다 드러나는 아주 매력적인 다리였다.

나는 손을 뻗어 나를 완전히 사로잡은 그 작은 다리를 만져 보려 했다. 하지만 그 순간 그 장난감이 움찔하는 듯했다. 갑자기 이 장난감이 전갈일 수도 있겠다는 의심이 들었다. 괴테는 내 당혹감을, 욕망과 공포 사이에서 오락가락하는 내 마음을 이미 알고 있는 듯했다. 아니, 그러기를 바라고 이 장난감을 내놓은 듯했다. 그는 그 매력적인 전갈을 내 얼굴에 바짝 들이대고는 그것을 갈망하는 내 모습을, 또한 그것에 겁을 먹어 뒷걸음질 치는 내 모습을 지켜보았다. 그런 내 모습이 그에게는 매우 큰 즐거움인 듯했다. 그 귀엽고도 위험한 물건으로 나를 놀리는 동안, 그는 다시 노인으로 돌아가 있었다. 천수를 누린, 백발이 성성한 모습이었다. 그의 폭삭 늙은 얼굴은 소리 없이 조용히 웃고 있었다. 나로서는 알 수 없는 해학을 즐기며. 마음속으로는 크게 소리 내어 껄껄 웃고 있는 것 같았다.

　잠에서 막 깨어났을 때는 꿈이 기억나지 않았다. 한참이 지난 후에야 비로소 꿈의 내용이 생각났다. 나는 대략 한 시간 정도 잠들어 있었다. 요란한 음악이 흐르는 산만한 분위기 속에서, 그것도 술집 테이블에 앉아서 잠을 잘 수 있었다니 믿기지가 않았다. 그 사랑스러운 아가씨는 내 앞에 서서 내 어깨 위에 손을 올려놓고 있었다.

　"2, 3마르크만 주세요." 그녀가 말했다. "저쪽에서 뭘 좀 먹고 왔거든요."

　나는 그녀에게 지갑을 건네주었다. 그녀는 지갑을 받아 들고 사라졌다가 곧 다시 돌아왔다.

　"자, 이제 나는 잠깐만 당신 곁에 앉아 있다가 다시 가봐야 해요. 약속이 있거든요."

　나는 깜짝 놀라 황급히 물었다. "누구하고?"

　"한 신사분하고요. 그가 나를 오데온 바로 초대했거든요."

　"아, 나는 네가 나를 홀로 있게 하리라곤 생각 못했는데."

　"그렇다면 당신도 나를 진작 초대했어야죠. 당신이 한발 늦은 거예요. 하지만 덕분에 당신은 적지 않은 돈을 아낀 셈이에요. 오데온이라고 아세요? 자정 이후에는 샴페인만 팔아요. 고급 소파에 흑인 악단, 정말 최고예요."

　나는 이런 상황은 미처 예상하지 못했었다.

"아아." 나는 애원하면서 말했다. "그럼 지금이라도 내가 아가씨를 초대할 수 있도록 해줘! 나는 그렇게 하는 것이 자연스럽다고 생각해. 우리는 친구가 되기로 했으니까. 어디든 좋으니 내가 한 잔 살 수 있게 해줘. 부탁이야."

"고마워요. 하지만 약속은 약속이에요. 초대를 수락한 이상, 난 그리로 갈 거예요. 그러니 더 이상 떼쓰지 말아요! 자, 한 잔 더 해요. 아직 병에 포도주가 남아 있어요. 마저 다 마시고 나서 기분 좋게 집으로 돌아가서 자요. 그렇게 하겠다고 약속해 줘요."

"안 돼, 집으로 돌아갈 수는 없어."

"아아, 또 그 이야기군요! 아직 괴테 문제를 정리하지 못했어요? (그 순간 다시 괴테에 대한 꿈이 떠올랐다.) 정 그렇게 집에 가고 싶지 않다면 여기서 묵도록 해요. 손님방이 있으니까요. 내가 한번 알아볼까요?"

나는 그녀의 제안에 사뭇 만족하며, 다음에 언제 다시 만날 수 있는지, 그녀의 집은 어딘지 물어보았다. 그녀는 대답해 주지 않았다. 다만 조금만 노력하면 쉽게 만날 수 있을 거라 했다.

"내가 너를 초대하면 안 될까?"

"어디로요?"

"네가 원하기만 한다면 어디든, 언제든 좋아."

"좋아요, 화요일 저녁 알텐 프란치스카너 2층에서 만나요. 그럼 이만 가볼게요!"

그녀가 내게 손을 내밀었다. 그제야 비로소 그 손을 유심히 쳐다보게 되었다. 그녀의 목소리와 잘 어울리는 그 손은 예쁘고 포동포동하며, 교양미와 선량함이 느껴지는 손이었다. 내가 그녀의 손에 입맞추자 조롱하듯 웃음을 지어 보였다.

그리고 마지막 순간에 그녀는 다시 한 번 나를 향해 몸을 돌리면서 말했다.

"괴테와 관련해서 나도 한마디 할게요. 당신이 그의 초상화를 못마땅하게 여기는 것처럼, 종종 나도 성인들에 대해서 그런 감정을 느껴요."

"성인이라고? 아가씨도 신앙심이 깊은가 보지?"

"아니요, 유감스럽게도 나는 신앙심이 그리 깊지 않아요. 물론 한때는 그랬던 시기가 있었어요. 그래서 언젠가는 다시 그렇게 될 거예요. 하지만 지금 우린 신앙심을 가질 만한 시간이 없어요."

"시간이 없다고? 신앙심에도 시간이 필요한 건가?"

"물론이죠. 신앙심을 갖기 위해서는 시간이 필요해요. 그리고 그보다 더 필요한 건 시간으로부터 자유로워지는 거예요. 당신은 지금은 진정한 의미에서의 신앙심도 가질 수 없고, 당신이 살고 있는 현실도 진지하게 생각할 수 없어요. 시간이든 돈이든 오데온 바든."

"그건 알겠어. 하지만 그게 성인과 무슨 관계가 있다는 거지?"

"내가 특별히 좋아하는 몇몇 성인들이 있어요. 성 슈테판, 성 프란체스코 같은 분들이죠. 그들의 초상화는 물론 예수와 성모 마리아의 초상화들 중에서도 나는 가식적이고, 날조되고, 저급한 것들을 간혹 본 적이 있어요. 당신이 괴테 초상화를 보고 그랬듯 나도 그런 초상화들을 볼 때면 견디기 힘들었어요. 그런 초상화를 훌륭하게 여기며 신앙심을 다지는 사람들의 모습은, 구세주에 대한 모욕처럼 여겨져요. 세인들이 그런 허섭스레기 초상화를 놓고 맹신하는 것을 보면, 예수가 무엇 때문에 그렇게 고통스러운 삶을 살았을까 하는 생각도 들어요. 그렇지만 내가 생각하는 예수나 성 프란체스코의 이미지 역시 일개 인간의 상상에 지나지 않기에 원래의 모습과는 괴리가 있다는 걸 나는 알고 있어요. 또한 예수의 눈에는 내 마음속에 새겨져 있는 예수의 이미지도 터무니없고 부족하게 보일 거예요. 내가 겉만 번지르르한 모조품들을 보면 그렇게 느끼듯이. 내가 이런 말을 하는 건, 괴테의 초상화에 대한 당신의 불쾌감과 분노에 정당성을 부여해 주기 위해서가 아니에요. 당신이 그러는 건 옳지 못해요. 나는 그저 당신을 이해할 수 있다는 걸 말하려는 거예요. 당신 같은 학자나 예술가들은 독특한 매력이 있는 온갖 것들을 머릿속에 떠올리지만, 당신들도 다른 사람들과 같은 인간일 뿐이에요. 우리 '다른 사람들'도 저마다의 꿈과 유희를 머릿속에 구상하면서 살고 있어요. 많이 배운 아저씨, 당신이 내게 괴테의 이야기를 들려줄 때 적잖이 당혹스러워한다는 걸 눈치챘었어요. 당신의 이상에 관한 문제를 이렇게 단순 무식한 아가씨에게 이해시키려고 무던히도 애를 썼겠죠. 그래서 그렇게 애쓸 필요가 없다는 걸 말하고 싶었어요.

나는 당신의 입장을 잘 이해했어요. 자, 오늘은 여기까지 하죠! 들어가서 주무세요."

그녀가 그렇게 가버리고 나자, 나이 많은 안내인이 나를 3층으로 안내했다. 그 전에 그는 내게 짐이 있냐고 물었고 내가 없다고 하자 숙박비를 선불로 요구했다. 그러고 나서 낡고 침침한 계단을 지나 나를 작은 방으로 데려갔고, 그는 떠나 버렸다. 그곳에는 보잘것없는 나무 침대가 놓여 있었다. 너무 작고 딱딱했다. 벽에는 휘어진 군도軍刀와 천연색의 가리발디 초상화가 걸려 있었다. 그리고 어떤 단체의 행사 때 사용된 듯 보이는 시든 화환도 걸려 있었다. 잠옷을 빌릴 수만 있다면 돈이 얼마든 지불했을 것이다. 그나마 물과 작은 수건은 있어서 씻을 수는 있었다. 나는 옷을 입은 채로 침대에 누웠고, 불을 켜놓은 채로 생각에 잠겼다. 괴테와의 문제는 적어도 지금은 해결된 상태다. 그가 꿈속에 나타나다니 그런 영광이 없었다. 그리고 그 멋진 아가씨, 이름이라도 알아 두었으면 좋았을 것! 갑자기 내 삶에 한 사람이 등장하게 되었다. 그 활기 넘치는 사람이 불투명한 유리 종 같은 내 삶을 깨뜨려 버리고 내게 손을 내민 것이다. 예쁘고, 따뜻하고, 호의적인 손을! 내가 관계를 형성할 수 있는, 내가 기쁨과 걱정과 긴장 속에서 관심을 쏟을 수 있는 무언가가 불현듯 다시 생겨난 것이다! 활짝 열린 문으로 삶이 내게로 다가온 것이다! 나는 어쩌면 다시 살 수 있을 것이며, 다시 인간이 될 수도 있을 것이다. 냉기 속에 잠들어 동사하기 일보 직전이었던 내 영혼이 다시 호흡을 시작해, 작고 허약한 날갯짓이나마 하고 있는 것이다. 괴테가 나를 찾아와 주었다. 그리고 한 아가씨가 내게 먹고, 마시고, 잠을 자라고 명령했다. 내게 친절을 보여 주었는가 하면 나를 실컷 비웃고 철부지 어린아이라고 부르기도 했다. 그 놀라운 여자 친구는 나의 언행이 얼토당토않음에도 불구하고 성인의 이름을 거명하며 내가 결코 혼자가 아님을, 내가 이해할 수 없는 병적이고 예외적인 존재가 아님을 일깨워 주었다. 다시 말해 내게도 형제가 있음을, 나를 이해해 주는 사람이 있음을 환기시켜 주었다. 그녀를 다시 만날 수 있을까? 물론 그럴 수 있을 것이다. 그녀는 믿을 만한 존재니까. '약속은 약속'이라고 하지 않았던가.

나는 잠이 들어, 네다섯 시간을 내리 잤다. 눈을 떴을 때는 막 10시가 넘어 있었다. 옷은 구겨져 있었고 몸은 지쳐 피곤했다. 그래도 활기차고 희망에 넘치며 더 없이 유쾌했다. 귀갓길에도 전날 느꼈던 공포감은 느껴지지 않았다.

아라우카리아를 막 지났을 때 이 집 여주인과 마주쳤다. 그녀의 얼굴을 보는 건 아주 드문 일이었다. 나는 다정한 성품의 그녀를 매우 좋아했지만 이런 모습으로 마주치는 것은 달갑지 않았다. 밤을 새다시피 하여 초췌해진 행색에, 빗질과 면도도 하지 않은 상태였기 때문이었다. 나는 가벼운 인사만 하고 지나치려 했다. 평소에 그녀는 혼자 있기 좋아하고 간섭받기를 싫어하는 내 성격을 항상 존중해 주었다. 그런데 그날은 나와 주변 세계 간에 쳐져 있던 장막이 찢어지고 벽이 무너졌는지, 그녀가 웃으면서 멈춰 서더니 말했다.

"어제 술자리가 많았나 보네요, 할러 씨. 어젯밤에 안 들어오신 것 같던데 무척 피곤하시겠어요!"

"예." 그렇게 대답하면서 나 또한 웃었다. "어젯밤에는 모처럼 생기 넘치는 시간을 보냈습니다. 그러고는 이 집에 누를 끼치지 않으려고 호텔에서 잤습니다. 이 집의 평온함과 품위는 매우 존경스러워, 가끔 나 자신이 이 집의 이방인처럼 느껴집니다."

"놀리지 마세요, 할러 씨!"

"아아, 나는 다만 나 자신을 비웃고 있을 뿐입니다."

"그런 생각은 하지 마세요. 그저 마음 편히 지내시고 원하시는 대로 생활하세요. 그동안 우리 집에는 존경할 만한 세입자들이 많았어요. 다들 흠잡을 데 없이 훌륭한 분들이었죠. 하지만 당신만큼 조용하고 폐를 끼치지 않는 분은 없었어요. 이참에, 차 한잔 하실래요?"

나는 마다하지 않았다. 그녀의 부계 쪽 조상들의 멋진 초상화와 가구들이 있는 응접실에서 나는 차를 대접받았다. 우리는 몇 마디 이야기를 주고받았다. 그 친절한 부인이 내게 질문하지 않아도 나는 내 삶과 사고방식에 대해 이것저것 털어놓았다. 그녀는 내 말에 귀를 기울이면서도 한편으로는 아이를 대하는 엄마처럼 대충 흘려듣는 태도를 보였다. 흔히 총명한 여성들이 괴팍한 남성들에게 취하는 태도였다. 그녀의 조카에 대한 이야기도 나왔다. 그녀는 나를 옆방으로 데려가서 최근 들어 조카가 퇴근

후에 짬짬이 만들고 있는 라디오를 보여 주었다. 그 부지런한 젊은이는 저녁마다 그곳에 눌러앉아, 기술의 신 앞에 경건하게 무릎을 꿇고 그런 무선 장치를 만든 것이다. 하지만 알고 보면 그 물건은 수천 년 전에 사상가들이 깨달은 지혜를 불완전하게 재현해 낸 것에 불과했다. 우리는 거기에 대해서 대화를 나누었다. 그 여주인도 종교적인 면이 아예 없지는 않았기에 종교적인 대화를 환영했다. 나는 그녀에게 다음과 같이 얘기했다. '고대 인도인들은 힘과 행위가 어디에나 존재한다는 편재성을 매우 잘 알고 있었다. 저 라디오라고 하는 것은 편재하는 모든 것들 중 극히 일부인 음파만 주고받기 위해 임시변통으로 조립한 형편없고 불완전한 수신기와 송신기일 뿐이다. 저 고대의 사상가들이 터득한 또 하나의 중요한 인식은 '시간의 비실재성'인데, 결국에는 그것 또한 현대인에 의해 '발견'되어 한 부지런한 기술자의 손아귀에 들어가게 될 것이다. 그러면 지금 우리가 파리와 베를린에서 울려 퍼지는 음악을 프랑크푸르트나 취리히에서도 들을 수 있고, 지금 세계에서 벌어지는 수많은 사건들을 여기서도 영상으로 볼 수 있듯이, 언젠가는 과거에 일어난 사건들도 그와 같은 방식으로 현재화될 것이다. 그렇게 되면 우리는 유선으로든 무선으로든, 잡음이 있든 없든, 솔로몬 왕과 발터 폰데어포겔바이데가 말하는 소리를 듣게 될 것이다. 그러나 그 모든 기술들은 오늘날 우리가 사용하고 있는 초기 형태의 라디오처럼, 인간들에게 부정적인 영향만 끼칠 것이다. 즉 인간들은 그것들로 인해 자신과 자신의 목적으로부터 멀어져 점점 더 오락과 무익한 일로 짜여진 촘촘한 그물망에 갇히게 될 것이다.' 하지만 나는 그렇게 이야기하면서 평소처럼 이 시대와 기술에 대한 격분과 경멸은 드러내지 않았다. 그저 가벼운 농담처럼 이야기했다. 여주인은 빙그레 웃었다. 우리는 그렇게 한 시간쯤 함께 차를 마시며 흡족한 시간을 보냈다.

'검은 독수리'에서 만난 예쁘고 인상적인 아가씨를 또 만나기로 한 날은 화요일 저녁이었다. 그때까지 참고 기다리기가 쉽지 않았다. 마침내 화요일이 되자, 내가 그 미지의 아가씨와의 관계를 얼마나 중요하게 생각하는지 새삼 뼈저리게 느꼈다. 나는 그녀만을 생각했다. 그녀의 모든 것을 열망하고 있었다. 그녀를 위해서라면 그 어떤 것도 희생하고 헌납할 준비가 되어 있었다. 물론 그녀와 세속적인 사랑에 빠지고 싶은 건 전혀 아니었다. 나는 그녀가 행여 약속을 어길까 봐 혹은 잊어버렸을까 봐 신경이 곤두섰다. 그렇게 될 경우 내게 어떤 일이 벌어질지는 불을 보듯 뻔했다. 세상은 다시 공허하게 느껴질 것이고, 우울하고 무가치한 나날들이 이어질 것이다. 그렇게 되면 내 주위에는 다시 진절머리 나는 적막과 무감각의 세계가 펼쳐질 것이고, 그 침묵의 지옥으로부터 벗어날 수 있는 유일한 탈출구는 바로 면도칼이 될 것이다. 요즘 들어 면도칼은 내게 그 무엇보다도 더 정나미가 떨어지는 대상이 되고 말았다. 그것이 주는 공포감은 전혀 줄어들지 않았고 혐오감까지 느껴졌다. 내 목이 잘리는 것을 상상하면 심장을 짓누르는 듯한 공포가 느껴졌다. 나는 여전히 죽음을 두려워하고 있었다. 마치 내가 더없이 건강한 사람이고 나의 삶이 천국이라도 되는 것처럼, 거칠고 완강한 힘으로 죽음에 저항하고 있었다. 나는 내 상황을 무자비할 정도로 적나라하고 속속들이 잘 알고 있었다. 게다가 '살 수 없음'과 '죽을 수 없음' 간의 견딜 수 없는 긴장으로 인해 내가 '검은 독수리'에서 만난, 춤추던 그 작고 귀여운 여자를 이토록 중요한 존재로 여기게 되었다는 사실도 깨닫고 있었다. 그녀는 나의 어두컴컴한 공포의 동굴에 나 있는 작은 창문이자, 밝은 빛이 새어 드는 작은 구멍이었다. 그녀는 구원이자 자유로의 길이었다. 그녀가 내게 사는 법과 죽는 법을 가르쳐 주어야 했다. 그녀가 그 예쁘고 강인한 손으로 뻣뻣하게 마비된 나의 심장을 어루만져 주어야 했다. 나의 심장이 생명의 젖줄에 닿아 다시 소생할 것인가 아니면 한 줌의 재로 사라져 버릴 것인가는 그녀의 손에 달려 있었다. 그녀가 그러한 힘을 어디서 얻었는지, 그녀의 마법은 어디에서 온 것인지, 그녀가 내게 주는 이 심오한 의미는 어떤 비밀스러운 토양에서 자라난 것인지, 나로서는 알 수 없지만 어쨌거나 상관없었다. 이제 나는 지식이나 통찰 따위에는 더 이상 눈곱만큼의 관심도 없었다. 나는 그간 지식과 통찰을 너무 과식해 왔고, 바로 그 때문에 가장 혹독한 고통과 모욕적인 수모를 당하고 있었다. 즉 내가 나의 처지를 이토록 명확하고 분명하게 파악하고 의식하고 있다는 사실 자체가 하나의 고통이자 치욕이었다. 나는 황야의 늑대라고 하는 짐승이 마치 거미줄에 걸린 파리 신세가 된 모습을 눈앞에서 똑똑히 보았다. 그의 운명이 그의 결정을 어떤 방향으로 몰아가는지를 보았고, 그가 거미줄에 걸려 옴짝달싹 못하고 매달려 있는 꼴을 보았고, 그에게 달려들어 물어뜯을 준비를 하고 있는 거미를 보았고, 구원의 손길이 다가오는 모습도 보았다. 나는 내가 겪고 있는 고통, 영혼의 병, 마법에 걸린 처지, 노이로제 등의 맥락과 원인에 대해서도 현명하고 통찰력 있는 견해를 내놓을 수 있었다. 그것의 메커니즘 정도는 쉽게 간파할 수 있었다. 하지만 이제 내게 정말 필요한 것은 그간 그토록 필사적으로 원했던 지식과 이해가 아니라 체험, 결정, 그리고 힘찬 박동과 도약이었다. 며칠 동안 나는 나의 여자 친구가 약속을 지킬 것이라는 점을 추호도 의심하지 않았지만, 막상 당일이 되자 매우 흥분되고 확신이 서지 않았다. 내 생애에 그날만큼 초조해 본 적은 없었다. 긴장감과 초조감이 거의 한계점에 도달한 상황임에도, 한편으로는 더없는 행복감이 느껴지기도 했다. 오랫동안 기대할 일도 기뻐할 일도 없이 무미건조하게 살아온 나에게, 그런 기분은 상상할 수 없었던 쾌감으로 다가왔다. 하루 종일 불안과 초조와 벅찬 기대감에 휩싸여 안절부절못했고, 저녁에 있을 만남과 대화와 그 성과를 상상하며 면도를 하고 옷을 차려입으니 — 속옷은 물론 넥타이와 구두끈까지 새것으로 — 참 묘한 생각이 들었다. 그 영특하고 신비스러운 아가씨의 정체가 무엇이든, 그녀가 어떻게 해서나와 이런 인연을 맺게 됐든 그건 내게 중요하지 않았다. 그녀가 내 앞에 나타남으로써 나는 삶에 새로운 흥미를 느끼기 시작해 다시 진정한 인간이 되는 기적을 맞았다. 내게 중요한 것은 이런 상황의 지속, 이런 끌림에 몸을 맡김으로써 운명에 따르는 것이었다.

그녀를 다시 보게 된 그날의 그 순간을 결코 잊을 수 없으리라. 나는 미리 전화로 예약까지 한, 고풍스럽고 안락한 한 레스토랑의 조그마한 테이블에 앉아 메뉴판을 꼼꼼히 살펴보고 있었다. 그녀를 위해 사 온 두 송이의 예쁜 난초는 물 잔에 꽂아 두었다. 나는 그렇게 그녀를 한참 동안 기다렸다. 하지만 어느새 그녀가 올 것이라는 확신이 되살아난 상태였기에 더 이상 흥분되지는 않았다. 드디어 그녀가 왔다. 옷걸이 앞에 서서 그녀는 다소 깐깐해 보이는 엷은 회색의 눈으로 내게 정중하게 눈인사를 보냈다. 나는 종업원이 그녀에게 어떤 행동을 취할지 염려스러운 눈으로 쳐다보았다. 다행이었다. 지나치게 친한 척한다거나 가까이 다가가지는 않았다. 흠잡을 데 없이 정중한 태도를 보였다. 하지만 그들은 서로 잘 아는 사이였고, 그녀는 그를 에밀이라고 불렀다.

내가 그녀에게 난초를 내밀자 그녀는 기뻐하며 웃었다.

"고마워요, 하리. 내게 선물을 주고 싶었군요. 그런데 무슨 선물을 골라야 할지, 또 내게 선물할 입장은 되는지, 내가 행여 선물로 인해 모욕감을 느끼거나 않을지 고민하다가 결국 난초를 사게 된 거군요. 난초는 꽃에 불과하니까요. 하지만 가격은 만만치 않을 거예요. 정말 고마워요. 다만 한 가지 하고 싶은 말이 있어요. 나는 당신에게서 선물을 받고 싶은 마음은 없어요. 나는 남자들에게 기대어 생활하고 있지만, 당신에게만큼은 그러고 싶지 않아요. 아무튼 당신이 이렇게 변할 줄이야! 몰라보겠어요. 며칠 전만 해도 당신은 마치 고삐 풀린 망아지 행색이었는데, 오늘은 인간의 모습을 되찾은 듯하네요. 그건 그렇고 내가 명령한 일은 했나요?"

"명령이라니?"

"그새 잊었어요? 폭스트롯을 출 수 있게 되었는지를 묻는 거예요. 내 명령에 복종하는 것이 당신 최고의 바람이라면서요. 그렇게 말한 거 기억 안 나요?"

"아, 맞아. 당연히 그래야지! 진심으로 한 말이니까."

"하지만 아직 춤을 배우진 않았군요?"

"그렇게 빨리, 단 며칠 만에 배울 순 없잖아."

"배울 수 있고말고요. 폭스트롯은 한 시간이면 충분히 배울 수 있고, 보스턴은 두 시간이면 충분해요. 그리고 탱고는 조금 더 걸리지만 굳이 배울 필요는 없어요."

"오늘은 너의 이름을 알아야겠어!"

그녀는 잠시 아무 말 없이 나를 쳐다보았다.

"아마 알아맞힐 수 있을 거예요. 당신이 내 이름을 알아맞히면 아주 기쁠 것 같아요. 마음을 가다듬고 나를 잘 쳐다봐요! 가끔 내가 소년 같은 표정을 짓는다는 느낌이 들지 않아요? 바로 지금처럼 말이에요."

그랬다. 그녀의 얼굴을 제대로 관찰해 보니 아닌 게 아니라 사내아이의 얼굴이었다. 1분 동안 그렇게 그녀의 얼굴을 바라보고 있자니, 그 얼굴이 내게 말을 걸기 시작했다. 동시에 그 얼굴은 나의 소년 시절을 떠올리게 했고, 헤르만이라 불렸던 당시의 친구를 생각나게 했다. 순간적으로 그녀는 완전히 헤르만의 모습으로 변신한 것처럼 보였다.

"만일 네가 소년이라면," 하고 나는 놀라서 말했다. "마땅히 헤르만이라는 이름을 가졌을 거야."

"모르죠, 어쩌면 내가 소년인데 이렇게 변장하고 있는지도요." 그녀가 농담조로 말했다.

"이름이 혹시 헤르미네야?"

그녀는 환히 웃으며 고개를 끄덕였다. 내가 이름을 맞힌 것이 기쁜 모양이었다. 그때 수프가 나왔다. 우리는 음식을 들기 시작했다. 그녀는 아이처럼 흡족해했다. 나를 사로잡는 그녀의 행동 중 무엇보다 매력적이고 독특한 것은 바로 그러한 점이었다. 즉 더없이 진지하다가도 느닷없이 재기발랄한 명랑함을 보여 주는가 하면, 또 그 반대로도 분위기를 바꿀 수 있었다. 그럼에도 불구하고 본연의 모습은 조금도 흐트러짐 없이 유지했다. 마치 그런 쪽에 타고난 재능이 있는 어린아이처럼 보였다. 지금 이 순간 그녀는 매우 유쾌한 기분인 듯했다. 그녀는 폭스트롯을 화제 삼아 나를 놀려 대며 심지어 나를 발로 툭툭 차기도 했다. 또한 요리에 대해 입에 침이 마르도록 칭찬하는가 하면, 내가 옷차림에 나름 신경을 썼다는 점도 언급했다. 물론 나의 옷맵시에 적잖이 비난을 퍼붓기도 했다.

나는 그녀에게 물었다. "어떻게 너는 순식간에 사내아이처럼 표정을 바꿔서는, 내가 이름을 알아맞히도록 유도할 수 있었던 거지?"

"아, 모든 것은 당신 스스로가 그렇게 만든 거예요. 상황을 이해하지 못하겠어요? 학자 아저씨, 당신이 나를 마음에 들어 하고 소중하게 생각하는 이유는, 내가 당신에게 일종의 거울 역할을 하기 때문이에요. 내 안에 당신에게 응답하고 당신의 입장을 이해하는 무언가가 있기 때문이죠. 본래 사람들은 모두 서로에게 그런 거울이어서 서로 대답하고 호응하는 거예요. 하지만 당신 같은 기인들은 유별나고 쉽게 마법에 걸려서, 다른 사람들의 눈에서 아무것도 볼 수도 읽을 수도 없게 된 거예요. 다른 사람에게는 도통 관심이 없어진 거죠. 하지만 그런 기인도 진정으로 자신을 바라봐 주는 얼굴을, 자신에게 호응해 주고 동료 의식을 느끼게 해주는 사람을 만나게 되면 당연히 기뻐하죠."

"정말 모르는 게 없네, 헤르미네." 나는 감탄하며 말했다. "네가 말한 그대로야. 그런 점에서 너는 나와는 전혀 달라! 나하고는 정반대야. 너는 나에게는 없는 모든 것을 가지고 있어."

"그렇게 느꼈군요. 나쁘지는 않네요." 그녀는 간명하게 말했다.

그 순간, 마법의 거울 같은 그녀의 얼굴에 진지함으로 가득한 무거운 먹구름이 끼기 시작했다. 그러더니 갑자기 얼굴 전체에 엄숙함과 비장함이 감돌았다. 마치 눈알 없는 가면처럼 휑한 표정이었다. 그녀는 마지못해 한마디 한마디 천천히 내뱉듯이 말했다.

"당신이 내게 말한 것을 잊지 말아요! 당신은 내가 명령하기를 원한다고, 나의 명령에 복종하는 것이 당신의 기쁨이라고 분명히 말했어요. 그러니 그것을 잊지 말아요! 하리, 당신이 알아 둬야 할 것이 있어요. 나의 얼굴이 당신에게 대답하고, 내 안에 있는 무언가가 당신에게 호응함으로써 신뢰감을 주는 것처럼, 당신도 내게 그런 존재예요. 며칠 전 '검은 독수리'로 들어왔던 당신은, 너무도 지친 나머지 반쯤 정신이 나간 듯했던 당신은, 이 세상 사람이 아닌 것처럼 보였어요. 그 순간 나는 직감했어요. 당신이 내게 복종하게 되리라는 걸, 당신이 나의 명령을 바라리라는 걸! 그래서 나는 그렇게 하고 있는 거예요. 내가 당신에게 말을 건넨 것도 우리가 친구가 된 것도 다 그 때문이죠."

그녀가 마치 영혼을 건 것처럼 너무 진지하게 말했기에, 나는 그녀를 진정시킬 겸 분위기를 바꾸려고 했다. 그러자 그녀는 눈썹을 실룩거리며 머리를 가로젓더니, 완강한 표정으로 나를 쏘아보며 차갑게 말했다. "다시 한 번 말하지만 당신은 약속을 지켜야 해요. 그러지 않으면 후회하게 될 거예요. 앞으로 당신은 나로부터 수많은 명령을 받게 될 테고, 그것에 따라야만 할 거예요. 그럼 애교 넘치는 명령들, 기분 좋은 명령들 등에 복종하는 기쁨을 느끼게 될 거예요. 그런 다음, 하리 당신은 내가 내리는 마지막 명령을 수행하게 될 거예요."

"그렇게 할게." 나는 자의 반 타의 반 대답했다. "내게 내려질 마지막 명령은 무엇이지?" 하지만 난 이미 그것이 무엇인지 예감하고 있었다. 다만 그 이유를 알 수 없을 뿐이었다.

그녀는 마치 오한이 나는 사람처럼 몸을 한 차례 부르르 떨었다. 그러고는 깊은 생각에서 천천히 깨어나는 듯했다. 그녀의 눈이 나를 놓아주지 않았다. 그러다가 갑자기 그녀는 음울한 표정을 지었다.

"그것이 무엇인지는 말하지 않는 게 현명할 듯해요. 하지만 나는 현명하고 싶지 않아요. 적어도 이번만은. 나는 전혀 다른 걸 원하고 있으니까. 하리, 당신은 그게 무언지 듣게 될 테지만 금방 잊게 될 거예요. 또 그것 때문에 웃기도 하고 울기도 할 거예요. 잘 들어요, 하리. 나는 당신과 생사를 걸고 게임을 하고 싶어요. 그리고 게임을 시작하기 전에 내가 가진 카드를 다 보여 주고 싶어요."

그 말을 하는 순간 그녀의 얼굴이 얼마나 아름다운지, 현세의 사람이 아닌 듯했다. 또한 그녀의 눈에서는 지성미를 머금은 비애가 차갑고도 밝게 아물거렸다. 그 눈은 온갖 고통을 겪고 난 뒤 그 고통에 대해 말한 적이 있는 눈처럼 보였다. 장애가 있는 사람이나 추위로 인해 얼굴이 뻣뻣하게 군은 사람처럼, 그녀는 간신히 입을 떼어 말하고 있었다. 하지만 입술 사이에서는, 입가에서는, 아주 가끔씩 보이는 혀끝의 움직임에서는, 눈빛과 목소리와는 달리 달콤한 감각적 욕구와 은밀한 욕망이 흐르고 있었다. 차분하고 매끈한 이마에는 짧은 고수머리 한 올이 흘러내려 있었다. 이마 옆의 고수머리로 뒤덮인 머리통에서는 가끔씩 소년다운, 즉 양성적인 매력의 물결이 활기찬 입김처럼 솟구쳤다. 나는 두려움에 찬 나머지, 반쯤 마취된 사람처럼 몽롱한 상태로 그녀의 말을 경청했다.

"당신이 나를 좋아하는 것은," 그녀는 계속 말을 이었다. "앞서 말한 이유 때문이죠. 즉 내가 당신의 고독을 깨뜨리고, 당신을 지옥문 바로 앞에서 간신히 붙잡아 당신 눈을 뜨게 해줬기 때문이죠. 나는 그 대가로 당신에게 더 큰 것을, 몇 갑절 더 큰 것을 원해요. 나는 당신이 나를 사랑하기를 원해요. 내 말에 이의를 제기하지 말고, 끝까지 들어요! 당신이 내게 호감을 가지고 있다는 건 알아요. 나를 고맙게 여기고 있다는 사실도요. 하지만 당신은 나를 사랑하지는 않아요. 그래서 나는 그렇게 되도록 만들고 싶어요. 그것이 나의 직업이기도 하죠. 나는 뭇 남자들이 나를 사랑하게 만듦으로써 살아가는 존재랍니다. 하지만 오해하지 말고 들어요. 당신이 아주 매력적인 사람이라서 이러는 건 아니에요. 하리, 당신이 날 사랑하지 않듯, 나도 당신을 사랑하지 않아요. 하지만 당신이 필요해요, 당신이 나를 필요로 하듯이. 지금 이 순간 당신에겐 내가 필요하죠. 절망에 빠져 있는 당신으로서는, 당신을 물속에서 건져 올려 생을 이어 가게 할 만한 자극이 필요하니까요. 춤을 배우고 웃음을 배우며 삶을 배우기 위해서라도 당신은 나를 필요로 해요. 하지만 나는 오늘 당장 당신이 필요한 건 아니에요. 나중에 매우 중요하고 아름다운 일을 하게 될 때 당신을 필요로 할 거예요. 당신이 나를 사랑하게 될 때, 나는 당신에게 마지막 명령을 내릴 거예요. 당신은 그 명령에 순순히 따를 테고, 그건 당신에게도 나에게도 좋은 일이 될 거예요."

그녀는 물 잔에 꽂힌, 녹색 줄무늬가 있는 연자줏빛 난초 한 송이를 살짝 들어 올리고는 고개를 숙여 꽃을 응시했다.

"그렇게 하기란 물론 쉬운 일은 아닐 테지만 당신은 그렇게 하게 될 거예요. 내 명령에 따라 나를 죽이게 될 거예요. 이게 전부예요. 더 이상은 묻지 말아요!"

그녀는 여전히 시선을 꽃에 둔 채 아무 말도 하지 않았다. 얼굴은 다소 긴장이 풀린 듯 보였다. 피어나는 꽃봉오리처럼 그녀의 얼굴은 압박감과 긴장감을 밀어내고 있었다. 그러다 불현듯 그녀의 입술에서 매력적인 미소가 번져 나왔다. 눈은 여전히 마법에 걸린 것처럼 한동안 멍한 상태로 있었다. 그녀는 선머슴 같은 고수머리가 휘날릴 만큼 고개를 흔들어 대더니 물을 한 모금 마셨다. 그러고는 갑자기 식사 중이었다는 게 생각난 듯, 게걸스럽게 음식을 먹기 시작했다.

나는 그녀의 섬뜩한 말 한마디 한마디를 또렷하게 들었다. 그러나 그녀가 밝히기도 전에 그녀의 '마지막 명령'이 무엇인지 짐작했기에 '나를 죽이게 될 거예요'라는 말에 놀라지 않았다. 그녀가 하는 말은 내게는 모두 설득력 있고 운명적으로 들렸기에 아무 저항 없이 받아들일 수 있었다. 하지만 그녀가 말할 때 보인 전율적인 진지함에도 불구하고, 그 말에는 현실성과 진정성이 결여되어 보였다. 내 영혼의 한 부분은 그녀의 말을 고스란히 흡수하여 곧이곧대로 믿고자 했지만, 또 다른 부분은 저토록 영리하고 건강하며 소신 있는 헤르미네마저 나름대로의 환상과 몽상에 빠져 있음을 안타까워하며 위로하듯 고개를 끄덕였다. 그녀가 마지막 말을 끝내자마자 방금 전까지의 장면이 비현실적인 장막에 싸여 사라지는 듯했다.

그렇지만 나는 헤르미네처럼 줄 타는 광대와 같은 가벼운 동작으로 다시 개연성 있고 현실적인 세계로 건너갈 수 없었다.

"그러니까 언젠가는 내가 너를 죽이게 될 거란 말이지?" 나는 꿈꾸듯 가라앉은 목소리로 물었다. 그동안 그녀는 다시 웃음을 보이면서 오리고기를 열심히 썰고 있었다.

"그렇다니까요." 그녀는 그렇게 말하면서 형식적으로 고개를 끄덕였다. "식사 중이니 그 얘기는 그만하기로 하죠. 하리, 미안하지만 신선한 샐러드 좀 더 주문해 줘요! 당신은 입맛이 없어요? 내 생각에 당신은 다른 사람들이 당연한 것으로 여기는 것들부터 배워야 할 것 같아요. 가령 즐겁게 식사하는 법을요. 자, 봐요. 여기에 있는 이것은 오리 다리예요. 이 밝은색의 먹음직스러운 살점을 뼈에서 발라내는 일은 하나의 축제와 같아요. 마치 사랑에 빠져 있는 남자가 맨 처음 여자가 상의를 벗는 것을 도와줄 때처럼, 정갈하고 감사한 마음으로 긴장해서 뼈를 발라내야 해요. 알겠어요, 모르겠어요? 당신은 바보 같아요. 잘 봐요. 내가 당신에게 이 멋진 오리 다리 살점을 떼서 줄게요. 자, 입을 벌려요! 아, 당신은 구제불능이군요! 내가 당신에게 한 입 먹여 주는 모습을 다른 사람들이 볼까 봐 지나치게 눈치를 보는군요! 염려 말아요. 당신에게 창피를 주는 일은 하지 않을게요. 당신이 자신의 기쁨마저 사전에 다른 사람의 동의를 필요로 한다면, 당신은 불쌍한 멍청이임에 틀림없어요."

조금 전의 장면이 더욱 비현실적으로 느껴졌다. 지금 이 아가씨의 눈이 불과 몇 분 전까지만 해도 심각하고 섬뜩한 눈빛을 하고 있었다는 것이 믿기 어려웠다. 아! 헤르미네는 삶과 마찬가지로 때가 되어야 경험할 수 있지 절대 미리 예측할 수 없었다. 지금 이 순간 그녀는 음식을 먹고 있다. 지금 이 순간 그녀에게 오리고기와 샐러드, 쇼트케이크와 리큐어는 기쁨과 평가의, 대화와 상상의 대상이다. 접시가 치워지자 새로운 장이 시작되었다. 그녀는 나의 모든 것을 꿰뚫어 보았고, 그 어떤 현명한 사람들보다도 삶에 대해 더 잘 알고 있는 듯했다. 그녀는 삶의 매 순간을 소소한 놀이로 만들면서 마치 어린아이를 구슬리듯 별 어려움 없이 나를 자신의 제자로 만들어 버렸다. 그런 능력이 높은 경지의 지혜에서 나온 것인지, 아니면 더없는 소박함에서 나온 것인지는 중요하지 않았다. 이처럼 순간을 위해 살 수 있는 사람, 다시 말해 현재에 충실하여 길가에 핀 작은 꽃들도 다정하게 대하고 유희적인 순간들의 가치도 신중하게 여기는 사람에게, 삶은 아무런 피해도 입히지 않을 것이다. 이처럼 미식가적 기질이 다분하며 유희적인 삶을 즐기는 아가씨가, 동시에 죽음을 찬미하는 몽상가나 히스테리 환자일 수 있을까? 혹은 의도적이고 냉정한 계산하에 나를 사랑에 빠지게 만들어 자신의 노예로 만들려는 주도면밀한 타산가일 수 있을까? 그럴 수는 없다. 그녀는 그저 순간에 충실할 뿐이다. 그래서 재미있는 생각뿐 아니라 영혼의 아득한 골짜기에서 흘러나오는 암울한 공포도 열린 마음으로 즐기는 것이다.

그날로 두 번째 보게 된 헤르미네는 벌써 나에 대한 모든 것을 알고 있어서, 그녀 앞에서 내 비밀을 감추기란 불가능해 보였다. 물론 나의 정신적인 삶을 완전히 다 이해하지는 못했을 수도 있었다. 이를테면 음악, 괴테, 노발리스, 보들레르 등과 나와의 관계는 완전히 이해하지 못했을 수도 있었다. 하지만 그 역시 장담할 수는 없었고, 어쩌면 그런 것들도 별 어려움 없이 알게 될 것 같았다. 아니, 나의 '정신적 삶' 중에 그때까지 남아 있던 것이 있기나 했던가? 모든 것이 산산조각 나서 그 의미를 상실하지 않았던가? 어쨌든 그녀가 그 외의 다른 부분, 즉 나의 개인적인 문제나 관심사는 모두 꿰뚫고 있다는 점은 의심의 여지가 없었다. 그래서 그때까지 나 혼자만을 위해 존재해 왔던, 그 누구에게도 털어놓은 적 없던 황야의 늑대에 대해, 그리고 그에 관한 소논문에 대해 그녀와 이야기하고 싶었다. 당장 그 이야기를 시작하고픈 유혹을 뿌리칠 수가 없었다.

"헤르미네." 내가 말을 시작했다. "최근에 나는 기이한 일을 경험했어. 어떤 낯모르는 사람이 내게 소책자를 한 권 줬어. 시장판에서 나도는 그런 조잡한 모양의 책자였어. 그런데 그 안에 나의 모든 이야기가 담겨 있었어. 정말로 나와 관련된 모든 얘기가 기록되어 있었어. 정말 신기하지 않아?"

"그 책자 제목이 뭔데요?" 그녀가 툭 내뱉듯이 물었다.

"황야의 늑대에 관한 소논문."

"아, '황야의 늑대'라니 근사한데요! 그럼 당신이 황야의 늑대인 셈인가요? 그래요?"

"그래, 나는 황야의 늑대야. 나는 반은 사람이고 반은 늑대인 존재지. 혹은 그렇게 믿고 있지."

그녀는 더 이상 아무 말도 하지 않고, 탐문하는 듯한 눈빛으로 나의 눈을 주시하고는 눈길을 옮겨 나의 손을 한참 동안 쳐다보았다. 그녀의 얼굴에서는 다시 조금 전의 그 극도의 진지함과 음울함이 배어났다. 속으로 내가 자신의 '마지막 명령'을 수행할 자격을 갖춘 늑대인지 따져 보는 것 같았다.

"당연히 당신의 상상일 뿐이겠죠." 그녀는 쾌활함을 되찾으면서 말했다. "아니면 한 편의 시를 썼던가요. 하지만 그래도 뭔가 짚이는 게 있어요. 오늘 당신은 전혀 늑대 같지가 않아요. 그러나 당신이 마치 달나라에서 떨어진 것 같은 행색을 하고 술집에 나타났을 때는 정말 야수 같은 구석이 있었어요. 바로 그 점이 내 마음에 들었고요."

그녀는 갑자기 무슨 생각이 떠올랐는지 잠시 침묵하더니 당황한 듯 말을 이었다. "'야수'나 '맹수' 같은 말은 좀 격이 떨어지는 것 같아요! 동물에 대해 그런 표현을 써서는 안 될 것 같아요. 물론 동물들이 가끔 끔찍한 행동들을 하긴 하지만, 인간보다 훨씬 진실해요."

"'진실하다'라니, 무슨 의미로 하는 소리지?"

"동물들을 주의 깊게 살펴봐요. 고양이, 개, 새뿐만 아니라 동물원에 있는 퓨마나 기린 같은 덩치 큰 동물들도요. 그들 모두가 진실하다는 걸 알게 될 거예요. 어떠한 동물들도 당황하지 않고, 자신들이 무엇을 해야 하며 어떻게 행동해야 하는지를 잘 알고 있어요. 아부를 한다든가 잘난 척하지도 않아요. 말하자면 쇼를 할 줄 몰라요. 그들은 돌, 꽃, 그리고 하늘의 별들처럼 있는 그대로의 모습으로 살아가요. 이해하겠어요?"

나는 이해할 수 있었다.

"동물들은 대체로 슬픈 존재들이에요." 그녀가 말을 이었다. "그리고 인간도 매우 슬플 때는, 물론 치통이나 돈을 잃어버려서 슬픈 경우가 아니라 삶을 어떻게 살아 낼 것인가의 문제로 슬퍼지는 경우에는, 동물과 유사해져요. 슬퍼 보이기도 하지만 평소보다 더 진실하고 아름답게 보이죠. 내가 당신을 처음 보았을 때 당신도 그렇게 보였어요, 황야의 늑대 씨."

"그렇군, 헤르미네. 그런데 내 얘기를 써놓은 그 책에 대해서는 어떻게 생각하지?"

"아! 나는 생각하기를 항상 좋아하는 건 아니에요. 그 얘기는 다음번에 하기로 해요. 그 책을 내게 빌려 줄 수 있죠? 아니, 내가 무언가를 읽어야 한다면 언제 당신이 직접 쓴 책을 한번 읽어 보고 싶어요."

그녀는 커피를 주문하고는 한동안 넋을 놓고 있더니 갑자기 얼굴에 희색을 띠었다. 골똘히 생각한 끝에 마침내 무언가를 떠올린 듯했다.

"아, 이제야 생각이 났어요!" 그녀는 기뻐서 소리를 질렀다.

"뭐가?"

"폭스트롯 말이에요. 내내 그 생각만 했어요. 혹시 집에 우리 둘이 가끔 만나 한 시간 정도 춤출 만한 방이 있어요? 작아도 상관없어요. 아래층 사람이 조금 쿵쾅거린다고 당장 올라와 난리만 치지 않으면 돼요. 그러기만 하면 돼요! 그럼 당신이 집에서 춤을 배울 수 있잖아요."

"그렇긴 하지." 나는 조심스럽게 말을 꺼냈다. "그러면 더 좋겠지. 하지만 그러려면 음악도 있어야 할 텐데."

"물론 필요하죠. 그럼 이렇게 해요. 음악은 당신이 준비해요. 거기 드는 비용은 춤 선생에게 한 가지 춤을 배우는 비용과 맞먹을 테고, 그 춤 선생 역할은 내가 맡을 거니 된 거잖아요. 게다가 그렇게 되면 원할 때마다 우린 음악을 들을 수 있고, 축음기도 우리의 재산이 되는 거죠."

"축음기라고?"

"당연하죠. 작은 걸로 하나 장만해야죠. 댄스음악 음반도 몇 장 사야 하고요."

"훌륭한 생각이야!" 나는 소리쳤다. "내게 춤을 제대로 가르쳐 준다면 그에 대한 사례로 네게 그 축음기를 줄게. 동의하지?"

나는 짐짓 결연한 투로 말했지만, 진심에서 우러난 말은 아니었다. 책으로만 가득 차 있는 나의 작은 서재에, 성미에 맞지 않는 그런 기계를 들인다는 건 상상도 할 수 없는 일이었다. 더욱이 춤을 배우는 것 자체도 마뜩지 않았다. 나이도 많고 몸도 굳은 상태라 애초부터 무리겠지만 경우에 따라 한 번쯤은 배울 수 있다고 생각했었다. 하지만 지속적으로 배운다는 건, 춤의 속도와 강도를 생각하면 벅찰 것 같았다. 그리고 고지식하고 까다로운 음악 전문가인 나는 축음기, 재즈, 현대 댄스음악 등을 달갑지 않게 여겼기에 더더욱 내키지 않았다. 나의 방, 명상의 공간이자 은신처인 그곳에서, 그것도 노발리스와 장 파울 곁에서 미국식 댄스음악에 맞춰 춤을 춰야 한다는 건 한 인간이 내게 요구할 수 있는 범위를 크게 벗어난 일이었다. 하지만 그런 요구를 하는 사람이 평범한 '한 인간'이 아니라 헤르미네였다. 그녀는 명령을 내리는 입장이고, 나는 복종해야 할 처지니 그녀의 말에 따를 수밖에 없었다.

이튿날 오후 우리는 한 카페에서 만났다. 카페에 들어서니 헤르미네는 이미 차를 마시고 있었다. 그녀는 웃으면서 내 이름이 실려 있는 신문을 보여 주었다. 항상 나에 대한 신랄한 비방 기사를 전파하곤 하는 내 고향 지역의 보수적이고 선동적인 신문이었다. 나는 전쟁 중에는 반전주의자였고, 종전 이후에는 평온, 인내, 인간애, 자기비판 등을 환기시켰으며 하루가 다르게 혹독해지고 멍청해지며 거칠어지는 국가주의적 선동에 저항하기도 했다. 그 신문이 그런 나에 대한 공격을 재개한 것이다. 그 신문의 기사 내용은 항상 조잡했다. 절반은 그 신문의 기자들이 직접쓴 것이고, 절반은 그들과 유사한 성향의 언론계 글들을 짜깁기한 것이었다. 알다시피 케케묵은 이데올로기의 수호자들만큼 형편없는 글을 쓰는 사람들은 없다. 맡은 바 임무를 수행함에 있어서 그들만큼 결백하지 못하고 노력을 기울이지 않는 인간들도 없을 것이다. 헤르미네가 읽은 기사 내용은 다음과 같았다. 하리할러는 해충 같은 인물, 매국노이며, 따라서 그러한 인간과 그의사상을 용인하면, 젊은이들에게 불구대천의 원수에 대한 군사적보복의 필요성 대신 그의 감상적인 인도주의적 사상을 가르치면, 조국은 위태로운 상황에 처할 수밖에 없다.

"이 사람이 바로 당신인가요?" 헤르미네는 내 이름을 가리키면서 물었다. "그렇다면 당신에겐 상당수의 적이 있겠네요. 그래서화가 나요?"

나는 몇 줄을 읽어 내려갔다. 익히 들어 온 말들이었다. 이따위 상투적인 험담은 몇 년 전부터 지겹게 들었었다.

"아니." 나는 대답했다. "화나지는 않아. 이런 논조에 적응한 지는 이미 오래야. 나는 몇 차례 다음과 같은 의견을 제시한 적이 있었어. 국민이나 개인 할 것 없이 정치적 '책임 문제'라는 허울 좋은 것으로 현실을 왜곡해서는 안 되고, 자신의 실수와 태만과 악습으로 인해 전쟁과 기타 모든 세계적 불행에 대해 스스로가 얼마나 많은 죄를 짓고 있는지를 면밀히 검토해 보아야 할 것이며, 그것만이 다음 전쟁을 막을 수 있는 유일한 길이라고 말이야. 그들은 나의 그런 견해를 용서하지 못하는 거야. 자신들은 완전히 무고하다고 믿고 있기 때문이야. 그래서 황제를 비롯해 장군, 거대 자본가, 정치인, 언론 등 누구 하나 눈곱만큼도 자책감이나 죄의식을 느끼지 않아! 그들은 세상만사가 멋진 각본처럼 잘 짜여 있다고 생각하고, 땅속에 묻혀 있는 수천만 명의 희생자들은 외면해. 그래서 이런 비방 기사를 보면 더 이상 화는 나지 않지만 슬퍼지기는 해. 내 고향 사람들의 3분의 2가 이런 신문을 읽어. 매일 아침과 저녁마다 이런 논조의 기사에 설득당하고 훈계와 사주까지 받게 되니 불만과 악감정이 쌓이게 되겠지. 그렇게 되면 또다시 전쟁이 모두의 목적이자 종착지가 되고 말 거야. 또다시 전쟁이 벌어진다면 훨씬 끔찍한 전쟁이 될 거야. 불 보듯 뻔한, 쉽게 추측할 수 있는 사실이지. 누구라도 한 시간만 곰곰 생각해 보면 나와 동일한 결론에 이르게 될 거야. 하지만 아무도 그러길 원치 않아. 아무도 다음 전쟁을 막으려 하지 않는다구. 그 누구도 수백만의 살육 현장이 다시 한 번 재현되는 것을 예방하려 하지 않아. 그것이 자신은 물론 자신의 자손들을 위한 길인데도. 한 시간이나마 자신을 성찰하면서 자신이 세상의 무질서와

악에 얼마만큼 관여했으며 또 그에 대해 얼마만큼의 책임이 있는지 자문해 보는 일이 전쟁을 막는 가장 저렴한 방법인데도, 아무도 그러려고 하지 않아! 이런 무사유적 삶 속에서 수천 명의 사람들이 다음 전쟁을 열심히 준비하겠지. 그래서 나는 온몸이 마비될 정도의 절망 상태에 빠졌어. 나에겐 더 이상 조국이란 것도, 이상이란 것도 존재하지 않아. 그런 것들은 다음 살육을 준비하는 양반들을 위한 장식품일 뿐이야. 이런 마당에 어떤 인간적인 것을 생각하고, 말하고, 쓰는 행위는 아무런 의미도 없어. 훌륭한 사상을 떠올리려는 노력도 무의미해. 설사 그런 일을 하려는 두서너 사람이 있다 한들, 그들과 정반대의 목적을 가진 온갖 신문, 잡지, 강연, 공개 및 비공개 회의 등이 매일같이 그들을 들볶아 댈 거야."

헤르미네는 관심 있게 내 얘기를 듣고 있다가 마침내 입을 뗐다.

"당신 말이 맞아요. 전쟁은 다시 일어날 수밖에 없겠죠. 그건 굳이 신문을 읽지 않아도 알 수 있어요. 물론 그런 일이 일어나면 사람들은 슬퍼하겠죠. 하지만 한편으로는 과연 그것이 슬퍼할 만한 일인지 모르겠어요. 온갖 수단과 방법을 가리지 않고 저항해도 인간은 언젠가는 죽어야 한다는 사실을 슬퍼하는 것과 다를 바 없다고 생각해요. 하리, 죽음과의 투쟁은 아름답고 고결하며 경이롭고 존경할 만해요. 전쟁을 막고자 하는 싸움도 마찬가지죠. 하지만 그것은 희망 없는 무모한 모험에 불과해요."

"그럴 수도 있겠지." 나는 목소리를 높였다. "하지만 우리 모두는 곧 죽을 수밖에 없는 운명이기에 매사가 어떻게 되든 상관없다는 식의 논리는, 우리의 삶 전체를 하찮고 부질없는 것으로 폄하하는 꼴이야. 그렇다면 우린 모든 것을, 모든 정신과 노력과 인간적인 것을 포기해 버리고, 명예욕과 돈이 판치게 내버려 두고, 맥주잔만 기울이며 다음 동원령이 떨어지기만을 기다려야 한다는 거야?"

나를 쳐다보는 헤르미네의 눈빛이 예사롭지 않았다. 흥미와 조롱과 장난기와 이해심 많은 동료애 등으로 가득 차 있었으며, 동시에 진중함과 지혜와 깊은 엄숙함이 깃들어 있었다.

"그렇게 생각해서는 곤란해요." 그녀는 어머니 같은 어조로 말했다. "당신의 투쟁이 아무런 소득이 없어도, 당신의 삶이 하찮고 부질없는 것이 되지는 않아요. 하리, 당신이 선과 이상을 위해 투쟁하면서 그것을 반드시 쟁취해야 하는 것으로 생각한다면, 그 투쟁은 하찮은 일로 전락할 거예요. 이상이라는 것이 과연 성취를 위해 존재하는 걸까요? 우리 인간은 과연 죽음을 없애기 위해 살고 있는 걸까요? 아니죠. 우리는 그것을 두려워하기 위해, 그리고 그것을 다시 사랑하기 위해 살고 있는 거예요. 그리고 바로 그 죽음 때문에 보잘것없는 삶도 가끔씩 아름답게 빛나 보이는 거고요. 당신은 어린아이예요, 하리. 얌전하게 내 말에 따라요. 오늘 우리는 할 일이 많아요. 그러니 더 이상 전쟁과 신문 따위에 신경 쓰고 싶지 않아요. 당신은요?"

그랬다. 나 또한 그러고 싶었다.

우리는 함께 — 우리의 첫 시내 나들이였다 — 한 축음기 가게로 가서 축음기를 구경했다. 덮개를 열었다 닫아 보기도 하고, 음악도 들어 보았다. 나는 그중 귀엽고 값도 저렴한 것 하나가 매우마음에 들어 사려고 했다. 하지만 헤르미네는 그렇게 성급하게 고르지 말라고 했다. 그녀와 두 번째 가게에 들어갔다. 그곳에서 우리는 최고가품에서부터 최저가품에 이르기까지 모든 축음기의 시스템과 크기를 따져 보고 음악도 들어 보았다. 그렇게 한 후에야 비로소 그녀는 다시 첫 가게로 가서 아까 봐둔 축음기를 사자고 했다.

"이럴 거였다면 굳이 발품 팔지 않아도 됐을 텐데." 내가 말했다.

"그렇게 생각해요? 내일쯤이면 똑같은 축음기가 다른 가게에서 20프랑 정도 싼 값에 진열되어 있을 수도 있어요. 게다가 쇼핑 자체가 즐겁잖아요. 즐거운 건 뭐든 해봐야 해요. 당신은 아직한참 멀었어요."

우리는 축음기를 든 배달원과 함께 나의 집으로 갔다.

헤르미네는 거실을 샅샅이 둘러보았다. 난로와 안락의자에 대해 호평을 하고 의자마다 한 번씩 앉아 보는가 하면 책을 뒤적거리다가 내 애인의 사진 앞에서 한참을 서 있기도 했다. 우리는 축음기를 서랍장 위의 책 무더기 사이에 올려놓았다. 그런 다음 춤 수업이 시작되었다. 그녀는 폭스트롯 음악을 틀어 놓고 첫 스텝을 밟는 시범을 보였다. 그러고는 내 손을 잡고 이끌기 시작했다. 나는 고분고분 그녀를 따라 스텝을 옮겼다. 의자에 부딪히는 줄도 모르고 그녀의 지시에 귀를 기울였지만 뜻대로 되지 않았다. 그녀의 발을 밟기도 했다. 배우겠다는 의지는 강했지만 미숙함은 어쩔 수가 없었다. 두 번째 춤이 끝났을 때 그녀는 안락의자로 몸을 던지면서 아이처럼 웃어 댔다.

"어쩜 그렇게 몸이 뻣뻣할 수가 있죠! 산책할 때처럼 그냥 발을 앞으로 내딛기만 하면 돼요! 전혀 긴장할 필요 없어요. 당신 너무 긴장해서 벌써 몸이 뜨거워진 것 같으니 5분만 쉬었다 하죠! 춤은 '생각하는 행위'처럼 단순한 거예요. 절대로 배우기 어려운 게 아니라고요. 춤을 배우면, 사람들이 생각하는 습관과는 담을 쌓은 채 할러 씨를 매국노라 몰아세우고 다음 전쟁에 대해 별 경각심을 느끼지 못하는 현상도 덤덤하게 바라볼 수 있을 거예요."

한 시간쯤 지나자 그녀는 다음번에는 좀 더 나아질 거라고 말하고는 떠나 버렸다. 하지만 내 생각은 달랐다. 눈썰미도 없고 동작도 굼뜬 나 자신이 너무도 실망스럽게 느껴졌다. 한 시간가량 춤 연습을 하고도 아무 성과가 없었는데 다음번이라고 나아지겠는가. 춤을 익히기 위해서는 쾌활함, 순수함, 가벼움, 감흥 등과 같은 능력이 필요한데, 내겐 그런 것들이 없었다. 이미 오래전부터 나는 그 사실을 잘 알고 있었다.

하지만 웬일인지 다음번 춤 연습 때 정말로 춤이 늘었고, 그러자 재미까지 붙게 되었다. 춤 연습이 끝나자 헤르미네는 이젠 당신은 폭스트롯을 출 수 있게 됐다고 말해 주었다. 그러나 그녀가 내일 한 레스토랑에 가서 함께 춤을 춰야 한다고 말하는 순간,

나는 화들짝 놀라서 필사적으로 반대했다. 그러자 그녀는 다소 냉담한 태도로 무조건 복종하겠다던 나의 맹세를 상기시키면서, 내일 발랑스 호텔로 차 마시러 나오라고 명령을 내렸다.

그날 저녁 나는 집에서 책을 읽으려고 했으나 그럴 수 없었다. 내일을 생각하니 두려움이 앞섰기 때문이다. 이 늙고 소심하며 예민한 기인이 재즈가 흘러나오는 황량한 현대식 댄스홀에 들어가 낯선 사람들의 틈바구니에서 어설픈 춤을 추어야 한다고 생각하니 미리부터 몸서리가 쳐졌다. 조용한 서재에서 혼자 축음기를 틀어 놓고 양말을 신은 채 가볍게 스텝을 반복해서 연습하고 있자니, 나 자신이 우습기도 하고 남세스럽다는 생각도 들었다.

다음 날 나는 발랑스 호텔로 갔다. 소규모의 악대가 음악을 연주하고 있었고, 차와 위스키가 나왔다. 나는 헤르미네를 매수하기 위해 케이크는 물론 고급 포도주도 시켜 주었지만 그녀는 전혀 흔들리지 않았다.

"당신은 오늘 여기 단순히 놀러 온 게 아니라 춤을 익히러 온 거예요."

나는 그녀와 함께 두세 차례 춤을 추었다. 그러는 와중에 그녀는 나에게 그곳에서 색소폰을 부는 남자를 소개시켜 주었다. 스페인이나 남미 출신처럼 보이는 검은 머리카락의 그 멋진 젊은 이는, 헤르미네 말에 따르면 못 다루는 악기가 없고 웬만한 외국어도 다 할 줄 안다고 했다. 헤르미네와 매우 친한 사이인 듯했다. 그는 크기가 다른 두 개의 색소폰을 앞에 세워 두고는 번

갈아 가며 불어 댔다. 그 와중에도 그의 검고 강렬한 시선은 춤 추는 사람들을 예의 주시하고 있었다. 놀랍게도 나는 그 선량하고 매력적인 악사에게서 질투 같은 걸 느꼈다. 하지만 사랑의 감정으로 인한 질투는 아니었다. 나와 헤르미네와의 관계는 사랑의 관계는 아니었으니까. 내 질투는 우정에서 비롯된 것이라고 보는 게 타당했다. 헤르미네가 그토록 그를 치켜세우며 숭배하는 게 이해가 되지 않았다. 그가 그렇게 대단한 인물로는 보이지 않기 때문이었다. 그와 알게 된 것이 언짢은 기분마저 들었다.

헤르미네는 여러 사람으로부터 댄스 요청을 받았다. 나는 혼자 자리에 앉아 차를 마시며 음악을 듣고 있었다. 지금까지 한 번도 좋아해 본 적이 없던 음악이었다. 오! 이런, 하는 푸념이 절로 나왔다. 너무도 낯설고 꺼림칙한 곳에서 애써 편한 척을 해야 하는 상황이기 때문이었다. 내가 그토록 신중하게 거리를 두어 온, 너무도 경멸해 온 농땡이들과 향락주의자들의 세계에, 대리석 테이블과 재즈 음악과 고급 창녀와 행상인들로 넘쳐 나는 미끈하고 상투적인 세계에 있게 되다니. 나는 몽롱한 상태로 차를 한 모금 마시고는, 저속하지도 우아하지도 않은 사람들을 쳐다보았다. 두 명의 아름다운 아가씨가 눈길을 끌었다. 나는 능숙하게 춤을 추는 그 아가씨들을 감탄과 부러움의 눈길로 바라보았다. 그들은 유연하고, 아름답고, 경쾌하며, 안정된 자세로 춤을 추었다.

음악이 멈추자, 헤르미네가 우리 테이블로 돌아왔다. 내 태도가 매우 마음에 안 드는 듯 나를 타박했다. 이런 꼴로 우두커니 앉아 차나 마시려고 여기에 온 거냐고, 용기를 내어 춤을 추라고 했다. 아는 사람도 없는데 어떻게 춤을 추냐고 했더니 그건 괜한 걱정이라고, 마음에 드는 아가씨가 없냐고 물었다.

나는 방금까지 바라보고 있던 두 아가씨들 중에 좀 더 예쁜 아가씨를 가리켰다. 멋진 벨벳 스커트에 건강미 넘치는 짧은 금발, 여성미 물씬한 포동포동한 팔을 가진 매력적인 아가씨를. 헤르미네는 즉시 그녀에게로 가서 춤을 청하라고 명령했다. 나는 필사적으로 저항했다.

"도저히 그럴 수는 없어!" 나는 의기소침해서 말했다. "내가 멋진 젊은 남자라면 또 모를까! 난 늙은 얼간이에다 춤도 제대로 못 추잖아. 그녀는 분명 나를 비웃을 거야!"

헤르미네는 경멸적인 눈초리로 나를 쳐다보았다.

"그렇다면 내가 당신을 비웃는 건 상관없다는 거군요. 정말 당신은 겁쟁이예요! 젊은 여자에게 접근하려면 비웃음 정도는 감수해야 해요. 그게 일종의 담보물인 셈이죠. 그러니 감수해요, 하리. 최악의 경우 스스로를 비웃고 말면 되잖아요. 이렇게까지 말해도 가만있으려 한다면 무조건 복종하겠다던 당신 말을 더 이상 믿지 않을 거예요."

그녀는 끝내 의견을 굽히지 않았다. 나는 무거운 마음으로 자리에서 일어나 그 아름다운 아가씨에게로 다가갔다. 바로 그 순간 음악이 다시 시작되었다.

"파트너가 있어요." 그녀는 그렇게 말하며 크고 맑은 눈으로 휘

둥그레 나를 쳐다보았다. "하지만 내 파트너는 저쪽 바에서 미적 거리고 있으니, 좋아요, 같이 춰요!"

나는 그녀를 껴안고 첫 스텝을 밟았다. 그녀가 나를 밀쳐 버리지 않는 것이 놀라울 따름이었다. 그녀는 금세 나의 춤 솜씨를 파악하고는 춤을 리드했다. 능숙한 솜씨로 나를 이끌었다. 그러자 나는 춤에 대한 의무감이나 규칙 따위는 잊은 채, 그저 허우적대며 그녀의 팽팽한 허리와 민첩하고 나긋나긋한 무릎을 음미했다. 나는 그녀의 밝고 어린 티 나는 얼굴을 쳐다보며, 오늘 난생처음으로 춤다운 춤을 추게 되었다고 고백했다. 그녀는 미소로 나의 기운을 북돋워 주었고, 넋이 나간 듯한 내 눈길과 사탕발림의 내 칭찬에 말이 아니라 유연하고 은근하며 매력적인 몸놀림으로 답해 주었다. 그 덕에 우리는 더욱 가깝게 밀착되어 나는 황홀한 기분을 만끽할 수 있었다. 나는 오른손으로 그녀의 허리 윗부분을 잡은 채 행복에 겨워 그녀의 다리와 팔과 어깨의 움직임을 열심히 따라갔다. 놀랍게도 그녀의 발을 한 번도 밟지 않으면서. 음악이 끝나자 우리 두 사람은 그 자리에 서서 다음 음악이 시작될 때까지 손뼉을 쳤다. 음악이 다시 시작되자 나는 또다시 열렬한 사랑에 취한 기분으로 의식을 치러 냈다.

춤은 너무도 빨리 끝났고 그 아름다운 벨벳 아가씨는 가버렸다. 우리 두 사람을 줄곧 지켜보고 있던 헤르미네가 갑자기 내 곁으로 다가섰다.

"뭔가 좀 느꼈어요?" 그녀가 칭찬하는 듯한 웃음을 띠며 말했다. "여자의 다리는 책상 다리가 아니라는 걸 알게 되었죠? 훌륭해요! 이제 당신은 폭스트롯을 완전히 마스터했어요. 내일은 보스턴을 연습해요. 3주 후에 글로부스 홀에서 가면무도회가 열리거든요."

휴식 시간이 되어 우리는 자리에 앉았다. 방금까지 색소폰을 불던 파블로가 다가와서 인사를 하고는 헤르미네 옆에 앉았다. 헤르미네와 절친한 친구처럼 보이는 그 남자는 처음부터 내 마음에 들지 않았지만 잘생긴 건 부인할 수 없었다. 체격으로 보나 얼굴로 보나 빠지는 구석이 없었다. 하지만 그 외에 이렇다 할 장점은 없었다. 게다가 여러 나라 말을 섞어서 사용하는 것도 가벼워 보였다. 다양한 외국어를 구사할 수 있다는 그가 하는 외국어라고는 고작 '부디', '고맙습니다', '예', '확실히', '여보세요' 등에 불과했다. 제대로 된 말은 하지 않았다. 또한 이 멋진 기사騎士는 깊이 사고하는 타입도 아닌 듯했다. 그의 일은 재즈 악단에서 색소폰을 부는 것이었다. 그리고 그는 자기 일에 애정과 열정을 가지고 매달리는 듯했다. 연주하는 중간에도 느닷없이 박수를 치는가 하면, 몇몇 돌발적인 행동으로 자신의 고조된 감정을 표출하기도 했다. 이를테면 '오 오 오 오, 하, 하, 야!' 등의 말을 리듬을 넣어 외쳐 댔다. 그 외에는 여성들의 환심을 사고, 최신 유행의 칼라와 넥타이를 매고, 손가락에 다양한 반지를 끼며 살아가는 존재인 듯 보였다. 그는 대화를 나누는 우리 옆에 앉아 가끔 미소를 짓거나 손목시계를 쳐다보거나 능숙한 솜씨로 담배를 말거나 했다. 그게 다였다. 크레올⁺처럼 검고 아름다운 그의 눈과 검은 곱슬머리에는, 어떤 낭만성도 문제의식도 사상도 담겨 있지 않은 듯했다. 가까이서 자세히 살펴보니 그 아름답고 이국적인 반신半神은, 그저 세련된 매너를 가진 낙천적이고 세상 물정 모르는 젊은이일 뿐 그 이상은 아니었다. 나는 그에게 그의 악기와 재즈 음악의 음색에 대해 몇 마디 했다. 그 순간 그는 한 늙은 음악 애호가와 대면하고 있다는 사실을 알아차렸을 것이다. 그럼에도 그는 별말 하지 않았다. 내가 그에 대한 예의 차원에서, 아니 엄밀히 말하자면 헤르미네에 대한 예의 차원에서 재즈를 음악 이론적 측면에서 정당화하는 말을 해도, 그는 선량한 웃음만 지을 뿐 별 반응을 보이지 않았다. 추측건대 그는 재즈 이전의 음악에 대해서는, 그리고 재즈 이외의 다양한 음악 장르들에 대해서는 전혀 모르는 듯했다. 상냥하고 점잖은 그는 크고 공허한 눈으로 매력적인 웃음만 지을 뿐이었다. 그와 나 사이에는 아무런 공통 분모가 없는 듯했다. 그가 중요하고 신성한 것으로 여기는 그 어떤 것도 내게는 그리 생각되지 않을 듯했다. 우리는 각각 지구 정반대 쪽에서 온 사람이었으며, 따라서 사용하는 단어 하나 같은 게 없었다. (그러나 헤르미네는 나중에 내게 이상한 얘기를 들려주었다. 파블로가 그 대화 후에 그녀에게 나에 대한 이야기를 했다고, 내가 매우 불행한 사람일지 모르니 조심해서 사귀라고 했

⁺ 아프리카 흑인과 유럽 백인 사이의 혼혈인.

다는 것이다. 그래서 헤르미네가 무슨 근거로 그렇게 얘기하느냐고 묻자, 그가 "불쌍한 인간, 그의 눈을 바라봐! 웃음이라곤 모르잖아!"라고 대답했다는 것이다.)

그 검은 눈의 젊은이가 돌아가고 음악이 다시 시작되자 헤르미네가 자리에서 일어나며 말했다. "이번에는 나하고 춤 한 번 더 출래요, 하리? 아니면 오늘은 그만 출래요?"

이제는 헤르미네와 보다 경쾌하고 거리낌 없고 즐겁게 춤출 수 있었다. 비록 조금 전의 파트너와 춤출 때처럼 편안한 마음으로 몰아지경에까지 빠져들진 못했지만. 헤르미네는 내가 리드하는 대로 따라오면서 꽃잎처럼 부드럽고 가볍게 보조를 맞춰 주었다. 순간 나는 그녀에게서 가까이 다가왔다가 다시 멀어져 가는 아름다움의 속성을 발견하고 그것을 음미했다. 그녀에게서는 여인과 사랑의 향기가 풍겨 나왔고, 그녀의 춤에서는 섬세하면서도 은근한, 저 우아하고도 유혹적인 에로스의 노래가 울려 나왔다. 하지만 나는 그에 대해 자유분방하고도 쾌활한 답을 줄 수 없었을뿐더러, 모든 것을 완전히 잊고 몰입할 수도 없었다. 내 곁에 바짝 붙어 있는 헤르미네는 친구이자 동생이며 내 분신과도 같은 존재이기 때문이었다. 나뿐만이 아니라, 몽상가이자 시인이며 나와 같이 정신적 수양은 물론 방황의 세월까지 함께한 열정적인 친구 헤르만과도 닮았기 때문이었다.

"나도 알고 있어요." 내가 잠시 후 내가 생각했던 바를 말하자 그녀가 말했다. "아주 잘 알고 있어요. 그래도 당신이 나를 사랑하게 만들고야 말 거예요. 그렇다고 서두를 마음은 없어요. 우선은 친구로 지내요. 서로에게서 배울 점은 배우고, 함께 어울려 놀기도 하는 친구로. 나는 당신에게 내 작은 연극을 보여 주고 춤을 가르쳐 주고 향락을 즐기고 만족하는 법을 가르칠 거예요. 당신은 당신의 사상과 지식을 내게 보여 줘요."

"아, 헤르미네, 나는 네게 보여 줄 게 많지 않아. 오히려 네가 나보다 아는 게 많잖아. 넌 정말 예사롭지 않은 아가씨야! 너는 나에 관해 거의 모든 것을 이해하고 있을 뿐 아니라, 늘 나보다 한 발 앞서 가. 그런데도 내가 네게 의미 있는 존재가 될 수 있을까? 오히려 네 삶을 지루하게 만드는 존재가 아닐까?"

그녀는 어두운 표정을 지으며 바닥을 내려다보았다.

"그런 말은 듣고 싶지 않아요. 그날 밤을 생각해 봐요. 당신은 만신창이가 된 채 절망적인 괴로움과 고독에 싸여 내게 다가왔고, 그렇게 해서 우린 친구가 됐죠. 그런데 당시 내가 어떻게 당신의 처지를 알아보고 이해할 수 있었는지 알아요?"

"어떻게 그럴 수 있었지? 말해 줘!"

"나 역시 당신과 같은 처지이기 때문이에요. 나 역시 철저히 혼자고, 삶과 인간과 심지어 나 자신조차 사랑할 수 없는 존재이기 때문이에요. 나 역시 어리석고 조야한 삶과 타협하지 못하는, 최고의 삶만 요구하는 사람이기 때문이에요."

"네, 네가!" 나는 너무도 놀란 나머지 소리쳤다. "그렇다면 나는 널 잘 이해할 수 있어. 누구도 나만큼 너를 이해할 수는 없을 거야. 하지만 넌 내게 여전히 수수께끼 같은 존재야. 네겐 삶을 유희로 만들어 가는 재능이 있고, 사소한 일들과 작은 즐거움도 존중하니까. 그러니까 너는 삶의 예술가인 셈이야. 그런데 네가 어떻게 삶의 고통을 맛보고 있단 말이지? 어떻게 절망을 할 수 있는 거지?"

"난 절망하지 않아요, 하리. 하지만 삶에 대한 번뇌는 있어요. 번뇌에는 통달했죠. 내가 춤 같은 삶의 피상성을 즐기면서도 행복해하지 못한다는 사실이 이해하기 힘들겠죠. 하지만 당신도 이해하기 힘든 건 마찬가지예요. 가장 아름답고 가장 심오한 것들, 이를테면 정신과 예술과 사유 등에 정통하면서도 당신은 삶에 환멸을 느끼잖아요. 바로 그런 삶의 환멸로 인해 우린 서로 이끌렸고, 그래서 형제가 될 수 있었던 거예요. 나는 당신에게 춤과 놀이와 미소를 가르쳐 주겠지만 만족하는 법은 가르칠 수 없겠죠. 그리고 당신에게서는 사유와 지식을 배우겠지만 마찬가지로 만족하는 법은 배울 수가 없겠죠. 이쯤 되면 우리 두 사람은 악마의 자식들이 아닐까요?"

"맞아, 우리는 악마의 자식들이야. 악마는 정신이고, 우리는 그의 불행한 자식들이지. 우리는 자연으로부터 떨어져 나와 허공에 매달려 있어. 그러고 보니 뭔가 떠오르는 게 있군. 네게 지난번에 얘기했던 그 「황야의 늑대에 관한 소논문」에 이런 말이 쓰여 있었어. 하리가 자신 안에 두 개의 영혼이 있다고, 두 개의 개성이 살고 있다고 여기는 건 단지 하리의 상상에 불과할 뿐이고,

사실 인간은 누구나 열 개의, 백 개의, 천 개의 영혼으로 이루어져 있다고."

"매우 마음에 드는 대목이네요." 헤르미네가 소리쳤다. "예컨대 당신은 정신적인 부분은 고도로 교양화되어 있는 반면, 여러 가지 소소한 처세술에 있어서는 한참 뒤떨어져 있는 편이죠. 사상 가로서의 하리는 백 살이나 되지만, 댄서로서의 하리는 태어난 지 한나절도 안 된 나이죠. 그래서 우리는 지금 그 갓난아기를 키워 주려는 거예요. 게다가 그 아이만큼이나 작고 분별력 없으며 미성숙한 그의 어린 형제들까지도 말이죠."

그녀는 웃으면서 나를 쳐다보더니, 목소리를 가다듬고 나지막한 소리로 물었다.

"마리아는 마음에 들었어요?"

"마리아? 그게 누군데?"

"당신이 함께 춤췄던 여자 말이에요. 예쁜 아가씨죠. 정말 아름다운 여자예요. 당신 그 여자에게 반한 것 같던데."

"그녀와 아는 사이야?"

"물론이죠, 우린 아주 잘 아는 사이예요. 당신 취향과 잘 맞지 않던가요?"

"괜찮았어. 그녀가 나의 춤을 관대하게 받아 준 점이 무엇보다 기뻤지."

"그럼 된 거죠! 그녀 마음에 들도록 좀 더 노력해 봐요, 하리. 아름답고 춤도 잘 추는 여자잖아요. 그녀에게 이미 마음을 빼앗

긴 상태고요. 잘될 거라 믿어요."

"아, 나는 그런 욕심은 없어."

"거짓말 마요. 세상 어딘가에 살고 있는 당신 애인과는 반년에 한 번 꼴로 만나고 그때마다 싸운다면서요. 당신이 그 유별난 여자 친구에게 정성을 다하려는 태도는 물론 좋아 보이긴 해요. 그러나 미안하지만 나로서는 그 관계가 썩 진지해 보이지는 않아요. 당신이 정말로 사랑을 진지하게 생각하는지가 내겐 의문이에요. 물론 당신이 원하는 이상적인 방식으로 사랑을 할 수도 있겠죠. 그 문제는 당신 몫이니까 내가 염려할 바는 아니죠. 다만 나는 당신이 소소하고 가벼운 삶의 기술과 유희들을 좀 더 터득해야 한다고 생각해요. 그 분야에서는 내가 당신의 스승이에요. 적어도 당신의 이상적인 애인보다는 나은 스승이 될 자신이 있어요. 믿어 봐요! 당신은 아름다운 아가씨와 잠자리도 한번 가져 볼 필요가 있어요, 황야의 늑대 씨."

"헤르미네." 나는 불쾌한 마음에 소리쳤다. "나를 쳐다봐, 나는 늙은이야!"

"그렇지 않아요, 당신은 어린 소년일 뿐이에요. 당신은 너무 늦었다 생각될 정도로 이제껏 춤 배우는 것을 게을리했듯이, 사랑하는 법을 배우는 것도 게을리했어요. 이상적이고 비극적인 사랑은, 당신은 분명 훌륭하게 해낼 수 있을 거예요. 그 점에 대해선 난 믿어 의심치 않아요. 하지만 이제 당신은 다소 일반적이고 인간적인 사랑을 배워야 해요. 이미 시작은 한 셈이죠. 이제 곧 무도회에 가게 될 거예요. 그러니 보스턴을 좀 더 연습해야 해요. 내일부터 시작하도록 해요. 3시에 갈게요. 그건 그렇고 이곳 음악은 마음에 들었어요?"

"훌륭했어."

"그것 봐요. 그것도 하나의 발전이라 할 수 있어요. 뭔가를 터득한 셈이죠. 지금까지 당신은 댄스음악과 재즈 음악은 못 견뎌 했잖아요. 당신이 보기에는 진지하지 못하고 깊이도 없기 때문이었죠. 하지만 지금은 그런 음악에선 진지함을 찾을 필요가 없다는 점, 그런 음악 또한 매우 친숙하고 매력적인 요소를 가지고 있다는 점을 알게 된 거예요. 하지만 파블로가 아니었다면 이 악단의 연주도 엉망이었을 거예요. 그가 악단을 일으켜 세운 거죠."

미국 댄스음악이 나오는 축음기가 금욕주의적 정신으로 가득 차 있던 내 서재 안의 공기와 나의 음악 세계를 초토화시켜 놓았듯이, 온갖 새롭고도 두려우며 해체적인 속성을 가진 것들이 그때까지 엄격하게 차단되어 있던 내 삶 속으로 진입해 들어왔다. 인간이 천 개의 영혼을 가지고 있다는 「황야의 늑대에 관한 소논문」과 헤르미네의 이론은 옳았다. 오래된 영혼들 외에도 날마다 새로운 영혼들이 내 안에서 생겨났다. 그들은 이의를 제기하는가 하면 한바탕 소란을 피우기도 했다. 그 과정에서 나는 내가 전에 개성이라고 생각했던 것이 하나의 망상이었음을, 사진처럼 분명하게 알 수 있었다. 나는 우연히 터득하게 된 몇 가지 능력과 재주에만 기대 하리의 삶을 살아왔었다. 인간 하리는 문학과 음악과 철학 분야의 전문가로만 살아온 것이다. 그러면서 나의 인격의 나머지 부분들, 즉 그 밖의 잠재력과 소질과 충동의 카오스는 부담스럽게 여겨 그것에 '황야의 늑대'라는 이름을 붙여 주었던 것이다.

그럼에도 불구하고 나의 망상을 바로잡는 일, 나의 개성을 해체시키는 일은 결코 기분 좋은 모험은 아니었다. 오히려 종종 참을 수 없을 만큼 극도의 고통을 동반했다. 모든 것이 다른 음조로 맞추어져 있는 내 방 안에서, 축음기는 가끔씩 그야말로 악마 같은 소리를 내곤 했다. 또 어쩌다 한 번씩 현대식 레스토랑에서 세련된 플레이보이들과 허풍쟁이들 사이에 끼어 원스텝을 밟게 될 때면, 지금까지 살아오면서 존경하고 신성시했던 모든 것들을 배반하는 기분이 들었다. 헤르미네가 나를 단 일주일만이라도 혼자 내버려 두었더라면, 나는 그 성가시고 우스꽝스러운 플레이보이 생활로부터 도망쳤을 것이다. 하지만 헤르미네는 늘 내 곁에 머물렀다. 매일같이 그녀를 만나지는 않았지만, 항상 나는 그녀의 시야 안에 있으면서 지도와 감시와 평가를 받았다. 그녀는 나의 극심한 반항심은 물론 도주 계획까지 알아채고는 내게 미소를 지어 보이곤 했다.

그렇게 예전에 나의 개성이라 불렀던 것들을 점진적으로 파괴해 가면서 살다 보니, 왜 내가 온갖 절망감에도 불구하고 죽음을 그토록 처절하게 두려워했는지를 이해할 수 있었다. 그 진절머리나고 치욕적인 죽음에 대한 공포 역시, 나의 낡고 시민적이며 가식적인 실존의 한 부분이었던 것이다. 과거의 할러 씨, 즉 재능 있는 작가이자 모차르트와 괴테 전문가, 예술 형이상학과 천재와 비극과 인도주의에 대한 괜찮은 논문의 저자, 책으로 뒤덮인 작은 서재 안의 우울한 은둔자는 철두철미 자기비판을 해왔음에도 불구하고, 자신의 정체성이 무엇인지 제대로 밝혀 내지 못했던 것이다. 이 재능 많고 흥미로운 할러 씨는 이성과 인간애를 호소하며 전쟁의 야만성에 저항했지만, 전쟁이 진행되는 동안 총살을 당하거나 자살을 감행하지는 않았다. 그렇게 하는 것이 그의 사상과 어울리는 귀결이었음에도 불구하고. 그 대신 그는 절충안을 찾아냈다. 그것은 매우 바람직해 보이고 고상하며 자연스러운 방법이긴 했으나, 어디까지나 하나의 타협에 지나지 않았다. 더욱이 그는 권력과 착취를 반대하면서도 거대 기업의 유가증권을 다량으로 은행에 예치해 두고 아무런 양심의 가책 없이 그 이자로 먹고살았다. 모든 게 그런 식이었다. 하리 할러는 이상주의자이자 세계를 경멸하는 자, 비애에 찬 은둔자이자 불평 많은 예언자로 놀라우리만치 완벽하게 위장했지만, 근본적으로는 그 역시 한 명의 부르주아일 뿐이었다. 그는 속으로 헤르미네와 같은 사람들의 삶은 부도덕하다고 생각했고, 레스토랑에서 돈을 쓰고 오면 아까워서 화가 나기도 하고 양심의 가책을 느끼기도 했다. 자유와 완성을 갈구하기는커녕, 정신적인 유희를 통해 재미와 명성을 동시에 맛보았던 저 태만한 시절로 돌아가기를 원했다. 그가 경멸하고 조롱하는 신문 독자들이 과거의 향수에 젖는 것처럼. 극심한 고통을 겪으면서 무언가를 새롭게 배우는 것보다는 예전으로 돌아가는 것이 편했기 때문이었다. 제기랄, 이놈의 역겨운 하리 할러! 그럼에도 불구하고 나는 그에게 의지하고 있었다. 이미 흘러내린 그의 가면에, 정신적인 것을 앞세워 학자연하는 그의 태도에, 무질서와 우연(죽음 또한 여기에 속한다)에 대한 그의 시민적 공포에 집착하고 있었다. 나는 새롭게 탄생하고 있는 하리, 그 소심하고 어설프기 짝이 없는 댄스홀의 얼치기에게 냉소와 질투를 느끼며, 그를 예전의 사이비 이상주의자 하리와 비교해 보았다. 그러다가 예전의 하리에게서, 교수 집에서 본 괴테의 동판화가 가지고 있던 고약한 특성들을 발견해 냈다. 나 자신이, 즉 과거의 하리 할러가 바로 시민적으로 이상화되어 그려져 있던 괴테와 닮아 있었다. 너무도 고매한 눈빛을 빛내던, 숭고와 정신과 인간애가 마치 포마드 기름처럼 흐르던, 자신의 고귀한 영혼에 스스로 취해 있던 그 지적 영웅의 모습과. 젠장, 이제 그 우아하고 이상적이던 하리 할러는 궁지에 몰려 처참히 해체될 지경에 이르렀다. 마치 노상강도에게 털려 갈기갈기 찢긴 옷을 걸치고 있는 고위 관료의 행색과 다를 바 없었다. 이왕 그렇게 된 이상 노숙자 역할이라도 제대로 배우는 것이 현명한 일이건만, 그는 아직 훈장이 매달려 있기라도 한 듯 그 누더기 옷을 걸친 채 잃어버린 품위를 찾아 달라고 울상을 짓고 있었다.

나는 악사 파블로와 여러 차례 만났다. 헤르미네가 그를 좋아하고 그와 함께 어울리기를 열렬히 원했기에 그럴 수밖에 없었다. 나는 그를 외모만 근사한 무능력자로, 보잘것없고 허영심 많은 미남으로, 자신의 장난감인 트럼펫을 신나게 불어 대며 칭찬과 초콜릿에 쉽게 넘어가는 헤픈 쾌남 정도로 여기고 있었다. 하지만 파블로는 나의 그런 평가에 개의치 않았다. 자신에 대한 나의 평가는 나의 음악 이론만큼이나 그에겐 관심의 대상이 아니었다. 그는 정중하고도 우호적으로, 내내 얼굴에 미소를 잃지 않고 내 말을 들었지만 제대로 된 대답은 하지 않았다. 그렇지만 나라는 인간에 대한 관심은 있는 듯했다. 내게 호의를 보이고 환심을 사려는 기색이 역력했다. 한번은 내가 그와 무익한 대화를 나누다가 흥분한 나머지 다소 무례한 태도를 보이자 그는 당황한 듯 슬픈 표정으로 나를 쳐다보더니, 나의 왼손을 부여잡고는 쓰다듬었다. 그러면서 금빛의 작은 상자에서 가루약을 꺼내더니 코로 들이마셔 보라고 했다. 그러면 기분이 좀 나아질 거라며. 내가 헤르미네에게 눈짓을 보내자 그녀는 고개를 끄덕였고, 그래서 나는 그것을 받아 코로 들이마셨다. 정말로 잠시 뒤에 기분이 좋아지고 상쾌해졌다. 아마도 코카인 같았다. 헤르미네의 설명에 따르면, 파블로는 비밀 경로를 통해 그와 같은 약을 대량 입수해서 친구들에게 나누어 준다고 했다. 또한 그는 진통제를 비롯해서 수면제, 길몽을 꿀 수 있는 약, 유쾌해지는 약, 사랑에 빠지는 약 등의 조제에도 능하다고 했다.

한번은 그와 부둣가 거리에서 마주쳤다. 그는 스스럼없이 내게

다가왔다. 나는 이번만큼은 그와 제대로 된 대화를 해야겠다고 생각했다.

"파블로 씨." 나는 검은색의 가느다란 은제 지팡이를 만지작거리고 있는 그에게 말을 건넸다. "내가 당신에게 관심을 갖는 이유는 당신이 헤르미네의 친구이기 때문입니다. 하지만 당신은 대화하기 쉬운 상대는 아니더군요. 당신과 음악에 대해 얘기해 보려고 몇 차례 시도했고 당신의 의견과 반론과 비평을 듣기를 원했습니다만, 당신은 그에 대해 어떠한 대답도 거부하더군요."

그는 다정하게 미소 지으며 이번에는 대답을 회피하지 않고 태연하게 말했다. "나는 음악에 대해 말하는 것에선 전혀 가치를 느끼지 못하기 때문입니다. 그래서 음악 얘기는 절대로 하지 않습니다. 당신의 박학다식하고 전문적인 물음에 대해 내가 어떤 대답을 할 수 있었겠습니까? 당신은 전적으로 옳은 말만 했으니까요. 나는 악사이지 학자가 아니라서, 음악에서 과연 옳고 그름을 따지는 게 의미가 있는 건지 잘 모르겠습니다. 음악에선 옳고 그름이라든가, 예절과 교양 등이 중요하지 않다고 생각합니다."

"그렇군요. 그렇다면 무엇이 중요합니까?"

"연주를 한다는 자체가 중요한 겁니다, 할러 씨. 가능한 한 좋은 음악을 열정적으로 많이 연주하는 것으로 충분합니다! 그게 전부입니다. 내가 바흐와 하이든의 모든 작품을 암기하고 그것에 대해 아무리 뛰어난 해설을 한다 한들, 그것만으로는 그 누구에게도 도움이 될 수 없을 겁니다. 하지만 내가 트럼펫을 들고 빠른 템포의 시미 곡을 연주하면, 그 곡이 좋고 나쁘고를 떠나 사람들은 즐거워합니다. 사람들은 다리와 뜨거운 피로 음악을 느끼게 됩니다. 그 외에는 중요한 게 없어요. 댄스홀에서 오랜 휴식 시간이 끝나고 다시 음악이 흘러나오는 순간, 사람들의 표정이 어떻게 변하는지 한번 보세요. 눈에서 불꽃이 튀고, 다리는 들썩거리며, 얼굴에는 웃음이 가득해지기 시작하죠! 바로 그것이 사람들이 음악을 연주하는 이유입니다."

"좋습니다, 파블로 씨. 하지만 감각적인 음악만 있는 건 아니죠. 정신적인 것을 추구하는 음악도 존재합니다. 다시 말해 순간의 즐거움에 매몰되어 버리는 음악만 있는 것이 아니라, 지속적으로 살아남는 불후의 음악도 있다는 얘깁니다. 비록 지금 당장 연주되지 않는다 하더라도 말입니다. 누군가는 홀로 자신의 침대에 누워 머릿속으로 〈마술피리〉나 〈마태수난곡〉의 멜로디를 떠올릴 수 있습니다. 플루트를 불거나 바이올린을 켜지 않고도 음악을 즐기는 겁니다."

"물론입니다, 할러 씨. 〈여닝〉과 〈발렌시아〉*도 매일 밤 외롭고 몽상적인 수많은 사람들에 의해 소리 없이 연주되고 있지요. 온종일 사무실에서 타자기와 씨름해야 하는 불쌍한 아가씨도 머릿속으로 원스텝을 밟아 가며 그 박자에 맞춰 자판을 두드릴 수 있습니다. 당신 말이 맞습니다. 나도 모든 외로운 사람들이 소리

✦ 〈여닝yearning〉, 〈발렌시아〉 모두 1920년대에 유행했던 댄스음악이다.

없는 음악을 즐기기를 원합니다. 〈여닝〉이든 〈마술피리〉든 〈발렌시아〉든! 하지만 그들은 그들의 고독하고 소리 없는 음악들을 어디서 알게 된 걸까요? 바로 우리들, 악사들을 통해서예요. 자신의 방에서 음악에 대해 생각하고 그것을 꿈꾸려면, 먼저 누군가에 의해 연주된 음악을 듣고 그것을 온몸으로 느껴 봐야 해요."

"충분히 이해합니다." 나는 냉담하게 말했다. "그럼에도 불구하고 모차르트의 음악과 최신 폭스트롯을 동등하게 취급할 수는 없습니다. 가히 신적이라 할 만한 영원한 음악과 저급한 하루살이 음악은 전혀 다른 차원의 음악이니까요."

파블로는 내 목소리가 다소 격앙되었다는 것을 눈치채고는, 이내 더없이 온화한 표정을 지어 보였다. 그러고는 내 팔을 애무하듯 쓰다듬으며 놀랄 만큼 부드러운 목소리로 말했다.

"예! '차원'의 문제는 전적으로 당신 말이 옳은 것 같군요. 당신이 모차르트와 하이든과 〈발렌시아〉를 각각 어떤 차원으로 구분하든 나는 전혀 문제 삼고 싶지 않습니다. 나와는 상관없는 문제니까요. 내게는 그 우열을 결정할 권리도 없고 그에 대해 대답하고 싶지도 않습니다. 모차르트는 백 년 뒤에도 연주되는 반면 〈발렌시아〉는 내후년이면 사라질지도 모르죠. 그 문제는 그냥 신께 맡겨 두는 것이 좋지 않을까 합니다. 신은 공정하시니 객관적인 기준에 따라 모든 것의 수명을, 왈츠와 폭스트롯의 수명도 정해 놓으셨을 테죠. 신이라면 분명 정당하게 처리하실 겁니다. 우리 악사들은 우리 몫을 다할 뿐입니다. 지금 이 순간 사람들이 원하는 음악을 유쾌하고 아름답고 감동적으로 연주해야 한다는 의무를요."

나는 한숨을 쉬면서 단념했다. 맞서기 쉽지 않은 상대였다.

당시 나는 옛것과 새것, 고통과 쾌락, 두려움과 즐거움 등이 기묘하게 뒤섞인 순간들을 많이 경험했다. 때로는 천국에 있는가 하면 때로는 지옥에 있기도 했으며, 대부분의 경우에는 양쪽에 동시에 머물렀다. 옛 하리와 새 하리는 처절한 갈등 속에 살아가는가 하면, 또 어떤 경우에는 서로 평화를 유지하며 공존하기도 했다. 때로는 옛 하리는 목숨을 잃어 매장된 듯 보일 때도 있었다. 하지만 곧 다시 살아나 명령과 폭정을 일삼았다. 그럼 작고 젊은 새 하리는 주눅이 들어 말없이 궁지로 내몰렸다. 하지만 어떤 때는 젊은 하리가 늙은 하리의 목을 움켜잡고 힘껏 눌러 대기도 했다. 신음 소리가 진동하는 그런 사투의 현장에서 면도칼을 꺼내 들고 싶기도 했다.

그러나 종종 번뇌와 행복이 하나의 물결이 되어 나를 덮치기도 했다. 처음으로 남들 앞에서 춤을 춘 지 며칠이 지난 어느 날 밤, 침실로 발을 들여놓는 순간 바로 그런 경험을 했다. 아름다운 마리아가 놀랍게도 내 침대에 누워 있었던 것이다. 그 순간 놀람과 경악과 황홀함이 교차했다.

헤르미네로 인해 겪었던 놀라운 사건들 중 그것이 가장 강력했다. 그 극락조를 보낸 사람이 그녀라는 것은 의심할 여지가 없었다. 그날 밤 나는 평소와는 달리 헤르미네와 함께 있지 않고,

대성당에서 열리는 연주회에 참석해 옛 교회음악을 감상했다. 그것은 내 지나간 삶으로의 아름답고도 슬픈 여행과도 같았다. 내 젊은 시절의 들판이자 이상적인 하리가 살아온 지역으로의 소풍이었다. 고딕 양식으로 된 교회의 높은 천장의 궁륭 창에는 은근한 반사광이 유령처럼 일렁이고 있었다. 그곳에서 나는 북스테후데, 파헬벨, 바흐, 하이든 등의 음악을 들으면서 한때 그토록 좋아했던 옛길을 걸었다. 바흐 음악 전문 성악가의 멋진 목소리도 들을 수 있었는데, 나는 예전부터 그녀의 친구로 그녀의 훌륭한 공연에 여러 차례 가본 적도 있었다. 옛 음악을 담고 있는 목소리, 그것에서 배어 나오는 무한한 위엄과 신성함은 내 젊은 시절의 행복감과 환희와 열광을 흔들어 깨웠다. 나는 교회의 높은 성가대석에서 슬픈 상념에 젖어 한 시간가량 앉아 있었다. 한때 고향이었던 고결하고 성스러운 세계를 찾아온 손님으로서. 하이든의 이중주곡을 들을 때 갑자기 눈물이 왈칵 쏟아졌다. 그래서 연주회가 끝날 때까지 앉아 있을 수가 없었다. 성악가 친구와의 재회도 단념해야 했다(아아, 연주회가 끝나면 그녀와 함께 빛나는 밤을 보냈던 적이 얼마나 많았던가). 나는 대성당에서 빠져나와 밤거리를 힘없이 걸었다. 여기저기 레스토랑의 창문 너머로 재즈 악단이 현재의 내 삶의 멜로디를 연주하는 소리가 들려왔다. 아아, 내 삶은 왜 이토록 슬픈 방황의 연속일 수밖에 없는가!

그렇게 밤길을 걸으면서 나는 음악과 나의 묘한 관계에 대해서 한참 생각해 보았다. 나와 음악과의 이 눈물겹고도 숙명적인 관

192

계가 다름 아닌 모든 독일 정신의 운명과도 같다는 생각이 들었다. 독일인들의 정신 속에는 모권이, 즉 자연과의 유대감이 있었고 그 본성이 음악이라는 형식을 통해 주도권을 행사하고 있었다. 그것은 다른 나라의 국민들은 갖지 못한 특성이다. 우리 정신적인 성향의 독일인들은 그러한 모권에 남성적으로 저항하여 이성과 말에 복종하거나 귀 기울이려 하지 않고, 오히려 말로 표현할 수 없는 것을 말하고 형상이 없는 것을 묘사할 수 있는, 말이 없는 언어를 꿈꾼다. 정신적인 것을 추구하는 독일인들은 자신의 도구를 가능한 한 충실하고 성실하게 사용할 생각은 하지 않고, 항상 말과 이성에 반대하면서 오로지 음악에만 추파를 던져 온 것이다. 독일 정신은 음악에, 놀랍고도 황홀한 음의 형상에, 현실화될 필요가 전혀 없는 그 경이롭고 우아한 것에 도취되어 정작 자신이 해야 할 현실적인 많은 임무들을 소홀히 했던 것이다. 우리 독일인들은 모두가 현실 세계에서는 편안함을 느끼지 못하고, 현실을 낯설고 적대적으로 여기기까지 한다. 우리 독일적 현실 속에서, 우리의 역사와 정치와 여론 속에서 정신의 역할이 그토록 형편없었던 이유도 바로 그 때문이었다. 이전에도 나는 종종 이런 생각을 했었고 그럴 때면 머릿속의 미학과 공예에만 머물지 않고 그것을 현실화시키고픈, 진지하고 책임감 있는 행동으로 실천하고픈 강한 욕망을 느꼈다. 하지만 그런 의지는 늘 체념과 숙명적 굴복으로 끝났다. 장군들과 거대 기업가들의 말이 전적으로 옳았다. 우리들 '관념적인 인간'은 별 쓸모가 없는 것이다.

우리는 불필요하고 비현실적이며 책임감 없는, 정신 사나운 떠버리 집단에 불과할 뿐이다. 제기랄! 면도칼이 생각나네!

그러한 생각과 음악의 여운으로 가득 찬 채, 삶과 현실과 의미와 다시 되찾을 수 없는 것들을 절망적으로 동경하는 마음으로 마침내 집으로 돌아왔다. 계단을 올라와 거실 불을 켜고 책을 좀 읽어 보려 했지만 제대로 눈에 들어오지 않았다. 내일 저녁 세실 바에서 위스키를 마시며 춤을 추기로 한 약속이 떠올랐기 때문이다. 그러자 나 자신뿐 아니라 헤르미네에 대한 씁쓸한 원망이 일었다. 그녀가 진심 어린 호의로 그랬든 그녀가 예사롭지 않은 존재이기에 그랬든, 나를 이렇게 혼란스럽고 낯설며 산란한 유희의 세계로 끌어들이지 말았어야 했다. 차라리 그때 내가 자멸하도록 내버려 두었으면 좋았을 것을! 그런 세계에선 난 늘 이방인으로 남게 될 것이고, 결국 내 안에 있던 최선의 것마저 퇴락하여 곤경에 처하게 되지 않겠는가!

나는 슬픔에 잠겨 불을 끄고 침실로 건너가 옷을 벗었다. 그 순간 낯선 향기가 나를 당황스럽게 했다. 은은한 향수 냄새였다. 주위를 둘러보니 아름다운 마리아가 내 침대에 누워 있는 것이었다. 얼굴에는 미소를 짓고 있었지만, 크고 푸른 눈은 다소 겁먹은 듯 보였다.

"마리아!" 나는 소리쳤다. 집주인이 이 일을 알면 틀림없이 방을 비우라고 할 것이라는 생각이 가장 먼저 들었다.

"저 왔어요." 그녀가 나지막한 소리로 말했다. "저 때문에 화났어요?"

"아니, 그건 아니고. 헤르미네가 열쇠를 준 모양이군."

"그것 때문에 화가 난 거군요. 그럼 전 그냥 가겠어요."

"아니야, 마리아, 가지 마! 오늘 밤에는 왠지 슬픈 감정이 북받쳐서 그래. 도무지 기분이 좋아지질 않아. 내일이면 다시 괜찮아지겠지."

나는 그녀 쪽으로 몸을 약간 숙인 채로 있었다. 그러자 그녀는 크고 단단한 손으로 내 머리를 끌어당겨 한참 동안 내게 키스했다. 그 바람에 그녀가 누워 있는 침대에 앉게 되었다. 나는 그녀의 손을 잡고는, 다른 사람들이 못 듣도록 목소리를 좀 낮추어 달라고 부탁했다. 그러고는 그녀의 예쁘고 포동포동한 얼굴을 내려다보았다. 화려한 한 송이 꽃처럼 다소 생경하면서도 아름다운 그 얼굴이 내 베개 위에 올려져 있었다. 그녀는 천천히 나의 손을 자신의 입으로 가져가더니, 다시 그 손을 이불 속으로 끌어당겨 자신의 포근하고 은근한 숨결이 느껴지는 가슴 위에 올려놓았다.

"기분 좋지 않아도 괜찮아요." 그녀가 말했다. "당신은 번뇌가 많은 사람이라는 말을 헤르미네로부터 들었어요. 그러니 이해할 수 있어요. 여전히 제가 마음에 드세요? 얼마 전 함께 춤출 땐 제게 푹 빠져 있는 것 같더니."

나는 그녀의 눈과 입과 목과 가슴에 키스를 했다. 방금 전까지도 나는 언짢아서 속으로 헤르미네를 비난했지만, 지금은 그녀가 보내 준 선물을 손에 잡고서 고마워서 어쩔 줄 모르고 있었다.

마리아의 애무는 오늘 내가 들었던 훌륭한 음악을 훼손하지 않고 오히려 음악과 어우러져 충만함을 빚어냈다. 나는 천천히 그 아름다운 여인의 옷을 벗기고는 그녀의 발끝까지 키스를 해 댔다. 내가 그녀 곁에 눕자, 꽃처럼 아름다운 그녀의 얼굴은 마치 모든 것을 알고 있다는 듯 온화한 웃음을 지었다.

이날 밤 나는 마리아 곁에서 오랜 시간은 아니었지만 아이처럼 깊은 단잠을 잤다. 잠자리에서 나는 그녀의 아름답고도 해맑은 젊음을 들이마셨고, 나지막이 담소를 나누는 과정에서 그녀와 헤르미네의 삶에 대해 꽤 많은 부분을 알게 되었다. 나는 그런 종류의 존재와 삶에 대해서는 거의 아는 바가 없었다. 연극에서나 몇 번 그와 유사한, 반은 예술가이고 반은 쾌락주의자인 남녀들을 보았을 뿐이었다. 그래서 그제야 처음으로 그런 기묘한 삶, 순진한 동시에 타락한 삶을 조금이나마 엿들을 수 있었다. 그런 삶을 사는 아가씨들은 대부분 불우한 가정 출신으로, 보수도 형편없고 이렇다 할 낙도 없는 밥벌이에 자기 삶을 온통 바치기에는 너무도 영리하고 아름다웠기에, 때로는 임시직을 전전하다가 때로는 자신들이 가진 매력과 애교로 생계를 이어 간다고 했다. 즉 때로는 몇 달씩 타자기 앞에 앉아 있다가 때로는 유복한 한량들의 애인으로 지내며 돈과 선물을 얻어 내기도 한다고. 모피 코트를 걸치고 자가용을 타며 호화 호텔에서 생활하는 경우도 있지만 다락방 신세도 많고, 좋은 조건의 몸값을 받고 결혼하는 경우도 있지만 대체로 결혼에 집착하지는 않는다고 했다. 그들 중에는 가능한 한 많은 잇속을 챙기려고 원치 않는 사랑을 지속하며 웃음을 파는 부류도 있다고 했다. 하지만 마리아처럼 연애에 남다른 재능과 갈증을 갖고 있는 부류도 있는데, 그들 대부분은 이성뿐 아니라 동성과도 경험이 있다고 했다. 그들은 오로지 사랑만을 위해 살아가기에, 돈을 받는 공식적인 관계의 친구들 외에도 다른 연애 파트너들을 가지고 있다고 했다. 그들 나비들은 바쁘고 부지런하게, 수심에 차 있으면서도 향락에 취해, 영리하면서도 분별력 없이, 천진하면서도 노회한 삶을 영위해 간다고 했다. 어떤 면에서는 독립적이라 아무에게나 몸을 내주지 않으며, 행운과 좋은 시절을 기대하며 삶을 탐닉하고 있다고 했다. 그러면서도 삶에 대한 집착은 보통의 시민들보다는 훨씬 덜한 편이라고 했다. 늘 동화 속의 왕자를 만나 그의 성 안으로 들어갈 준비는 하고 있지만, 결국에는 힘들고 슬픈 결말을 맞을 것이라는 예감도 어렴풋이나마 하고 있다고 했다.

　그 잊을 수 없는 밤에 ― 그리고 그 이후로도 며칠 동안 ― 마리아는 내게 실로 많은 것을 가르쳐 주었다. 관능의 유희를 새로운 시각에서 즐기는 법뿐만 아니라 새로운 이해, 새로운 통찰, 새로운 사랑까지도 아우르는 방대한 가르침을 주었다. 댄스홀과 유흥업소, 영화관, 바, 호텔의 찻집 등은 은둔자이자 유미주의자인 내게는, 저급하고 품위 없어 보여 발을 들여놓기 꺼려지는 세계였다. 하지만 마리아와 헤르미네, 그리고 그들의 동료들에게는 좋거나 나쁜 세계도 아니었고, 갈망이나 증오의 대상도 아니었다. 그들은 그 세계에서 짧게나마 동경하는 삶을 꽃피울 수 있었고, 그 속에서 편안함과 익숙함을 느끼고 있었다. 그들은 우리가 특정 작곡가나 시인을 사랑하듯 샴페인이나 그릴 룸에서의 특별 요리를 사랑했다. 또한 우리가 니체나 함순에게 그러하듯 새로운 댄스음악이나 감상적이고 감각적인 재즈 가수의 노래에 열광하고 흥분했다. 마리아는 이따금 저 매력적인 색소폰 연주자 파블로를 언급하며 그가 불러 준 미국 노래에 대해서도 얘기했는데, 그럴 때면 황홀감과 찬미와 사랑으로 가득 차 있었다. 그 모습은 고상한 예술에 대해 희열에 차서 토로하는 교양인의 모습보다 더 큰 감흥을 일으키며 나를 사로잡았다. 나는 이제 어떤 노래이든 그녀와 함께 열광할 준비가 되어 있었다. 마리아의 사랑스러운 말과 무언가를 동경하는 듯한 생동감 넘치는 눈길은, 나의 미적 감각에 커다란 균열을 일으켰다. 물론 내게는 논쟁과 의심의 여지가 전혀 없는 몇몇 특별한 미의 대상이 있었다. 그 선두에 모차르트가 있었다. 하지만 그 미의 세계의 경계선은 과연 어디까지일까? 우리 같은 전문가와 비평가들도 애송이 시절에는, 오늘날에는 미심쩍고 어쭙잖게 보이는 예술 작품과 예술가들을 열렬히 사랑하지 않았던가? 우리가 리스트와 바그너, 베토벤에 대해 느끼는 사랑과 마리아가 미국 노래에 대해 느끼는 사랑이 과연 다르다고 할 수 있을까? 그녀의 어린애처럼 생기발랄한 감동도, 어느 교사의 트리스탄에 대한 감동이나 어느 지휘자의 베토벤 교향곡 9번에 대한 열광과 마찬가지로, 의심할 여지 없이 순수하고 아름답고 숭고한 예술 체험이 아닐까? 이런 내 생각은 파블로의 견해와 신기할 정도로 맞아떨어지는 면이 있었다. 그렇다면 그가 옳았음을 인정해야 하지 않을까?

파블로, 그 근사한 사내를 마리아도 매우 좋아하는 듯했다.

"그는 정말 멋진 남자야." 내가 말을 꺼냈다. "내 마음에도 들어. 그런데 마리아, 그런 남자를 좋아하면서 어떻게 나 같은 인간도 좋아할 수 있는 거지? 매력도 없고 머리도 하얗게 센 데다가, 색소폰은커녕 영어로 된 사랑 노래 하나 부를 줄 모르는 이 재미없는 늙은이를 말이야."

"말을 참 밉게 하는군요!" 그녀가 일갈했다. "그건 매우 당연한 이치예요. 난 당신도 마음에 들어요. 당신도 당신 나름의 매력적이고 사랑스럽고 독특한 구석이 있어요. 다른 사람처럼 굴려고 하면 안 돼요. 이런 문제는 이렇다 저렇다 말할 계제가 아니니 설명하지 않겠어요. 당신이 내 목이나 귀에 키스할 때, 당신이 나를 좋아하고 마음에 들어 한다는 걸 알 수 있어요. 그렇게 당신 방식대로 키스하면 되는 거예요. 약간은 수줍은 듯한 그 키스를 통해 나는 이런 말을 들을 수 있어요. '나는 너를 좋아하고 있다. 나는 네 아름다움에 감사하고 있다.' 나는 그런 방식의 키스를 좋아해요. 정말로요. 하지만 다른 남자의 완전히 다른 키스도 좋아하죠. 나의 감정은 아랑곳하지 않고, 마치 자비를 베풀 듯 해

주는 키스도."

우리는 잠이 들었다. 잠에서 깨어나 보니 나의 두 팔은 그녀를, 나의 아름다운 꽃을 감싸 안고 있었다.

하지만 어디까지나 마리아는 헤르미네가 보내 준 선물, 헤르미네가 쓰고 있는 가면과도 같은 존재였다. 불현듯 에리카가 생각났다. 지금은 사이가 벌어진 나의 불쌍한 애인이. 그녀는 마리아처럼 생기발랄하지도 않고 집안이 가난하지도 않고 천재적인 연애 기술도 마리아에 비해 부족했지만, 얼굴은 마리아만큼이나 예뻤다. 고통스러워하는 에리카의 또렷한 영상이, 한때 사랑했기에 내 운명 깊숙한 곳에 자리한 그 여인의 모습이, 순간적으로 내 앞에 나타났다. 하지만 이내 잠 속으로, 망각 속으로, 애도의 감정을 불러일으키는 저 먼 곳으로 사라져 버렸다.

그토록 오랜 세월 공허하고 처량하게, 꽂아 둘 옛 사진 한 장 없이 살아온 내 삶의 수많은 영상들이, 그 아름답고 감미로운 밤에 내 눈앞에 떠올랐다. 에로스의 마법에 힘입어 강렬하게 솟구쳐 올랐다. 그런 내 삶의 갤러리가 얼마나 다채로운지, 가엾은 황야의 늑대의 영혼이 얼마나 고귀하며 얼마나 영원한 별들과 별자리로 가득 채워져 있는지를 보게 되자, 내 심장은 환희와 슬픔에 겨워 멈추어 섰다. 내 유년 시절의 어머니가 부드럽고 행복한 얼굴로 아득히 먼 푸른 산줄기를 바라보고 있었다. 헤르미네의 영혼의 형제인 헤르만의 선창으로 시작되는 친구들의 합창 소리도 청아하게 울려 퍼졌다. 그런가 하면 물속에서 피어난 물꽃처럼 촉촉한 향기를 풍기는 수많은 여인들의 초자연적인 영상들이 내가 있는 쪽으로 헤엄쳐 왔다. 그들 모두 내가 한때 사랑했고 갈 망했으며 시로 찬미했던 여인들이었다. 내 여자로 만들고자 노력 했지만 성과는 미흡했던 대상들이었다. 내 아내도 등장했다. 그 녀는 여러 해를 같이 살면서 내게 동료 의식과 갈등과 체념을 가 르쳐 주었다. 그녀에 대한 이런저런 불만도 있었지만, 그녀가 미 쳐 병들어 거칠게 반항하다가 어느 날 갑자기 자취를 감추어 버 리기 전까지는, 나는 그녀를 깊이 신뢰했었다. 그제야 내가 그녀 를 얼마나 사랑했고 얼마나 깊이 신뢰했었는지를 알게 된 것이 다. 뿐만 아니라, 그녀의 배신이 나를 힘들게 해 내 삶에 큰 고통 을 줬다는 사실도 새삼 깨달았다.

그 사랑스러운 밤의 샘물 속에서, 이름이 있거나 없는 수백 가 지 영상들이 젊고도 새롭게 솟아오르고 있었다. 그간 불행한 삶 과 씨름하느라 오랫동안 잊고 있었던 모든 것들이. 그 영상들은 내 삶의 재산이자 가치, 훼손하지 않고 보존해야 할 운명과도 같 은 체험들이었다. 그것들을 잊을 수는 있겠지만 없앨 수는 없을 것이다. 그 모든 것이 내 삶의 전설이며, 그것들이 뿜어내는 별빛 은 내 존재의 영원한 가치이기 때문이다. 나의 삶은 고단했고, 불 행한 시행착오의 연속이었다. 그래서 결국 모든 인간들이 맛보아 야 하는 짜디짠 운명의 소금인 포기와 부정으로 이어졌지만, 자 랑스럽고 풍성한 삶이기도 했다. 비참함 속에서도 왕과 같은 삶 을 누려 온 것이다. 내 삶의 여정이 몰락으로 치닫고 있다 할지라도, 내 삶의 핵심은 고귀했다. 훌륭한 외모와 명문 혈통을 지니고 있는, 돈 몇 푼에 목숨 걸지 않고 운명의 별을 중시하는 삶이었다.

그 밤은 벌써 한참 전의 일로, 그 후로 많은 사건들이 일어났고 상황도 달라졌다. 그래서 그날 밤에 있었던 일들 중 몇 가지만 기억할 수 있을 뿐이다. 마리아와 나누었던 소소한 이야기, 과감한 애정 표현을 위해 했던 몸짓과 행동들, 사랑을 나눈 후 곤한 잠에서 깨어났을 때의 밝은 별빛만 기억날 뿐이다. 하지만 내 몰락의 세월이 시작된 이래 내 삶이 엄숙하게 빛나는 눈길로 나를 바라본 건 그날 밤이 처음이었다. 그날 밤 나는 우연을 다시 운명으로 받아들였고, 내 존재의 폐허를 다시 신의 단편으로 인식했다. 내 영혼은 다시 숨 쉬게 되었고, 내 눈은 다시 세상을 볼 수 있게 되었다. 그 순간 나는 흩어져 있던 내 삶의 영상들을 한데 모으기만 하면 된다는 것을 직감했다. 불멸의 존재가 되려면 스스로 그 영상의 세계로 들어가 하리 할러식 '황야의 늑대'의 삶들을 수집해 하나의 영상으로 통합하기만 하면 되었다. 바로 그것이 모든 인간들이 궁극적으로 추구하는 목적이 아니겠는가?

다음 날 아침 마리아와 아침 식사를 한 후, 그녀를 몰래 집 밖으로 내보내는 데 성공했다. 그리고 그날 바로 집 가까운 곳에 그녀와 나를 위한 작은 방 하나를 구했다. 우리 둘만의 밀회를 위한 공간을.

한편 나의 댄스 선생인 헤르미네는 그 후로도 의무에 충실하게 나를 찾아왔고, 나는 보스턴을 익혀야 했다. 그녀는 가차 없이 엄격했고, 내가 수업을 단 한 시간이라도 빼먹는 걸 허용하지 않았다. 함께 가장무도회에 가야 한다면서. 그녀는 내게 그 무도회 의상 마련에 필요한 돈을 달라고 하면서도, 자기 의상에 대한 어떠한 정보도 알려 주지 않았다. 또한 나는 그녀의 집을 방문하지도 못했다. 아니, 여전히 그녀가 어디 사는지조차 몰랐다.

가장무도회가 열리기 전까지, 그러니까 약 3주 동안은 더없이 행복한 시간이었다. 마리아는 내게 진정한 의미에서의 첫 애인처럼 여겨졌다. 나는 이전까지 내가 사랑했던 여성들에게 늘 정신과 교양을 요구했다. 하지만 지성미가 넘치고 비교적 수준 높은 교양을 갖춘 여성이라 해도 결코 내 안의 로고스에 화답할 수 없음을, 오히려 그것에 방해만 된다는 사실을 나는 이전에는 전혀 모르고 있었다. 그래서 내가 가진 문제와 사상을 늘 여성들과 공유하려 했었다. 때문에 책 한 권도 제대로 읽지 않아 독서가 무엇인지 모르고, 차이코프스키와 베토벤도 구별할 줄 모르는 아가씨를 한 시간 이상 사랑하기란 도저히 불가능했다. 그러나 마리아는 교양을 가지고 있지 않았다. 그녀에겐 그런 우회로나 대용품이 필요치 않았기 때문이었다. 그녀의 모든 문제들은 감각에서 직접적으로 생겨나는 것들이었다. 자신에게 주어진 감각을 통해, 자신의 특별한 몸매, 빛깔, 머리카락, 목소리, 피부, 기질을 통해 가능한 한 더 많은 관능과 사랑의 행복을 얻어 내는 것, 자신의 모든 재능과 굴곡진 몸매, 부드러운 육체를 통해 사랑하는 이들로부터 반응과 이해를 얻고 활력과 기쁨을 주는 것이 그녀의 기술이자 임무였다. 그녀와 처음으로 수줍게 춤을 추었을 때 난 이미 그 기술을 감지했다. 천재적이고 매혹적이며 매우 세련된 관능미의 향기를 맡고는 그 황홀감에 취해 버렸다. 전지전능한 헤르미네가 내게 그런 마리아를 보낸 것도 분명 우연이 아니었다. 그녀의 향기와 존재감은 여름날의 장미와도 같았다.

나는 마리아의 유일한 애인이나 최우선적인 애인이 되는 행운은 얻지 못했다. 그저 다수의 애인 중 한 명일 뿐이었다. 그녀가 내게 시간을 내지 못하는 경우도 종종 있었다. 오후에 고작 한 시간 정도 함께 있는 경우가 많았으며 밤을 함께 보내는 날은 드물었다. 그녀는 내게 돈은 요구하지 않았다. 그 배후에는 헤르미네의 의도가 깔려 있었을 것이다. 하지만 선물은 흔쾌히 받았다. 빨간색 작은 가죽 지갑을 선물하면서 그 속에 몇 푼의 돈을 넣어 준 적이 있는데, 그 정도는 그냥 넘어가 주었다. 아무튼 그 빨간 지갑을 선물했을 때 그녀로부터 한바탕 비웃음을 샀다. 매력적이긴 하지만 유행에 뒤떨어지는, 인기 없는 모델이었기 때문이다. 지금까지 에스키모 언어보다 더 모르고 있었던 것들에 대해 나는 마리아로부터 많이 배우게 되었다. 무엇보다 소소한 액세서리와 유행품과 사치품들이 단순히 겉치레용이 아니며, 제조업자나 상인들이 돈벌이에 혈안이 되어 만든 물건만도 아니라는 사실을 배웠다. 그 모든 것들은 사랑에 기여하고, 감각을 세련되게 하고, 생기 잃은 주변 환경에 활력을 준다고 했다. 즉 신비스럽고도 새로운 사랑의 매체가 되려는 목적을 가지고 있다고 했다. 파우더와 향수를 비롯해서 댄스 슈즈, 반지, 담배 케이스, 벨트 버클, 핸드백 등이 모두 그렇다고 했다. 즉 가방은 그냥 가방이 아니고, 지갑도 그냥 지갑이 아니며, 꽃도 그냥 꽃이 아니고, 부채도 단순히 부채만이 아니라는 것이었다. 사랑과 마법과 유혹의 구체적인 재료이기도 하고, 그것들의 전령이자 밀수꾼, 무기이자 함성이라고 했다.

마리아가 진정으로 사랑하는 자는 과연 누구일까, 하고 곰곰이 생각해 본 적이 여러 차례 있었다. 대부분의 경우 나는 그녀가 공허한 검은 눈에, 고상하면서도 우울한 분위기를 자아내는 길고도 파리한 손을 가진 젊은 색소폰 연주자 파블로를 사랑하고 있을 거라 생각했다. 파블로는 사랑에 있어서는 별 의욕도 없고 까다로운, 수동적인 인물로 보였다. 하지만 마리아의 의견은 달랐다. 그는 비록 달아오르기까지는 다소 더딘 편이지만, 일단 정열을 품기 시작하면 권투선수나 기수騎手보다 더 강렬한 남성미와 저돌적 성향을 보인다고 힘주어 강조했다. 이런 식으로 나는 이 사람 저 사람, 즉 재즈 음악가, 배우, 몇몇 부인들, 처녀와 사내들에 대한 비밀들을 알게 되었다. 그뿐만이 아니라 수면 위로 불거지지 않은 친분 관계와 적대 관계까지 알게 되었다. 그러자 그런 세계와는 철저히 담을 쌓고 살았던 이방인인 나도 천천히 그 세계에 익숙해지고 교분을 맺게 되었다. 헤르미네에 대해서도 많은 것을 알게 되었다. 그리고 마리아가 그토록 사랑하는 파블로와 자리를 함께하는 경우가 많아졌다. 때때로 그녀는 파블로가 만든 비밀 약을 사용하기도 했는데, 그럴 때면 가끔 내게도 약을 나누어 주었다. 파블로는 항상 나를 위해 성심성의껏 배려했다. 한번은 그가 내게 단도직입적으로 말했다. "당신은 지나치게 불행한 분입니다. 그런 상태는 좋지 않아요, 그래서는 안 됩니다. 정말 안타까운 생각이 듭니다. 독하지 않은 아편 파이프를 이용해 보시지요."

쾌활하고 영리하며 구김살이라곤 없어 보이는, 한편으로는 수수께끼 같은 그에 대한 나의 평가는 수시로 바뀌었다. 우리는 친구가 되었고, 나는 드물지 않게 그의 약을 받아 챙겼다. 그는 내가 마리아를 사랑한다는 사실을 재밌어하는 눈치였다. 한번은 그의 숙소인 교외의 조그마한 호텔 다락방에서 '파티'가 열렸다. 방 안에는 의자가 달랑 하나밖에 없었기에 마리아와 나는 침대에 걸터앉아야 했다. 그는 우리에게 마실 것을 내주었다. 각각 세 개의 작은 병에 들어 있던 액체들을 한데 섞어 만든 비밀스럽고 진기한 리큐어였다. 내가 술기운에 기분이 좋아졌을 무렵, 그는 두 눈을 반짝이며 셋이 함께 난교를 벌이자고 제안했다. 나는 매몰차게 거절했다. 나로서는 불가능한 일이었다. 그러면서 나는 마리아가 그 제안에 어떤 태도를 보이는지 보려고 그녀를 곁눈질했다. 그녀도 내 입장에 동의했지만, 눈에서 미광이 번득이는 걸로 봐서 내 거부를 유감스러워하는 듯했다. 파블로도 적잖이 실망했지만, 그렇다고 상처까지 받은 정도는 아니었다. "유감이군

206

요." 그가 말했다. "하리, 당신은 너무 도덕적으로 사고하시는 것 같습니다. 문제 될 건 아무것도 없는데. 그렇게 한번 해보는 것도 좋은 경험이 될 텐데! 그렇다면 다른 걸 해보죠." 우리는 각자 몇 모금씩의 아편을 피웠다. 그러고는 앉은 자세로 움직이지 않고 눈을 뜬 채, 파블로가 암시한 장면들을 체험했다. 마리아는 황홀감에 몸을 떨기까지 했다. 시간이 지나 내 몸 상태가 좋지 않게 되자 파블로는 나를 침대에 눕히고는 몇 방울의 약을 투여해 주었다. 몇 분 정도 눈을 감고 있자니 양쪽 눈꺼풀에서 짧고 가벼운 키스의 감촉이 느껴졌다. 나는 그것을 당연하다는 듯 받아들였다. 마치 내게 키스한 사람이 마리아라는 듯. 하지만 나는 키스를 한 사람이 마리아가 아니라 파블로임을 분명히 알고 있었다.

그가 더 나를 놀라게 한 적도 있었다. 어느 날 밤 내가 사는 집에 찾아와서는 20프랑이 필요하니 빌려 달라면서, 대신 오늘 밤은 마리아를 마음대로 해도 좋다고 했다.

"파블로." 나는 깜짝 놀라면서 말했다. "당신이 지금 무슨 말을 하고 있는지 알기나 합니까? 자신의 애인을 돈을 받고 남에게 양도하는 건 가장 치욕적인 짓입니다. 당신의 제안은 못 들은 걸로 하겠습니다, 파블로."

그는 나를 연민의 눈초리로 쳐다보았다. "마리아와 함께 자는 걸 원하지 않으시는군요, 하리 할러 씨. 좋습니다. 당신은 항상 자신을 힘들게 만드시는군요. 정히 그렇다면 오늘 밤은 혼자 주무십시오. 그건 그렇고, 나중에 갚아 드리겠으니 돈은 빌려 주셨으면 합니다. 급히 쓸 데가 있습니다."

"대체 어디에 쓰시려고?"

"아고스티노를 위해서입니다. 아실지 모르겠지만, 제2바이올린을 연주하는 어린 친구입니다. 일주일째 병석에 누워 있지만 아무도 그를 돌봐 주는 사람이 없습니다. 땡전 한 푼 없는 신세에다 내게 빌려 간 돈마저 다 쓴 상탭니다."

호기심과 함께 일말의 자책감도 들어, 나는 파블로와 함께 우유와 약을 사서 아고스티노에게 갔다. 그의 다락방은 말 그대로 형편없었다. 파블로는 침대를 깨끗이 정리해 주고 방을 환기시키는가 하면, 열이 올라 있는 그의 머리에 깨끗한 물수건을 솜씨 좋게 감아 주었다. 동작 하나하나가 재빠르고 섬세하며 능숙한 것이 마치 간호사 같았다. 그날 밤 나는 파블로가 시티 바에서 동이 틀 때까지 연주하는 것을 지켜보았다.

나는 종종 헤르미네와 만나서 마리아에 대해 오랫동안 얘기를 나누곤 했다. 그녀의 손, 어깨, 허리 등 신체적 부분에 대한 것에서부터 웃는 모습과 키스하는 방식, 그리고 춤추는 모습에 대해서도.

"그 애가 당신에게 그것을 해주던가요?" 한번은 헤르미네가 내게 그렇게 물으면서 키스할 때 혀를 놀리는 마리아의 특별한 방식을 설명해 주었다. 나는 그녀에게 나를 상대로 직접 시범을 보여 달라고 부탁했지만, 그녀는 일언지하에 거절했다. "나중에요. 아직은 난 당신 애인이 아니잖아요."

나는 헤르미네에게 어떻게 마리아의 키스 기술이며, 그녀의 애인만 알 수 있는 삶의 비밀스러운 부분들까지 알게 되었느냐고 물었다.

"그 애와 난 친구잖아요. 우리가 서로 간에 비밀이 있을 것 같아요? 나는 그 애와 잠도 같이 자고 놀기도 해요. 어쨌거나 당신이 누구보다 다재다능한 아주 매력적인 아가씨를 붙잡은 셈이라는 건 알아 둬요."

"하지만 헤르미네, 나는 너희 두 사람 사이에도 비밀은 있다고 믿어. 네가 알고 있는 나에 대한 모든 것을 그녀에게 다 털어놓은 건 아니잖아."

"그건 다른 문제예요. 마리아가 이해할 수 없을지도 모르는 건 말하지 않았을 뿐이죠. 어쨌든 마리아는 대단한 아이예요. 당신은 행운을 잡은 거예요. 물론 당신과 나 사이에는 마리아가 전혀 알지 못하는 무언가가 있긴 해요. 나는 마리아에게 당신에 대해 많은 걸 얘기해 줬어요. 당신이 들었다면 좋아했을 얘기와, 그 이상의 얘기도요. 당신을 위해 그녀를 유혹해야 했으니까요! 하지만 마리아는 나만큼은 당신을 이해할 수 없을 거예요. 다른 누구라도 마찬가지예요. 나 또한 마리아로부터 당신에 대해 들었어요. 마리아가 당신에 대해 알고 있는 것도 난 다 알고 있는 거죠. 그러니까 난 당신에 대해서라면, 잠자리를 자주 한 사이만큼이나 잘 알고 있어요."

얼마 후 마리아를 다시 만났을 때 그녀가 내게 하는 행위를 헤르미네에게도 한다는 생각이 들자, 즉 그녀의 손발과 머리와 피부를 만지고 키스도 하며 그녀를 음미했을 것이라는 생각이 들자, 야릇하고 섬뜩한 느낌이 들었다. 새롭고 우회적이며 복잡한 관계가 내 의식의 수면 위로 떠오른 것이다. 말하자면 새로운 사랑의 가능성과 삶의 가능성이 펼쳐진 것이다. 그 순간 「황야의 늑대에 관한 소논문」에 나오는 '천 개의 영혼'이라는 표현이 떠올랐다.

마리아와 알게 되었을 때부터 가장무도회가 열리기 전까지의 그 짧은 기간 동안, 나는 더없이 행복했다. 하지만 그것이 구원이자 마침내 도달한 지복至福의 상태라는 느낌은 들지 않았다. 오히려 그 기간은 서곡이자 준비 단계일 뿐이며, 앞으로 가장 본질적인 일이 발생할 것이라는 점을 분명히 직감하고 있었다.

하루가 멀다 하고 사람들의 입에 오르내리는 그 가장무도회에 참석해도 문제없을 만큼 이제 춤은 충분히 익힌 상태였다. 헤르미네는 여전히 자신이 어떤 의상을 입고 등장할지에 대해선 함구하고 있었다. 그저 틀림없이 자기를 알아볼 수 있을 거라고, 행여나 못 알아볼 경우에는 자기가 힌트를 주겠다고만 했다. 미리 알려고는 하지 말라면서. 내 의상에 대해서도 일절 호기심을 표하지 않았다. 나는 가장 의상을 입지 않기로 작정했다. 나는 마리아를 그 무도회의 파트너로 데려가고 싶었지만, 그녀는 이미 파트너가 있다고 했다. 벌써 입장권도 가지고 있었다. 혼자 입장할 생각을 하니 약간 실망스러웠다. 내가 참석하게 될 그 가장무도회는 예술가 협회 주관하에 매년 글로부스 홀에서 개최되는, 이 도시에서 가장 품격 높기로 정평이 나 있는 무도회였다.

최근 들어 헤르미네를 만날 수 있는 날은 드물었다. 하지만 무도회 전날 그녀는 잠시 내게 들렀다. 내가 구입해 둔 입장권을 가지러 온 것이었다. 그녀와 나는 조용히 이런저런 이야기를 나누었다. 흥미롭고도 인상적인 대화였다.

"지금 당신은 아주 잘하고 있어요." 그녀가 말했다. "이게 다 춤 덕분이에요. 지난 한 달 동안 당신을 보지 못한 사람이라면, 이제 당신을 알아보기도 힘들걸요. 그만큼 당신은 많이 변했어요."

"그래 맞아." 나는 인정했다. "지난 몇 년 동안 이렇게 잘 지내 본 적은 없어. 이 모든 게 다 네 덕분이야, 헤르미네."

"오, 당신의 그 아름다운 마리아 덕분이 아니고요?"

"아니지. 그녀를 내게 보내 준 사람이 너였잖아. 마리아는 참 대단한 여자야."

"당신에게 그야말로 딱 필요했던 연인이죠, 황야의 늑대 씨. 귀엽고, 젊고, 성격도 쾌활한 데다 연애도 매우 지혜롭게 하죠. 매일 만나 주지 않은 것도 적절했어요. 그녀를 다른 누군가와 공유하지 않았더라면, 그녀가 잠시 머물다 가는 손님 같은 존재가 아니었다면, 당신도 좋아하지 않았을 거예요."

그렇다, 나는 그 점 역시 인정할 수밖에 없었다.

"그러니 당신은 이제 당신이 필요로 하는 모든 것을 손에 넣은 셈이죠?"

"아니야, 헤르미네. 그건 그렇지 않아. 물론 나는 매우 아름답고 매혹적인 무언가를 얻기는 했어. 내게 큰 기쁨과 편안한 위안을 주는. 그래서 정말 행복하지만……"

"그렇다면 된 거죠! 더 바랄 게 있나요?"

"있어. 나는 행복한 것만으로는 만족할 수가 없어. 나는 행복하라고 만들어진 존재가 아니야. 그건 내 운명이 아니야. 내 운명은 그와는 정반대야."

"그러니까 불행해야 한다는 건가요? 그렇다면 당신은 충분히 그래 왔어요. 당신이 면도칼 때문에 집으로 돌아갈 수 없었던 그 날을 생각해 봐요."

"그렇지 않아, 헤르미네. 그건 경우가 달라. 그 당시 내가 매우 불행했다는 건 인정해. 하지만 그것은 어리석고도 비생산적인 불행일 뿐이었어."

"왜 그렇다는 거죠?"

"당시에 느꼈던 불행은 내가 그토록 원하는 죽음에 대한 공포만 일으켰으니까. 내가 정말 필요로 하고 갈망하는 불행은 그런 게 아니야. 열망과 욕정으로 인해 고통받다가 마침내 죽어 가는 것이, 내가 바라는 불행의 유형이야. 바로 그런 것이 내가 고대하는 불행 혹은 행복이야."

"이해할 수 있어요. 그런 점에서 우리는 형제인 게 분명해요. 하지만 당신이 지금 마리아와 함께 발견해 낸 행복이 바로 그런 행복이 아닌가요? 그런데 왜 그것에 만족할 수 없다는 건가요?"

"나는 지금 내가 누리고 있는 이 행복을 부정하는 것은 아니야. 아니고말고. 나는 이 행복에 애착을 가지고 있어. 이 행복에 감사하고 있단 말이야. 장마철에 쾌청한 날을 만난 것처럼. 하지만 이 행복이 오래 지속될 수 없을 거란 예감이 들어. 그리고 이 행복 또한 생산적이지 못해. 만족을 주긴 하지만, 만족은 나를 위한 요리는 아니야. 그건 황야의 늑대의 배를 불려 식곤증에 빠지게 할 거야. 때문에 기꺼이 목숨까지 바칠 수 있는 행복은 아닌 거야."

"그러니까 꼭 죽어야 한다는 말이군요, 황야의 늑대 씨?"

"나는 그렇게 생각해. 하지만 지금은 이 행복에 매우 만족하기에, 당분간은 이대로 더 견뎌 볼 생각이야. 하지만 이 행복이 가끔 내게 자각과 동경의 시간을 허용할 때가 있는데, 그럴 때면 이 행복을 영원히 간직하고픈 욕망보다는 다시 불행 속에 빠지고 싶은 욕망이 생겨나곤 해. 다만 예전과는 달리 아름답고 풍요로운 불행 속에. 나는 내게 죽을 각오와 의지를 심어 줄 그런 불행을 갈망하고 있어."

헤르미네는 애정 어린 표정으로 나를 바라보았다. 하지만 눈빛은 전에 몇 번 본 적이 있는 음울한 기색을 띠고 있었다. 한마디로 경외감을 불러일으키는 눈빛이었다. 그녀는 하나하나 적절한 단어를 찾아 나란히 배열하듯 천천히 얘기를 꺼냈다. 나지막한 목소리였기에 그녀의 말을 알아들으려고 신경을 곤두세워야 했다.

"오늘 당신에게 얘기하고 싶은 게 있어요. 내가 오래전부터 알고 있었던 것에 대해서요. 어쩌면 당신도 이미 알고 있을지 몰라요. 하지만 당신이 그것을 당신 자신에게 터놓고 얘기해 보지는 않았을 거예요. 나와 당신, 그리고 우리의 운명에 대해 내가 알고 있는 것을 말해 줄게요. 하리, 당신은 예술가이자 사상가예요. 기쁨과 믿음으로 가득 차 언제나 위대함과 영원함을 좇으려 하는 반면, 귀엽고 소소한 것에는 만족할 줄 모르는 사람이죠. 그러나 삶이 당신의 의식을 깨워 당신에게 자기 성찰의 기회를 주면 줄수록 당신이 겪는 고난도 커져 가서, 당신은 깊은 고뇌와 공포와 절망 속에 빠져들었어요. 한계 상황에 다다를 때까지. 그래서 당신이 여태껏 아름답고 신성한 것으로 여겨 사랑하고 존경해 온 모든 것, 인간과 인간의 지고한 천성에 대한 모든 믿음이, 당신에게 아무런 도움이 되지 못하는 무가치한 것이 되어 버렸죠. 말하자면 풍비박산이 난 거예요. 그래서 결국 당신의 믿음은 호흡곤란을 겪게 된 거예요. 질식이라는 가혹한 죽음을 겪고 있는 거예요. 내 말이 맞나요, 하리? 이것이 당신의 운명이 아닌가요?"

나는 고개를 끄덕이고 또 끄덕였다.

"당신은 마음속에 삶의 그림을 한 장 그려 놓고 있었어요. 믿음과 요구라는 그림을. 당신은 행동과 고뇌와 희생을 위한 만반의 준비를 하고 있었어요. 하지만 점차 깨닫게 되었죠. 세상은 나의 행동이나 희생 따위를 요구하지 않는다는 것을요. 삶이란 건 영웅이 필요한 서사시가 아니라, 음식과 음료수와 커피와 양말과 타로 게임과 라디오 음악 같은 것들로 충분한 별실과도 같다는 걸요. 때문에 영웅적인 것과 아름다운 것을 추구하는 자는, 위대한 시인이나 성인에 대한 존경심을 가지고 있는 자는, 바보나 돈키호테가 될 뿐이죠. 나 또한 당신 같은 사람이었어요. 다방면에서 탁월한 재능을 가진 소녀였죠. 존경할 만한 인물을 본보기로 삼아 원대한 목표하에 가치 있는 일을 수행할 운명이었죠. 나는 그 거대한 운명을 받아들일 능력이, 왕비나 혁명가의 애인이나 천재의 누이나 순교자의 어머니가 될 능력이 있었어요. 하지만 삶은 내게 그런대로 괜찮은 취미를 가진 고급 화류계 여인이 될 것을 주문했어요. 아니, 그런 여인도 겨우 될 수 있었어요. 아무튼 내 삶의 과정은 그랬어요. 난 한동안 절망 속에서 살면서 모든 책임을 나에게로 돌렸어요. 삶은 정당하고, 내게 문제가 있는 거라고 생각했죠. 삶이 내 아름다운 꿈을 조롱하는 것도, 내 꿈자체가 어리석고 터무니없기 때문이라고 생각했어요. 하지만 그런 생각도 도움이 되진 못했죠. 나는 좋은 눈과 귀를 가졌고 호기심도 많은 편이라, 그 '삶'이라는 걸 면밀히 검토해 봤어요. 지인들과 이웃들을 포함해 50명 이상의 인간들과 그들의 운명을 지켜본 거죠. 하리, 그때 난 알게 됐어요. 내 꿈이 옳았다는 것을, 천 번 만 번 옳았다는 것을요. 당신의 꿈도 마찬가지로 옳아요. 반면에 삶은, 현실은 틀린 것이었어요. 나 같은 처지의 여자들은 재산가에게 고용되어 타자기나 두드리며 초라하고 무가치하게 늙어 가거나, 돈 때문에 재산가들과 결혼하거나, 일종의 창녀로 전락하는 것 외에는 다른 선택의 여지가 없다는 건 타당하지 않아요. 당신처럼 고독하고 소심하며 절망에 빠진 사람들은 면도칼을 잡을 수밖에 없다는 논리만큼이나 터무니없는 거죠. 나의 불행은 물질적이고 도덕적인 면에서의 불행이지만, 당신의 불행은 정신적인 면이 강할 거예요. 하지만 둘 다 불행이라는 길에 놓여 있는 건 마찬가지죠. 그러니 당신이 폭스트롯을 배우기를 두려워했다는 것, 바와 댄스 주점에 반감이 있었다는 것, 재즈 음악과 기타 잡동사니 같은 음악에 치를 떨었다는 것을, 내가 모를 수가 있었겠어요? 난 그 모든 걸 너무도 잘 이해했어요. 당신의 정치에 대한 혐오감도, 정당과 언론의 허튼소리와 무책임한 행동에 대한 비통도, 이전 전쟁과 다음 전쟁에 대해 느끼는 절망감도, 요즘 사람들의 사고방식과 독서 방식과 건축 방식, 음악하는 태도와 축제의 행태, 교양 축적의 방식 등에 대한 절망적인 시각도 잘 알고 있었어요. 당신이 옳아요, 황야의 늑대 씨. 절대적으로 옳아요. 하지만 당신은 파멸할 수밖에 없어요. 당신은 단순하고 나태하며 너무도 사소한 것에 만족해하는 오늘날의 세계에 지나치게 많은 것을 요구하며 불평했어요. 당신은 다른 차원을 가지고 있어서 이 세계가 받아들이기에는 너무도 큰 사람이고, 그래서 세계는 당신을 토해 버릴 거예요. 이 시대에 유쾌한 삶을 살려면 당신이나 나 같은 인간이 되어서는 안 돼요. 졸렬한 음악이 아니라 제대로 된 음악을, 향락이 아니라 진정한 기쁨을, 돈이 아니라 영혼을, 장사가 아니라 진정한 노동을, 유희가 아니라 진정한 열정을 갈망하는 사람에겐 지금의 이 매력적인 세계는 고향이 될 수 없죠……."

그녀는 바닥으로 시선을 내린 채 곰곰이 생각에 잠겼다.

"헤르미네." 나는 다정한 목소리로 말했다. "넌 정말 혜안을 가졌어! 그런 네가 내게 폭스트롯까지 가르쳐 줬다니! 그런데, 우리처럼 다른 차원을 가진 인간들은 이곳에서 살 수 없다니, 그게 정확히 무슨 뜻이지? 이 시대에만 그렇다는 거야, 아니면 늘 그럴 수밖에 없다는 거야?"

"나도 잘 모르겠어요. 하지만 세상의 명예를 위해서라도 단지 이 시대에만 해당되는 사실이라고 말하고 싶어요. 병처럼 일시적인 불행일 뿐이라고요. 이 시대는, 지도자들은 다음 전쟁을 위해 착실하게 일하고 있고 우리 같은 사람들은 폭스트롯을 추고 돈을 벌며 초콜릿 사탕을 먹고 있는 시대죠. 이런 시대에는 세상이란 것도 참 보잘것없어 보여요. 과거에는 지금보다는 사정이 나았으니 앞으로는 더 좋은 시대가, 지금보다 훨씬 풍족하고 광활하며 깊이 있는 시대가 펼쳐질 것이라 기대해 보기는 해요. 하지만 그렇게 된다 한들 우리에겐 도움이 안 되죠. 또 어느 시대에나 우린 이런 처지일 수밖에 없을지도 모르고……."

"오늘날처럼 늘 이렇게? 세상은 늘 정치가와 사기꾼과 웨이터와 한량들을 위한 것일 뿐, 우리 같은 인간들이 숨 쉴 만한 곳은 아니란 말이야?"

"나도 잘은 모르겠어요. 그 누구도 알 수 없는 일이죠. 하지만 어떻든 상관없어요. 당신이 좋아하는 모차르트가 떠오르네요. 당신은 수시로 내게 그의 이야기를 들려주며 그가 쓴 편지까지 읽어 줬잖아요. 그의 사정은 어땠을까요? 그의 시대 때 세상을 지배하고 최대의 이익을 보고 유행을 선도하고 세인의 인정을 받았던 인물은 누구였을까요? 모차르트였을까요, 아니면 사업가들이었을까요? 모차르트였을까요, 아니면 평범한 보통 사람들이었을까요? 모차르트가 어떻게 죽었고 어떻게 묻혔나요? 그걸 생각하면 세상은 언제나 이랬고 앞으로도 이럴 거라는 생각이 들어요. 학교에서 '세계사'라 불리는 과목, 그 속에 들어 있는 온갖 영웅과 천재와 위대한 업적과 성과들은, 교육이라는 명목하에 규정된 수업 시간 동안 아이들을 무언가에 몰두하게 만들려고 교사들이 고안해 낸 속임수 같아요. 늘 그래 왔듯 앞으로도 시간과 세상, 돈과 권력은 언제나 하찮은 사람들에게만 돌아갈 뿐 진정한 인간들에게는 아무것도 주어지지 않을 것 같아요. 그들에겐 죽음 말고는 그 어떤 것도 없을 것 같아요."

"그 외에는 정말 아무것도 없는 걸까?"

"한 가지가 있긴 해요. '영원'이라는 것이."

"후대에 남겨질 이름이나 명성 같은 것을 뜻하는 거야?"

"아니에요, 늑대 씨. 명성은 아니에요. 그게 정말로 가치가 있는 걸까요? 제대로 된 완벽한 인간들 모두가 유명해지고 후대에까지 이름을 남긴다고 생각해요?"

"아니. 당연히 그렇게 생각하진 않아."

"그러니까요. 명성은 단지 교양을 위해 존재할 뿐이에요. 학교 선생들이나 거기에 관심이 있겠죠. 내가 말하는 건 절대 명성이 아니에요. 말 그대로 '영원'이죠. 신앙심 깊은 사람들은 그걸 하느님의 나라라고 부르기도 하죠. 이 시대의 공기 외에 다른 공기를 호흡할 수 없다면, 시대를 뛰어넘는 그 영원이란 게 없다면, 우리처럼 요구와 동경이 많은 다른 차원을 가진 사람들은 결코 살아갈 수 없을 거예요. 진정한 인간들은 바로 그 영원의 세계에서 살아가죠. 모차르트도, 당신이 위대하다고 여기는 시인들도, 기적을 일으키고 순교하여 인간의 위대한 본보기가 된 성인들도, 다 그 세계에 속해 있어요. 진실한 행위와 진실한 감정도 모두 그 세계에 있고요. 비록 아무도 알지 못하고 보지 못하여 기록할 수도 없고 후대를 위해 보존할 수도 없다 해도, 그 영원의 세계는 분명 존재해요. 사실 영원 속에는 후대란 없죠. 다 동시대일 뿐이죠."

"네 말이 맞아."

"신앙심이 깊은 사람들은 그 영원의 세계를 알고 있어요." 그녀는 신중하게 말을 이어 갔다. "그래서 성인들을 추대해서 '성인 공동체'라는 것을 만드는 거죠. 성인들은 진정한 인간들이자 구세주의 어린 형제들이에요. 우리 같은 사람들은 사는 내내 선행과 의연한 사상과 사랑을 통해 그들에게로 가는 도정에 있는 거고요. 과거에 화가들은 그 성인 공동체를 아름답고 평화가 넘치는 환한 황금빛 천국으로 묘사했었어요. 그게 바로 내가 말한,

시간과 외관을 초월한 영원이라는 세계예요. 우리는 그곳의 구성원이며, 바로 그곳이 우리의 고향이죠. 우리의 마음은 그곳을 향해 나아가요, 황야의 늑대 씨. 그래서 우리가 죽음을 갈망하는 거고요. 그곳에서 당신은 당신의 괴테와 노발리스와 모차르트를 만날 테고, 나는 나의 성인인 성 크리스토퍼와 필리포 네리[*] 등을 만날 테죠. 성인들 중에는 처음에는 지독한 범죄자였던 사람들도 많았어요. 죄악이나 악덕 또한 성인이 되기 위한 방편이 될 수도 있다는 말이에요. 당신은 웃을지 모르지만, 나는 내 친구 파블로도 어쩌면 숨겨진 성인일 수 있다고 생각해요. 하리, 우리는 그 영원의 세계인 고향으로 돌아가기 위해 온갖 더러운 일과 망나니 같은 짓을 해가며 걸음을 재촉해야 해요! 길을 안내해 줄 사람은 아무도 없어요. 우리의 유일한 안내자는 향수鄕愁일 뿐이에요."

그녀는 마지막 몇 마디는 아주 작은 소리로 말했다. 방 안에는 평화로운 정적이 흘렀다. 석양이 지자 서가에 꽂혀 있는 수많은 책등의 금색 글자가 어슴푸레한 빛을 발했다. 나는 양손으로 헤르미네의 머리를 잡고 그녀의 이마에 키스를 했다. 그런 다음 우리는 마치 남매가 우애를 나누듯 뺨과 뺨을 맞대고 한참을 있었다. 그냥 그대로 있고 싶을 뿐, 밖으로 나가고 싶지 않았다. 하지

[*] Filippo Neri(1515~1595). 이탈리아의 종교가로 가톨릭 개혁 운동의 대표적인 인물. 후에 성인으로 추앙되었다.

만 가장무도회가 열리기 하루 전날인 그날 밤, 마리아와의 약속이 있었다.

마리아를 만나러 가는 길에도, 그녀보다는 헤르미네가 했던 말들이 떠올랐다. 그 모든 말들이, 그녀 고유의 생각이 아니라 눈썰미 좋은 그녀가 내 사상을 읽고 흡입한 다음 나름의 방식으로 재생한 거라는 생각이 들 만큼 공감이 되었다. 그녀가 영원의 세계를 언급해 준 것이 무엇보다 고마웠다. 나에게는 그런 세계가 꼭 필요했다. 그것이 없으면 나는 살 수도 죽을 수도 없었다. 성스러운 피안의 세계, 무시간성의 세계, 영원한 가치와 신의 본질이 담겨 있는 세계를 나의 친구이자 춤 선생이 그날 내게 선물해 준 것이었다. 나는 일전에 꾼 괴테의 꿈을, 그 옛 현자의 영상을 떠올렸다. 그때 나는 처음으로 괴테의 웃음을, 즉 불멸의 위인들의 웃음을 알게 되었다. 그것은 대상이 없는 웃음이었다. 단지 빛과 밝음만 있을 뿐이었다. 그것은 한 진실한 인간이 번뇌와 악습과 실수와 애욕과 착오를 모두 경험한 끝에 영원의 세계에 진입했을 때 비로소 얻게 되는 웃음이었다. 영원이라는 것은 시간으로부터의 해방을 의미한다. 즉 순수로의 복귀이자 우주로의 귀환이다.

마리아와 저녁 식사를 하곤 하는 교외의 한 선술집에 도착해보니 그녀는 아직 보이지 않았다. 나는 테이블에 앉아 그녀를 기다렸다. 생각은 여전히 헤르미네와의 대화를 벗어나지 못하고 있었다. 우리가 주고받았던 사상은 내가 오래전부터 알고 있었던 친근한 것이었기에, 그 모든 것이 나의 신화와 상상의 세계로부터 나온 것 같다는 생각을 떨칠 수가 없었다. 현실을 떠나 시간을 초월한 공간에서 하나의 영상이 되어 살고 있는 불멸의 위인들, 수정처럼 투명한 영원이 에테르처럼 흘러내리고 있는 저 불멸의 위인들에게 내가 친근감을 느끼는 까닭은 무엇일까? 차가운 별빛으로 물든 저 초월적인 세계의 쾌활함이 낯설지 않은 이유는 과연 무엇일까? 그 순간 모차르트의 〈카사치온〉과 바흐의 〈평균율〉의 곡조가 떠올랐다. 그 곡조 곳곳에 저 세계의 차가운 별빛과 투명한 에테르가 흐르고 있는 듯했다. 그랬다. 음악이야말로 시간이 얼어붙은 우주 공간과도 같았다. 바로 그 음악 위로 초인간적인 명랑함이, 신적인 영원한 웃음이 흩뿌려져 있었다. 내 꿈에 나타났던 늙은 괴테도, 바로 그런 음악의 공간 안에 있지 않았을까. 그때 갑자기 어딘가에서 수수께끼 같은 웃음소리가 들려왔다. 불멸의 위인들의 웃음소리였다. 나는 그 소리에 매혹되어 조끼 주머니에서 연필을 꺼내 들었다. 종이가 없어 두리번거리다가 마침 내 앞에 놓여 있는 와인 메뉴판이 눈에 들어왔다. 그것을 뒤집어 뒷면에다 시를 썼다. 며칠 뒤 나는 주머니에서 그 시를 다시 찾아냈다. 시의 내용은 다음과 같다.

불멸의 위인들

세상의 골짜기마다
삶의 충동은 끊임없이 피어난다.

거친 고난과 도취된 충만이.

수천의 사형수들 앞에 놓인 최후의 만찬에는 핏빛 연기가 솟아

오른다.

쾌락과 끝없는 욕망에 떨리는

살인마의 손, 고리대금업자의 손, 기도자의 손이 보인다.

공포와 쾌락에 사로잡힌 한 떼거리의 사람들이

날것의 고기가 열에 썩어 가는 자극적인 냄새를 풍기며

행복과 욕정을 숨쉬고

제 살을 깎아 먹고는 다시 토해 낸다.

전쟁을 꿈꾸고 우아한 예술을 기획하는 자들은

불타는 유곽에 망상의 장식품을 달아 준다.

사람들은 마치 요란한 시장터로 기쁘게 달려가는 아이처럼 그

유곽으로 달려가

서로를 감싸 안으며 정력이 다하도록 오입질을 해댄다.

언젠가 배설물로 부서질 파도이지만

그 파도에서 다시 솟아오르려 한다.

그와는 반대로 우리는 별처럼 빛나는 에테르의 얼음 속에서,

우리 자신을 발견한다.

우리는 남자도 여자도 아니고

세월 따윈 아랑곳하지 않기에

젊지도 않았고 늙지도 않는다.

너희들의 죄악과 공포,

너희들의 살육과 음탕한 희열은

선회하는 태양과도 같은 우리에겐 하나의 구경거리이다.

우리의 하루하루는 모두 기나길다.

우리는 경련을 일으키는 너희들의 삶에 조용히 고개를 끄덕이
면서,

고요히 떠도는 별들을 바라보면서,

우주의 겨울을 호흡하고

하늘의 용과 친분을 맺는다.

우리 영원한 존재들은 차갑고 변하지 않으며,

우리의 영원한 웃음은 싸늘하게 별처럼 빛나고 있다.

마리아가 왔다. 우리는 기분 좋게 식사를 하고 우리만의 방으
로 갔다. 그녀는 오늘 밤 유독 더 아름답고 따뜻하고 애정이 넘
쳐 보였다. 그녀는 내게 온갖 애무와 유희를 제공했다. 마치 그녀
가 내게 베푸는 마지막 배려 같았다.

"마리아." 내가 입을 열었다. "넌 오늘 여신처럼 선심을 쓰는군.
우리 서로 건강에 무리가 가지 않도록 하는 게 좋겠어. 내일은
가장무도회가 열리는 날이잖아. 내일 너의 파트너는 누구지? 그
가 동화 속 왕자처럼 너를 유혹해서 다시는 내게 널 돌려보내지
않을까 두려워. 오늘 넌 이별할 연인에게 마지막 사랑을 쏟는 사
람 같아."

그녀는 내 귀에 입술을 대고는 속삭였다.

"그런 말 마요, 하리! 하지만 언제든 마지막이 될 수 있죠. 헤르미네가 당신을 차지하면 당신은 다시는 내게 돌아올 수 없을 거예요. 어쩌면 내일 당장 그녀가 당신을 채 갈지도 몰라요."

그날처럼, 그 무도회 전날처럼 독특한 감정을 느껴 본 적은 없었다. 고통스럽고도 아름다운 묘한 양가감정을 그날처럼 더 강렬하게 느꼈던 적은 없었다. 그건 다름 아닌 행복감이었다. 아름다운 마리아는 나에게 몸을 맡겼고, 나는 중늙은이가 되어서야 비로소 알게 된 섬세하고 감각적인 즐거움을 흡입하고 맛보았다. 나는 부드럽게 살랑거리는 유희의 물결 속에 있었다. 하지만 거기 있는 나는 나의 껍데기에 불과했다. 내면의 나는 의미와 긴장과 운명으로 가득 차 있었다. 내 껍데기는 다정하고도 정겨운 태도로 달콤한 사랑의 유희에 빠져 있었지만, 내 내면은 나의 운명이 마치 놀란 말처럼 날뛰다가 절벽으로 추락할 것 같은 예감에 빠져 있었던 것이다. 마리아의 유쾌하고 뇌쇄적인 아름다움도 두렵게 느껴졌고, 죽음도 두렵게 느껴졌다. 하지만 그 공포가 곧 귀의와 해방으로 바뀔 것임을 나는 이미 알고 있었다.

우리가 아무 말 없이 분주한 사랑의 유희에 몰입해 그 어느 때보다 농밀하게 접촉하고 있는 동안, 내 영혼은 마리아로부터, 그녀가 내게 의미했던 모든 것으로부터 작별을 고하고 있었다. 그녀를 통해 나는 죽기 전에, 성의 순수함 속에서 천진난만한 유희와 덧없는 기쁨을 추구하는 아이와 동물이 될 수 있었다. 이전에도 나는 아주 드물게나마 그런 존재가 될 수 있었지만 그저 예외로만 취급했었다. 감각적인 삶과 성은 나에겐 늘 죄악의 쓴 뒷맛을 남겼기 때문이다. 정신적인 인간이라면 마땅히 경계해야 할, 달콤하지만 두려운 금단의 열매처럼 느껴졌기 때문이다. 그 금단의 열매가 있는 낙원을 헤르미네와 마리아는 있는 그대로 보여 주었고, 나는 그 낙원의 손님으로 초대된 것이 고마웠다. 하지만 이제 곧 떠나야 한다. 낙원은 너무나도 매력적이고 따뜻하지만 다시 삶의 왕관을 찾아 나서는 것, 살면서 저지른 수없는 죄를 참회하는 것이 나의 운명이기 때문이다. 가벼운 삶, 가벼운 사랑, 가벼운 죽음, 이런 것들은 내겐 아무런 의미도 없었다.

헤르미네와 마리아의 암시를 통해 나는 내일 무도회 때, 혹은 그 후에 매우 특별한 놀이와 방탕한 행사가 계획되어 있음을 눈치채고 있었다. 어쩌면 오늘 밤이 마지막일 수도 있다는 마리아의 예감이 맞을 수도 있다. 내일부터는 새로운 운명의 여정이 시작될지도 모른다. 나는 불타는 그리움과 숨 막히는 두려움에 휩싸여 마리아에게 격정적으로 매달렸다. 한 번 더 그녀 정원 안의 온갖 오솔길과 덤불을 탐욕적으로 뛰어다녔다. 그러고는 금단의 열매를 다시 한 번 깨물었다.

아침에 목욕을 하고 차를 타고 집으로 돌아왔다. 지칠 대로 지친 상태였다. 전날 밤 못 잔 잠을 자야 했다. 침실을 어둡게 하고 옷을 벗을 때 주머니 속에 있는 시를 발견했다. 하지만 곧 잊어버리고 즉시 침대에 누웠다. 마리아도 헤르미네도 가장무도회도 다 잊고 온종일 잠을 잤다. 저녁에 일어나 면도를 했다. 그제야 비로소 한 시간 후면 가장무도회가 시작되니 연미복을 찾아야 한다는 생각이 들었다. 나는 들뜬 마음으로 모든 채비를 갖춘 다음, 밖으로 나가 우선 요기부터 했다.

나로서는 처음으로 참석하는 가장무도회였다. 예전에도 그런 축제를 구경하며 그 근사한 분위기를 맛본 적은 있지만, 직접 춤을 추러 가는 건 이번이 처음이었다. 다른 사람들이 가장무도회에 대해 열광적으로 이야기하며 기뻐하는 모습을 볼 때 우스워하던 내가, 오늘은 긴장과 불안을 느끼며 직접 참석하게 된 것이다. 하지만 함께 갈 파트너가 없었기에, 가급적 늦게 가기로 작정했다. 헤르미네도 그렇게 하라고 권했었다.

실의에 빠진 사내들이 저녁 내내 빈둥대며 포도주를 마시고 독신남들이 유희를 즐기는, 예전의 나의 은신처였던 슈탈헬름에 최근 들어서는 거의 가지 않았었다. 변화된 최근의 내 삶과는 맞지 않기 때문이었다. 하지만 그날 저녁에는 나도 모르게 그곳으로 발길이 향했다. 지금 나를 지배하고 있는 운명과 이별이라는 두려우면서도 행복한 감정이, 쓰라리고도 아름다웠던 내 지난날의 모든 경유지와 장소들을 아름다운 광채로 비춰 주었기 때문이다. 그리하여 그 광채를 받은 곳들 중 하나인 담배 연기 자욱한 그 작은 선술집 앞으로 간 것이다. 나는 얼마 전까지만 해도 그곳의 단골이었다. 그곳에서 수면제 삼아 지방산 포도주 한 병을 마시고는 나의 외로운 침대로 돌아가 잠을 청을 청했었다. 그렇게 하루하루를 지탱했었다. 그 후로 나는 다른 수단, 즉 보다 강력한 자극에 탐닉하게 되었고 보다 달콤한 독을 들이마시게 되었다. 나는 웃음을 지으며 그 오래된 술집으로 들어갔다. 여주인이 인사를 건넸고, 단골들도 말없이 고개를 끄덕이며 맞아 주었다. 여주인이 추천한 통닭구이가 나왔고, 조잡하게 생긴 두터운 잔에는 새로 출시된 엷은 빛깔의 알사스산 포도주가 넘칠 듯 가득 따라졌다. 깔끔한 흰색 나무 탁자와 오래된 누런 벽판이 다정하게 나를 쳐다보았다. 먹고 마시는 동안, 나는 과거로 돌아가 그 과거와 작별하는 듯한 기분을 느꼈다. 지금까지 나의 삶에 관여해 왔던 모든 장소, 사물들과 화해를 모색하고 싶었지만 그 방안을 찾을 수는 없었다. 달콤하고도 고통스러운 불협화음 같은 감정이 스멀스멀 기어 올라왔다. '현대인'들은 그것을 감상성이라 부른다. 그들은 사물을 사랑하지 않기 때문이다. 심지어는 가장 아끼는 자동차도 사랑할 줄 모른다. 가능한 한 빨리 더 좋은 브랜드로 바꾸고 싶어 한다. 이러한 현대인들은 절도 있고, 유능하고, 건강하고, 냉정하고, 빈틈이라곤 없는 우수한 인간들이다. 그들은 다음 전쟁에서 상상을 초월할 만큼의 활약을 보일 것이다. 하지만 나는 그들과 아무런 상관이 없다. 나는 현대적인 인간도 구식 인간도 아니다. 시대로부터 떨어져 나와 기꺼운 마음으로 죽음 가까이로 다가가는 사람이다. 나는 감상성에 대해 불만이 없다. 다 타버린 내 가슴속에 아직 감상 같은 것이 살아 있다는 것이 기쁘고 감사할 뿐이다. 내가 기억에 집착하며 그 오래된 술집의 낡고 허름한 의자에 앉아 있었던 것도, 익숙하고 정감 있는 고향 같은 담배 연기와 포도주 향에 빠져든 것도 바로 그 때문이었다. 작별은 아름답고 다정하게 이루어졌다. 내가 앉은 딱딱한 의자와 내 앞에 놓인 투박한 잔과 시원한 햇과일 맛이 나는 알사스산 와인 등 그 공간의 모든 사물과, 몽롱하게 앉아 있는 실의에 빠진 술꾼 등 그 공간의 모든 사람들이 다 사랑스러워 보였다. 그 구식 술집에 배어 있는 낭만은, 내가 술집은 물론 포도주와 담배도 마치 금단의 열매처럼 낯설고 대단하게 여겼던 소년 시절을 떠올리게 했다. 내 안의 황야의 늑대도 그날 저녁에는 이빨을 드러내며 나의 감상을 갈기갈기 찢어 놓지 않았다. 나는 얌전하게 자리에 앉아 있었다. 과거의 빛, 그 희미한 잔광 속에서.

한 상인이 군밤을 팔러 술집으로 들어왔다. 나는 한 줌 정도의 밤을 샀다. 나이 든 여자가 꽃을 팔러 왔을 때도 나는 그녀에게서 카네이션 몇 송이를 사 술집 여주인에게 선물했다. 계산을 하려고 평소대로 윗옷 주머니에 손을 넣었을 때야 비로소 내가 연미복을 입고 있다는 사실을 깨달았다. 가장무도회! 헤르미네!

아직 시간은 충분했다. 지금 바로 글로부스 홀로 갈까 말까 망설이는 사이, 사람들로 북적대는 시끄럽고 넓은 공간에 들어설 때마다 매번 느꼈던 두려움과 압박감과 거부감이 떠올랐다. 그런 낯선 분위기, 그런 한량들의 세계에서 늘 나는 춤을 잘 못 추는 학생 같은 부끄러움을 느끼곤 했다.

나는 느릿한 걸음으로 영화관 앞을 지나갔다. 번쩍이는 광고용 등과 거대한 천연색 플래카드가 걸려 있었다. 몇 걸음 옮기다 말고 되돌아서서 영화관 안으로 들어갔다. 그 어두운 곳에서 11시경까지 앉아 있고 싶었다. 손전등을 든 종업원의 안내를 받으며 커튼을 젖히고 어두침침한 상영관 안으로 들어갔다. 그곳에 자리를 잡고 앉자 갑자기 구약성서의 한가운데로 내던져졌다. 그 영화는 영리가 아닌 고결하고 성스러운 목적으로 만들어졌다고 해서, 오후에는 목사의 인솔하에 학생들까지도 관람하러 오는 영화였다. 이집트를 배경으로 모세와 이스라엘 사람들의 이야기가 담긴 영화였다. 인간과 말과 낙타와 궁전을 등장시켜 파라오의 영광과 뜨거운 모래사막에서의 유대인의 고난을 스펙터클하게 묘사했다.

나는 시인 월트 휘트먼의 머리 모양을 한 모세를 눈여겨보았다. 우수에 젖은 광채를 발하며 긴 지팡이를 짚고 오딘*의 걸음걸이로 유대인들을 이끌고 사막을 가로지르는 그 멋진 배우를. 그가 홍해에서 신께 기도를 드리자 바다가 쩍 갈라지며 길이 열렸다. 병풍 같은 양쪽 물기둥 사이로 좁은 길이 생긴 것이다. (목사의 인솔하에 영화를 보러 온 학생들이, 그 장면을 어떻게 촬영했을지를 두고 긴 논쟁을 벌였다.) 예언자 모세와 함께 겁에 질린 백성들이 그 길을 지나갔다. 그들 뒤로 파라오의 전차 부대가 나

＊ 북유럽 신화에 나오는 신.

타나자 그들은 겁먹은 듯 주춤거렸지만 다시 용기를 내어 그 길을 건넜다. 그러자 화려한 황금 갑옷을 입은 파라오와 그의 전차와 군사들 위로 물기둥이 무너져 내렸다. 그 순간 나는 그 홍해의 기적을 소재로 헨델이 작곡한, 두 명의 베이스를 위한 이중창을 떠올렸다. 계속해서 모세가 시나이 산을 올라가는 장면이 나왔다. 황량한 바위산에 서 있는 음울한 영웅, 그곳에서 여호와는 그에게 폭풍과 뇌우와 번개로 십계명을 알려 주었다. 그러는 동안 그의 비천한 백성들은 산기슭에서 황금 송아지를 숭배하면서 한바탕 질펀한 축제에 탐닉하고 있었다. 그 모든 것을 앉아서 구경하게 되다니 그저 놀라웠다. 어린 시절 우리에게 다른 세계와 초인간적인 것에 대한 예감을 어렴풋하게나마 불러일으켰던 저 성스러운 이야기 속 영웅이 기적을 일으키는 장면을, 빵을 먹으며 박수를 치는 관객들과 함께 보게 되다니! 이 시대의 거대한 허섭스레기 문화 속에서 그나마 봐줄 만한 하나의 작은 예외를 이렇게 보게 되다니! 세상이 이렇게 추잡해질 것이었으면 그때 이집트인들과 유대인들은 물론 다른 인간들까지 모조리 물속에 가라앉는 게 낫지 않았을까? 오늘날처럼 이렇게 고통스러운 가사 상태로 어정쩡한 죽음을 맞느니, 그때 모든 인간이 강제적이지만 품위 있는 죽음을 맞는 게 낫지 않았을까?

가장무도회를 앞두고 느껴졌던, 차마 입 밖에 낼 수 없었던 심리적 압박감과 두려움이 그 영화를 보고 나자 더욱 심해졌다. 하지만 헤르미네를 생각해서라도 결심을 해야 했다. 마침내 나는 차를 타고 글로부스 홀로 가서 부랴부랴 안으로 들어갔지만 다소 늦은 상태였다. 무도회의 열기는 이미 한창 고조되어 있었다. 나는 윗옷도 채 벗지 못했지만 냉정한 정신으로 수줍게 무도회의 혼란 속으로 빠져들었다. 사람들이 친근감의 표시로 내 몸을 가볍게 툭툭 쳐댔다. 몇몇 처녀들이 샴페인 방으로 들어오라고 하기도 했고, 광대도 어깨를 가볍게 치며 반말로 얘기를 걸어왔다. 나는 개의치 않고, 만원 상태의 공간을 비집으며 간신히 옷보관소가 있는 곳에 다다랐다. 나는 옷장 번호표를 받아 주머니에 신경 써서 집어넣었다. 이 난장판을 싫증나도록 즐기고 나면 꼭 필요할 것이기에.

그 거대한 건물 안의 모든 공간은 축제의 도가니였다. 방마다 춤의 향연이 벌어지고 있었고, 지하층과 복도와 계단까지도 가면, 춤, 음악, 웃음소리, 사랑의 추격전으로 빼곡했다. 나는 가슴이 답답해서 그 북새통을 몰래 빠져나왔다. 그러고는 흑인 합창단을 구경하다가 전원풍의 음악이 연주되는 곳으로 옮기기도 했고, 휘황찬란한 주실부터 복도, 계단, 바, 뷔페, 샴페인 방으로 두루 돌아다녔다. 벽에는 신진 예술가들이 그린 요란하면서도 재미있는 그림들이 걸려 있었다. 온갖 부류의 사람들이 와 있었다. 예술가, 언론인, 학자, 사업가, 내로라하는 한량들까지도. 한 오케스트라에서 파블로가 그의 구부러진 파이프를 열정적으로 불어 대고 있었다. 그는 나를 알아보고는 큰 연주 소리로 인사를 대신했다. 인파에 떠밀려 본의 아니게 이 방 저 방 옮겨 다니고, 계단도

숱하게 오르락내리락했다. 지하층에는 예술가들에 의해 꾸며진 '지옥'이라는 방이 있었다. 악마의 밴드가 그 안에서 팀파니를 미친 듯이 두들겨 대고 있었다. 나는 헤르미네와 마리아를 찾아 나서기로 했다. 그래서 여러 차례 주실로 들어가려고 했지만, 그때마다 길을 잘못 들거나 인파에 막혀 옴짝달싹 못하기도 했다. 한밤중이 될 때까지도 그들을 찾지 못했다. 제대로 춤 한 번 추지 않았는데도 몸이 뜨겁게 달아올라 현기증까지 났다. 나는 의자에 털썩 주저앉았다. 옆에는 생판 모르는 사람들이 앉아 있었다. 나는 포도주를 한 잔 마시며 이렇게 시끌벅적한 축제는 나처럼 나이 많은 사내에겐 어울리지 않는다고 생각했다. 그렇게 의기소침해져 애꿎은 포도주만 마셔 대며 여성들의 노출된 팔과 등을 물끄러미 쳐다보았다. 그로테스크하게 가장한 수많은 인물들이 내 곁을 스쳐 지나갔다. 나는 친근감의 표시로 그들의 옆구리를 툭툭 쳐보기도 했고, 내 무릎에 앉으려 하거나 나와 춤추기를 원하는 몇몇 아가씨들을 돌려보내기도 했다. 그중 한 아가씨는 "무뚝뚝한 늙은이 같으니!"라고 소리쳤다. 맞는 말이었다. 나는 용기를 내어 기분 좋게 취해 보기로 작정했다. 하지만 포도주 맛이 그리 좋지 않아 두 번째 잔은 거의 마시지 않았다. 그러고 있자니 황야의 늑대가 내 뒤에 서서 혀를 쑥 내밀고 있다는 느낌이 들었다. 그곳에서 난 별 쓸모 없는 존재였다. 장소를 잘못 짚은 것이었다. 나는 더없이 좋은 의도로 그곳에 왔지만 즐거움을 맛볼 수는 없었다. 사방에서 들려오는 기쁨의 아우성과 웃음소리와 야단법

석도, 어딘가 모르게 억지로 꾸며 낸 것 같아서 달갑지 않게 느껴졌다.

1시경이 되자 나는 실의에 젖고 기분이 상한 나머지 밖으로 빠져나갈 요량으로 옷을 찾으러 슬그머니 옷 보관실로 다가갔다. 그것은 패배를 인정하는 행위이자 황야의 늑대로 되돌아가는 행위였다. 헤르미네는 이런 나를 용서하지 않을 테지만, 나로서는 별다른 도리가 없었다. 나는 구름같이 모여 있는 사람들을 헤치고 옷 보관실로 가면서 행여나 그녀들이 보일까 유심히 주변을 둘러보았지만 허사였다. 접수대 앞에 서자 옷장 앞에 있는 공손한 남자가 번호표를 보여 달라고 했다. 나는 조끼 주머니 안을 뒤졌다. 그런데 번호표가 없었다! 젠장, 분실한 것이었다. 방들을 돌아다니며 슬픈 방랑을 하는 동안, 맛없는 포도주를 마시며 앉아 있는 동안, 이대로 그냥 가버릴까 하는 생각과 싸우는 동안 나는 몇 번이고 주머니에 손을 넣어 보곤 했었고 그때마다 둥글고 평평한 그 표를 만질 수 있었는데, 지금은 사라져 버린 것이었다. 모든 것이 나에게 등을 돌리고 있는 것이었다.

"번호표를 잃어버렸나요?" 내 옆에 있던, 빨갛고 노란 옷을 입은 작은 악마가 찢어지는 듯한 목소리로 물었다. "그렇다면 친구, 내 것을 가져요." 그는 벌써 자신의 번호표를 내밀고 있었다. 내가 반사적으로 그걸 받아 들고 손가락으로 돌리는 사이 그는 잽싸게 사라져 버렸다.

그 작고 둥근 마분지 표를 눈 가까이로 들어 올렸다. 그런데 번호는 보이지 않고 끼적여 놓은 작은 글씨만 보였다. 나는 옷 보관함 관리인에게 잠깐만 기다려 달라고 부탁하고는 가까운 촛대 아래로 가서 읽어 보았다. 알아보기 힘들 정도로 휘갈겨 쓴 그 작은 글씨의 내용은 다음과 같았다.

오늘 밤 4시부터 마술 극장 오픈
— 미친 자들만 입장 가능 —
입장료로는 당신의 이성을 지불하면 됨
평범한 사람은 입장 불가. 헤르미네는 지옥에 있음

마치 인형극 실연자가 줄을 놓쳐 죽은 듯 누워 있던 인형이 다시 줄에 의해 되살아나듯, 나도 마법의 줄에 이끌려 난장판 속으로 되돌아갔다. 지치고 의욕을 상실한 늙은 몸으로 도망쳐 나왔던 그곳으로, 젊은이처럼 경쾌하게. '지옥'으로 들어가려고 그렇게 신속하게 움직인 죄인은 없었을 것이다. 방금 전까지만 해도 에나멜 가죽구두 때문에 통증을 느끼고 짙은 향수 냄새 때문에 구역질이 났으며 실내의 열기로 인해 무기력증에 빠져 있던 내가, 원스텝 박자에 맞춰 탄력 있는 발걸음으로 방들을 거쳐 '지옥'으로 향했다. 나는 마법으로 가득 찬 공기를 들이마셨다. 방 안의 훈기, 요란한 음악 소리, 황홀한 색채, 여자들의 어깨에서 나는 향기, 무아지경에 빠진 수백 명의 사람들, 웃음소리, 춤의 박자, 불타는 눈의 광채 등이 나를 사로잡았다. 한 스페인 계열의 댄서가 나의 팔을 껴안았다. "함께 춤춰요!" 내가 말했다. "안 돼. 난 지금 '지옥'으로 가야 해. 하지만 네 키스는 기꺼이 받아 줄게." 가면 아래의 붉은 입술이 내게 다가왔다. 키스를 하는 순간 비로소 그녀가 마리아임을 알아챘다. 나는 그녀를 힘껏 껴안았다. 그녀의 입술은 절정에 이른 한 송이 여름 장미 같았다. 우리는 입술을 포갠 채 춤을 추었다. 그러면서 파블로 앞을 지나갔다. 그는 정겹게 울부짖는 악기 연주에 푹 빠져 있었고, 반쯤 정신이 나간 듯한 빛나고 아름다운 짐승의 눈길로 우리를 바라봤다. 우리가 스무 걸음도 채 가기 전에 음악이 멈췄다. 나는 언짢은 기분으로 마리아를 놓아 주었다.

"한 번 더 춤추고 싶은데." 나는 그녀의 온기에 도취되어 말했다. "몇 스텝만 더 밟는 게 어때, 마리아? 네 그 아름다운 팔에 푹 빠져 버렸어. 조금만 더 네 팔을 잡고 있게 해줘! 아 참, 그런데 헤르미네가 나를 불렀어. 그녀는 지금 '지옥'에 있어."

"그럴 거라고 예상하고 있었어요. 잘 가요, 하리. 당신과의 사랑, 잘 간직할게요." 그녀는 내게 작별 인사를 했다. 그것은 흐드러지게 핀 여름 장미의 진한 향내 속에서 행해진, 운명적인 가을의 이별이었다.

나는 발걸음을 재촉해 수많은 사람들로 넘쳐 나는 긴 복도를 지나고 계단을 내려가 '지옥'으로 들어갔다. 그곳에는 칠흑같이 어두운 벽면마다 야하고 음산한 느낌의 램프가 켜져 있었고, 악마의 악단이 열광적인 연주를 하고 있었다. 높은 바 의자에는 연미복 차림의, 가면을 쓰지 않은 한 멋진 청년이 앉아 있었다. 그는 비웃는 듯한 눈길로 잠시 나를 유심히 쳐다보았다. 나는 춤의 소용돌이에 휩쓸려 벽으로 밀려났다. 어림잡아 스무 쌍 정도가 콩나물시루 같은 공간에서 춤을 추고 있었다. 나는 탐욕적이면서 어딘가 모르게 불안한 마음으로 여자들 하나하나를 관찰했다. 대부분이 가면을 쓰고 있었으며 그중 몇몇이 웃으며 나를 바라보았다. 하지만 헤르미네는 없었다. 그 잘생긴 청년은 여전히 높은 바 의자에 앉아 조롱하는 눈길로 내 쪽을 쳐다보고 있었다. 나는 휴식 시간이 되면 그녀가 와서 나를 부르겠거니 생각했다. 하지만 춤이 끝나도 아무도 내게 오지 않았다.

나는 바로 건너갔다. 바는 그 작고 낮은 방의 한쪽 구석에 옹색하게 마련되어 있었다. 나는 청년이 앉아 있는 의자 옆에 서서 위스키를 주문했고, 위스키를 마시며 그의 옆모습을 쳐다봤다. 그 매력적인 얼굴은 아주 오래전부터 간직해 온, 베일처럼 뿌연 세월의 먼지에 덮여 더욱 소중한 사진 속 얼굴처럼 낯이 익었다. 아아, 이제야 명백해졌다. 그는 바로 헤르만, 내 어린 시절의 친구였다.

"헤르만!" 나는 주저하며 그를 불렀다.

그는 미소를 지으며 말했다. "하리, 내가 누군지 알겠어요?"

아, 헤르미네였다. 그녀는 머리 모양을 살짝 바꾸고 가볍게 화장을 했을 뿐이었다. 재기 넘치는 그녀의 얼굴은 최신 유행의 스탠드칼라와 어우러져 창백하면서도 독특한 매력을 풍겼다. 넓고 검은 연미복 소매와 하얀 소맷부리 밖으로는 그녀의 작은 손이, 긴 검정 바지 밑으로는 검은색과 흰색의 남성용 실크 양말을 신은 그녀의 귀여운 발이 드러나 있었다.

"헤르미네, 이게 나를 반하게 만들겠다던 그 의상이야?"

그녀가 고개를 끄덕이며 말했다. "지금까지는 몇몇 부인들을 반하게 만들었어요. 이제 당신 차례예요. 우선 샴페인 한 잔 할까요?"

우리는 높은 바 의자에 걸터앉아 샴페인을 마셨다. 그러는 사이에도 곁에서는 춤의 향연이 이어지고 있었고 선정적이고 강렬한 현악곡이 크게 울려 퍼지고 있었다. 헤르미네가 애쓰지 않아도, 나는 바로 그녀에게 푹 빠져 버렸다. 하지만 남성 복장을 한 그녀와 춤을 출 수도 없었고 애무나 대담한 행동은 더더욱 할 수 없었다. 남장을 한 그녀는 다소 거리감이 느껴지는 중성적인 분위기를 띠고 있었지만, 그녀의 눈길과 말투와 몸짓은 온통 여성적인 매력으로 나를 감쌌다. 털끝 하나 건드리지 않았는데도 나는 그녀의 마법에 무릎을 꿇고 말았다. 그 마법은 다름 아닌 양성적인 매력에서 발산되는 것이었다. 우리는 헤르만 얘기를 비롯해서 서로의 어린 시절, 즉 성적으로 성숙되기 전의 시절에 대해 대화를 나눴다. 젊음이 넘치던 그 시절에는 사랑의 힘이 두 개의 성은 물론이고, 모든 감각적이고 정신적인 것까지 포용할 수 있었다. 그때는 사랑의 마법을 부릴 줄 알았고 동화 같은 변신력도 갖추고 있었다. 몇몇 선택받은 자들과 시인들만 나이가 들어서도 이따금 발휘할 수 있는 그런 재능을. 그녀는 일거수일투족 사내처럼 행동했다. 담배를 피워 대고, 유쾌하고 재기 넘치는 말과 조롱 섞인 말도 쏟아 냈다. 하지만 그 모든 것은 에로스적 에너지로부터 발산되는 것이었기에 나에게는 애교 있는 유혹으로 다가왔다.

그동안 나는 헤르미네를 잘 알고 있다고 생각했었지만, 그날 밤 그녀는 완전히 새로운 모습을 보여 주었다! 그녀는 더없이 부드럽고 은밀한 그물망으로 나를 포획했고, 물의 요정처럼 전혀 힘들이지 않고 내가 달콤한 독을 들이마시게 했다!

우리는 계속 수다를 떨면서 샴페인을 마시다가, 일어나서 탐험가처럼 홀을 샅샅이 누비면서 사랑의 유희를 하고 있는 쌍을 찾아내어 그들의 말을 엿들었다. 헤르미네는 몇몇 여자들을 가리키며 그들과 춤을 추라면서, 상대에 따라 써먹을 수 있는 유혹의 기술도 가르쳐 주었다. 또한 우리는 연적처럼 굴기도 했다. 한동안 같은 여자에게 달라붙어 번갈아 가며 춤을 추며 서로 그녀를 차지하려고 경쟁을 벌였다. 하지만 그런 행동은 어디까지나 가면극, 우리 두 사람 간의 유희에 지나지 않았다. 그럴수록 우리 두 사람은 더욱 긴밀하게 결합되었고 서로에 대한 열정도 더욱 커져 갔다. 그 모든 것이 동화이자 한 차원 높은 유희였으며 보다 깊은 상징이었다. 매우 아름다운 젊은 여성 하나가 우리 눈에 들어왔다. 어딘가 모르게 고뇌와 불만이 느껴지는 여성이었다. 헤르만이 그녀와 함께 춤을 추면서 그녀의 표정을 환하게 해주는가 싶더니, 이내 그녀와 함께 샴페인 방으로 사라졌다. (나중에 헤르미네는 그때 그녀를 남자로서가 아니라 여자로서, 즉 레즈비언의 마술로 정복했다고 털어놓았다.) 이제 내게는 방마다 시끌벅적한 춤의 열기로 넘쳐 나는 그 건물과 가면을 쓴 도취된 사람들 모두가, 근사한 꿈의 낙원으로 보이기 시작했다. 꽃과 꽃이 어우러져 향기를 자아내고 온갖 과일이 익어 가는 그곳에서 나는 모든 것들을 손가락으로 확인하듯 찔러 보며 마음껏 노닐었다. 뱀들은 초록빛 활엽수 그늘 아래서 유혹하는 눈빛으로 나를 쳐다봤고, 연꽃은 검은 늪 위에서 유령처럼 어른거렸으며, 마법의 새는 나뭇가지 위에 앉아 나를 유인하고 있었다. 그 모든 것이 내가 그토록 갈망하던 유일무이한 목적지로 나를 초대했다. 나는 낯선 아가씨와 춤을 추게 되었다. 나는 점차 흥분되어 구애를 하면서 그녀를 황홀감과 도취감 속으로 이끌었다. 우리가 비현실적인 세계를 떠돌아다니고 있는 동안 그녀가 갑자기 웃으며 말했다. "그새 알아보기 힘들 정도로 변했네요. 아까는 멍청하고 새치름하게 굴더니." 나는 그제야 그녀를 알아보았다. 몇 시간 전 내게 '무뚝뚝한 늙은이'라고 말했던 아가씨였다. 그녀로서는 드디어 나를 손에 넣었다고 생각했겠지만, 나는 곧 다른 여자와 춤을 추면서 열을 올렸다. 두 시간 남짓 그런 식으로 계속해서 춤이란 춤은 다 추어 보았다. 배워 보지 못했던 춤까지도. 내 가까이에는 늘 헤르만이 붙어 다녔다. 그러다가 그는 미소를 짓고 고개를 끄덕하고는, 열광의 도가니 속으로 사라져 버렸다.

그날 밤 그 무도회에서 나는 오십 평생 동안 한 번도 하지 못했던 경험을 했다. 애송이 처녀들과 어린 학생들도 다 하는 경험을 그제야 한 것이다. 축제 구성원으로서 느끼는 황홀감, 군중 속에서 개인들이 하나가 되는 신비, 그 결합의 즐거움을 경험한 것이다. 나는 사람들이, 심지어 가정부도 눈에서 빛을 내며 그런 경험을 말하는 것을 종종 들어 왔다. 그럴 때면 나는 반은 우월감에 젖어, 또 반은 부러운 마음에 웃음을 지어 보이곤 했다. 술에취해 무아경에 빠진, 자아로부터 해방된 자의 눈에서 뿜어 나오던 광채, 축제의 황홀감 속에 자아를 헌신한 자들의 미소와 광기어린 몰두를 나는 살면서 수도 없이 보아 왔다. 고상한 경우와천박한 경우를 막론하고, 술 취한 신병에게서, 마도로스에게서,위대한 예술가에게서, 성대한 공연장의 열광적인 분위기 속에서,전쟁터로 나가는 젊은 군인들에게서. 그리고 최근에도 행복에 겨워 황홀경에 빠져 광채와 웃음을 발하는 자를, 감탄과 애정과 조롱과 부러움의 감정을 가지고 바라본 적이 있었다. 그는 바로 나의 친구 파블로였다. 자신의 색소폰에 매달려 연주에 빠져 있을때나, 자신과 함께 연주하는 지휘자와 드러머와 밴조 연주자를넋을 잃고 쳐다보고 있을 때, 그는 바로 그런 웃음과 광채를 띠었다. 나는 그런 미소와 어린애 같은 환한 표정은 아주 젊은 사람이나, 아니면 개성화나 세분화가 많이 진행되지 않은 사람들만지을 수 있다고 생각해 왔다. 하지만 그 축복받은 밤에는 황야의늑대인 하리도 그런 환한 빛을 내뿜으며 미소 짓고 있었다. 그 그

육하고 천진하며 동화 같은 행복 속을 헤엄쳐 다니며, 축제 참가자와 음악과 리듬과 포도주와 리비도의 달콤한 꿈을 황홀하게 들이마신 것이다. 학생들이 무도회에 대해 찬미할 때면 조롱과 얄량한 우월감을 가지고 듣던 내가! 나는 더 이상 내가 아니었다. 나의 개성은 마치 소금이 물에 녹듯 축제의 도취감 속에 용해되어 버렸다. 나는 이 여자 저 여자 할 것 없이 춤을 추었다. 하지만 내 품에 안겨 머릿결을 찰랑대며 향기를 풍기는 여자만이 내 것이 아니었다. 나와 같은 방에서, 같은 춤을 추며, 같은 음악을 들으며 흐느적거리고 있는 모든 여자들, 환상적인 꽃처럼 환한 얼굴로 내 곁을 스친 모든 여자들이 내 것이었다. 동시에 나도 그녀들의 것이었다. 우리는 모든 것을 공유했다. 남자들과도 마찬가지였다. 나는 그들에게 포함되어 있었고, 그들은 내게 낯선 존재들이 아니었다. 그들의 미소와 구애는 곧 나의 것이며, 그 반대도 마찬가지였다.

그해 겨울에는 〈여닝〉이라는 제목의 새로운 폭스트롯 댄스곡이 세상을 정복하고 있었다. 바로 그 곡이 반복적으로 연주되었고, 사람들은 재차 그 음악을 듣길 원했다. 그 곡은 우리 모두의 가슴속에 스며들어 우리를 도취시켰다. 너나없이 그 곡의 멜로디를 흥얼거렸다. 나는 내게 다가오는 모든 여자들과 하염없이 춤을 추었다. 아주 어린 소녀, 젊고 생기발랄한 여자, 여름 과일처럼 농익은 여자, 애처롭게도 갱년기에 접어든 여자 등, 모든 여자들에게 매료된 채 행복하게 환한 미소를 지으며 춤을 추었다. 파블로는 늘 불쌍하고 가엾은 인간이라 여겨 온 내가 그토록 환한 표정을 짓고 있자 너무나도 행복해하는 눈길을 보냈다. 그러고는 감격한 듯 오케스트라 석에서 벌떡 일어나 의자 위로 올라서서 힘차게 볼이 터져라 색소폰을 불어 댔다. 〈여닝〉의 박자에 맞춰 처음에는 몸만 흔들더니 나중에는 흥에 겨워 악기까지 거세게 흔들어 댔다. 나와 나의 댄스 파트너는 그에게 손 키스를 날려 보내며 크게 노래를 불렀다. 지금 이대로라면 내게 무슨 일이 일어나도 좋다는 생각이 들었다. 일생에 단 한 번의 이 행복을 마음껏 누리고 싶었다. 환한 미소 속에서 나로부터 해방되어 파블로의 형제가, 어린아이가 되어 보고 싶었다.

나는 시간 감각을 잃어버리고 있었다. 그 무아지경의 행복이 대체 몇 시간이나, 얼마 동안이나 지속되었는지 알 수가 없었다. 또한 그 축제의 열기가 더해질수록 사람들이 점점 더 좁은 공간으로 모여들고 있다는 사실도 눈치채지 못하고 있었다. 대부분의 사람들은 이미 가버리고 없었다. 복도도 조용해진 상태였다. 전등도 대부분 꺼져 있었고 계단에서도 인기척이 없었다. 위층 방의 소규모 관현악단들도 한 팀 한 팀 연주를 멈추더니 모두 다 철수해 버렸다. 내가 있는 주실과 지하의 '지옥'만 여전히 떠들썩했다. 축제의 황홀경이 꾸준히 그 열기를 더해 가고 있었다. 나는 젊은 사내로 분장한 헤르미네와는 춤을 출 수 없었기에 그저 음악이 멈추는 시간에만 잠시 인사를 나눴었다. 그러다 언제부터인가 그녀는 완전히 사라져 버렸다. 눈에서뿐만 아니라 생각에서조차도. 사실 당시 나는 무슨 생각을 할 상태가 아니었다. 나라는 존재는 완전히 해체되어 몽롱한 춤의 광란 속에서 허우적거리고 있었다. 향기와 소리와 한숨과 말소리에 감동하고, 낯선 사람의 눈인사에 고무되는가 하면, 낯선 얼굴과 입술과 뺨과 팔과 가슴과 무릎에 둘러싸인 채 간간히 음악의 박자에 따라 물결처럼 흔들거렸다.

의식이 반쯤 돌아온 순간, 갑자기 새하얗게 화장을 한 검은 옷의 피에로가 눈에 들어왔다. 음악이 흐르고 있는 그 방을 가득 메우고 있는 사람들 중, 아직까지 유일하게 가면을 쓰고 있는 아름답고 앳된 아가씨였다. 그날 밤 내가 아직 만나 보지 못한 매혹적인 인물이었다. 다른 사람들은 벌겋게 달아오른 얼굴, 구겨진 의상, 축 처진 칼라와 꼬깃꼬깃해진 주름 칼라에서 늦게까지 즐긴 티가 역력했지만, 그 검은 옷의 피에로는 가면 아래로 드러난 하얀 얼굴, 주름 하나 없는 의상, 멀쩡한 주름 칼라, 갓 손질한 듯한 헤어스타일을 하고 있었다. 나는 그녀에게 끌려 그녀를 끌어안고 춤을 추었다. 그녀의 향기 나는 주름 칼라가 나의 턱을 간질였고, 그녀의 머릿결이 나의 뺨을 스쳤다. 그녀의 팽팽하고 젊음이 넘치는 육체는, 그날 만난 그 어떤 파트너보다 더 섬세하고 은근하게 내 움직임에 보조를 맞춰 주었다. 그때그때 나의 동작에 따라 물러남과 다가옴의 수위를 조절해 가면서 능숙하게 새로운 포즈를 유도했다. 그러다 내가 고개를 숙여 그녀의 입술을 찾으려 하자, 그 입이 깔보는 듯하면서도 어딘가 모르게 친숙한 웃음을 지어 보였다. 나는 그 야무진 턱을 알아볼 수 있었다. 그리고 마침내 어깨와 팔꿈치와 손까지도 알아볼 수 있었다. 헤르미네였다. 더 이상 헤르만이 아니었다. 옷을 갈아입고 새로운 향수를 뿌리고 분도 가볍게 바르고 온 것이었다. 우리는 열정적인 입맞춤을 했다. 그 순간 그녀는 욕망에 사로잡힌 듯 자신의 온몸을 내 몸에 바싹 붙였다. 얼마간의 시간이 지나자 그녀는 입술을 떼고는 다소 민망한 듯 뒤로 몇 걸음 물러나 춤을 추었다. 음악이 멈추었을 때도 우리는 여전히 부둥켜안은 상태로 서 있었다. 한껏 달아오른 사람들은 박수를 쳐대고 발을 구르고 소리를 지르며, 지친 관현악단에게 〈여닝〉을 한 번 더 연주해 달라고 부추겼다. 바로 그 순간 우리 모두는 어느덧 동이 터오는 것을 느꼈다. 커튼 뒤에서 희미한 빛이 새어 들었다. 이 향락의 시간도 얼마 남지 않았음을 느낀 우리 모두는, 피로의 기색이 역력하면서도 눈을 질끈 감고 크게 웃으며 다시 한 번 필사적으로 춤과 음악과 빛의 향연 속으로 빠져들었다. 쌍쌍이 밀착된 채 박자에 맞춰 광란의 스텝을 밟는 우리 위로 거대한 환희의 파도가 한 번 더 덮쳐 왔다. 헤르미네는 거만도 조롱도 냉정도 버리고 춤만 추었다. 이젠 내 사랑을 얻기 위해 더 이상 아무것도 할 필요가 없음을 알았기 때문이었다. 이미 나는 그녀의 것이었고 그녀는 춤, 눈길, 키스, 그리고 웃음에 몰입해 있었다. 그때 내 팔에 안겨 있던 그녀는 그 흥분된 밤의 모든 여성들, 나와 함께 춤춘 여성들, 내가 타오르게 한 여성들, 나를 타오르게 한 여성들, 내가 구애의 눈길을 보냈던 여성들, 내가 욕정에 사로잡혀 바싹 달라붙었던 여성들, 내가 사랑의 동경으로 바라봤던 여성들, 그 모두가 녹아 탄생한 하나의 여성이었다.

그 결혼과도 같은 춤은 오랫동안 이어졌다. 하지만 두 번, 세 번 반복되다 보니 관악기 연주자들은 악기를 내려놓았고, 피아노 연주자는 자리에서 일어났으며, 제1바이올린 연주자는 거절의 뜻으로 머리를 흔들었다. 하지만 마지막까지 남은 사람들의 간절한 아우성에 못 이겨 한 번 더 연주를 시작했다. 연주는 전보다 빠르고 거칠었다. 우리 모두는 다시 서로를 얼싸안고 최후의 열광적인 춤을 추며 거친 숨을 몰아쉬었다. 마침내 피아노 뚜껑이 꽝 닫혔고, 춤추던 사람들의 팔도 관악기 연주자와 바이올리니스트들의 팔처럼 아래로 축 늘어졌다. 플루트 연주자는 눈을 깜박이며 플루트를 케이스에 집어넣었다. 주실의 문이 열리자 차가운 공기가 밀려 들어왔다. 관리인이 손님들의 외투를 가져왔고, 바 종업원들은 불을 껐다. 오싹한 냉기가 느껴지자 방금 전까지 정열적으로 춤을 추던 사람들은 부르르 떨며 자신들의 외투를 찾아 입고는 칼라를 올려 세웠다. 헤르미네는 창백한 얼굴에 미소를 띠고 서 있다가, 천천히 팔을 들어 올려 머리를 뒤로 쓸어 넘겼다. 그녀의 겨드랑이에 환한 햇살이 비치자 옷에 감추어진 가슴 쪽으로 더 없이 부드럽고 옅은 그림자가 드리워졌다. 살포시 움직이는 그 작은 가슴의 윤곽은 그녀의 모든 매력, 그녀의 아름다운 육체가 만들어 낼 수 있는 모든 유희와 가능성을 하나로 요약해 보여 주는 듯했다. 그것은 하나의 미소와도 같았다.

그 방, 아니 그 건물 전체를 통틀어 마지막으로 남은 우리 두 사람은 그 자리에 서서 서로를 바라보고 있었다. 아래층 어딘가에서 문이 꽝 닫히는 소리가 났고, 그와 동시에 잔이 박살나는 소리, 차츰 멀어져 가는 키득거리는 소리, 자동차의 날카로운 시동 소리가 들렸다. 거리와 높이를 가늠하기 힘든 어딘가에선 웃음소리도 들려왔는데, 매우 밝고 유쾌하지만 그럼에도 왠지 으스스하게 느껴지는 낯선 웃음소리였다. 크리스털처럼 빛나면서도 한편으로는 얼음처럼 차갑고 냉담하게 느껴진다고 할까. 그 기이한 웃음소리가 왜 익숙하게 느껴지는지 이유를 알 수 없었다.

우리 두 사람은 여전히 우두커니 서서 서로를 바라보고 있었다. 그러다가 순간적으로 정신이 맑아지기 시작하자 나는 주체할 수 없는 피로를 느꼈다. 내 몸을 감싸고 있던 땀에 젖은 눅눅한 옷이 불쾌감을 일으켰다. 구겨지고 땀이 밴 소맷부리 아래로는 혈관이 돋은 빨갛게 부어오른 손이 삐죽 나와 있었다. 하지만 곧 다시 피로가 풀렸다. 헤르미네의 눈길 한 번에 괜찮아진 것이다. 마치 나 자신의 영혼 같은 그녀의 시선 앞에서 현실적인 모든 것은 사라져 버렸다. 그녀를 향한 나의 감각적인 욕망마저도. 우리는 마법에 걸린 듯 서로를 바라보았다. 나의 불쌍한 작은 영혼이 나를 쳐다보고 있었다.

"준비됐나요?" 헤르미네가 물었다. 그녀의 가슴 위로 드리워져 있던 그림자가 이미 사라지고 없듯이, 그녀의 미소 또한 사라져 있었다. 멀고 높은 곳, 미지의 공간에서 들려오던 웃음소리도 어느덧 멎어 있었다.

나는 고개를 끄덕였다. 그랬다. 나는 준비가 되어 있었다.

그 순간 문 쪽에서 악사 파블로가 등장해 우리를 향해 기쁨 가득한 눈길을 보냈다. 원래 그의 눈은 진지한 짐승의 눈이었지만, 언제나 띠고 있는 웃음들이 모여 그 짐승의 눈을 인간의 눈으로 바꾸어 놓았다. 그는 진심 어린 애정을 담아 우리에게 윙크를 보냈다. 그는 다채로운 색상의 실크 재킷을 걸치고 있었다. 빨간 옷깃 위로 축 늘어진 셔츠 칼라와, 지쳐 핼쑥해진 그의 하얀 얼굴이 보였다. 그러나 그의 검은 두 눈동자는 인상적으로 빛나고 있었다. 그의 눈 또한 헤르미네의 눈처럼 현실을 소멸시키는 마법의 눈이었다.

그가 문간에서 손짓하자 우리는 그에게로 갔다. 그는 내게 나지막한 소리로 말했다. "하리, 작지만 즐거운 유흥 공간으로 당신을 초대하고 싶습니다. 입장은 오직 미친 자들에게만 허용되며 입장료로는 이성을 지불하면 됩니다. 함께 갈 마음이 있습니까?" 나는 또다시 고개를 끄덕였다.

그 사랑스러운 친구는 다정하면서도 조심스럽게 우리를 양팔에 껴안았다. 헤르미네는 오른쪽, 나는 왼쪽에. 그는 계단을 지나 작고 둥그스름한 방으로 우리를 안내했다. 푸른빛의 조명이 설치되어 있는 그 방 안에는 작고 둥근 테이블과 안락의자 세 개만 덩그러니 놓여 있었다. 우리는 의자로 가서 앉았다.

우리는 지금 어디에 와 있는 것일까? 나는 꿈을 꾸고 있는 것일까? 아니면 집에 와 있는 것일까? 자동차를 타고 어디론가 가고 있는 것일까? 아니다. 나는 푸른빛이 비치는 둥근 방에 앉아 있었다. 현실감이 매우 옅어진 분위기 속에. 그런데 대체 왜 헤르미네는 저토록 창백한 얼굴을 하고 있는 걸까? 왜 파블로는 저토록 많은 말을 쏟아 내고 있는 걸까? 그로 하여금 말하게 하는 자는 어쩌면 나 자신이 아닐까? 헤르미네의 잿빛 눈동자를 통해서도 그랬듯이, 그의 검은 눈동자를 통해서도 나는 나의 영혼을, 길 잃어 두려움에 떨고 있는 새를 바라보고 있는 것은 아닐까?

파블로는 호의적이지만 다소 의례적인 친근감을 보이며 오랫동안 끊임없이 수다를 떨었다. 여태까지 한 번도 내게 앞뒤 맥락이 맞는 얘기를 들려준 적이 없던 그, 토론이나 입장 표명 같은 것에 관심이 없던 그, 사고력이라고는 없어 보였던 그가 지금 말을 하고 있었다. 호감 있고 정감 어린 목소리로 유창하고도 완벽하게 일장 연설을 하고 있었다.

"친구들, 나는 당신들 두 사람을 흥미로운 곳으로 초대했습니다. 하리 당신이 오래전부터 바라고 꿈꾸어 온 곳으로요. 시간이 꽤 늦어 우리 모두 지쳐 있는 상태인 만큼, 이곳에서 잠시 휴식을 취하며 원기를 돋우도록 하죠."

그는 벽감에서 잔 세 개와 진기한 모양의 작은 병, 그리고 알록달록한 나무로 만든 이국풍의 작은 상자를 꺼내 왔다. 그런 다음 세 개의 잔에 병에 든 액체를 가득 따르고는 작은 상자에서 가

늘고 긴 노란색의 담배 세 개비를 꺼냈다. 그는 실크 재킷에서 라이터를 꺼내 우리에게 불을 붙여 주었다. 우리는 모두 안락의자에 기대앉아 천천히 담배를 피웠다. 담배 연기는 유향만큼이나 독했다. 그리고 떫고 달콤하고 야릇한 맛이 나는 그 낯설고 수상쩍은 액체를 천천히 한 모금 마셨다. 그러자 몸 안이 마치 가스로 가득 차며 내 몸의 무게가 사라지는 듯했고, 이루 말할 수 없는 활기와 행복감이 느껴졌다. 그렇게 몇 모금씩 담배를 피우고 그 액체를 홀짝거리다 보니 우리 모두 기분이 가벼워지고 유쾌해졌다. 파블로가 정감 어린 작은 목소리로 말을 이었다.

"부족하나마 오늘 당신을 접대할 수 있게 되어 기쁩니다, 하리. 당신은 종종 당신의 삶에 넌더리가 났기에 현실로부터 벗어나려고 몸부림을 쳐왔습니다, 그렇죠? 당신은 이 시대와 이 세계와 이 현실을 버리고, 당신에게 더 잘 어울리는 다른 현실, 즉 시간을 초월한 세계로 들어가길 갈망하고 있습니다. 이제 그렇게 하십시오, 사랑하는 친구. 바로 그 세계를 보여 주려고 당신을 초대한 거니까요. 당신이 찾고 있는 그 세계가, 다름 아닌 당신 자신의 영혼의 세계임을 이제는 아시겠지요? 당신이 동경하는 저 다른 세계란 오로지 당신 내면에만 깃들어 있다는 말입니다. 때문에 나는 당신 자신 안에 존재하지 않는 것은 그 어떤 것도 당신에게 보여 줄 수 없습니다. 당신 영혼의 갤러리 말고는 다른 갤러리는 열어 줄 수 없다는 말입니다. 내가 줄 수 있는 것이라곤 단지 기회와 동기와 열쇠뿐입니다. 나는 당신을 도와, 당신만의 세

250

계를 보여 주고자 합니다. 이것이 전부입니다."

그는 다시 자신의 화려한 색의 재킷 주머니에 손을 넣더니 둥근 손거울 하나를 꺼냈다.

"보십시오. 지금까지 당신은 자신의 모습을 이렇게만 봐왔습니다."

그는 그 작은 거울을 내 눈앞에 바싹 갖다 댔다(〈거울아, 내손안에 있는 거울아〉라는 동요가 생각났다). 다소 희미하고 불분명해 보였지만, 거울 속에서 누군가의 섬뜩한 모습이 보였다. 자아에 사로잡혀 격렬하게 일하며 분노를 삭이지 못하고 있는 자, 그자는 바로 나 자신, 하리 할러였다. 그리고 그 하리 속에 들어 있는 황야의 늑대도 보였다. 수줍고 아름답지만 길을 잃어 잔뜩 겁먹은 눈빛의 늑대였다. 그 눈은 때로는 음흉하게 때로는 우수에 젖어 빛나고 있었다. 그런 늑대의 형상이 하리 속에서 끊임없이 흘러나오고 있었다. 마치 한 강물에 다른 빛깔의 지류가 섞이면서 강물 전체가 불분명한 색깔로 변하며 서로를 잠식하면서도, 또한 서로가 완전히 하나가 되기를 바라는 모습 같았다. 완전한 형상을 갖추지 못한 채 부유하고 있는 그 늑대는 아름답고 수줍은 눈으로 슬프게 나를 쳐다보고 있었다.

"이렇게 해서 당신은 당신 자신의 모습을 보았습니다." 파블로는 다정한 목소리로 그 말을 반복한 후 거울을 다시 주머니에 집어넣었다. 나는 감사의 표시를 한 후 눈을 감고 그 영약靈藥을 홀짝거렸다.

"이제 우리는 충분히 쉬었습니다." 파블로가 말했다. "원기도 좀 회복한 것 같고 대화도 좀 나누었으니, 두 분이 피곤하지 않으시다면 지금 바로 나의 요지경 세상으로 가시죠. 나의 작은 극장을 보여 드리겠습니다. 좋습니까?"

우리가 자리에서 일어나자 파블로는 웃으며 앞장서 걸어갔다. 그는 문을 열고 커튼을 젖혔다. 우리가 서 있는 곳은 둥근 말굽 모양의 극장 복도, 더 정확히 말하자면 극장 한가운데였다. 극장 양쪽으로는 활처럼 굽은 복도가 수도 없이 많은 특별석의 좁은 출입문들과 맞닿아 있었다.

"이곳이 우리의 극장입니다." 파블로가 설명했다. "즐거움을 주는 곳이죠. 이곳에서 충분히 웃고 즐길 만한 모든 것을 찾아내길 바랍니다." 그러면서 그는 크게 너털웃음을 터뜨렸다. 하지만 단 몇 음절에 불과한 그 웃음소리가 내게 격렬한 반응을 일으켰다. 조금 전 주실에 있을 때 들었던, 쾌활하지만 예사롭지 않았던 바로 그 웃음소리였기 때문이다.

"나의 작은 극장에는 특별석으로 통하는 출입문들이 많습니다. 열이든 백이든 천이든 여러분들이 원하는 만큼 있죠. 그리고 그 각각의 문 뒤에는 여러분이 찾고자 하는 것이 기다리고 있습니다. 아주 훌륭한 특별 갤러리인 셈입니다. 하지만 사랑하는 친구, 당신이 지금과 같은 모습으로 이곳을 돌아다니는 것은 당신에게 아무런 도움이 되지 않을 겁니다. 당신은 평소 당신의 개성이라고 하는 것에 방해를 받고 또 현혹되어 왔을 겁니다. 분명 당신도 오래전부터 추측은 하고 있었을 겁니다. 시간의 극복이라 부르든, 현실로부터의 해방이라 부르든, 당신이 동경하는 바는 바로 당신의 개성으로부터 벗어나는 것이라는 사실을. 당신의 개성이라는 것은 당신이 앉아 있는 하나의 감옥이니까요. 그런데 당신이 지금의 이 모습으로 극장에 들어간다면 모든 것을 하리의 눈을 통해, 황야의 늑대가 쓴 낡은 안경을 통해 보게 될 겁니다. 바로 그 안경을 벗어 버리라고 당신을 초대한 것이니, 정중히 바라건대 그 매우 존경스러운 개성은 이곳 옷 보관함에 맡겨 주셨으면 합니다. 원하실 때 언제든 다시 돌려 드리겠습니다. 당신이 만끽했던 멋진 댄스의 밤, 「황야의 늑대에 관한 소논문」, 그리고 우리가 방금 마신 흥분제를 통해 당신은 만반의 준비를 갖췄을 겁니다. 그러니 당신의 그 소중한 개성만 벗어 버리면, 극장왼쪽은 어디든 자유롭게 갈 수 있습니다. 헤르미네는 오른쪽으로 가고. 안에서 두 사람이 마음대로 만날 수도 있습니다. 헤르미네, 당신은 잠깐만 커튼 뒤로 가 있어. 하리를 먼저 안내해 드려야 하니까."

헤르미네는 바닥에서 궁륭형 천장까지 뒷벽 전체를 차지하고 있는 거대한 거울 옆을 지나 오른쪽으로 사라졌다.

"자, 하리, 가시죠. 좋은 기분을 유지하십시오. 이 행사의 목적은 당신을 기분 좋게 해주고 당신에게 웃는 법을 가르쳐 주는 것이니, 내가 일을 수월하게 진행할 수 있도록 협조해 주시기 바랍니다. 지금 기분은 좋은 상태인가요? 그렇습니까? 두려움 같은 건 없습니까? 그럼 좋습니다. 아주 좋아요. 당신은 이제 아무런 두려움 없이 기쁨과 편안함을 느끼면서 우리의 가상 세계로 입장하게 될 겁니다. 그러기 위해 당신은 먼저 이곳의 관습에 따라 가상의 자살을 하게 될 겁니다."

그는 다시 작은 손거울을 꺼내 내 얼굴 앞에 내밀었다. 고군분투하는 늑대의 형상이 섞인, 불명확하고 흐릿한 하리의 얼굴이 또다시 나를 쳐다보고 있었다. 내게는 너무도 친숙하지만 동정은 가지 않는 영상이었다. 그러니 이 영상을 없애 버린다고 걱정할 이유는 없을 것 같았다.

"더 이상 필요 없게 된 이 영상을 당신 스스로가 지워 버려야 합니다. 하등의 쓸모도 없는 것이니까요. 이 영상을 바라보면서 기분대로 거리낌 없이 한바탕 웃기만 하면 됩니다. 당신은 지금 유머를 배우는 학교에 와 있는 만큼, 제대로 웃는 법을 익혀야 합니다. 모든 고차원적인 유머는 자신의 개성을 더 이상 진지하게 받아들이지 않는 데서 시작됩니다."

나는 거울 속을 쳐다보았다. 하리 늑대가 경련을 일으키고 있었다. 그 순간 내 안에서도 경련이 일어났다. 거의 감지할 수 없을 정도의 아련한 통증이 마음속 깊은 곳에서 느껴졌다. 마치 기억처럼, 향수처럼, 후회처럼. 그러고 나자 그 경미한 통증의 자리에 새로운 느낌이 들어섰다. 마치 코카인으로 턱을 마취시킨 뒤 충치를 뽑아낸 후처럼 마음이 가벼워지고 깊은 안도감이 들었으며, 동시에 통증이 사라진 것이 놀랍기도 했다. 또한 상쾌함과 웃고 싶은 충동까지 가세해, 결국 나는 구원의 폭소를 터뜨렸다.

흐릿하게 보이던 거울 속 영상이 경련을 일으키더니 이내 사라져 버렸다. 작고 둥근 거울 표면은 불에 그슬린 듯 갑자기 우둘투둘해지며 불투명한 잿빛으로 변했다. 파블로는 웃으며 그 깨진 거울을 집어던져 버렸다. 그것은 끝이 안 보일 정도로 긴 복도 바닥을 굴러가다가 마침내 사라져 버렸다.

"잘 웃었어요, 하리." 파블로가 외쳤다. "이제부터는 불멸의 위인들처럼 웃는 법을 배우게 될 겁니다. 당신은 드디어 황야의 늑대를 살해해 버린 겁니다. 면도칼로는 불가능한 일이죠. 이제 곧 당신은 어리석은 현실로부터 벗어나게 될 겁니다. 그리고 이제부터 우리는 서로 막역한 친구가 될 겁니다. 오늘만큼 당신이 내 마음에 들었던 적은 없으니까요. 앞으로는 당신이 중요하게 생각하는 철학적 논쟁도 하고 모차르트와 글루크의 음악에 대해서는 물론 플라톤과 괴테에 대해서도 대화를 나눕시다. 예전에는 왜 그런 대화가 불가능했는지 지금 이 자리에서 알게 될 겁니다. 모든 일이 성공적으로 진행되길 바랍니다. 오늘만큼은 황야의 늑대로부터 벗어나게 될 겁니다. 이렇게 말하는 건 방금 당신이 한 자살은 돌이킬 수 없는 결정적인 것은 아니기 때문입니다. 우리는 지금 마술 극장에 와 있고, 이곳에 있는 것은 영상에 불과할 뿐 현실은 아니니까요. 어쨌거나 여기서 아름답고 명랑한 영상들을 찾아내 보세요. 그래서 당신이 그 의심스러운 개성에 더 이상 미련이 없다는 걸 보여 주세요. 행여 당신이 그 개성을 다시 찾길 원하면 지금 보게 될 거울을 쳐다보기만 하면 됩니다. 하지만 '손에 들고 있는 거울 하나가 벽에 걸린 거울 두 개보다 낫다'는 옛 격언을 잘 알고 계시겠죠? 하하! (그는 또다시 근사하긴 하지만 어딘가 모르게 섬뜩한 웃음을 터뜨렸다.) 자, 이제 아주 간단하고도 흥미로운 의식 하나만 더 치르면 됩니다. 당신은 개성이라는 안경은 이미 벗어 버린 셈이니, 이번에는 이쪽으로 와서 제대로 된 거울을 한번 쳐다보세요. 재미있을 겁니다."

그는 장난스럽게 나를 껴안으며 웃으면서 나를 돌려세웠다. 그러자 나는 거대한 벽거울과 마주 보게 되었다. 그 속에 들어 있는 나를 쳐다보았다.

그 찰나에 나는 내게 너무도 익숙한 하리의 얼굴을 보았다. 다만 평소와 다르게 밝게 웃고 있는 것이 기분이 매우 좋은 듯했다. 하지만 내가 그를 알아보자마자 곧 그의 형상은 해체되어 버렸다. 그러고는 그에게서 제2의 영상이 떨어져 나오는가 싶더니 계속해서 세 번째, 열 번째, 스무 번째의 영상들이 연이어 생겨났다. 그렇게 해서 거대한 거울 전체가 온통 수많은 하리의 영상 또는 하리의 조각들로 채워졌다. 아주 짧은 시간이었지만 나는 그들 하나하나를 유심히 들여다보았다. 그 많은 하리들 중 몇몇은 나와 비슷한 나이였고, 또 몇몇은 나보다 나이가 많았으며, 심지어는 아주 늙은 하리도 있었다. 그런가 하면 아주 젊은 하리들도 있었는데, 그들은 청년, 소년, 초등학생, 개구쟁이, 어린아이들이었다. 오십 먹은 하리와 스무 살의 하리가 서로 뒤엉켜 뜀박질을

하며 놀았다. 서른 살의 하리와 다섯 살의 하리도 그런 식으로
어울렸고, 진지한 하리와 쾌활한 하리, 위엄 있는 하리와 익살스
러운 하리, 옷을 잘 차려입은 하리와 너덜너덜한 옷차림의 하리
와 벌거벗은 하리, 대머리 하리와 긴 곱슬머리의 하리가 장사진
을 치고 있었다. 그 모두가 바로 나였다. 나는 섬광처럼 스쳐 지
나가는 그 각각의 영상들을 관찰하고 파악했다. 그것들은 이내
온 사방으로 흩어졌다. 왼쪽, 오른쪽, 거울 속 깊은 곳, 거울 바깥
으로. 그중 젊고 세련된 녀석 하나가 거울 바깥으로 나와 웃으며
파블로의 품 안으로 파고들더니 그를 끌어안고는 함께 달아나
버렸다. 또 내 마음에 쏙 드는, 열여섯이나 열일곱쯤 돼 보이는 귀
엽고 매력적인 소년은 번개처럼 복도로 뛰어가더니 문마다 붙어
있는 게시문들을 탐독했다. 나는 그의 뒤를 쫓아갔다. 그가 멈춰
선 문 앞에 나도 멈춰 서 거기 붙어 있는 게시문을 읽었다.

모든 소녀들은 너의 것!
1마르크를 넣으시오

그 아름다운 소년은 좋아서 펄쩍 뛰더니 머리를 쑥 내밀고는
동전 투입구 쪽으로 달려가 문 뒤로 사라졌다.

파블로도 사라졌고, 거울 또한 사라진 듯 보였다. 거울과 함께
그 많던 하리의 영상도 모두 사라져 버렸다. 그러자 이 극장 안의
모든 것이 나 자신에게 맡겨져 있다는 느낌이 들었다. 나는 문마

다 옮겨 다니며 게시문들을 읽었다. 그 유혹과 약속의 언어들을.

즐거운 사냥을 위해!
자동차 대사냥!

이 게시문이 나를 유혹했다. 나는 좁은 문을 열고 안으로 들어갔다. 시끌벅적하고 자극적인 세계가 눈앞에 펼쳐졌다. 거리에서 자동차가 사냥을 하고 있었다. 일부 장갑차들은 보행자들을 사냥 대상으로 삼아 사정없이 깔아뭉개는가 하면 집 담장으로 밀어붙여 으깨어 압사시키기도 했다. 그 즉시 나는 이 상황이 인간과 기계 간의 전쟁임을 알아챘다. 오래전부터 준비되고 예고되었던, 줄곧 우리를 두려움에 떨게 했던 그 전쟁이 마침내 터져버린 것이었다. 곳곳에 시체와 갈기갈기 찢긴 육신들이 나뒹굴고 있었다. 박살나고 쭈그러들고 반쯤 타버린 자동차들도 여기저기 널려 있었다. 그 아수라장 위를 전투기가 선회하고 있었다. 지붕과 창문에선 그 전투기를 향해 소총과 기관총이 발사되고 있었다. 벽면마다 붙어 있는 플래카드에는 횃불처럼 선동적인 거대한 글자들이 국민들을 선동하고 있었다. 기계들에 대항해서 싸우는 인간들을 적극적으로 옹호하라. 기계의 힘을 빌려 다른 사람들의 고혈을 짜내는, 저 살찌고 번드르르한 옷차림에 향수 냄새를 풍기는 부자들을, 난폭하게 부릉거리며 악마 같은 괴성을 뿜는 그들의 거대한 자동차와 함께 꺼꾸러뜨려 버려라. 공장에 불을 질러 능욕당한 땅을 깨끗이 정리하라. 인구를 감소시키고, 풀이 자라나게 하라. 먼지투성이 시멘트 세계에 다시 숲과 초원과 들판과 개울과 늪지 등이 생겨나게 하라. 또 다른 플래카드에는 그와는 상반되는 내용이 담겨 있었다. 보다 차분한 색채에 화려한 글자체로 작성된 그 플래카드는 다분히 이성적이고 지적인 어투로, 모든 유산자와 이성적인 사람들에게 무정부주의적 혼란의 위험성을 설득력 있게 경고하고 있었다. 아울러 질서와 노동과 소유와 문화와 권리 등의 축복을 실로 감동적으로 묘사하면서 기계야말로 인간이 만들어 낸 최고이자 최후의 발명품으로, 그것에 힘입어 인간은 비로소 신이 될 수 있다고 찬양했다. 나는 숙고와 감탄을 반복하며 한쪽의 붉은 플래카드와 다른 쪽의 푸른 플래카드를 읽어 내려갔다. 한쪽의 불꽃같이 뜨거운 웅변과 다른 쪽의 설득력 있는 논리 모두 내게 매우 깊은 인상을 주었다. 각자 나름의 정당성이 있었기에 나는 두 입장 모두에 깊이 공감할 수 있었다. 하지만 여전히 요란한 총소리가 들려오고 있었다. 즉 이 시점에서 중요한 것은 지금이 전쟁 중이라는 사실이었다. 격렬하고 정열적이며 무엇보다 공감이 가는 전쟁이었다. 이 전쟁에서는 황제, 공화국, 국경, 깃발의 색깔 등 장식적이고 연극적인 시시콜콜한 것이 중요한 것이 아니었다. 금방이라도 질식해 버릴 것 같은 인간, 더 이상 삶의 낙을 찾지 못하게 된 인간들이 자신들의 불만을 표출해 차가운 회색빛으로 물든 문명 세계를 해체하려 한다는 사실이 중요했다. 나는 그들의 눈에서 파괴욕과 살인욕이 밝고 솔직한 감정, 즉 웃음으로 드러나고 있음을 느꼈다. 내 안에서도 그런 붉고 탐스러운 야생화가 피어나 함박웃음을 짓고 있었기에, 나도 기쁜 마음으로 그 전쟁에 뛰어들었다.

그 와중에 무엇보다 좋았던 것은 수십 년 동안 소식이 끊겼던 학교 친구 구스타프를 만나게 된 것이었다. 그는 내 어릴 적 친구들 중 가장 거칠고 힘세고 생존력 강한 녀석이었다. 그의 담청색 눈동자가 내게 윙크를 했을 때 내 가슴은 벌렁거렸고, 나 역시 기쁜 마음으로 윙크를 보냈다.

"오 하느님, 구스타프!" 나는 행복에 겨워 소리쳤다. "자네를 다시 보게 되다니! 그동안 어떻게 지냈나?"

그는 소년 시절과 다름없이 다소 불쾌감을 자아내는 웃음을 터뜨렸다.

"멍청한 친구야, 그런 쓸데없는 질문에 답할 필요는 없을 것 같은데? 난 신학 교수가 되었지. 하지만 자네도 알다시피 지금은 더 이상 신학 강좌 같은 건 개설되지 않아. 전쟁이 대세지. 자, 가자고!"

그러더니 그는 우리를 향해 달려오는 한 작은 화물차의 운전수를 총으로 쏘아 쓰러뜨리고는, 원숭이처럼 잽싸게 차로 뛰어올라 차를 세우고 나를 차에 태웠다. 그는 악마처럼 민첩하게 총알과 전복된 자동차들 사이를 헤치며, 교외로 차를 몰았다.

"자네는 공장주 편인가?" 내가 친구에게 물었다.

"아, 그건 취향의 문제가 아닐까? 그 얘기는 다른 곳에 가서 하기로 하지. 아, 아닐세. 지금 얘기하지. 나는 우리가 서로 다른 진영을 선택하는 게 좋을 거란 생각이 드네. 어느 쪽을 택하든 근본적으론 매한가지니까. 나는 신학자일세. 나의 선조인 루터는 농민들이 아니라 영주와 부자들을 두둔했지. 그래서 오늘날 우리가 그 오점을 바로잡으려는 것이지. 이 깡통 같은 차, 몇 킬로만 더 가주면 좋겠구먼!"

우리는 하느님의 후예인 바람처럼 재빨리 차를 몰아 녹음이 짙은 한적한 지역으로 들어갔다. 몇 마일은 족히 돼 보이는 거대한 평야를 지나 험준한 산을 천천히 오르다가, 평평하고 볕이 잘 드는 길 위에 멈춰 섰다. 그 길은 가파른 암벽과 야트막한 방벽 사이로 나 있는 위험한 커브길로 이어지고 있었다. 저 아래쪽으로는 푸른빛이 감도는 호수가 내려다보였다.

"아름다운 곳이야." 내가 말했다.

"매우 멋진 곳이군. 차축의 길이라고 불러도 좋겠어. 이곳에서 몇몇 차축들이 부서져 나갈 테니까. 그러니 조심하고 저길 봐, 꼬마 하리."

거대한 소나무가 길가에 서 있었다. 소나무 위에는 판자로 만든 오두막 같은 것이 지어져 있었다. 망루였다. 구스타프는 파란 눈을 교활하게 깜박거리면서 내게 밝은 미소를 던졌다. 우리 두 사람은 서둘러 차에서 내린 다음 나무줄기를 타고 올라가 심호흡을 한 후 그 망루 안으로 숨었다. 우리 마음에 쏙 드는 장소였다. 그곳에는 소총과 권총과 탄약 상자가 있었다. 우리가 겨우 한

숨 돌리고 사냥 자세를 취하자마자, 바로 그 커브길에 덩치 큰 고급차 한 대가 나타나 위압적인 경적을 울리며 빠른 속도로 올라왔다. 우리는 이미 손에 소총을 들고 있었다. 극도로 긴장되는 순간이었다.

"운전수를 조준해!" 구스타프가 황급히 명령을 내렸다. 그 육중한 자동차는 바로 우리 밑을 지나고 있었다. 나는 운전수의 파란 모자를 겨냥해 방아쇠를 당겼다. 그가 꼬꾸라지자 자동차는 으르렁거리며 얼마간 더 달려가더니 암벽에 부딪혀 튕겨져 나갔다. 그러고는 덩치 큰 성난 뒝벌처럼 나지막한 방벽에 또 한 번 강하게 부딪힌 다음, 짧고 작은 폭음을 내며 방벽 너머 낭떠러지로 추락하고 말았다.

"해치웠군!" 구스타프가 웃으며 말했다. " 다음번에는 내가 맡을게."

또 한 대의 차가 달려오고 있었다. 서너 명의 사람들이 쿠션에 등을 기대고 앉아 있는 작은 차였다. 그중 한 여성이 머리에 쓴 베일이 바람에 나부끼며 목 뒤로 수평선을 그렸다. 담청색의 베일이었다. 그 베일을 보자 마음이 무거워졌다. 베일 너머로 더없이 아름다운 여자가 미소 짓고 있을지 누가 알겠는가. 우리가 강도라 해도, 위대한 선배 강도들의 선례에 따라 매력적인 여성까지 죽게 될 짓은 하면 안 되었다. 하지만 구스타프는 벌써 총을 쏘고 말았다. 운전수가 경련을 일으키며 쓰러지자 자동차는 수직으로 서 있던 바위에 부딪혀 높이 치솟더니 바퀴를 위로 한 채

길 위로 내동댕이쳐졌다. 우리는 잠자코 기다렸다. 아무런 움직임도 감지되지 않았다. 차 속의 사람들은 마치 덫에 걸린 듯 아무런 기척도 없었다. 자동차는 여전히 그르렁거렸고 바퀴는 허공에서 처량하게 헛돌고 있었다. 그러다 갑자기 엄청난 폭발음과 함께 차가 불길에 휩싸였다.

"포드 차군." 구스타프가 말했다. "내려가서 길을 정리하고 와야겠는걸."

우리는 나무에서 내려와 불타는 차를 지켜보았다. 차는 매우 빠른 속도로 타버렸다. 우리는 싱싱한 나뭇가지로 지렛대를 만들어 그것을 이용해 차를 길가로 몰아 낭떠러지 아래로 떨어뜨렸다. 차가 떨어지며 여기저기 관목에 부딪히는 소리가 한참 동안 들려왔다. 사상자 중 두 명은 차가 전복될 때 밖으로 튕겨져 나와 바닥에 떨어져 있었다. 옷은 타다 만 상태였는데, 그중 한 사람의 윗옷은 말짱했다. 나는 그의 신분을 확인하려고 주머니를 뒤졌다. 가죽 지갑이 나왔고, 그 안에는 명함들이 들어 있었다. 나는 그중 하나를 뽑아 들고 이름을 읽었다.

"탓 트왐 아시Tat tvam asi."✦

"재치가 넘치는 이름이군." 구스타프가 말했다. "하지만 우리가 죽인 사람의 이름이 뭐든 그게 무슨 상관이야. 그들도 우리처럼

✦ 산스크리트어 문장으로 직역하면 '너는 그것이다'라는 뜻으로, '너는 신성한 본질이다'라는 의미.

이름 따위는 아무런 의미도 없는 가엾은 인간들인데. 이런 세상이라면 망해도 싸. 우리도 함께 말이야. 세상을 몽땅 10분만 물속에 처넣는 게 그나마 가장 고통이 적은 방법일 텐데. 자, 작업을 계속하세!"

우리는 차에 이어 시체도 낭떠러지로 내던졌다. 벌써 다른 차한 대가 다가오고 있었다. 우리는 길에 서서 곧장 자동차를 향해 동시에 사격을 가했다. 차는 마치 고주망태가 된 사람처럼 빙글빙글 돌면서 얼마간 앞으로 미끄러져 나가더니 덜거덩거리는 소리를 내며 멈춰 섰다. 승객 중 한 명만 몸이 성한 듯했다. 그 아리따운 젊은 아가씨는 창백한 얼굴로 몹시 떨며 밖으로 빠져나왔다. 우리가 그녀에게 상냥하게 인사를 한 뒤 도와주겠다고 하자그녀는 너무 놀란 나머지 말 한마디 못하고 멍하니 우리를 쳐다봤다.

"자, 우선 노인 양반을 살펴보세." 구스타프는 그렇게 말하고는 사망한 운전수 뒷좌석에 앉아 있는 승객을 살펴보았다. 짧은 백발의 노인이었다. 그는 총기가 흐르는 엷은 회색의 눈을 말똥말똥하게 뜨고 있었지만 상처는 깊은 듯했다. 그의 입가에선 피가흘러내리고 있었고, 목은 비스듬히 젖힌 채 움직이지 못하고 있었다.

"죄송합니다, 어르신. 저는 구스타프라고 합니다. 우리가 어르신의 운전수를 쏘았습니다. 실례지만 성함이 어떻게 되시는지요?"

그 노인은 슬픔에 젖은 작은 회색 눈으로 차갑게 우리를 노려

보았다.

"나는 검사장 뢰링이네." 그가 천천히 말했다. "자네들은 내 가없은 운전수를 죽였을 뿐만 아니라 내 목숨까지도 앗아 가려 하는군. 아마도 난 가망이 없을 것 같네. 그런데 도대체 왜 우리에게 총격을 가한 건가?"

"속도위반 때문입니다."

"우리는 규정 속도로 달렸네."

"어제까지는 정상 속도였을지 모르나 오늘은 더 이상 그렇지 않습니다, 검사장님. 우리는 오늘날 자동차가 내는 속도는 무조건 속도위반이라고 생각하는 사람들입니다. 우리가 지금 자동차를 모조리 박살내고 있는 것도 그 때문입니다. 다른 기계들도 마찬가지고요."

"자네들의 소총까지도?"

"이것 역시 때가 되면 그렇게 할 겁니다. 내일이나 적어도 모레까지는 모든 기계를 폐기 처분할 겁니다. 또 어르신도 알다시피 우리가 살고 있는 이 땅덩어리는 지금 인구과잉 상태입니다. 숨쉴 공간이 필요한 상황이죠."

"그래서 무차별적으로 사람들에게 총질을 해대는 건가?"

"어느 정도는 그렇습니다. 물론 애석하게 희생당하는 사람들도 분명 많을 겁니다. 예를 들어 저 젊고 예쁜 아가씨는 나도 매우 유감이라는 생각이 듭니다. 어르신의 따님인가요?"

"아니네, 나의 속기사일세."

"그나마 다행입니다. 자, 차에서 내리시죠. 힘드시다면 도와 드릴 수도 있습니다. 차는 곧 폐기 처분될 것입니다."

"나는 차라리 차와 운명을 같이하는 쪽을 택하겠네."

"원하신다면 그렇게 하십시오. 한 가지만 더 여쭤 보겠습니다. 어르신은 검사라고 하셨습니다. 한 인간이 어떻게 검사라는 직업을 택할 수 있는지 나는 늘 납득이 가지 않았습니다. 어르신은 다른 사람들을, 그것도 대체로 불쌍한 사람들을 기소하고 구형하는 일을 하며 사셨습니다. 그렇지 않나요?"

"그렇네. 하지만 난 나의 직분에 충실했을 뿐이네. 그게 나의 임무란 말일세. 사형집행인의 임무가 내가 구형한 자들을 처형하는 것이듯 말이네. 자네들도 처형의 임무를 맡은 거로군. 그래서 이렇게 사람을 죽이는 것이겠지."

"맞습니다. 다만 우리는 의무감에서 사람을 죽이는 것이 아닙니다. 만족감 때문입니다. 아니면 세상에 대한 불만과 절망 때문에 이러는 걸 수도 있습니다. 어쨌거나 우리는 이 일에서 어느 정도 즐거움을 느끼고 있습니다. 어르신은 사람을 죽이는 일이 즐겁지 않던가요?"

"더 이상 얘기하고 싶지 않네. 그러니 제발 자네들의 과업을 어서 빨리 끝내 주게. 임무라는 말의 개념을 잘 이해하지 못하겠다면……"

그는 말을 멈추고 침을 뱉고 싶은 듯 입술을 오므렸다. 약간의 피가 흘러나오더니 턱 언저리에서 멈췄다.

"잠깐만요!" 구스타프가 정중하게 말했다. "물론 나는 임무의 개념에 대해서 알지 못합니다. 적어도 지금부터는 말입니다. 예전에는 나도 직업상 그 개념을 많이 사용했었지요. 나는 신학 교수였습니다. 게다가 군인 신분으로 전쟁에도 참여했습니다. 하지만 내게 내려진 임무는, 권위자와 선임자가 내게 명령했던 것들은, 하나같이 형편없는 것들이었습니다. 그래서 언제나 그 반대로 행동하고 싶었습니다. 하지만 내가 임무의 개념은 더 이상 알지 못한다 하더라도 죄의 개념만큼은 잘 알고 있습니다. 어쩌면 그 두 개념은 같은 것일지도 모르겠습니다. 어머니가 나를 낳는 순간 나는 죄인이 되었습니다. 그때부터 삶을 선고받아 한 국가의 구성원이 되라는, 군인이 되어 사람을 죽이라는, 전투 준비에 필요한 세금을 내라는 의무를 부여받았으니까요. 그리고 지금 이 순간 삶은, 전쟁 때 그랬듯이 또다시 누군가를 죽이는 죄를 지으라고 종용하고 있습니다. 하지만 이번에는 마지못해 사람을 죽인 건 아닙니다. 나 자신의 죄의식에 따른 겁니다. 나는 이 달갑잖고 숨 막히는 세상이 공중분해 되는 것에 반대하지 않습니다. 오히려 그렇게 되도록 기꺼이 협력할 것이고 나 자신도 세상과 함께 공멸하고 싶습니다."

검사는 피 묻은 입술로 미소를 지어 보이려 무던히 애를 썼다. 어쭙잖은 미소이긴 했지만 그의 의도만큼은 분명히 드러났다.

"잘 알겠네." 검사 양반이 말했다. "그렇다면 우리는 동지인 셈이네. 그럼 이제 임무를 수행해 주게, 동지."

그러는 사이 그 예쁜 아가씨는 의식을 잃고 길가에 쓰러져 있었다.

　바로 그때 또 한 대의 자동차가 전속력으로 달려오고 있었다. 우리는 그 아가씨를 길 한쪽으로 옮겨 놓고는 바위 뒤로 숨었다. 달려오는 차가 박살 나버린 다른 차의 잔해를 들이받도록 할 속셈이었다. 자동차는 급브레이크를 밟는가 싶더니 잔해 더미 위로 올라가 멈춰 섰다. 차체에는 아무런 손상이 가지 않은 상태였다. 우리는 재빨리 소총을 손에 들고 차를 조준했다.

　"차에서 내리시오!" 구스타프가 명령했다. "두 손은 머리 위로!"

　차에서 내린 세 명의 남자는 순순히 손을 들었다.

　"당신들 중에 혹시 의사가 있소?" 구스타프가 물었다.

　그들은 없다고 대답했다.

　"그렇다면 저기 계신 어르신을 차 밖으로 모시고 나와 주시오. 중상을 입은 상태니 조심해서 말이오. 그런 다음 그분을 당신네들 차에 태우고 가까운 도시로 가주시오. 서둘러 주시오!"

　곧 그 노신사는 다른 차에 눕혀졌고, 구스타프의 명령에 따라 차가 출발했다.

　속기사 아가씨는 그러는 사이 다시 깨어나 그 모든 과정을 지켜보고 있었다. 나는 이토록 아름다운 아가씨를 노획물로 얻게 된 것이 기뻤다.

　"아가씨." 구스타프가 말했다. "당신은 당신의 고용주를 잃었습니다. 평소에 그 노신사와 친밀한 관계가 아니었길 바랄 뿐이오.

당신은 이제 우리가 고용하겠소. 부디 좋은 동료가 되어 주시오. 자, 조금 서두르도록 합시다. 다시 분위기가 험악해질 테니. 나무는 탈 줄 아시오? 자, 그럼 올라갑시다. 당신이 가운데 서시오. 우리가 도와주겠소."

우리 세 사람은 잽싸게 망루로 기어 올라갔다. 아가씨는 여전히 상태가 좋지 않아 보였지만 코냑을 한 잔 마시고는 곧 기운을 회복했다. 그녀는 호수와 산악 지대가 펼쳐진 빼어난 경관을 내려다보며, 자기 이름은 도라라고 했다.

자동차 한 대가 그새 우리 발아래를 지나고 있었다. 뒤집혀져 있는 자동차 곁을 조심스레 지나는 듯싶더니 이내 속도를 높이기 시작했다.

"뺑소니다!" 구스타프가 웃음을 흘리며 운전수에게 총격을 가했다. 자동차는 춤추듯 요동치더니 방벽을 향해 날아가 부딪혔다. 그러자 방벽이 깨지면서 자동차는 절벽 위에 비스듬하게 걸렸다.

"도라." 내가 말했다. "총 쏠 줄 알아요?"

그녀는 총을 쏠 줄 몰랐지만 곧 우리에게서 장전하는 법을 배웠다. 처음에는 서툴렀다. 그래서 손가락을 다쳐 피를 보게 되자 그녀는 울먹이며 반창고를 붙여 달라고 했다. 하지만 구스타프는 지금은 전쟁 중인 만큼 용감하고 씩씩한 여자라는 것을 보여 주어야 한다고 그녀를 구슬렸다. 그러자 잠잠해졌다.

"이젠 우리 어떻게 해야 하는 거죠?" 그녀가 물었다.

"나도 모르오." 구스타프가 말했다. "내 친구 하리는 예쁜 여자라면 사족을 못 쓰는 편이니 당신의 좋은 친구가 되어 줄 거요."

"하지만 아까 그 사람들이 경찰과 군인을 데리고 와서 우리를 죽일지도 몰라요."

"경찰 따위는 더 이상 존재하지 않소. 선택권은 우리에게 있소, 도라. 조용히 이 위에 숨어 있으면서 지나가는 자동차를 모조리 쏴버리든지, 아니면 우리 자신이 자동차를 몰고 가다가 다른 사람들의 표적이 되든지, 우리가 선택할 수 있소. 어떤 쪽을 택하든 매한가지 결과이기에 나는 이곳에 남고 싶소."

아래쪽에서 또 다른 자동차가 낭랑하게 경적을 울리며 올라오고 있었다. 우리는 그 차도 곧 해치웠다. 자동차는 바퀴가 허공으로 향한 채 멈춰 섰다.

"우습군." 내가 입을 열었다. "사격이 이토록 재밌게 느껴지다니. 전에는 반전주의자였던 내가!"

구스타프가 빙그레 웃었다. "그럴 수밖에. 세상에는 지금 사람이 너무 많으니까. 전에는 그걸 느끼지 못하다가, 누구나가 공기를 들이마시고 싶어 하고 자동차를 갖고 싶어 하는 지금에야 비로소 그걸 느끼게 된 거지. 물론 우리가 지금 하고 있는 일은 결코 이성적인 일이 아니라 유치한 장난 같은 짓이지. 전쟁이 규모가 큰 어린애 장난인 것처럼 말이야. 훗날 언젠가는 인간들이 이성적인 방법으로 인구 증가를 억제하는 법을 알게 되겠지. 하지만 지금 당장은 이 견딜 수 없는 상황에 이렇게 비이성적으로 반응할 수밖에 없어. 근본적으로 볼 때 옳은 일을 하고 있는 셈이지. 어쨌든 인구를 감소시키고 있으니까."

"그렇고말고." 내가 말을 받았다. "우리가 하고 있는 행동이 어떤 면에서는 미친 짓일 수도 있겠지. 하지만 어떤 면에선 유익하고 불가피한 일이야. 인간이 이성을 지나치게 혹사시키고, 이성으로 접근할 수 없는 것까지 이성의 힘을 빌려 체계화하려는 것은 온당치 못해. 그렇게 하면 미국인들이나 볼셰비키들의 이상과 비슷한 것이 또 생겨나게 될 거야. 그들 모두는 너무도 이성적이었기에 삶을 소박하게 단순화함으로써 외려 삶 자체를 끔찍하게 능욕하고 강탈했어. 예전에는 고귀한 이상이라고 떠받들었던 인간상이라는 것이 하나의 클리셰로 내몰릴 지경이야. 어쩌면 우리 미치광이들이 그것을 다시 고상한 위치에 세워 놓을 수 있을 거야."

구스타프는 웃으면서 대답했다. "친구, 대단히 사려 깊은 말이군. 그런 샘솟는 지혜를 엿듣는 건 즐겁고 유익한 일이지. 게다가 자네 말에는 나름대로 타당성도 있네. 하지만 이제는 다시 소총을 장전해 주게. 자네는 다소 몽상가적 기질이 있군그래. 언제 노루 새끼들이 출몰할지 모르네. 녀석들을 철학으로 쏘아 잡을 수는 없는 노릇이지. 그러니 탄환은 늘 장전돼 있어야 하네."

자동차 한 대가 달려오다 이내 나뒹굴었고, 그 자동차 잔해로 인해 길이 막혔다. 붉은 머리의 뚱뚱한 사내 한 명이 살아남아 잔해 더미 옆에서 강하게 손짓을 해가며 놀란 눈으로 아래위를 살폈다. 그러다가 우리의 은신처를 발견하고는 소리를 질러 대며 달려와서는 우리 쪽을 향해 리볼버를 연신 쏘아 댔다.

"꺼지지 않으면 쏜다." 구스타프가 아래쪽을 향해 소리쳤다. 그 사내는 그를 겨냥해서 또다시 방아쇠를 당겼다. 우리도 그를 향해 두 발의 총격을 가했다.

우리가 뒤따라온 두 대의 자동차마저 사냥하자 길에는 적막감이 감돌았다. 이곳이 위험 지역이라는 소문이 이미 널리 퍼진 듯했다. 우리는 여유를 갖고 아름다운 주변 경관을 감상했다. 호수 저편의 깊은 산골짜기에 작은 도시가 보였다. 그곳에서 연기가 피어오르는가 싶더니 이내 지붕에서 지붕으로 불길이 옮겨 붙었다. 그곳에서도 누군가의 총소리가 들려왔다. 도라는 눈물을 흘렸다. 나는 그녀의 젖은 뺨을 쓰다듬어 주었다.

"우리 모두가 죽어야 하는 건가요?" 그녀가 물었다. 아무도 대답하지 않았다. 그러는 사이 행인 한 사람이 나무 아래쪽으로 다가왔다. 그는 망가진 자동차가 놓여 있는 것을 보고는 여기저기 기웃거리며 차를 둘러보았다. 몸을 숙여 차 안을 들여다보더니 화려한 색깔의 양산과 여성용 가죽 가방, 그리고 포도주 한 병을 끄집어냈다. 그는 평온한 표정을 지으며 방벽 위에 앉아 포도주를 마시고, 가방에서 은박지에 싸인 무언가를 꺼내 먹었다. 포도주 한 병을 다 비우고 나자 양산을 겨드랑이에 끼고는 기분 좋게 걸어갔다. 천천히 걸어가는 그의 발걸음에서 평화로움이 느껴졌다. 내가 구스타프에게 말을 건넸다. "자넨 저 살가운 친구에게도 총을 쏠 텐가? 저자의 머리통에도 구멍을 낼 수 있겠나? 난 차마 그렇게는 못하겠네."

"원하지 않는다면야 어쩔 수 없지." 구스타프가 투덜대며 말했다. 하지만 그의 마음도 편하지만은 않은 듯했다. 악의 없고 평화로우며 천진난만하게 행동하고 소박하게 살아가는 한 인간의 얼굴을 보게 되자, 칭찬받아 마땅하며 불가피한 것으로 여겼던 우리의 행동이 갑자기 어리석다 못해 혐오스럽게 느껴졌다. 제기랄, 온통 피칠갑이라니! 우리는 자신이 부끄러웠다. 장군들조차도 전쟁터에서 가끔은 같은 생각을 할 것이다.

"우리 더 이상 이곳에 죽치고 있어선 안 될 것 같아요." 도라가 불만을 토로했다. "내려가요. 차 안에 분명 먹을 것이 있을 거예요. 배고프지 않아요, 볼셰비키 양반들?"

저 아래쪽 불길에 휩싸여 있는 도시에서 시끄러운 종소리가 울려 퍼지기 시작했다. 공포심을 자아내는 한껏 격앙된 소리였다. 우리는 나무를 타고 내려갔다. 나는 도라가 난간을 넘어가는 것을 도와주면서 그녀의 무릎에 키스했다. 그녀는 해맑은 웃음을 터뜨렸다. 하지만 밟고 있던 널빤지가 부서지면서 우리 두 사람은 허공으로 추락하고 말았다.

나는 다시 둥근 모양의 복도로 돌아와 있었다. 여전히 사냥과 모험의 열기에 들뜬 상태로. 수없이 많은 문들마다 붙어 있는 게시문이 또다시 나를 유혹했다.

마타불

원하는 동물이나 식물로 변신 가능함

카마수트라

인도식 연애술 강의

초보자 코스: 연애 실습을 위한 42가지 다양한 방법론

벅찬 즐거움을 만끽할 수 있는 자살!

배꼽 잡고 웃을 수 있음

영성을 얻길 원하는가?

동양의 지혜

오오, 내게 천 개의 혀가 있다면!

남성분들에 한함

서양의 몰락

가격 할인. 절찬리 흥행

예술의 정수

음악을 통해 시간이 공간으로 변화되다

웃음 속의 눈물
유머의 방

은둔자 놀이
모든 사교 모임을 대체할 수 있는 무한 가치의 놀이

게시문은 끝없이 이어졌다. 그중 하나는 이런 내용이었다.

개성 형성을 위한 입문
효과 보장

나는 그 게시문에 관심이 끌려 그 문으로 들어갔다.

어두컴컴하고 적막한 공간이 나를 맞았다. 한 남자가 동양식으로 의자 없이 맨바닥에 앉아 있었다. 그 앞에는 거대한 체스판 같은 것이 놓여 있었다. 첫눈에 보기에 파블로인 듯했다. 그역시 화려한 색의 실크 재킷을 입었고, 검게 빛나는 눈을 가지고 있었기 때문이다.

"혹시 파블로인가?" 내가 물었다.

"나는 그 누구도 아닙니다." 그가 다정한 목소리로 대답했다. "이곳에선 누구도 이름 따위는 가지고 있지 않습니다. 여기서 우리는 한 개인으로 존재하는 것이 아니기 때문입니다. 나는 체스를 두는 사람입니다. 개성을 형성하는 법에 대한 강의를 듣고 싶으십니까?"

"예, 가르쳐 주십시오."

"그렇다면 당신의 체스 말 중에서 몇 개를 제가 활용할 수 있도록 해주세요."

"나의 체스 말이라고요?"

"당신의 이른바 개성이라는 것이 분열되는 과정을 보여 줄 체스 말을 말합니다. 체스 말 없이는 게임을 할 수가 없어요."

그는 내게 거울을 내밀었다. 나는 그 속에서 나의 개성의 통일체가 수많은 자아들로 분열되는 것을 다시 한 번 목격하게 되었다. 그 수가 좀 전보다 더 많은 듯했다. 다만 그 형상들의 크기는 손에 딱 들어오는 체스 말만큼이나 작아져 있었다. 그 체스꾼은 손가락으로 그중 몇 개를 침착하고 능숙하게 골라내어 체스 판 옆 바닥에 세웠다. 그러고 나서 그는 동일한 내용의 강의를 이미 여러 차례 한 사람처럼 틀에 박힌 목소리로 설명을 시작했다.

"인간이 영속적인 통일체라는 견해는 오류일 뿐만 아니라 불행까지 초래한다는 사실을 당신은 잘 알고 있을 것입니다. 아울러 인간은 수많은 영혼과 자아로 이루어져 있다는 사실 또한 잘 알고 있을 것입니다. 겉보기에 하나의 통일체를 이루고 있는 개성을 그토록 많은 형상들로 분열시키는 것은 어쩌면 미친 짓으로 보일 수도 있습니다. 과학은 그것에다 정신분열증이라는 이름을 붙여 주기까지 했지요. 어떠한 다양성도 통제 없이는, 다시 말

276

해 규칙과 체계에 따르지 않고서는 길들일 수 없다는 점에서는 그러한 과학적 입장은 타당하다 할 수 있습니다. 반면에 수많은 잠재적 자아마저도 어떤 유일무이하고 절대적이며 평생을 따라다니는 질서의 지배를 받을 것이라 믿고 있다는 점에서는 과학은 틀렸습니다. 과학의 이러한 오류는 여러 가지 불편한 결과를 초래했습니다. 다만 국가에 의해 고용된 교사와 교육자들의 일을 줄였다는 것, 그들의 사유와 실험을 줄였다는 것만이 성과라면 성과겠지요. 그 잘못된 시각으로 인해 치유 불가능할 정도로 미쳐 버린 많은 사람들이 오히려 '정상인'으로, 즉 사회적으로 활용 가치가 높은 존재로 여겨지고 있고, 그와 반대로 천재에 속하는 많은 사람들은 미친 사람으로 간주되고 있습니다. 그렇기 때문에 우리는 '형성술'이라 불리는 개념을 통해 허점투성이인 과학적 심리학을 보완하려고 하는 겁니다. 우리는 자신의 자아가 분열되는 것을 경험한 사람에게, 언제라도 그 조각들을 그가 원하는 대로 새롭게 조합할 수 있다는 것을, 또한 그를 통해 무한히 다양한 삶의 게임을 즐길 수 있다는 것을 보여 줄 것입니다. 작가가 한 줌의 인물들로 드라마 한 편을 만들 듯, 우리는 긴장감 넘치는 새로운 게임 속에서 조각난 자아의 형상들로부터 새로운 상황에 속한 새로운 군상들을 조립해 낼 것입니다. 두고 보십시오!"

그는 차분하고 능숙한 손놀림으로 나의 형상들을 움켜잡았다. 고령의 노인, 소년, 아이, 여성 등의 형상을 비롯해서 쾌활하고, 슬프고, 강하고, 부드럽고, 민첩하고, 둔한 온갖 형상들을 재빨리 자신의 체스 판 위에 올려놓고 게임할 수 있는 대열로 정리했다. 게임이 진행되는 동안 형상들은 그룹이나 가족으로 묶여 친구나 적이 되어 놀이와 전쟁을 치렀다. 축소된 하나의 세상이 펼쳐지고 있었다. 그는 황홀해하는 내 눈앞에서, 스스로 움직이는 그 생기 있고 잘 정돈된 작은 세상을 보여 주었다. 놀이가 벌어지는가 하면 전투도 벌어졌고, 서로 구애하여 결혼해 자식을 낳기도 했다. 실로 다양한 인물들이 등장하는 파란만장하고 긴장감 넘치는 한 편의 드라마였다.

그가 경쾌한 동작으로 체스 판을 쓸어 내자 모든 말들이 하나하나 천천히 쓰러졌다. 그는 그것들을 한데 모으고 나서 까다로운 예술가처럼 무언가를 골똘히 생각하는 듯하더니, 이번에는 아까와 다른 이해관계와 역학 관계를 가진 집단을 설정함으로써 완전히 새로운 게임을 시작했다. 두 번째 게임 역시 동일한 세계와 동일한 재료를 활용한다는 점에서 첫 번째 게임의 연장선상에 있었다. 하지만 조성調性과 템포가 바뀌었으며, 강조되는 모티프도 다를뿐더러 상황도 다르게 설정되었다.

그 능숙한 체스꾼은 하나하나가 나 자신의 일부인 체스 말을 활용해서 매번 다른 게임들을 구성해 냈다. 멀리서 보면 그 게임들은 다 비슷비슷하고 동일한 세계, 동일한 혈통 같았지만, 사실상 그 각각은 완전히 새로운 것이었다.

"이것이 바로 삶의 기술입니다." 그가 강의식 어투로 말했다. "지금부터는 당신이 직접 해보십시오. 삶의 게임을 원하는 대로 구성한 후, 그것에 생동감을 불어넣어 복잡하고 풍부한 스토리를 만들어 보십시오. 모든 것이 당신 손에 달려 있습니다. 고차원적인 의미에서 광기라고 하는 것이 모든 지혜의 출발점이듯이, 정신분열은 모든 예술, 모든 판타지의 출발점입니다. 심지어 학자들조차도 이러한 사실을 어느 정도는 알고 있습니다. 예를 들어 저 매력적인 책 『왕자의 마술피리』를 정독해 보면, 그 책이 광기 때문에 정신병원에 갇혀 버렸던 몇몇 예술가들의 천재성의 도움을 받았음을 알 수 있지요. 자, 당신의 형상들로 된 이 말들을 받고 게임을 시작하세요. 이 게임이 당신을 즐겁게 만들어 줄 것입니다. 오늘은 사납게 구는 도깨비 형상이 내일이면 순진한 조연급으로 강등될 것입니다. 잠시나마 불운과 불행을 선고받았던 가엾은 형상이 다음번 게임에선 공주의 역할을 하게 될 거고요. 즐거운 시간 보내시길 바랍니다, 신사 양반."

나는 이 천부적인 체스꾼에게 깊은 감사의 인사를 한 뒤, 그 작은 형상들을 주머니에 넣고 작은 문을 통해 그곳을 나왔다.

원래 나는 복도 바닥에 앉아 몇 시간이고, 아니 영원히 체스를 둘 생각이었다. 하지만 밝은 원형 극장의 복도에 다시 서자마자, 나의 의지를 능가하는 강력한 기운이 나를 끌어당겼다. 한 장의 화려한 포스터가 내 눈앞에서 빛을 발하고 있었다.

황야의 늑대 조련의 기적

이 게시문을 보니 내 마음속에서 만감이 교차했다. 나의 지나온 삶과 버림받은 현실을 지배했던 온갖 공포와 강박감이 나의 심장을 고통스럽게 쥐어짰다. 떨리는 손으로 문을 열고 들어가니, 무대가 있는 가설 막사였다. 쇠로 된 창살이 볼품없는 무대와 관객 사이의 경계가 되어 주었다. 무대 위에는 거만해 보이는 남자 조련사가 서 있었다. 덥수룩한 코밑수염과 잘 발달되어 있는 팔뚝 근육, 그리고 쫙 빼입은 서커스 복장에도 불구하고, 그 남자는 불쾌할 정도로 나를 쏙 빼닮아 있었다. 그 건장한 사내는 크고 멋지게 생겼으나 비쩍 마르고 노예처럼 겁을 집어먹은 늑대를, 마치 개처럼 목줄에 매고 나와 있었다. 비참한 광경이었다! 그 잔인한 조련사가 기품 있지만 자신에게는 순종하는 그 맹수를 데리고 일련의 묘기와 놀라운 연기를 선보이는 것을 구경하고 있자니, 혐오감과 흥미감, 불쾌함과 쾌감이 동시에 느껴졌다. '왜곡 거울'에 비친 쌍둥이처럼 기분 나쁠 정도로 나와 닮은 그 남자가 늑대를 다루는 솜씨는 가히 발군이었다. 늑대는 모든 명령에 한 치의 실수도 없이 복종했다. 조련사의 구호와 채찍 소리에 개처럼 반응했다. 쓰러지고, 죽은 체하고, 뒷다리로 서기도 했다. 빵, 계란, 고깃덩어리, 작은 바구니 등을 고분고분 주둥이로 물어 오기도 했다. 또한 조련사가 떨어뜨린 채찍을 물고 올 때는 보기 민망할 정도로 비굴하게 꼬리를 흔들어 댔다. 그놈 앞에 토끼와 흰 양을 한 마리씩 놓아두자 이빨을 보이며 으르렁거리고 탐욕에 침을 질질 흘리긴 했지만, 그 짐승들의 털끝 하나 건드리지 않았다. 그저 조련사의 명령에 따라, 바닥에 웅크리고 앉아 덜덜

떨고 있는 그 짐승들을 우아하게 뛰어넘기만 했다. 심지어는 그것들을 앞발로 껴안으며 단란한 가족 분위기를 연출하기까지 했다. 관객들이 내미는 초콜릿도 받아먹었다. 그 늑대가 그렇게 자신의 본성을 억제하는 모습을 곁에서 지켜보는 것은 하나의 고통이었다. 머리카락이 곤두설 정도였다.

하지만 공연 후반에 가서는 관객인 나도 그 늑대도 조금 전의 고통을 보상받게 되었다. 조련사가 양과 늑대 뒤에서 자랑스럽고 부드러운 미소로 인사를 하고 나자, 역할이 바뀌는 것이었다. 나를 닮은 조련사가 갑자기 엎드려 절을 하면서 채찍을 늑대의 발 앞에 내려놓고는, 조금 전에 늑대가 그랬듯이 주눅이 들어 벌벌 떨었다. 늑대는 미소를 지으며 입맛을 다셨다. 그때부터 늑대는 가식을 벗어 버렸다. 눈빛은 이글거렸고 탄력적인 몸매는 야성미가 넘쳤다.

그때부터는 늑대가 명령을 내리고, 인간이 복종했다. 늑대의 명령에 따라 인간이 무릎을 꿇고 늑대의 역할을 한 것이다. 혀를 쭉 빼고 뱀질한 이빨로 자신의 옷을 찢는가 하면, 네 발로 기고 뒷다리로 서기도 했다. 죽은 시늉도 했고, 늑대를 등에 태우고 채찍을 물어다 주기도 했다. 그는 개처럼 어떠한 굴욕적인 행동도 마다 않고 천부적인 소질을 보이며 명령에 따랐다. 아름다운 소녀 한 명이 무대에 등장해서는 훈련된 남자 곁으로 다가갔다. 그녀가 그의 턱과 뺨을 쓰다듬자, 그는 네발짐승처럼 머리를 흔들었다. 그러다 그 아름다운 소녀를 향해 이빨을 드러내더니 결국에는 늑대처럼 위협적인 자세를 취했다. 그러자 그녀는 도망치고 말았다. 관객들이 초콜릿을 주자 그는 냄새를 맡아 보더니 한쪽으로 밀쳐 버렸다. 마지막으로 흰 양과 살찐 얼룩 토끼가 다시 끌려 나왔다. 그 영리한 인간은 이번에도 매우 희생적으로 늑대의 역할을 해냈다. 그는 비명을 지르는 그 작은 짐승들을 손톱과 이빨로 힘껏 할퀴고 물었다. 가죽과 살점을 갈기갈기 찢고는 그 싱싱한 살코기를 질근질근 씹어 먹었다. 또한 눈을 감고 탐욕스럽게 그 짐승들의 따끈따끈한 피를 열심히 빨아 먹었다.

나는 놀란 나머지 문밖으로 도망쳐 나왔다. 내가 보기에 이 마술 극장은 순수한 낙원은 아니었다. 이 아름다운 외피 속에 온갖 지옥들이 감추어져 있었다. 오, 신이시여! 이곳에도 구원의 길은 없다는 말씀입니까?

나는 겁에 질려 이리저리 왔다 갔다 했다. 입안에서 피와 초콜릿 맛이 느껴지는 듯했다. 모두 불쾌한 맛이었다. 이 음울한 분위기에서 벗어나고만 싶었다. 보다 평안하고 친근감 있는 영상들을 보고 싶었다. "오, 친구! 더 이상 이런 모습은 싫어." 내 안에서 이런 간절한 외침이 흘러나왔다. 그 순간 놀랍게도 전쟁 시기에 이따금 보았던 끔찍한 전쟁터의 시체 사진들이 떠올랐다. 겹겹이 엉겨 붙은, 방독면을 쓴 그 시체들이 악마처럼 떠올랐다. 나는 경악했고, 인도주의적 정신에 충만한 반전주의자인 내가 얼마나 어리석고 순진한지 그제야 깨달을 수 있었다. 내 안에 살고 있는 조련사, 장관, 장군, 광인 등 그 어느 누구도 이 혐오스럽고, 거칠고,

사악하고, 야만적이고, 어리석은 사상과 영상으로부터 자유로울
수 없었다.

잠시 마음을 가라앉히자, 아까 거울 속에서 나왔던 아름다운
소년이 뛰어 들어갔던 문의 게시문이 떠올랐다.

모든 소녀들은 너의 것

그보다 더 바랄 것은 없었다. 나는 그 저주받은 늑대의 세계로
부터 도망쳐 나온 것을 기뻐하면서, 그 게시문이 붙어 있던 문을
찾아 안으로 들어갔다.

놀랍게도 그곳에서는 내 청춘의 향기가, 내 소년 시절과 청년
시절의 분위기가 흐르고 있었다. 너무도 황당했지만, 그 친숙한
분위기에 소름이 끼칠 정도였다. 내 심장 속에서 그 당시의 피가
돌기 시작했다. 지금까지 내가 행동으로 생각으로 추구해 왔던
모든 것들이 내 뒤로 가라앉아 버렸다. 나는 다시 젊어졌다. 한
시간 전, 아니 바로 직전까지만 해도 나는 사랑과 욕망과 동경
등이 무엇인지 잘 알고 있다고 믿었다. 하지만 그것은 한 늙은 남
자의 사랑과 동경일 뿐이었다. 지금 나는 다시 젊은이로 돌아와
있었다. 지금 내 안에서 일고 있는 감정, 말하자면 거침없이 타오
르는 불길, 강렬한 동경, 3월의 봄바람처럼 만물을 녹이는 정열
등은 젊고 새롭고 진실된 것이었다. 오오! 사그라졌던 불길이 다
시 타오르는가 하면, 예전의 음성이 충만하고도 그윽하게 울려

퍼졌다. 청춘의 피가 솟구쳐 오르고, 영혼의 외침과 노랫소리가 들려왔다. 나는 열대여섯 살의 소년으로 돌아와 있었다. 내 머리는 온통 라틴어와 그리스어와 아름다운 시구로 가득 차 있었고, 내 생각은 죽음과 명예욕으로 넘쳤으며, 나의 상상의 세계는 예술가의 꿈으로 채워져 있었다. 하지만 그 모든 불꽃보다 더 심오하고 더 강렬하며 더 대담하게 타오르는 것은 바로 사랑의 불꽃, 성의 굶주림, 육신을 갉아먹는 쾌락의 조짐이었다.

나는 자그마한 고향 마을이 내려다보이는 바위 언덕 위에 서 있었다. 봄바람에 오랑캐꽃 냄새가 실려 왔다. 저 아래로 강이 보였고, 불 켜진 우리 집 창문도 보였다. 모든 것이 자연의 소리와 향기를 가득 머금은 채, 새로운 창조적 에너지에 한껏 취해 미려한 색채를 드러내고 있었다. 여기에 초현실적이고 성스러운 분위기를 자아내는 봄바람까지 가세했다. 시적 감성으로 충만했던 그 시절의 풍경 그대로였다. 바람이 나의 긴 머리카락 사이를 훑고 지나갔다. 나는 꿈결 같은 사랑의 갈망에 젖어 떨리는 손으로 이제 막 신록으로 물들기 시작한 관목 숲에서 반쯤 핀 어린 잎을 따서는 그것을 들여다보고 향기도 맡아 보았다. 또한 그 잎을 만져 보다가 아직 어떠한 아가씨와도 키스해 본 적 없는 내 입술로 그 잎을 살포시 깨물어 보았다. 그러고는 이내 그것을 씹기 시작했다. 향기롭지만 떫고 쓴 맛을 느끼며, 나는 내가 지금 체험하고 있는 것이 무엇인지 정확히 알 수 있었다. 내 소년 시절의 마지막 날이 재현되고 있는 것이었다. 어느 이른 봄날의 일요일 오후를,

고독한 산책길에서 로자 크라이슬러를 만났던 그날을 다시 경험하고 있는 것이었다. 수줍은 인사를 건넨 뒤, 정신없이 그녀에게 빠져들었던 바로 그날을.

당시 나는 언덕을 올라오고 있는 한 소녀를 벅찬 기대감으로 바라보고 있었다. 그녀는 내가 그곳에 있는지조차 몰랐다. 나는 두 가닥으로 땋아 내린 그녀의 머리가 바람에 나부끼는 것을 보며, 그녀가 얼마나 아름다운지 비로소 알게 되었다. 바람에 흩날리는 그녀의 부드러운 머릿결은 실로 멋지고 매혹적이었으며, 푸른 빛깔의 하늘하늘한 옷에 감싸인 그녀의 싱싱한 육체는 흠모의 감정을 불러일으키기에 충분했다. 향기로운 꽃봉오리에서 봄날의 달콤한 쾌락과 쓰디쓴 두려움이 동시에 느껴지듯이, 그녀를 보는 순간 나는 치명적인 사랑의 예감, 성적 끌림, 무한한 가능성과 약속, 이루 말할 수 없는 환희, 상상을 초월하는 혼란, 불안과 번뇌, 속죄와 뼈저린 죄의식 등을 한꺼번에 느꼈었다. 혀끝에서 느껴지던 쓰디쓴 봄날의 맛은 얼마나 강렬했던가! 그녀의 흐트러진 머리카락과 빨간 볼을 쓰다듬던 봄바람이 얼마나 부러웠던가!

그녀는 내게로 다가오다가, 고개를 들고서야 내가 있다는 것을 알게 되었다. 그 순간 그녀는 얼굴을 붉히고는 눈길을 돌렸다. 나는 견진성사용 모자를 벗어 들고 그녀에게 인사했다. 로자는 품위 있는 숙녀처럼 침착하게 미소를 지으며 내 인사를 받아 주었다. 그런 다음 다시 생각에 잠긴 채 천천히 발걸음을 옮겼다. 나는 그녀의 뒷모습을 바라보며 사랑과 경의를 끊임없이 표했다.

그것이 35년 전 어느 일요일의 추억이었다. 그런데 그 당시의 모든 일들이 지금 이 순간 재현되고 있었다. 언덕과 작은 도시, 3월의 봄바람과 꽃봉오리 향기, 로자와 그녀의 갈색 머리, 그리움과 숨 막힐 듯 달콤했던 두려움까지도.

모든 것이 그대로였다. 살면서 그 당시 로자에게 느꼈던 사랑은 두 번 다시 경험하지 못했다. 하지만 이번에는 그 당시와는 다른 태도로 그녀를 맞게 되었다. 나는 그녀가 나를 알아보고는 얼굴을 붉히는 것을, 또 그러한 모습을 감추려고 애쓰는 것을 알아보았던 것이다. 그녀도 나를 마음에 두고 있다는 것을, 이 만남을 나뿐만이 아니라 그녀도 중요하게 생각한다는 것을 알고 있었던 것이다. 나는 예전처럼 모자를 벗어 들고 그녀가 지나갈 때까지 예의를 갖추는 대신, 두려움과 압박감을 무릅쓰고 내 피의 명령대로 따랐다. "로자! 와줘서 정말 고마워. 아름다운 아가씨, 난 정말 너를 사랑해." 어쩌면 이런 순간에 하는 말로는 적절하지 않을 수도 있지만, 지금 이곳에선 교양 따위는 필요 없었고, 그렇게 말하는 것으로 충분했다. 로자는 이번에는 원숙하고 품위 있는 표정을 짓지 않았고 그냥 지나치지도 않았다. 로자는 멈춰 서서 나를 쳐다보며 붉어진 얼굴로 말했다. "안녕, 하리! 너 정말 나를 좋아하는 거야?" 그녀의 생기 있는 얼굴에서 갈색 눈이 반짝이고 있었다. 그 오래전 일요일, 내가 로자를 그냥 가게 내버려두었던 그 순간부터 나의 삶과 사랑이 혼란스럽게 꼬이면서 몸서리쳐지는 불행이 시작된 것이라는 생각이 들었다. 하지만 지금은 그 과오가 충분히 속죄되었는지 모든 것이 달라져 있었다. 모든 것이 좋은 상태였다.

우리는 서로 손을 잡고 천천히 걸었다. 이루 말할 수 없을 정도로 행복했다. 나는 너무 당황해서 무슨 말을 해야 할지 어떻게 행동해야 할지도 몰랐다. 나의 당황 때문에 우리의 걷는 속도는 차츰 빨라져 나중에는 뛰다시피 했다. 숨이 차서 멈춰 설 때까지 우리 두 사람은 손을 놓지 않았다. 우리는 어린 나이였기에 무엇을 어떻게 시작해야 할지도 몰랐다. 우리는 예전 그 일요일처럼 첫 키스조차 하지 못했지만 더없이 행복했다. 우리는 서서 호흡을 고른 뒤 풀밭에 앉았다. 나는 그녀의 손을 어루만졌고, 그녀는 수줍어하며 내 머리를 쓰다듬었다. 그런 다음 자리에서 일어나 누가 더 큰지 키를 재어 보았다. 내가 손가락 하나 정도 더 컸지만 나는 그렇게 얘기하지 않고 우리 둘의 키가 똑같다고 말해 버렸다. 존경하는 하느님께서 우리를 이렇게 똑같이 만들어 주셨으니 훗날 결혼도 하게 될 거라고 말했다. 로자가 어딘가에서 오랑캐꽃 향기가 난다고 해서 우리는 봄빛 싱그러운 낮은 풀밭에 무릎을 꿇고 앉아 그 꽃을 찾아보았다. 마침내 우리는 그 꽃 몇 송이를 발견했고, 서로가 찾은 것을 교환했다. 어느덧 바람도 서늘해지고 해도 바위 언덕 위에 비스듬히 걸려 있었다. 로자가 집에 가야 한다고 말했을 때 우리 둘은 모두 슬픔에 잠겼다. 내가 그녀를 집까지 바래다줄 수 없는 상황이기 때문이었다. 하지만 우리는 오늘 하나의 비밀을, 가장 소중한 비밀을 가지게 되었다. 나는 바위 언덕에 서서 로자가 준 오랑깨꽃 향기를 맡으며 로자의 작고 어여쁜 모습이 저 아래 우물을 지나 다리를 건너가는 것을 지켜보았다. 얼마의 시간이 흘렀다. 지금쯤이면 그녀는 집에 도착해 자기 방에 들어가 있을 거고, 나는 그녀와 멀리 떨어진 이곳 높은 언덕에 누웠다. 그런데도 나와 그녀 사이에는 인연의 끈이 매어져 있었다. 우리 둘 사이에 전류가 흐르고, 비밀의 바람이 불고 있었다.

우리는 그 후로도 다시 만나곤 했다. 바위 언덕이든 정원 울타리 근처든 가리지 않고 봄철 내내. 라일락꽃이 피기 시작할 무렵 우리는 수줍은 첫 키스를 했다. 어린아이들의 키스라 열정도 강렬함도 없었지만 그것이 우리가 나눌 수 있는 최선이었다. 그저 그녀의 귓가로 물결치듯 흘러내린 머리를 슬며시 어루만지는 것만으로도 세상 모든 것이 우리 것 같았다. 그리고 미숙하나마 사랑의 기쁨을 만끽할 수 있었다. 수줍은 스킨십과 설익은 사랑의 밀어, 그리고 애절한 기다림을 통해 우리는 새로운 행복을 배워갔고, 사랑의 사다리의 작은 발판을 밟아 올라갔다.

그렇게 나는 오랑캐꽃으로 시작된 로자와의 사랑의 유희를 경험하게 되었다. 전보다 더 행복하게. 그러다가 로자가 사라지고 이름가르트가 나타났다. 태양은 점점 뜨거워지고 별은 점점 더 몽롱해져 갔지만 로자도 이름가르트도 내 것은 아니었다. 한 계단씩 올라가면서 더 많은 것을 체험하고 배워야 했다. 이름가르

288

트를 잃은 것처럼 안나도 잃어야 했다. 나는 청년 시절에 사랑했던 모든 여자들을 다시 만나 그들 모두에게 사랑의 감정을 불어넣었고 그들과 무언가를 주고받았다. 예전에는 내 환상 속에서만 살고 있었던 소원, 꿈, 온갖 가능성들이 그렇게 현실이 되어 생명을 갖게 되었다. 아아, 그대들 예쁜 꽃들이여! 이다여, 로레여! 나와 함께 여름 한철이든, 한 달 동안이든, 하루 동안이든 사랑을 나누었던 그대들이여!

나는 그제야, 황급히 사랑의 문 쪽으로 달려갔던 그 멋지고 아름다운 소년이 나 자신임을 깨닫게 되었다. 그 소년은 내 존재의 10분의 1, 아니 천 분의 1에 지나지 않았지만 그 작은 조각이 성장해 지금의 내가 된 것이었다. 내 자아의 다른 형상들로부터, 사상가들로부터, 황야의 늑대로부터, 시인과 공상가와 도덕주의자들로부터 지켜 낸 그 작은 조각이 지금의 나로 성장한 것이었다. 그리고 이 마술 극장의 한 공간에 있는 나는 사랑에 빠져 있는 존재, 사랑 외에는 어떠한 행복도 고통도 느끼지 못하는 존재였다. 여기서 이름가르트는 나에게 춤을 가르쳐 주었고, 이다는 키스를 가르쳐 주었다. 그리고 가장 아름다웠던 에마는 어느 바람 부는 가을밤에 느릅나무 아래서 자신의 연갈색 가슴을 나에게 허락해 주었다. 그 가슴에 키스하게 해주어 나에게 환락의 잔을 최초로 마시게 해주었다.

나는 이 마술 극장의 조그마한 사랑의 공간에서 실로 많은 것을 경험했다. 그중 단 천 분의 1도 말로 설명할 수 없을 정도다.

지금껏 내가 사랑했던 모든 여자들이 그 안에선 다 나의 것이 되었다. 그 각각의 여자들은 자신만의 고유한 선물을 내게 주었고, 자신만이 받을 수 있는 것을 내게서 받았다. 많은 사랑, 많은 행복, 많은 환락, 많은 혼란, 그리고 많은 고통을 나는 맛보았다. 그 꿈결 같은 순간에 이루지 못한 내 모든 사랑들이 신비스럽게도 나의 정원에서 피어난 것이다. 정숙하고 다소곳한 꽃도, 화려한 꽃도, 일찍 시들어 버리는 흐릿한 빛깔의 꽃도, 불꽃 같은 관능의 꽃도, 애틋한 환상의 꽃도, 지독한 우울의 꽃도, 공포스러운 죽음의 꽃도, 눈부신 부활의 꽃도. 그중에는 폭풍처럼 속전속결을 원하는 여자도 있었고, 오랜 시간의 신중한 구애를 원하는 여자도 있었다. 과거에 기껏해야 1분 정도의 유혹적인 목소리와 흥분된 눈길을 보여 주었던 여자들이, 이젠 모두 내 것이 된 것이다. 물론 그 소유의 방식은 대상에 따라 달라야 했지만. 그중엔 밝은 빛깔의 머리에 진한 갈색의 인상적인 눈을 가진 여자도 있었다. 예전에 한 급행열차의 창가에서 15분간 함께 서서 가게 된 여자로, 그 후 종종 내 꿈에 나타났다. 그녀가 이 마술 극장에 다시 한 번 나타나, 아무 말도 하지 않고 놀랄 만한 연애술을 가르쳐 주었다. 마르세유 항구에서 만난 공손하고 차분하지만 차가운 미소를 짓던 중국 여성, 윤기 나는 새카만 머리에 불안한 눈동자를 가진 그녀도 이곳에 나타나 내게 전대미문의 기술을 가르쳤다. 그녀들 모두가 저마다의 비법을 가지고 있었고, 저마다의 대륙 냄새를 풍겼으며, 저마다의 방식으로 키스하고 웃었고, 저마다의 방식으로 수줍음을 드러내는가 하면, 저마다의 방식으로 노골적인 행위를 수치심 없이 해냈다.

그녀들은 그렇게 내게로 왔다가 다시 가버렸다. 강물이 그녀들을 내게로 실어 왔다가 다시 데려간 것이다. 하지만 그녀들과 함께 매혹과 위험과 놀라움에 가득 찬 성의 물결 속을 아이처럼 헤엄치며 떠돌아다녔으니, 삭막한 황야의 늑대의 삶도 풍성한 열애와 기회와 유혹을 누린 것이다. 나는 이전까지는 여성들 대부분을 소홀히 생각하고 회피해 왔으며 가급적 빨리 잊어버리려 했다. 하지만 이곳에는 그녀들의 수백 수천 개의 형상들이 하나도 빠짐없이 보존되어 있었다. 그래서 이곳에서야 그들을 보고, 그들에게 빠져드는가 하면, 그들에게 가슴을 열고, 그들의 희미한 장밋빛의 지하 세계로 내려간 것이다. 아울러 파블로가 얼마 전에 나에게 제공하려 했던 서너 명이 함께하는 환상적인 유희도 경험할 수 있었다. 말로 표현할 수 없는 수많은 사건들, 수많은 유희들을 겪은 것이다.

나는 그 유혹과 악행과 탐닉의 끝없는 물결을 헤치고 나와, 말 없이 차분히 마음을 가다듬었다. 그렇게 현명하고 경험 많은 성숙한 인간으로 헤르미네를 맞게 되었다. 나의 수많은 신화적 형상 속에 마지막으로 등장한 존재, 끝없이 이어지던 여성들의 행렬 속에서 마지막으로 나타난 존재는 바로 헤르미네였던 것이다. 그와 동시에 내 의식이 돌아오면서 지금까지의 사랑의 동화는 끝이 나게 되었다. 사실 나는 그런 어슴푸레한 마법의 거울 속에서 그녀와 만나기를 원치 않았다. 그녀는 나의 체스 말 중 하나일 뿐만 아니라 내 모두가 걸린 존재이기 때문이었다. 그래서 나는 내 체스 게임을 조작해서라도 그녀를 성취하고 싶었다.

어느 사이엔가 물결이 나를 육지로 데려다 주었다. 나는 다시 극장의 조용한 복도에 서 있었다. 이번에는 어떤 경험을 하게 될 것인가? 나는 주머니 속에서 작은 형상들을 끄집어냈다. 하지만 이제 이 놀이에 시들해져 있었다. 출입문과 게시문과 마법 거울의 끝없는 세계들이 겹겹이 나를 둘러싸고 있었고, 나는 별 생각 없이 가까이에 있는 게시문을 읽어 보았다. 전율이 일었다.

사랑으로 사람을 죽이는 방법

그렇게 쓰여 있었다. 그 순간 불현듯 한 가지 기억이 떠올랐다. 헤르미네는 레스토랑의 탁자에 앉아 포도주와 음식을 먹다가 갑자기 섬뜩하리만치 진지한 눈빛으로 이해하기 힘든 얘기를 꺼냈었다. 당신이 나를 사랑하게 만들겠다고, 당신이 나를 결국 죽이게 만들겠다고. 공포와 암흑의 거센 파도가 내 마음속으로 범람했다. 나는 다시 내 마음 깊은 곳으로부터 피할 수 없는 고난의 운명을 감지했다. 나는 절망감에 젖어 주머니 속 몇몇 형상들을 꺼내려 했다. 마법을 이용해 체스 판 위의 말의 위치를 바꾸어 놓기 위해서였다. 하지만 더 이상 남아 있는 형상들은 없었다. 형상들 대신 칼이 나왔다. 나는 너무도 놀란 나머지 복도를 따라

292

달렸다. 그렇게 몇 개의 문을 지나 거대한 거울 앞에 멈춰 섰다. 나는 거울 속을 들여다보았다. 그 속에는 내 키만 한 크고 멋진 늑대가 서 있었다. 얌전히 서 있는 늑대의 눈동자는 겁먹은 듯 불안해 보였다. 그는 눈을 깜박이며 나를 힐끗 쳐다보더니 웃음을 지었고, 그 순간 입술 새로 붉은 헛바닥이 보였다.

파블로는 어디에 있는 거지? 헤르미네는 대체 어딜 간 거지? 개성의 형성술을 근사하게 설명해 주던 그 현명한 남자는 어디 있는 거지?

나는 다시 한 번 거울 속을 들여다보았다. 조금 전엔 내가 미쳤던 모양이다. 그 거대한 거울 속에 혀를 날름거리는 늑대는 없었다. 거울 속에는 내가, 하리가 서 있었다. 유희와 악행에 지쳐 끔찍할 정도로 초췌해져 버린 창백한 존재가. 하지만 어쨌든 그는 대화를 나눌 수 있는 인간이었다.

"하리." 내가 말을 건넸다. "자네 거기서 무엇을 하고 있는가?"

"아무것도 하고 있지 않아." 거울 속 하리가 대답했다. "나는 기다리고 있을 뿐이야. 죽음을 기다리고 있는 중이지."

"죽음은 대체 어디에 있지?" 내가 물었다.

"오고 있어." 그가 말했다. 그때 저편에서 음악 소리가 들려왔다. 아름답지만 으스스한 음악이었다. 오페라 〈돈 조반니〉에서 대리석으로 된 남자가 등장할 때 나오는 음악이었다. 얼음같이 차가운 음악이 이 유령의 집 같은 공간에 울려 퍼지며 공포감을 자아냈다. 그것은 피안의 세계, 불멸의 위인들의 세계로부터 들려오는 음악이었다.

'모차르트야!' 나는 그렇게 생각하며 나의 내적 삶의 가장 사랑스럽고 고귀한 영상을 불러냈다.

그때 내 뒤쪽에서 웃음소리가 들렸다. 인간들에게서는 들어본 적 없는, 이 고통의 세계 너머에 있는 신들의 유머에서 생겨난, 낭랑하면서도 차가운 웃음소리였다. 나는 소름 끼치면서도 행복감을 느끼며 뒤돌아보았다. 모차르트가 다가오고 있었다. 웃음을 띤 그는 느릿한 걸음으로 내 곁을 스쳐 지나가더니 어느 문쪽으로 다가갔다. 그는 그 문을 열고 안으로 들어갔다. 나는 열심히 그를 따라갔다. 내 젊은 시절의 신이자, 내 평생의 사랑과 존경의 대상인 그를. 음악은 여전히 울려 퍼지고 있었다. 모차르트는 특별석의 난간 앞에 서 있었다. 무대 위에는 아무것도 보이지 않았다. 어둠이 그 무한한 공간을 채우고 있었다.

"들어 보게나." 모차르트가 말했다. "색소폰이 없어도 그런대로 들을 만한 곡이지. 물론 나는 그 훌륭한 악기와 친해지고 싶은 마음은 없지만."

"우리는 지금 어느 대목을 듣고 있는 것이죠?" 내가 물었다.

"〈돈 조반니〉의 마지막 대목일세. 레포렐로는 이미 무릎을 꿇었네. 탁월한 장면이지. 음악도 들을 만해. 훌륭해. 이 대목은 매우 인간적인 색채를 띠긴 하지만, 그 속엔 피안의 분위기가 있지. 바로 웃음이지. 그렇지 않나?"

"사람의 손으로 쓰인 곡 중 최후의 걸작입니다." 나는 교사처럼 격식을 갖추고 말했다. "물론 그다음에는 슈베르트도 나왔고 후고 볼프도 나왔으며 저 가엾은 천재 쇼팽도 잊어서는 안 될 것입니다. 마에스트로, 당신은 이맛살을 찌푸릴지 모르겠지만, 베토벤도 대단한 인물이었습니다. 하지만 그들의 음악이 아무리 훌륭하다 한들, 그 안엔 미완성적이고 해체적인 요소가 있습니다. 〈돈 조반니〉야말로 사람의 손으로 만들어진 가장 완벽한 작품이지요."

"너무 진을 빼진 말게나." 모차르트는 빈정거리듯 말했다. "자네도 음악인가? 지금 나는 음악은 그만두었네. 가끔 재미 삼아 연주회 구경은 다니지만."

그가 지휘하듯 두 팔을 들어 올리자 달인지 희미한 별인지가 떠올랐다. 나는 특별석 난간 너머로 측량할 수 없는 공간의 깊이를 음미했다. 그 속에 안개와 구름이 떠다니고 있었고, 산맥과 해안이 어스름한 형체를 드러내고 있었다. 발아래로는 황무지 같은 평야가 넓게 펼쳐져 있었다. 그 평야에 경외심을 불러일으키는 긴 수염의 노인이 서 있었다. 그는 비애에 찬 얼굴로 몇 만은 족히 돼 보이는 검은 옷의 거대한 무리를 인솔하고 있었다. 그의 모습은 너무도 슬프고 절망적으로 보였다. 모차르트가 말했다.

"보게나, 저 양반이 브람스네. 그는 구원을 얻으려고 애쓰고 있네. 아직 구원에 이르려면 한참 더 가야 하지만."

나는 그 검은 옷의 수많은 사람들이 브람스의 모음악보들 중 신이 불필요하다고 판단한 성부나 악보를 연주한 자들이라는 것을 알게 되었다.

"악기를 과도하게 사용했네. 재료를 너무 많이 낭비한 셈이지." 모차르트는 고개를 끄덕이며 말했다.

곧이어 우리는 리하르트 바그너가 무리를 이끌고 행군해 오는 것을 보았다. 그를 따르는 수많은 사람들은 이미 지쳐 있었지만 오로지 그에게 의지하여 걷고 있었다. 그도 힘에 부치는지 무거운 발걸음을 억지로 옮기고 있었다.

"제가 젊었을 때에는," 나는 애처로운 마음에 입을 열었다. "브람스와 바그너는 완전히 상반된 평가를 받는 인물들이었습니다."

모차르트가 빙그레 웃었다.

"맞네, 그랬지. 하지만 조금 떨어져서 보면 저 둘의 차이는 점점 서로를 닮아 가는 쪽으로 바뀌네. 둘 다 악기를 지나치게 많이 사용했으니까. 하지만 그것은 그들 개인의 잘못은 아니네. 시대의 과오지."

"그렇다면 시대의 과오 때문에 저들이 저토록 무거운 벌을 받아야 한다는 겁니까?" 나는 따지듯 물었다.

"당연하지. 그것이 심급의 절차니까. 그들이 먼저 시대의 죄를 참회하고 난 다음에야 개인적인 차원에서 보상받아야 할 것이 있는지의 문제가 밝혀질 거네."

"시대의 죄가 그 두 사람의 책임은 아니지 않습니까!"

"물론 그렇긴 하지. 아담이 선악과를 따 먹은 것도 그의 죄는 아니지. 그럼에도 불구하고 그는 참회해야 해."

"끔찍한 일이군요."

"그렇지. 삶이란 늘 끔찍한 거지. 우리는 죄를 짓지 않아도 책임은 져야 하는 거네. 그러니 우리는 태어나는 순간부터 죄인인 셈이지. 이러한 사실을 모르고 있었다면 자네는 오늘 특별한 종교 수업을 받은 걸세."

참담한 심정이었다. 나는 지칠 대로 지친 순례자가 되어 피안의 황무지를 가로지르는 듯했다. 나는 직접 쓴 쓸데없이 많은 책들과 논문들과 잡문들을 짊어지고 걸어가고 있었고, 내 뒤에는 내 책을 인쇄하기 위해 일한 한 무리의 식자공과 그것을 읽은 독자들이 뒤따르고 있었다. 게다가 아담과 선악과, 그리고 그 외 전혀 쓸모없는 원죄들도 뒤따르고 있었다. 그 모든 것이 속죄의 대상이기에 정죄淨罪의 불길은 끝없이 타올라야 했다. 그런 다음에야 물을 수 있을 것이다. 이 모든 것이 끝나고 나도, 개인적인 것과 사적인 것이 존재할 수 있을지, 아니면 나의 모든 행동과 그 결과는 망망대해의 하찮것없는 거품, 사건의 흐름 속에 내던져져 있는 무의미한 유희에 불과했던 것인지.

모차르트는 나의 침울한 표정을 보고는 크게 웃기 시작했다. 그러다가 중심을 잃고 휘청거리며 마치 트레몰로 연주된 음처럼 발을 떨었다. 그는 나를 쳐다보며 목소리를 높였다. "여보게 젊은이, 말하기 싫어서 혀라도 깨물고 있는 것인가, 폐가 불편하기라도 한 것인가? 그것도 아니라면 자네의 독자들, 망나니, 불쌍한 식탐가들, 식자공, 이교도, 저주받은 선동가, 칼갈이꾼 등의 처지를 생각하고 있는 것인가? 정말 웃기는군. 박장대소, 포복절도할 일이란 말이네. 이러다가 바지에 오줌을 싸겠네. 오오, 신앙심 깊은 자네, 인쇄용 검정 잉크와 극도의 공포심을 갖고 사는 자네에게, 촛불 하나를 희사하고 싶네. 징징대고, 딱딱 소리를 내고, 시끄러운 소동을 일으키고, 짓궂게 장난치고, 꼬리를 흔들어 대는 촛불을. 하지만 그 불꽃이 그리 오래 타지는 못할 걸세. 잘 가게. 악마가 자네를 데려가서 심한 매질을 할 것이네. 다 자네의 저작물들 때문이네. 그 모든 건 남의 것을 짜깁기한 것일 테니 말일세."

그 말은 정도가 너무 심했다. 슬퍼할 겨를도 없이 화가 치밀어 올랐다. 나는 모차르트의 땋은 머리채를 움켜쥐었다. 그가 달아나려 하자 내 손에 쥐인 그의 머리채는 점점 길게 늘어졌다. 혜성의 꼬리처럼 늘어진 그 머리끝에 매달려 나는 불멸의 위인들이 살고 있는 세상을 한 바퀴 빙 돌았다. 제기랄, 그 세상은 너무도 차가웠다. 불멸의 위인들은 그렇게 몹시 차갑고 희박한 공기를 견뎌 내고 있었다. 하지만 그 얼음장같이 차가운 공기는 기분을 유쾌하게 해주는 구석도 있었다. 의식을 잃기 전의 아주 짧은 순간에, 나는 그런 기분을 경험했다. 쓰라리고 혹독하며, 강철빛을 내는 얼음처럼 차가운 쾌활함과, 모차르트의 웃음만큼이나 밝고 거칠며 초현세적인 웃음에 대한 욕망이 엄습해 왔다. 하지만 그 순간 나의 호흡과 의식은 끊겼다.

녹초가 된 상태로 나는 다시 희미하게나마 의식을 찾았다. 복도의 하얀빛이 매끄러운 바닥에 부딪혀 반사되고 있었다. 나는 아직은 불멸의 위인들의 세계에 와 있는 것이 아니었다. 여전히 수수께끼, 번뇌, 황야의 늑대, 고통스럽고 복잡한 문제 등이 산재해 있는 현세에 머물고 있었다. 불쾌한 곳, 이 견딜 수 없는 곳의 생활을 청산해야 했다.

거대한 벽거울 속에서 하리가 나를 마주 보고 서 있었다. 그는 그리 행복해 보이지 않았다. 교수 집을 방문한 뒤 춤판이 벌어지고 있던 '검은 독수리'로 들어갔던 그날 밤의 모습과 크게 다르지 않았다. 하지만 그 일은 오래전의 얘기다. 몇 년, 아니 몇 세기 전의 일이다. 하리는 춤을 배웠고, 마술 극장을 방문했으며, 모차르트의 웃음소리를 들었다. 그는 춤과 여자와 면도칼을 더이상 두려워하지 않았다. 재능이 없는 사람도 몇 세기에 걸쳐 갈고 닦으면 노련해지는 법이니까. 나는 한참 동안 거울 속 하리를 쳐다보았다. 아직은 그를 알아볼 수 있었다. 아직은 그는 35년 전 3월의 어느 일요일에 바위 언덕에서 로자를 만나 견진성사용 모자를 벗고 인사했던 그 하리와 닮은 구석이 조금은 남아 있었다. 하지만 그 후로 수백 년이 흐른 느낌이었다. 그는 음악과 철학을 신물 나게 공부했고, 슈탈헬름에서 알사스산 포도주를 마셨고, 믿을 만한 학자들과 크리슈나에 대한 논쟁도 벌였다. 에리카와 마리아를 사랑했으며 헤르미네의 친구가 되기도 했다. 자동차를 쏘아 파괴했으며 매끈한 중국 여성과 잠도 잤다. 괴테와 모차르트를 만났고, 자신을 여전히 포획하고 있는 시간과 가상현실의 그물에 구멍을 내기도 했다. 그는 비록 자신의 체스 말을 잃어버리긴 했지만, 주머니 속에 씩씩한 칼 한 자루는 가지고 있었다. 앞으로 나아가라, 늙은 하리여, 지친 노인네여!

빌어먹을, 인생의 맛은 왜 이다지도 쓰단 말인가? 나는 거울 속 하리에게 침을 뱉었다. 발길질을 해서 그를 산산조각 내버렸다. 나는 메아리가 울리는 복도를 따라 천천히 걸으며, 온갖 매력적인 것을 약속해 주는 수많은 문을 주의 깊게 바라보았다. 그 어디에도 더 이상 게시문은 붙어 있지 않았다. 나는 백 개도 넘는 마술 극장의 문을 일일이 살피면서 천천히 발걸음을 옮겼다. 나는 오늘 가장무도회장에 있지 않았던가? 그로부터 수백 년의 세월이 흘렀다. 이제 곧 더 이상의 세월은 존재하지 않겠지. 하지만 아직 해야 할 일이 남아 있었다. 헤르미네가 기다리고 있었다. 특별한 결혼식이 될 것이다. 나는 탁한 물결 속을 헤치며 저편으로 헤엄쳐 갔다. 우울한 이동이었다. 이 노예 같은 존재, 황야의 늑대. 제기랄!

나는 마지막 문 앞에 멈춰 섰다. 탁한 물결이 나를 이곳으로 데려온 것이다. 오오, 로자, 아득한 청춘이여, 괴테여, 모차르트여!

문을 여니, 소박하고 아름다운 광경이 눈에 들어왔다. 바닥 카펫 위에 실오라기 하나 걸치지 않은 두 사람이 누워 있었다. 아름다운 헤르미네와 멋진 파블로였다. 사랑의 유희를 나누느라 지친 탓인지 나란히 누운 채로 깊은 잠에 빠져 있었다. 영원히 충족될 수 없는 것처럼 보이지만 금세 싫증을 느끼게 되는 것이 사랑의 유희가 아니던가. 그들은 아름답고 근사하고 놀라운 몸매를 가지고 있었다. 헤르미네의 왼쪽 가슴 아래에 생긴 지 얼마 안 돼보이는 둥근 멍이 나 있었다. 거무스름한 그 멍은 파블로가 그고운 빛깔의 이로 물어뜯은 사랑의 상처이리라. 나는 그녀의 그 멍이 든 부분을 칼자루가 잠길 정도로 깊게 찔러 버렸다. 헤르미네의 하얗고 부드러운 살갗을 타고 피가 흘러내렸다. 만약 다른 상황이었더라면, 나는 지체 없이 그 피를 혀로 핥았을 것이다. 하지만 지금은 그렇게 하지 않았다. 그저 피가 흘러내리는 것을 보고만 있었다. 그녀는 몹시 고통스러운 듯 화들짝 놀라며 순간적으로 눈을 떴다. 나는 생각했다. '그녀가 도대체 왜 놀라는 것일까?' 나는 그녀의 눈을 감겨 주어야겠다고 생각했지만, 그녀의 눈은 저절로 감기고 말았다. 그녀는 몸을 조금 옆으로 돌렸다. 겨드랑이에서 가슴으로 곱고 부드러운 그림자 같은 것이 어른거렸다. 그것은 내게 무언가를 기억하라고 요구하는 듯했다. 하지만 아무것도 기억나지 않았다. 어느덧 그녀의 몸에서 움직임이 사라졌다.

나는 한참 동안 그녀를 바라보다가, 마침내 잠에서 깬 사람처럼 부르르 떨며 그 자리를 뜨려 했다. 그 순간 파블로가 기지개를 켜고는 눈을 떴다. 그는 사지를 쭉 뻗으며 아름다운 시체 위로 몸을 숙이더니 미소를 지었다. 이 인간은 진지함이라고는 모르는 작자라는 생각이 들었다. 모든 것이 그에게는 웃음의 소재가 될 뿐이었다. 파블로는 조심스럽게 카펫의 한쪽 모서리를 들어 상처가 보이지 않도록 헤르미네의 가슴팍을 덮어 주었다. 그러고는 조용히 그곳을 빠져나갔다. 그는 어디로 가는 것일까? 모두가 나만 홀로 두고 가버리는 것일까? 나는 내가 사랑했고 또 시샘도 했던 반라의 시체와 단둘이 남게 되었다. 그녀의 창백한 이마 위로 선머슴 같은 고수머리가 흘러내려 있었다. 새파래진 얼굴에는 살짝 벌려진 입술만이 붉게 빛나고 있었다. 그녀의 머리에서는 은근한 향기가 퍼져 나왔다. 작고 도톰한 귀가 반쯤 드러나 있었다.

이제 그녀의 소원이 이루어졌다. 내가 그녀를 살해한 것이다. 상상할 수도 없던 일을 내가 저지른 것이다. 나는 꿇어앉아 그녀를 응시했다. 하지만 내가 저지른 행동이 무엇을 의미하는지 알 수 없었다. 좋고 타당한 일을 한 것인지 아니면 그 반대의 일을 한 것인지조차 파악할 수 없었다. 그 현명한 체스꾼은 이를 두고 무슨 말을 할까? 파블로는 뭐라고 말할까? 아무것도 알 수 없었고 아무런 생각도 나지 않았다. 핏기를 잃어 가는 얼굴과는 달리 루주를 바른 그녀의 입술은 점점 더 붉게 타올랐다. 나의 모든 삶, 내가 누렸던 한 줌의 행복과 사랑도 이 굳어 버린 입술 같았다. 죽은 자의 얼굴에 덧칠해진 하잘것없는 루주 같았다.

죽은 자의 얼굴, 죽은 자의 하얀 어깨, 죽은 자의 뽀얀 팔에서 찬 기운이 스멀스멀 뿜어져 나왔다. 한겨울 같은 황량함과 고독감, 아주 천천히 강도를 더해 가는 냉기 속에서 나의 손과 입술은 뻣뻣하게 굳어 갔다. 내가 태양을 꺼버린 걸까? 내가 모든 생명의 심장을 멈추게 한 걸까? 우주를 떠돌던 죽음의 혹한기가 갑자기 몰아닥친 걸까?

오한을 느끼면서 나는 돌처럼 굳어 버린 그녀의 이마를, 생기 잃은 머리카락을, 귓바퀴를 타고 도는 차갑고 희미한 빛을 바라보았다. 그녀가 발산하는 냉기는 혹독했지만 아름다웠다. 그 냉기는 놀랄 만한 울림과 진동을 만들어 냈다. 그 자체로 하나의 음악이었다!

예전에도 난 이처럼 행복감을 느끼게 해주는 오한을 느껴 보지 않았던가? 그리고 이런 음악도 들어 보지 않았던가? 그랬다. 모차르트에게서, 불멸의 위인들에게서 들어 본 적이 있었다.

젊은 시절에 어디선가 읽었던 시구가 떠올랐다.

우리는 우리 자신을 발견하네.
별빛 찬란한 에테르의 얼음 속에서.
우리는 세월도 시간도 모르고,
남자도 여자도 아니며, 젊지도 늙지도 않는다네.
우리 영원한 존재의 변함없는 싸늘함이여,
별처럼 밝고 싸늘한 우리의 영원한 웃음이여.

그때 문이 열리더니 모차르트가 들어왔다. 첫눈에는 그인지 알아보지 못했다. 이전처럼 땋은 머리도 아니었고, 반바지를 입지도 않았으며, 버클 달린 구두도 신고 있지 않았기 때문이었다.

다분히 현대적인 복장을 하고 있었다. 그가 내 곁에 바짝 다가와 앉자, 나는 헤르미네의 가슴팍에서 바닥으로 흘러내리고 있는 피에 그의 옷이 더럽혀질까 봐, 그를 뒤로 잡아당겼다. 그는 자세를 잡고 앉아서 여기저기 나뒹굴고 있는 몇몇 작은 장비들과 도구들을 하나하나 점검했다. 그는 그것들을 매우 중요한 물건처럼 다뤘다. 이리저리 움직여 보기도 하고 나사를 죄기도 했다. 나는 그의 능숙하고 민첩한 손놀림을 감탄 어린 눈으로 지켜보았다. 예전에 나는, 그 손가락이 피아노 연주를 하는 모습을 얼마나 보고 싶어 했던가. 나는 생각에 잠겨 그의 모습을 골똘히 바라보았다. 아니, 생각에 빠진 게 아니라 그의 아름답고 재치 있는 손놀림에 매료되어 넋을 잃은 것이리라. 그가 가까이에 있다는 것이 기분이 좋기도 했지만 한편으로는 불안하기도 했다. 그가 여기서 어떤 작업을 하고 있는지, 무엇을 조이고 무엇을 만지작거리고 있는지는 나의 관심 사항이 아니었다.

그가 조립해서 작동시키고 있는 것은 라디오였다. 그는 스피커를 켜고는 말했다.

"뮌헨 오케스트라가 연주하는 헨델의 F장조 콘체르토 그로소네."

그 라디오가 가래 같은 소리를 뱉어 내자, 나는 아연실색하고 말았다. 그것이 바로 축음기를 소지하고 있는 사람들이나 라디오 방송 청취자들이 이구동성으로 음악이라고 말하는 것이었다. 마치 켜켜이 쌓여 있는 먼지를 걷어 내면 귀중한 그림의 모습이 드러나듯이, 그 탁한 가래 같은 소리 뒤에는 분명 신성한 음악의 숭고한 구조, 위엄을 갖춘 구성, 차갑고 폭넓은 호흡, 힘차고 파급력 있는 현악의 울림 등이 존재하고 있었지만.

"맙소사." 나는 깜짝 놀란 나머지 소리를 질렀다. "무엇을 하고 있는 겁니까, 모차르트? 당신 자신은 물론 내게도 이런 추잡한 짓을 하다니 도대체 제정신입니까? 이 흉측한 기계를 우리 앞에서 틀다니, 현대의 전리품이자 예술을 파괴하는 전쟁에서 최후의 승전고를 울렸던 이 무기를. 꼭 이래야 했습니까, 모차르트?"

아아, 그때 그 신비스러운 인물은 얼마나 소리 없는 서늘한 웃음을 지었던가. 모든 것을 파괴해 버리는 웃음이었다. 나는 내심 즐거워하면서 그 저주스러운 라디오를 밀쳐 냈다. 그는 계속 웃으며 그 일그러진, 영혼 없는, 독기 서린 음악을 계속해서 퍼뜨렸다. 그러고는 내 질문에 대답했다.

"열을 좀 가라앉히게. 혹시 이 리타르단도에 주의를 기울여 보았나? 기발한 착상이야. 흠, 자네같이 조급한 사람은 리타르단도의 사상을 받아들이는 것도 괜찮을 것 같네. 베이스 소리가 들리나? 신들의 발걸음 소리 같지 않은가? 늙은 헨델의 이 기발한 착상으로 자네의 불안한 마음을 진정시키게. 그리고 침착하게 이 라디오에서 나오는 음악을 들어 보게. 격정이나 조롱의 감정은 접어 두고. 비록 겉모습은 우스꽝스럽고 형편없는 기계지만, 이 안에서 신적인 음악이 유유히 거닐고 있으니까. 주의 깊게 들어 보게. 그럼 무언가를 얻게 될 테니까. 이 정신 나간 기계는 세상에서 가장 어리석고, 무익하며, 몰상식한 짓을 하고 있지. 어딘가 다른 곳에서 연주된 음악을 제멋대로 가져다가 거칠고 보잘것없는 낯선 공간에다 내동댕이치고 있으니까. 하지만 아무리 그래도 음악의 근원적인 정신만큼은 훼손할 수 없네. 라디오는 존재감 없는 기술이자 영혼 없는 꼭두각시에 불과하지만, 그래도 이 소리를 잘 들어 보게. 자네에게 꼭 필요한 일이니 귀를 쫑긋 세우고 들어 보게. 헨델이 라디오에 의해 능욕당하고 있다는 시각으로 듣지 말고. 헨델은 이 끔찍한 기계를 통해서도 신적인 위상을 드러내고 있고, 모든 인생에 대한 탁월한 비유를 보여 주고 들려주고 있네. 이 라디오에 귀 기울이고 있는 동안 자네는 이념과 현상, 영원과 시간, 신적인 것과 인간적인 것 간의 원초적 투쟁을 보고 듣는 것이네. 라디오는 세상에서 가장 훌륭한 음악을 약 10분에 걸쳐 시민들의 응접실과 다락방 같은 몰교양적 공간에, 수다와 군것질을 즐기며 하품이나 하고 잠만 자는 청취자들에게 무차별적으로 내던짐으로써, 음악의 감각적인 미를 강탈하고 파괴하여 그것에 생채기를 내고 심지어 그것을 가래 끓는 소리로 만들어 버리기도 하네. 하지만 음악의 정신만은 완전히 없애 버릴 수 없지. 라디오는 헨델의 음악에 이어 중소기업의 회계 조작법에 대한 강연을 내보내고, 매혹적인 오케스트라의 음향을 불결한 가래 소리로 바꾸어 버리지. 삶도 그런 라디오와 마찬가지라네. 그리고 우리로서는 내버려 두는 수밖에 없고. 또한 우리는 당나귀가 아니니 웃을 수밖에 없네. 자네 같은 유형의 사람들에게는 라디오나 삶을 비판할 권리가 전혀 없네. 먼저 경청하는 법을 배우게. 받아들일 만한 것은 진지하게 받아들이는 훈련을 하게. 그 나머지 것은 그냥 웃어넘겨 버리고. 아니면 자네 스스로가 체득한 좀 더 나은 방식이 있나? 보다 고결하고 현명하며 품위 있는 방식이? 자네가 그런 걸 가지고 있을 리가 없지. 자네는 자네 삶을 끔찍한 병의 역사로, 재능을 불행의 씨앗으로 만들어 버린 사람이니까. 그리고 내가 본 바로는, 자네는 너무도 아름답고 매력적인 아가씨를 오직 한 가지 용도로만 이용했더군. 그녀의 육신에 칼을 꽂아 무참히 살해하는 용도로만 말이야. 그게 옳은 행동이었다고 생각하나?"

"옳다니요, 가당치도 않습니다." 나는 절망적으로 소리쳤다. "아아, 모든 것이 잘못되었어요. 지독히 어리석고 불행한 일을 저질렀습니다. 그러니 나는 짐승입니다, 모차르트. 멍청하고, 사악하고, 병들고, 비참한 한 마리의 짐승일 뿐입니다. 당신 말이 천 번만 번 옳습니다. 하지만 그 아가씨의 경우, 그녀 자신이 그렇게 되길 원했습니다. 나는 단지 그녀의 소원을 들어주었을 뿐입니다."

모차르트는 소리 없이 비웃었다. 하지만 매우 고맙게도 나를 위해 라디오를 꺼주었다.

라디오 소리가 사라지자, 방금 전의 나의 변명이 그 정당성을 무조건적으로 확신하고 있던 나 자신에게조차 어리석은 소리처럼 여겨졌다.

예전에 헤르미네가 — 불현듯 그 일이 떠올랐다 — 시간과 영원에 관해 얘기했을 때, 나는 그 즉시 그녀의 사상을 나 자신의 사상이 고스란히 투영된 것으로 간주했었다. 하지만 내 손에 죽고 싶다는 헤르미네의 생각만큼은, 그녀 자신의 고유한 발상이자 소망일 뿐 나의 영향은 아니라고 생각했었다. 왜 그토록 끔찍하고 놀라운 생각을 그저 듣기만 했을까? 아니, 어떻게 미리 예상까지 했던 것일까? 그것이 나의 생각이기도 했기 때문이 아닐까? 그리고 나는 왜 하필이면 헤르미네가 벗은 몸으로 다른 남자 품에 안겨 있는 순간에 그녀를 죽여 버린 걸까? 모차르트는 모든 것을 다 알고 있다는 듯 조롱 가득한 표정으로 빙그레 웃음 짓고 있었다.

"하리," 그가 말했다. "자네는 사람을 웃기는 재주가 있군. 정말로 그 아름다운 아가씨가 자네의 칼에 죽임을 당하는 것 외에는 더 바란 게 없었을까? 나보고 그런 거짓말을 믿으라고? 아무튼 자네는 멋지게 찔렀고, 그 가엾은 아가씨는 완전히 숨을 멈추게 되었네. 이번에는 자네가 그녀에게 보여 준 정중한 배려의 결과가 무엇인지 경험할 차례인 듯싶네. 혹시 그 결과를 회피하고 싶은가?"

"아닙니다." 나는 소리쳤다. "내 입장을 전혀 파악하지 못하고 계시는군요. 내가 대가를 치르길 거부하다니요! 나는 속죄하고 거듭 속죄하기를, 도끼 아래 머리를 대고 처형당하기만을 바랍니다."

모차르트는 견디기 힘들 정도의 조롱을 담은 눈빛으로 나를

308

노려보았다.

"자네는 늘 말을 지나치게 비장하게 하는 편이지. 하지만 곧 유머를 배우게 될 거네, 하리. 유머의 압권은 모름지기 교수대에 섰을 때의 유머겠지. 그러니 그곳에서 유머를 배우게. 준비가 되었나? 확실해? 좋네. 그렇다면 검사한테로 가게. 가서 유머 감각이라고는 눈곱만큼도 없는 그 법조인이, 이른 아침 감옥에서 자네의 목을 베라는 매정한 선고를 내리는 걸 듣게. 그럴 준비가 되었나?"

그 순간 게시문 하나가 불현듯 눈앞에 나타났다.

하리의 처형

나는 동의의 표시로 고개를 끄덕였다. 작은 격자 창문이 있는 담으로 둘러싸인 삭막한 뜰, 말끔하게 설치된 교수대, 법관복과 프록코트를 입은 열두 명의 신사들, 그 한가운데에 내가 서 있었다. 이른 아침의 잿빛 공기에 오한이 느껴졌고 참담한 두려움에 가슴이 죄어들었지만, 죽음에 동의한 만큼 각오는 되어 있었다. 명령에 따라 앞으로 나가 무릎을 꿇고 앉았다. 검사가 모자를 벗고 헛기침을 했다. 그러자 다른 신사들도 헛기침을 했다. 그는 판결문을 펼친 다음 낭독하기 시작했다.

"신사 여러분, 여러분 앞에 나와 있는 사람은 하리 할러라는 자로서, 우리들의 마술 극장을 고의적으로 악용하였기에 기소되어 유죄판결을 받았습니다. 할러는 우리의 아름다운 가상의 갤러리를 '현실'과 혼동하는 바람에 영상 속의 소녀를 영상 속의 칼로 살해함으로써 숭고한 예술을 모독했으며, 나아가 유머를 멀리한 탓에 우리의 극장을 자살을 위한 기관으로 이용하려는 의도를 보였습니다. 이에 우리는 할러에게 영생의 벌과 함께, 앞으로 열두 시간 동안 우리 극장의 입장을 불허할 것을 선고합니다. 아울러 피고는 사람들 앞에서 한바탕 비웃음거리가 되어야 하는 벌도 면할 수가 없습니다. 신사 여러분, 다 같이 웃음을 터뜨려 주십시오. 하나― 둘― 셋!"

'셋' 하는 소리가 끝나자마자 그곳에 있던 모든 사람들이 있는 힘껏 웃기 시작했다. 천상에서 들려오는 웃음의 합창이었다. 인간으로서는 감당하기 어려운 섬뜩한 피안의 웃음소리였다.

내가 다시 정신을 차렸을 때, 모차르트는 여전히 내 곁에 앉아 있었다. 그는 내 어깨를 치며 말했다. "판결은 들었겠지? 자네는 이제 앞으로 인생의 라디오 음악을 듣는 습관을 가져야 할 거네. 그렇게 하는 것이 자네에게도 좋아. 자네는 도통 재능이라고는 없는 사람이야, 이 어리석은 양반아. 하지만 사람들이 자네에게 요구하는 것이 무엇인지 차츰 알게 될 거네. 자네는 유머를 배워야 해. 자네에게 필요한 것은 바로 그것이네. 자네는 인생의 유머, 삶이라는 교수대 위의 유머를 이해할 수 있어야 하네. 물론 자네는 세상의 모든 일에 준비가 되어 있지만, 아직 우리가 요구하는 수준에는 못 미치네. 자네는 그 아가씨를 찔러 죽였으니 처형당

할 준비도 되었겠지. 그리고 백 년 동안 고행하며 제 몸에 채찍질을 할 각오도 되어 있을 테지. 그렇지 않은가?"

"예, 그렇습니다. 진심으로 그런 각오를 하고 있습니다." 나는 참담한 마음으로 대답했다.

"그래야지! 그러고 보면 자네는 참 관대한 사람이야. 비장하기만 할 뿐 위트라곤 전혀 없는 것들을 좋아하는 걸 보면 말이야. 하지만 나는 그런 것들은 좋아하지 않네. 나는 자네의 로맨틱한 참회에 동조하고 싶은 생각은 추호도 없네. 자네는 처형되기를, 목이 잘려 나가기를 원하겠지. 무모한 사람 같으니라고. 그 정신 나간 이상 때문에 자네는 앞으로 열 명은 더 죽여야 할지도 모르네. 빌어먹을, 자네는 죽기를 바라는, 삶을 바라지 않는 비겁한 사람이네. 하지만 자네는 바로 그 삶을 이어 가야만 하네. 아무리 가혹한 처벌도 마땅히 감수해야 하네."

"아아, 어떤 처벌을 말씀하시는 건지요?"

"예를 들자면 그 아가씨를 다시 살려 내서 그녀와 결혼하는 것."

"안 됩니다. 그런 준비는 되어 있지 않습니다. 그건 불행일 겁니다."

"자네가 저지른 짓이 이미 충분한 불행이 아니라는 말처럼 들리는군. 하지만 이젠 그런 격정이나 살인은 끝을 내야 해. 이성을 찾게. 자네는 살아남아 웃음을 배워야 하네. 이 저주받은 인생의 라디오 음악을 감상하는 법을 배워야 하네. 그 뒤에 숨겨져 있는 정신을 존중하고, 그 속에서 벌어지는 난장판을 비웃을 줄도 알아야 하네. 내가 바라는 건 그게 전부네. 더 이상은 바라는 게 없네."

나는 이를 악물고 차분한 목소리로 물었다. "만일 내가 그걸 거부한다면 어쩔 셈입니까, 모차르트 씨? 내가 당신에게는 황야의 늑대에게 명령할 권리가, 그의 운명에 관여할 권리가 없다고 하면 어쩌시겠습니까?"

"그렇게 한다면," 모차르트는 상냥하게 대답했다. "자네에게 나의 근사한 담배 한 개비를 피워 보라 권하겠네."

그러면서 그는 조끼 주머니에서 마치 마술을 하듯 담배를 꺼내 내게 내밀었다. 그 순간 그는 이미 모차르트가 아니었다. 검고 이국적인 눈동자로 다정하게 나를 바라보는 그는, 내 친구 파블로였다. 내게 다양한 체스 게임을 가르쳐 준 그 남자와 쌍둥이처럼 닮은.

"파블로!" 나는 깜짝 놀라 자리에서 일어나면서 소리쳤다. "우리가 지금 어디에 와 있는 건가?"

파블로는 내게 담배를 건네주고는 불을 붙여 주었다.

"우리는," 그는 웃으면서 말했다. "나의 마술 극장에 와 있는 거죠. 당신이 탱고를 배우고 싶든, 장군이 되고 싶든, 알렉산더 대왕과 대화를 하고 싶든, 당신이 원하는 건 뭐든 바로 이 자리에서 할 수 있습니다. 하지만 터놓고 얘기하자면, 하리, 당신은 나를 적잖이 실망시켰습니다. 당신은 자신을 까맣게 잊어버렸어요. 당신은 나의 작은 극장의 유머를 파괴해 버리고 몹쓸 짓을 해버렸어요. 당신이 칼을 휘두르는 바람에 우리의 아름다운 이미지의 세계에 현실의 때가 묻어 버렸어요. 매우 불미스러운 일을 저지른 거죠. 아마도 헤르미네와 내가 함께 누워 있는 것을 보고는 질투를 느낀 나머지 그렇게 했을 테죠. 유감스럽게도 당신은 당신의 체스 말을 어떻게 다루어야 할지 몰랐던 겁니다. 나는 당신이 그 게임을 잘 배웠다고 생각했었는데. 자, 이제라도 오류를 바로잡아야 합니다."

그는 어느새 체스 말의 크기로 작아진 헤르미네를 손가락으로 집어 들고는 조금 전에 담배를 꺼냈던 그 조끼 주머니 속으로 집어넣었다. 나는 담배를 한 모금 피웠다. 감미롭고 진한 담배 연기가 기분 좋은 냄새를 풍겼다. 온몸에 힘이 쭉 빠지는 느낌이 들었다. 한 1년 정도 깨지 않고 잘 수도 있을 것 같았다.

오오, 나는 모든 것을 알게 되었다. 파블로의 정체도, 모차르트의 정체도 알게 되었다. 내 등 뒤 어딘가에서 그의 섬뜩한 웃음소리가 들려왔다. 나는 삶의 게임을 위한 수십만 개의 체스 말들이 모두 내 주머니 속에 들어 있다는 것을 알게 되었고, 그로 인한 충격 속에서 어렴풋이나마 그 의미를 깨닫게 되었다. 다시 한 번 그 게임을 시작해서 그 고통을 한 번 더 맛보고 싶었다. 다시 한 번 그 무의미함에 전율을 느끼며 내 안의 지옥을 한 번 더, 아니 몇 번이고 정처 없이 떠돌고 싶었다.

언젠가 나는 체스 게임을 더 잘할 수 있게 될 것이다. 언젠가 나는 웃음을 배우게 될 것이다. 파블로가 나를 기다리고 있었다. 모차르트가 나를 기다리고 있었다.

자기 치유와 자기 배려의 길을 제시해 주는
우리 시대의 힐링 소설

헤세의 생애와 사상

1946년 노벨 문학상을 수상하면서 세계 문단에 호명된 헤르만 헤세는 오늘날 젊은 세대들에게 가장 영향력 있는 문학적 멘토 중의 한 인물로 평가되면서 여전히 헤세 르네상스를 구가하고 있다.

헤르만 헤세는 1877년 7월 2일 독일 슈바벤 지방의 작은 마을 칼프에서 프로테스탄트 목사의 아들로 태어났다. 헤세의 외조부 군데르트는 영어와 불어를 비롯하여 여러 나라의 언어에 능통한 인물이었으며 특히 그가 소장하고 있던 인도학 관련의 많은 책들은 어린 헤세에게 깊은 인상을 심어 주게 된다.

칼프의 아름다운 자연 경관은 헤세가 동심을 마음껏 펼칠 수 있도록 해주었으며, 신앙심 깊은 부모님들의 생활은 그에게 숭고한 신앙적 세계에 눈뜨게 해주었다.

그러나 성장기의 헤세는 그러한 세계에서 단호히 뛰쳐나와 진정한 자아 탐색의 길을 모색하게 된다.

헤세는 14세가 되자 마울브론 신학교에 입학하여 기숙사 생활을 하게 된다. 하지만 주입식 교육과 속박을 견디지 못한 헤세는 신경쇠약으로 자살을 기도하게 되고, 결국 정신병원에서 치료를 받게 된다. 그리고 이듬해 일반 고등학교에 입학하게 되나 그곳에서도 역시 갈등을 겪다가 자퇴하게 된다.

틀에 박힌 시민적 삶의 방식을 거부하고 주류적 시대정신과 거리를 두고자 했던 헤세는, 이때부터 이미 독일의 현실 체제에 대한 아웃사이더 기질을 내보이기 시작한다. 초기 작품에서부터 문명 비판적 색채가 짙게 드러나는 것도 그 때문이다. 1895년에 헤세는 튀빙겐의 한 서점에서 보조 점원으로 일하게 되면서 독서 기회를 얻게 된다. 1899년에는 바젤로 터전을 옮겨 서점에서 일하면서 본격적으로 글쓰기에 몰두하게 된다. 이 바젤 시절에 두 번에 걸쳐 이탈리아로 여행을 다녀오기도 했고, 처녀 시집 『낭만적인 노래』와 산문집 『한밤중 뒤의 한 시간』 등 낭만주의적 색채가 강한 작품을 발표한다. 그를 통해 릴케의 인정을 받게 된다.

1904년 최초의 장편소설이자 출세작인 『페터 카멘친트』를 발표하면서 확고한 문학적 지위를 얻게 되며, 그해 아홉 살 연상인 피아니스트 마리아 베르누이와 결혼하게 된다. 스위스의 보덴 호숫가에 둥지를 튼 후 헤세는 본격적인 창작 활동에 전념하여 『수레바퀴 아래』, 『이웃 사람들』, 『청춘은 아름다워라』 등과 같은 주옥같은 작품들을 발표하게 된다. 그러는 가운데 아내와의 불화를 계기로 1911년 인도 여행을 결심하게 된다. 인도를 비롯해 동양 세계에 관심을 갖게 되는 것도 이 무렵부터이다. 서구인으로서 동양에 대한 헤세의 애정과 관심은 민족주의의 편협성을 거부하는 문학적 신념으로 발전하게 된다. 서양이 도구적 이성과 과학 지상주의에 매몰됨으로써 정신적인 삶을 황폐화시키는 반면에 동양은 정신과 영혼, 이성과 감성이 합일을 이루는 총체적인 삶을 추구한다는 점에 헤세는 주목했다.

헤세는 『데미안』을 기점으로 하여 낭만주의적인 초기 문학을 넘어서서 신비주의 문학의 길로 접어든다. 헤세는 젊은 시절부터 평생에 걸쳐 동양과 서양의 여러 신비주의 사상을 접하게 되는데, 그것은 독일 낭만주의 대표 작가인 노발리스의 마술적 관념론으로부터 시작하여 중세 독일의 기독교 신비주의와 경건주의 기독교 사상, 그리고 동양 쪽으로는 인도의 불교와 브라만교, 중국의 도가 사상 그리고 선불교에 이르기까지 광범위한 스펙트럼으로 펼쳐진다.

제1차 세계대전 이후 헤세는 현실 비판적 참여 의식이 결여되어 있다는 비난과 공격을 받게 되지만, 포로들을 위한 위문 활동을 펴는 등 평화 운동에 앞장서기도 했다. 1916년 아내의 정신병이 악화되었고, 헤세 자신도 전쟁의 참상으로 인해 심한 정신적 외상에 시달리게 된다. 그 당시 칼 융의 제자였던 유명한 정신 분석학자를 통해 내면의 치유를 받게 되면서, 헤세는 인간의 본성과 심리적 영역에 주목하게 된다.

헤세의 문학을 관통하는 일관된 주제는 자신의 정체성 추구와 그 과정에서 겪게 되는 내적 갈등이다. 청소년 시절에 겪은 내적 갈등을 해소시키는 데 도움이 된 심리 분석과의 만남은, 헤세의 인생에서 중요한 전환점이 된다. 헤세는 대부분의 소설에서 주인공들의 내적 성장 과정을 기술하고 있는데 그 과정은 한결같이 정신의 세계와 자연의 세계를 두루 거쳐 궁극적으로는 두 세계의 융합과 화해를 이끌어 내는 단계로 나아간다.

헤세 스스로가 자신의 작품을 '영혼의 전기'라고 규정했듯이 그의 작품들에는 자전적 삶의 궤적이 오롯이 담겨 있다. 헤세의 창작 시기는 작품 경향에 따라 크게 세 단계로 나누어 볼 수 있다. 첫 번째 단계는 『페터 카멘친트』와 『수레바퀴 밑에』로 대표되는 대략 1900년부터 제1차 세계대전까지의 시기로, 이 무렵 헤세는 주로 서정적이고 전원적인 자연 묘사와 낭만적 감상성을 추구했다. 무엇보다 낭만주의와 동양 사상의 세례를 받은 헤세가 일차적으로 '자연' 속에서 교양화의 원리를 발견한 시기이기도 하다. 두 번째 단계는 제1차 세계대전에서 1930년까지 이어지는 이른바 '내면화의 시기'이다. 이 시기 헤세의 작품 세계를 특징짓는 중심 테제는 '양극성'과 '조화'라고 할 수 있다. 헤세는 『데미안』, 『싯다르타』, 『황야의 늑대』 등의 작품을 통해 자연과 정신, 감성과 이성, 남성적인 것과 여성적인 것, 육체와 영혼 등의 양극은 서로를 부정하는 관계가 아니라, 상호 보완의 과정을 거쳐 궁극적으로 조화의 단계로 나아가게 된다는 세계관을 드러내 보였다.

마지막 단계는 『동방 순례』와 『유리알 유희』를 발표한 1931년 이후의 시기로, 이때부터는 모든 양극적 대립과 모순성을 초월하고 극복한 지식인의 전일적 사상을 다뤘다.

황야의 늑대

『황야의 늑대』는 헤세의 창작 활동의 원숙기라 할 수 있는 50세 때 발표된 소설로 1946년 헤세가 노벨상을 수상하는 데 결정적인 계기가 된 작품이다. 1960년대 미국을 중심으로 한 세계 문학계에 헤세 르네상스를 불러일으키는 데 직접적인 도화선이 된 이 소설은, 당시 헤세와 같은 전쟁 세대가 공통적으로 겪은 영혼의 초상이며, 그들이 앓던 마음의 병을 감동적으로 그려 낸 이른바 '공감 서사'였다.

주인공 할러가 아웃사이더로서의 방황을 마치고, 25년 이상 살았던 도시로 귀향하는 것으로 시작되는 이 소설은 '편집자의 서언'과 '하리 할러의 수기', 그리고 '황야의 늑대에 관한 소논문'

등 세 가지 관점에서 전개된다. 집주인의 조카인 편집자는 '편집자의 서언'을 통해 할러의 외모와 인상을 비롯해서 그의 행동 방식과 생활 패턴까지도 객관적인 타인의 시선으로 묘사한다. 그럼으로써 앞으로 독자가 대면하게 될 할러라는 인물이 기인에 가까운 지식인이라는 사실을 사전에 환기시켜 준다. 그런가 하면 '하리 할러의 수기'와 '황야의 늑대에 관한 소논문'은, 시민적 삶을 비판하면서도 동경할 수밖에 없는 한 인간의 딜레마적 상황을 한 편의 파노라마처럼 펼쳐 보여 준다. 할러의 뿌리는 시민 세계지만, 시대 전체가 '시민성'이라는 획일화된 집단 정체성 안에 갇히는 걸 경계하는 인물이기도 하다. 그가 시민 세계에 거리감을 두는 주된 이유는, 절대적 가치와 정의가 붕괴되고 신앙과 이상도 사라져 버렸으며 온갖 기만과 부조리가 판치는 위기의 시대 속에서 시민사회가 보이는 무기력감 때문이다. 아울러 자유를 최고의 가치로 여기는 할러로서는 질서와 안정을 중시하는 시민 세계가 불가피하게 자유를 구속할 수밖에 없다는 점도 불편한 진실로 여겨진다. 자유와 열정, 그리고 창조적 일탈 행위 등이 통제받게 되는 자리에서 부르주아적 속물근성이 싹트게 될 것이라는 게 할러의 시각이다.

괴테의 초상화가 있는 교수의 집을 방문해 자기 안의 시민적 성향을 재확인하려 했던 할러가, 결국 자신이 시민사회의 영원한 아웃사이더일 수밖에 없음을 깨닫게 되는 것도 이러한 맥락에서 이해할 수 있다.

시민사회의 갈등 구조는 『황야의 늑대』 안에서 주류와 비주류의 문제로 조명된다. 이러한 대립 구도는 무엇보다 지식과 가치관의 지평 위에서 논의된다. 교수는 전쟁에 대한 입장이나 문화적 취향에 있어서 당시의 주류 사회를 대변한다. 그리고 주류 사회 안에서 통용되는 지배적인 지식 코드를 위반하는 '소수 견해'는 비정상이자 불온한 것으로 매도한다. 이러한 주류 담론에 기대어 교수가 내세우는 것이 사회적 지식과 상식이라면, 할러는 그러한 가치들이 철저히 무력화되는 영역에 서 있다.

교수 부부가 자의적으로 왜곡된 괴테의 초상화를 통해 시민사회의 질서 안에서 요구되는 합리적인 형태의 '삶의 가치'를 옹호할 때, 할러가 그 편의적이고 속물적인 취향에 역겨워하는 것도 그 때문이다.

시민사회를 견인하는 문화적 허영과 도구적 지식에 환멸을 느끼게 된 할러는 자살만이 자기 구원의 유일한 수단이라 여긴다. 할러의 자살 의지는 정상 혹은 시민성이라 불리는 질서에 맞서 비정상적이고 비시민적 개인이 벌이는 가장 강력한 '인정 투쟁'의 의지라고 볼 수 있다. 헤세 자신도 자살을 '자기를 해체하여 어머니에게, 신에게, 우주 만물에 귀의하는 것'으로 여겼듯이, 할러에게 자살이란 가장 적극적이고 자발적인 자기 배려의 한 방식인 셈이다.

앞서 밝혔듯이 헤세에게 문학은 삶과 죽음, 자연과 문명, 선과 악, 정신과 육체 등의 이분법을 극복하고 양자의 화해와 조화를 추구하는 것이었다. 주인공 할러의 고뇌 또한 본질적으로 이러한 대립 구도 안에 놓여 있다. 인간과 늑대라는 두 개의 영혼이 깃들어 있는 할러의 존재는 한 세계 안에 공존하는 질서와 카오스의 대결을 상징한다. 한쪽은 이성과 교양을 추구하는 데 반해, 다른 한쪽은 광기와 향락, 그리고 거친 폭력성을 드러낸다. 그가 고민하고 절망하는 이유는 내 안에 존재하는 이러한 '타자' 때문이다. 결국 인간의 내면에서 갈등을 일으키는 정신성(이성)과 자연성(감성)의 길항 구조를 최대한 객관적 시각으로 들여다봄으로써, 궁극적으로 두 영역의 합일을 이끌어 내려는 것이 이 소설의 핵심 주제라 할 수 있다.

이 소설에서 가장 핵심적인 이성의 타자 역할을 하는 것은 광인이다. 할러를 마술 극장으로 안내한 파블로는 인간의 개성이란 하나의 통일된 인격체가 아님을 강조하면서, 어쩌면 진정한 인간의 모습은 과학의 눈으로 볼 때 '정신분열증'이라 불릴 만큼 다양한 영혼으로 결합되어 있다는 주장을 펼친다. 그가 주도하는 마술 극장의 모든 프로그램들은 비이성적이고 비체계적이기에 그곳에 들어가기 위해서는 이성을 지불해야 한다. 즉 광인이 되어야 한다. 광기는 그 자체의 내재적 속성에 의해서가 아니라 단지 '이성적이 아닌 어떤 것'으로 규정되기에 '천재'마저도 비정상으로 간주되는 현실이라고 파블로는 지적한다.

광기를 한 사회의 평균적 가치와 정상성을 얼마만큼 결여하고 있는가를 드러내는 위반의 코드로 규정하는 시민사회 속에서 할러는 스스로가 이미 광인이었다. 문명사회에서 문명성을 등지고 살아가는 삶, 차가운 이성보다는 열정에 귀 기울이는 삶에 '비정상'의 굴레를 씌우는 사회 속에서 역설적이게도 할러는 광인이 됨으로써 이성을 회복하고자 했다.

『황야의 늑대』의 서사 공간 안에는 사랑을 매개로 한 에로스와 타나토스(죽음 충동)의 팽팽한 긴장 관계가 존재한다. 헤르미네와 마리아, 그리고 파블로는 할러에게 에로스와 관능의 영역을 일깨워 주는 역할을 맡는다. 죽음 충동을 늘 마음에 품고 다니는 할러는 이들을 통해 에로스와 타나토스의 경계를 넘나든다. 헤르미네와 마리아를 만나기 전까지만 해도 할러에게 삶의 의미, 즉 에로스의 대상은 존재하지 않았다. 연인인 에리카가 있긴 하지만 그녀는 할러에게 생의 의지를 북돋워 줄 만큼 열정적이고 친화적인 존재는 아니다. 교수의 왜곡된 시민성에 실망한 할러가 처음 만나게 되는 여성은 헤르미네이다. 그녀는 자살 직전의 할러에게 '어머니' 같은 존재로 다가온다. 낙천적이고 쾌활한 성격의 헤르미네와의 만남은 할러에게는 일종의 구원이자 새로운 삶의 계기가 된다. 그녀는 할러의 고독한 정신의 삶에 감성과 관능의 에너지를 불어넣어 줌으로써 그를 '교육'시킨다. 헤르미네를 통해 할러는 억압되어 있던 자신의 다양한 모습들을 표현할 수 있게 된다. 어린아이처럼 순종하는 법, 사랑하고 웃는 법, 춤추는 법 등을 가르쳐 줌으로써 그녀는 할러의 교양화에 결정적인 역할을 하게 된다. 하지만 할러는 자신의 또 다른 자아라고 할 수 있는 헤르미네를 질투심 때문에 결국 살해하고 만다. 상대와의 리비도 호환이 거부될 때 에로스는 타나토스라는 정반대의 에너지를 활성화시키게 되는데, 헤르미네의 죽음 또한 이러한 시각에서 이해할 수 있다.

헤세에게 있어 인간에게 부여된 첫 번째 과제는 진정한 나를 만나는 것이었다. '내가 진정 원하는 것이 무엇인가?'는, 고통스러운 현실에서 자기 영혼을 구원하기 위해 필요한 절대적 물음이었다. 헤세의 이른바 '자기실현의 3단계론'은 바로 그런 치열한 물음의 결과물이라 할 수 있다.

헤세의 대부분의 소설이 그렇듯 『황야의 늑대』에서도 자기실현의 3단계는 '순진무구'의 단계, '죄와 절망'의 단계, '구원'의 단계 등으로 형상화되어 있다. 순진무구의 단계는 인생의 유년기에 해당된다. 그 시기는 다분히 충동적이며 비합리적 판단을 갖춘 시기인 만큼 발전적인 삶의 비전을 제시할 능력이 없는 미성숙의 단계이다. 그리고 '죄와 절망'의 단계를 지배하는 것은 이성과 분별력이다. 문제 해결을 위해 종교, 도덕, 이상 등을 추구하게 되지만, 결국엔 죄를 짓고 절망과 체념으로 끝나게 된다는 것이 헤세의 생각이다. 1단계를 거쳐 2단계로 들어선 대부분의 인간들이 분열된 세계에서 방황하게 되는 것도 그 때문이다. 진정한 인간화의 길이라 할 수 있는 '구원'의 단계는 헤세 문학의 지향점이 된다. 이 단계에서는 절망감을 극복하고 조화와 균형을 추구하는 더 높은 정신 영역으로 진입할 수 있게 된다. 이러한 경지에 들어서게 되는 선택된 사람들은 모든 갈등에서 벗어나 세상과 화해하면서 살 수 있게 된다. 『황야의 늑대』에서 '구원'의 단계는 유머와 웃음을 터득하는 과정으로 제시된다. 그리고 유머를 통한 초월성은 괴테와 모차르트 등의 불멸의 위인들을 통해 구현된다. 그들은 시·공간이라는 물리적 한계뿐만 아니라 정신과 감각의 갈등 구조로부터도 초월해 있는 존재들로서 경건함과 숭고함의 대상이 된다.

한편 『황야의 늑대』 안의 사건들은 현실과 허구 사이를 넘나들기도 한다. 현실적 인물과 비현실적 인물들이 공존하는 구성 방식을 통해 실재와 가상을 동시에 끌어안는다. 『황야의 늑대』 안의 초실재적 환경은 무엇보다 마술 극장에 의해 구축된다. 마술 극장은 그 자체로 한 편의 판타지 텍스트를 보여 준다. 마술 극장이라는 가상공간은 할러 자신의 내면 풍경을 비추는 거울 역할을 하기도 하지만, 허위의식에 물든 문명 세계에 대한 자기 비판적 계기를 환기시키는 기능도 한다. 마술 극장에서 할러는 자신의 분열된 모습을 목격하게 되지만, 다른 한편으로 그곳은 할러에게 절망적 현실로부터의 해방 공간이자 억압된 욕망을 표출할 수 있는 대리 충족의 공간으로 기능하기도 한다. 중요한 사실은 이 가상이 우리의 실재(현실) 자체를 구조화하고 있다는 것이다. 따라서 가상(환영)의 붕괴는 현실의 상실로 이어진다. 가상을 실재로 착각함으로써 헤르미네를 살해하게 된 할러가 '비웃음'의 벌을 받게 되는 것도 그러한 맥락에서 이해할 수 있다.

두 개의 영혼을 가진 한 개인의 환희와 부침을 다룬 소설 『황야의 늑대』는 온전한 인간으로 거듭나는 길이 얼마나 험난한가를 잘 보여 준다. '일상이라는 지옥 속을 살아가는 한 천재적인 인간의 수기'라고 평가받는 이 소설을 통해 헤세는 시대의 아픔과 개인의 고뇌를 그려 보고자 했다.

우리 시대의 이십대들 역시 대다수가 청춘의 마지막 시기일 수도 있는 대학 시절을 '스펙 쌓기'라는 소모전에 희생시킨다. 스펙의 성취도에 따라 규정되는 이른바 루저와 위너라는 배타적 논리를 겸허히 받아들여야 함을 잘 알기 때문이다. 그래서 우리 시대의 청춘들은 파우스트처럼 자신의 영혼을 팔아서라도 '성공'의 수사修辭에 귀 기울일 수밖에 없다. 청춘들에게 '내일'이라는 단어는 듣기만 해도 가슴 설레는 꿈과 희망의 언어여야 마땅하지만 오늘날의 청춘들은 내일을 두려워한다. 타인들의 욕망을 모방하느라 내 삶의 좌표와 정체성을 설정하거나 확보하지 못했기 때문이다.

이 시점에서 헤세는 아무리 참아 내기 힘든 고독과 방황, 좌절도 참된 자아를 만나는 여정에서 우리가 감내해야 할 소중한 경험이라 일러 준다. 아울러 상처와 슬픔, 좌절 등을 극복하기 위한 방법으로 포기와 망각이 아닌 자유에의 의지와 자기 존중감을 권유한다. 그리고 자유에의 의지와 자기 배려에 이르는 길은 먼저 현재의 삶을 충실히 사는 일이라고 말해 준다. 즉 '힐링'과 '치유'의 항체는 타인에 의해 강제된 음성이 아니라 자신의 목소리에 귀 기울일 때 비로소 생겨나는 것이라고 조언한다. 요컨대 헤세는 『황야의 늑대』를 통해 우리 안의 낡은 서사와의 건강한 이별을 통해 과거의 나를 죽이고 새롭게 태어날 수 있도록 이끌어 준다.

『황야의 늑대』를 우리 시대 젊은이들에게 자기 치유와 자기 배려의 길을 제시해 주는 '힐링 소설'이라 부를 수 있는 이유도 여기에 있다.

1877   7월 2일 독일 남부 뷔르템베르크 주의 소도시 칼프에서 선
교사로 훗날 칼프 출판협회장이 된 요하네스 헤세와 그의
부인 마리 군데르트 사이에서 장남으로 태어남. 외할아버지
헤르만 군데르트는 인도학 학자로 유명한 선교사. 인도에서
선교사로 활동하던 아버지는 건강상의 문제로 귀국하여 고
향에서 헤르만 군데르트 목사의 기독교 서적 출판 사업을
돕다가 그의 딸과 결혼함. 마리 군데르트의 첫 남편인 찰스
아이젠버그는 영국 출신의 선교사였는데 그가 세상을 떠나
자 32세의 나이에 요하네스 헤세와 재혼해 헤르만 외에 아
델레, 파울, 게르트루트, 마리, 한스를 낳음.

1881-86   부모와 함께 스위스 바젤로 이주. 아버지는 바젤 선교단에
서 교사로 활동하며 1883년에 스위스 국적을 취득.

1886–89	가족이 다시 고향 칼프로 돌아와, 헤세는 그곳에서 실업학교에 입학.
1890–91	괴핑겐의 라틴어 학교에 입학하여, 신학교에 입학할 수 있는 뷔르템베르크 주 시험 준비. 시험 자격 취득을 위해 부모는 헤르만 혼자 스위스 시민권을 포기하고 뷔르템베르크 주 정부의 시민권을 취득하게 함.
1891	6월에 뷔르템베르크 주 시험에 합격. 그해 9월에 케플러, 횔덜린을 배출한 유명한 마울브론 신학교에 입학해 6개월간 다님.
1892	3월 7일에 마울브론 신학교를 도망쳐 나옴. '시인이 되거나 아니면 아무것도 되고 싶지 않았기에' 자유로운 생활을 하려고 함. 바트 볼에 있는 블룸하르트 목사의 병원에서 치료. 6월에 짝사랑으로 인한 자살 기도. 슈테텐의 정신병원에서 약 3개월간 입원 요양.
1892–93	슈투트가르트 근교에 있는 바트 칸슈타트 김나지움(인문중고등학교)에 1년간 다님. 중등학교 자격시험을 치른 후 학업 중단. 에슬링겐에서 서점 견습사원으로 근무하지만 3일 후에 그만둠. 그 후 아버지의 조수로 일함.

1894–95	고향 칼프의 페로트 탑시계 공장에서 15개월간 견습공 생활.
1895–98	튀빙겐의 헤켄하우어 서점에서 판매원 및 서적 분류 조수로 일함.
1898	소설을 쓰기 시작함. 습작소설 『고슴도치*Schweingel*』를 썼으나 원고를 분실함. 처녀 시집 『낭만적인 노래*Romantishe Lieder*』 발표.
1899	9월에 스위스 바젤로 이주하여 1901년까지 라이히 서점에서 서적 분류 조수로 근무. 산문집 『한밤중 뒤의 한 시간*Eine Stunde hinter Mitternacht*』 출간.
1900	〈스위스 일반신문〉에 여러 가지 기사와 서평을 쓰기 시작함.
1901	3월부터 5월까지 첫 번째 이탈리아 여행. 피렌체, 제노바, 라베나, 피사, 베네치아 등지를 돌아봄. 8월부터 1903년 봄까지 바젤의 바텐빌 고서점에서 판매원으로 근무. 가을에 『헤르만 라우셔의 유작과 시*Hinterlassene Schriften und Gedichte von Hermann Lauscher*』를 바젤의 라이히 서점에서 간행.
1902	베를린의 그로테 출판사에서 시집 『시들*Gedichte*』 출간. 이 시

집은 출간 직전 사망한 그의 어머니에게 헌정됨.

1903   서적 관계 일로 두 번째 이탈리아 여행을 하여 피렌체와 베네치아를 둘러봄. 서점 점원 생활을 청산하고 집필에만 전념함. 그 후 베를린 피셔 출판사로부터 작품 집필을 의뢰받고 소설 『페터 카멘친트*Peter Camenzind*』를 탈고함.

1904   『페터 카멘친트』를 피셔 서점에서 출간하여 신진 작가의 지위를 확보함. 이 작품으로 빈 농민상을 수상. 8월에 아홉 살 연상인 마리아 베르누이와 결혼하여, 9월에 보덴 호수 근교의 작은 마을 가이엔호펜으로 이주. 자유작가로 생활하며 여러 신문과 잡지에 기고. 소설 『보카치오*Boccaccio*』와 『아시시의 프란체스코*Franz von Assisi*』 출간.

1904–12   자유작가 생활을 하며 〈짐플리치시무스*Simplicissimus*〉, 〈라인렌더*Rheinländer*〉, 〈노이에 룬트샤우*Neue Rundschau*〉지의 동인으로 활동.

1905   12월에 첫 아들 브루노 출생. 오스트리아의 문학상 바우어른펠트 상 수상.

1906   소설 『수레바퀴 밑에*Unterm Rad*』를 피셔 출판사에서 출간. 빌

헬름 2세의 권위에 노골적으로 도전하는 진보적인 주간지 〈3월März〉 창간에 참여하여 1912년까지 공동 편집자로 활동함.

1907 중단편집 『이 세상Diesseits』 출간. 가이엔호펜에 자신의 집을 짓고 이사함.

1908 중단편집 『이웃 사람들Nachbarn』 출간.

1909 3월에 차남 하이너 출생. 취리히, 독일, 오스트리아로 강연 여행.

1910 뮌헨의 랑겐 출판사에서 소설 『게르트루트Gertrud』 출간.

1911 7월에 셋째 아들 마르틴 출생. 시집 『여행 중에Unterwegs』 출간. 9월부터 12월까지 친구인 화가 한스 슈투르체네거와 함께 인도 및 동남아시아 여행. 가정생활의 파탄을 타개하기 위해 연말에 귀국함.

1912 단편집 『우회로Umwege』 출간. 가족들과 함께 스위스의 베른 교외에 있는 세상을 떠난 친구인 화가 알베르트 벨티의 집으로 이사.

1913 인도 여행 경험을 바탕으로 피셔 출판사에서 『인도에서. 인도 여행으로부터의 스케치*Aus Indien, Aufzeichnungen von einer indischen Reise*』 출간.

1914 결혼 문제를 주제로 한 소설 『로스할데*Roshalde*』 출간. 스위스 국적을 신청했으나 거부당함. 7월에 제1차 세계대전이 일어나 자원 입대하려 했지만 시력 때문에 복무 부적격 판정을 받음. 1915년부터 1919년까지 베른 주재 독일공사관에 설치된 '독일 전쟁 포로 후생 사업소'에서 일하며 전쟁 포로와 억류자들을 위한 〈독일 억류자 신문*Deutschen Interniertenzeitung*〉의 공동 발행인, 〈독일 전쟁 포로를 위한 책*Bücherei für deutsche Kriegsgefangene*〉, 〈독일 전쟁 포로를 위한 일요일 전령*Sonntagsbote für deutsche Kriegsgefangene*〉의 발행인을 맡음. 전쟁 중에 전쟁을 비판하는 글을 신문에 발표하여 독일 국민의 반감을 샀으며, 또한 독일 저널리즘에서도 배척당함. 자신의 출판사를 만들어 1918년에서 1919년까지 스물두 권의 소책자를 펴냄.

1914–19 수많은 반전 내용의 정치 논평과 논문, 경고 호소문, 공개서한 등을 독일, 스위스, 오스트리아 신문 잡지들에 발표.

1915 단편집 『길가에서*Am Weg*』와 소설 『크눌프. 크눌프 삶의 세

가지 이야기*Knulp. Drei Geschichten aus dem Leben Knulps*』발표. 신작 시집『고독한 자의 음악*Musik des Einsamen*』출간.

1916 3월 부친 요하네스 헤세 사망. 부인 마리아의 정신분열증 시작과 막내아들 마르틴의 발병으로 인해 자신도 심한 신경쇠약에 시달리게 되어, 루체른 근처 존마트의 요양소에서 심리학자 C. G. 융의 제자인 랑 박사로부터 정신요법 치료를 수십 회 받음.『청춘은 아름다워라*Schön ist die Jugend*』출간.

1917 시대 비판적 출판을 금지하라는 경고를 받고 에밀 싱클레어라는 가명으로 신문과 잡지를 출간함.

1919 정치적 팸플릿『차라투스트라의 귀환. 어느 독일인이 독일 젊은이들에게 보내는 한마디 말*Zarathustras Wiederkehr. Ein Wort an die deutsche Jugend von einem Deutschen*』을 익명으로 발표했다가 이듬해 베를린에서 실명 출간.『데미안. 어떤 청춘의 이야기 *Demian. Die Geschichte einer Jugend*』를 '에밀 싱클레어'라는 이름으로 발표하여 호평을 받았으며, 신인으로 오해되어 폰타네 상이 수여되었으나 이를 사양하고 9판부터 저자의 이름을 헤세로 밝힘. 이 외에『작은 정원*Kleiner Garten*』,『환상동화집 *Märchen*』출간. 4월에 베른을 떠나 가족과 떨어져 테신 주의 중심 도시 루가노 근교의 어느 농가와 조렌고의 어느 숙소

에 머무르다가, 5월 11일 몬타뇰라로 이사해 카무치 별장에서 1931년까지 거주. 본격적으로 수채화를 그리기 시작.

1919–22 R. 볼테레크와 공동으로 월간지 〈생명의 절규Vivos voco〉를 발간.

1920 색채 소묘를 곁들인 열 편의 시가 수록된 시집 『화가의 시 Gedichte des Malers』와 『혼돈을 들여다봄Blick ins Chaos』이라는 제목의 도스토예프스키에 대한 에세이 출간. 수채화를 곁들인 여행 소설 『방랑Wanderung』, 세 편의 단편을 모은 『클링조어의 마지막 여름Klingsors letzter Sommer』 출간. 후고 발 부부와 가깝게 지냄.

1921 『시선집Ausgewahlte Gedichte』 출간. 창작의 위기. 취리히 근방의 퀴스나흐트에서 C. G. 융의 정신분석을 받음. 『테신에서 그린 수채화 열한 점Elf Aquarelle aus dem Tessin』 출간.

1922 '인도의 시문학'이라는 부제가 붙은 소설 『싯다르타Siddhartha』 출간.

1923 산문집 『싱클레어의 비망록Sinclairs Notizbuch』 간행. 9월 4년 전부터 별거 중이던 첫 번째 부인 베르누이와 이혼. 취리히

남방의 바덴에서 요양을 시작하여, 1952년까지 매년 늦가을이면 이곳에 와 요양함.

1924   스위스 여류 작가 리자 뱅거의 딸인 루트 뱅거와 결혼. 스위스 국적 재취득.

1925   소설 『요양객*Kurgast*』 발표. 루트 뱅거에게 바치는 사랑의 동화 『픽토르의 변신*Piktors Verwandlungen*』을 친필로 써서 발표. 뮌헨, 울름, 아우구스부르크, 뉘른베르크 등지로 낭독 여행. 이해부터 베를린 피셔 출판사에서 단행본으로 된 『헤세 전집』을 출간하기 시작함. 뮌헨에서 토마스 만을 방문.

1926   독일 프로이센 예술원 문학 분과 국제위원으로 선출됨. 감상과 기행문집 『그림책*Bilderbuch*』을 출간. 여류 예술사가 니논 돌빈과 사귐.

1927   산문집 『뉘른베르크 여행*Nürnberger Reise*』과 히피들의 성서가 된 소설 『황야의 늑대*Steppenwolf*』 출간. 후고 발 출판사에 의해 헤세의 50회 생일 기념으로 그의 자서전 『헤르만 헤세. 그의 생애와 작품*Hermann Hesse. Sein Leben und sein Werk*』 출간됨. 두 번째 부인 루트 뱅거의 요청으로 합의 이혼.

1928   산문집 『관찰Betrachtungen』과 시집 『위기. 한 편의 일기Krise. Ein Stück Tagebuch』 출간. 빈 실러 재단의 메이스트리크 상 수상.

1929   시집 『밤의 위안Trost in der Nacht』과 산문 『세계 문학 총서Eine Bibliothek der Weltliteratur』 출간.

1930   소설 『나르치스와 골드문트Narziß und Goldmund』 출간. 단편집 『이 세상』의 증보판 출간. 프로이센 예술원 탈퇴.

1931   프랑스 귀화인으로 체르노비츠의 아우슬랜더 가 출신 예술사가이자 역사학자인 니논 돌빈과 결혼. 친구인 한스 보드머가 임대해 준 몬타뇰라의 카사 로사(일명 카사 헤세)로 이사해서 평생 그곳에서 거주. 『싯다르타』, 『어린이의 영혼』, 『클라인과 바그너』 그리고 『클링조어의 마지막 여름』을 한데 엮은 『내면으로의 길Weg nach innen』 출간. 소설 『유리알 유희Glasperlenspiel』 집필 시작.

1932   산문집 『동방 순례Die Morgenlandfahrt』 간행.

1933   단편집 『작은 세계Kleine Welt』 출간. 나치즘과 유대인 박해에 반대.

1934   스위스 작가협회 회원이 됨. 시 선집 『생명의 나무에서Vom Baum

338

des Lebens』 출간. 문학 계간지 〈노이에 룬트샤우Neue Rundschau〉에 『유리알 유희』 발표 시작. 페터 주어캄프가 피셔 출판사와 함께 〈노이에 룬트샤우〉지 인수.

1935 중단편집 『우화집*Fabulierbuch*』 출간. 동생 한스 자살.

1936 스위스 최고 권위의 문학상인 고트프리트 켈러 문학상 수상. 전원시집 『정원에서 보낸 시간*Stunden im Garten*』 출간.

1937 산문집 『기념첩*Gedenkblätter*』과 시집 『신시집*Neue Gedichte*』 그리고 『다리를 저는 소년*Der lahme Knabe*』 간행.

1939—45 제2차 세계대전 발발. 나치스의 탄압으로 헤세의 작품들은 몰수되고 출판이 금지되어 『수레바퀴 밑에』, 『황야의 늑대』, 『관찰』, 『나르치스와 골드문트』가 더 이상 인쇄되지 못함. 히틀러 집권 기간인 1933-1945년 사이 독일에는 총 20권의 헤세 저서가 나와 있었는데, 그 기간 동안 총 481권의 문고본밖에 팔리지 않았음. 주어캄프와의 합의하에 단행본으로 된 『헤세 전집』을 취리히에 있는 프레츠 & 바스무트 출판사에서 계속 간행키로 함.

1942 최초의 시 전집 『시집*Gedichte*』이 스위스 취리히에서 출간됨.

1943   장편소설 『유리알 유희』를 발표.

1944   비밀경찰이 헤세 작품의 독일 출판업자 페터 주어캄프를 체포.

1945   시 선집 『꽃 핀 가지Der Blütenzweig』와 미완성 소설 『베르톨트
Berthold』 그리고 새로운 단편과 동화를 모은 『꿈길Traumfährte』 출
간. 제2차 세계대전이 끝난 후 규칙적으로 실스 마리아에서 여름
을 보냄.

1946   정치적 평론집 『전쟁과 평화. 1914년 이후의 전쟁과 정치에 대한
수상집Krieg und Frieden. Betrachtungen zu Krieg und Politik seit dem Jahr
1914』 출간. 헤세의 작품이 다시 독일의 주어캄프 출판사에서 간
행됨. 프랑크푸르트 시의 괴테 상 수상. 노벨 문학상 수상.

1947   베른 대학의 철학부에서 명예 문학박사 학위를 받음. 고향 칼프
시의 명예시민이 됨.

1950   브라운슈바이크 시의 빌헬름 라베 상 수상.

1951   『후기 산문Späte Prosa』과 『서간집Briefe』 출간.

1952   독일과 스위스에서 헤세의 탄생 75주년 기념행사가 열림. 주어캄

프 출판사에서 『헤세 문학 전집Gesammelte Dichtungen』 전 6권 출간.

1954　산문집 『픽토르의 변신Piktors Verwandlungen』, 롤랑과 주고받은 편
지를 모은 『헤르만 헤세와 로맹 롤랑의 서한집Briefwechsel. Hermann
Hesse - Romain Rolland』 간행.

1955　독일 출판협회의 평화상 수상. 니논에게 헌정된 후기 산문집 『주
문Beschwörungen』 출간.

1956　바텐 뷔르템베르크 지방의 독일 예술 후원회가 헤르만 헤세 문학
상을 위한 재단 설립.

1957　탄생 80회 기념사업으로 이미 간행된 『헤세 전집』을 증보하여
『헤세 전집Gesammelte Schriften』 전7권 출간. 마르틴 부버가 슈트트
가르트에서 '헤르만 헤세의 정신에 대한 봉사'라는 제목으로 축
사를 함.

1961　시 선집 『단계Stufen』 출간.

1962　몬타뇰라의 명예시민이 됨. 바이블러가 쓴 헤세 전기 『헤르
만 헤세. 한 편의 전기Hermann Hesse. Eine Bibliographie』 간행. 8월
9일 85세를 일기로 몬타뇰라에서 뇌출혈로 세상을 떠남. 이틀 후

성 아본디오 묘지에 안장됨.

1963 『후기 시집*Die späten Gedichte*』 인젤 출판사에서 출간.

1964 바이마르의 실러 박물관에 '헤르만 헤세 문헌 기록 보관소'가 설치됨.

1965 니논 헤세가 『유작 산문집*Prosa aus dem Nachlaß*』 출간.

1966 니논 헤세가 작가의 서간문과 여러 가지 생에 관한 기록을 바탕으로 1877년부터 1895년까지의 생애를 내용으로 하는 『1900년 이전의 유년 시절과 청소년 시절*Kindheit und Jugend vor Neunzehnhundert*』을 펴냄. 9월 헤세의 부인 니논 돌빈 71세로 사망.

황야의 늑대

초판 1쇄 펴낸날 2013년 1월 31일

지은이 헤르만 헤세
옮긴이 안장혁
펴낸이 양숙진

펴낸곳 (주)현대문학
등록번호 제1-452호
주소 137-905 서울시 서초구 잠원동 41-10
전화 02-2017-0280
팩스 02-516-5433
홈페이지 www.hdmh.co.kr

ISBN 978-89-7275-627-9 04850
세트 978-89-7275-622-4

* 책값은 뒤표지에 있습니다.